NOUS SOMMES LA NUIT

GWENAEL LE GUELLEC

NOUS SOMMES LA NUIT

ÉDITIONS PRISMA

ISBN : 978-2-8195-0744-4

À mon père, pour sa patience
et sa fidélité sans faille tout au long de cette aventure.
À mon ami Jacques Premel-Cabic,
merveilleux ambassadeur de Yoran.
Et à toutes celles et ceux qui sont là depuis le début.

Le son des cloches du Gion Shōja fait écho à l'impermanence de toutes choses. La couleur des fleurs de sāla révèle la vérité selon laquelle les prospères doivent décliner. Les orgueilleux ne durent pas, ils sont comme un songe par une nuit de printemps. Les puissants tombent enfin, ils sont comme la poussière avant le vent.

Le Dit Des Heike, 1371

La fin est importante en toutes choses.

Jōchō Yamamoto, Hagakure, 1709-1716

Première bruine – J'aurai pour nom « Le voyageur ».

Matsuo Bashō

Prologue

I love you

Bleu électrique.

Comme les halos de la myriade d'enseignes lumineuses émergeant de la brume de chaleur qui s'était abattue sur l'immensité urbaine derrière la vitre.

Dehors, l'atmosphère était devenue irrespirable. Le simple fait de prendre le métro depuis le quartier résidentiel et paisible où il vivait avec femme et enfant était une épreuve, presque autant que les longues journées estivales au bureau, même avec le système de climatisation récemment rénové de leur immeuble. Heureusement, dépointer à 22 heures présentait l'avantage de lui garantir un trajet de retour légèrement plus supportable, ce qui n'était pas négligeable, en plein mois d'août.

Même si ce soir-là, il n'était pas rentré chez lui.

Bleu électrique.

Comme les reflets métallisés sur le badge d'accès à la chambre, précieux sésame vers un monde qui ne connaissait aucune limite, et où les normes qui étaient siennes au-delà de ces murs n'avaient plus cours.

Il avait commencé à fréquenter les *love hotels* dès sa jeunesse. Seul, d'abord. Pour s'imprégner des lieux et de leur configuration si particulière. Puis, pour ses trente ans, il s'était offert une nuit – ou, plus exactement, un peu plus de deux heures – en compagnie d'une collègue de l'entreprise qui l'employait à l'époque. Mais, contrairement à ses attentes, les choses s'étaient mal passées. La chambre qu'ils avaient choisie – dans laquelle une rame entière de métro motorisée avait été aménagée – lui avait pourtant paru des plus prometteuses, au moment où ils avaient fait leur choix sur l'écran tactile de sélection, en entrant dans le bâtiment. Mais une fois à l'intérieur, ni l'un ni l'autre n'était parvenu à se libérer complètement, au point qu'ils n'avaient finalement rien fait. Il en était revenu terriblement frustré, et s'était juré de changer de stratégie le jour où il remettrait les pieds dans un tel endroit. Depuis, il s'était marié, avait eu une fille, et gérait désormais une équipe de quatorze personnes, toutes dévouées à leur *senior manager*.

Mais il n'avait jamais cessé de se rendre dans les *love hotels*.

Bleu électrique.

Comme la couleur des bas qu'il avait enfilés à la femme allongée sur le lit, juste derrière lui, parfaitement assortis à la micro-jupe en latex qu'elle portait à présent. Il lui arrivait parfois d'opter pour des coloris plus proches du violet, mais il ne s'éloignait que rarement des teintes bleutées. Il avait déjà essayé avec du rose et du rouge, et l'excitation n'avait pas été tout à fait la même. D'ailleurs, il s'était rendu compte qu'il détestait le rose.

Il regarda les quatre sachets en aluminium posés sur le chevet. Il avait apporté quelques préservatifs avec lui, sans savoir avec certitude s'il y aurait recours ou pas. À cet instant, le corps féminin étendu sous ses yeux n'avait plus grand-chose à voir avec la jeune femme BCBG qu'il avait rencontrée un peu plus tôt dans la soirée, et aurait suscité bien des regards si elle était sortie ainsi. Heureusement, il l'avait pour lui et lui seul.

Et la nuit ne faisait que commencer.

Sa technique, imparable, était irrémédiablement la même. Une fois par mois, il arpentait les bars à cocktails chics et branchés de Ginza, en quête de sa cible d'un soir, à savoir une femme seule. Et, bien sûr, sublime à l'excès. Avant même le premier contact, il l'imaginait vêtue de la tenue qu'il avait apportée avec lui. Lorsqu'il avait fixé son choix sur une prétendante, plus rien ne pouvait le faire reculer. Il se lançait alors, et commandait deux coupes de champagne, avant de se présenter. Il devinait dès les premières secondes si son plan aboutirait ou pas. Avec le temps, il avait évalué son potentiel de réussite à plus de soixante-dix-sept pour cent, ce qui était somme toute honorable, pour quelqu'un qui ne « pratiquait » que douze fois dans l'année, et ce, bien que sa première expérience en la matière remontât à bientôt dix-huit ans. Deux autres coupes de champagne suivaient, puis, enfin, il proposait à la jeune femme de lui faire confiance quant à la troisième tournée, l'ivresse aidant. Il revenait alors avec deux verres du meilleur cocktail de la maison – généralement le *Saint-Germain Mojito*, ou parfois le *Butterflies In Her Stomach*, dont il ne se lassait pas de prononcer le nom au serveur lors de la commande. Cette troisième tournée différait néanmoins sensiblement des deux premières, et pas uniquement par ses noms exotiques. En effet, il s'arrangeait systématiquement pour y ajouter ce que les romantiques appelaient un « philtre d'amour ». Il s'agissait simplement d'un puissant psychotrope composé d'ocytocine et de phényléthylamine, qui lui permettait d'organiser la suite de la soirée à sa convenance.

Comme toujours après leur arrivée dans l'hôtel, il avait photographié la carte professionnelle de la jeune femme après l'avoir allongée, tel un immuable rituel, au même titre qu'il prendrait la photo de son corps, une fois son œuvre créatrice accomplie. C'était sa manière à lui de garder des souvenirs de ces moments si spéciaux. Tels des trophées de chasse. Cette fois, la carte disait qu'elle était assistante administrative dans une société de services de technologie de l'information, dans une filiale du groupe Hitachi. Aoi Minami était son patronyme.

Estimant s'être suffisamment délecté du panorama sur cette cité tentaculaire qui ne dormait jamais vraiment, il se retourna et se posta au pied du lit tout en retirant son peignoir. Il venait de décider qu'il n'utiliserait pas de préservatif.

La pièce était inspirée du Red Light District d'Amsterdam, une vaste vitrine ornée de néons rouges trônait entre la chambre et la salle de bains. Installé sur une chaise, un mannequin aux formes généreuses et tout aussi légèrement vêtu que la femme dont il s'apprêtait à partager l'intimité y avait été exhibé. Un mur de briques factice plus vrai que nature se dressait derrière celui-ci, créant un mimétisme proprement fascinant avec le fameux quartier rouge de la capitale néerlandaise. Trois croix blanches de tailles différentes accrochées aux murs rappelaient le blason de la ville, et une lumière tamisée bleutée inondait la pièce depuis le plafond, faisant d'autant mieux ressortir le maquillage fluorescent sur les paupières closes de la jeune femme.

Il examina avec envie ses jambes, lisses et considérablement plus longues que la normale pour une Japonaise, et laissa son regard remonter encore, puis s'arrêta sur la partie de son corps qui justifiait à elle seule ce cérémonial maintes fois répété.

Il ferma les yeux, et inspira de tout son être, prêt à jouir pleinement de sa toute-puissance.

Il posa un premier genou sur le lit *Emperor size*, puis le second, et superposa lentement son corps à celui de la jeune femme. Ses poignets fins et délicats étaient reliés à la croix surplombant la tête du lit à l'aide de collants fermement noués, faisant ainsi office de barre d'entrave, et lui ôtant définitivement toute défense. Il approcha sa langue de la bouche figée et se détendit complètement. Un infime soupir lui caressa le visage, auquel il répondit par un souffle étouffé. Il fit descendre ses mains en effleurant les hanches de sa partenaire éphémère, et atteignit rapidement ses cuisses, en quête de la position parfaite. Il abaissa maladroitement son boxer. La température monta d'un cran.

On frappa soudain à la porte.

Il s'immobilisa, fébrile. Une chape de silence s'était abattue sur l'hôtel. L'une des jambes de la jeune femme glissa sous le poids de son corps, puis elle inclina doucement la tête dans le sens opposé. Elle dormait toujours profondément. Il soupira. Quelqu'un s'était probablement trompé de chambre.

– *Teme*..., jura-t-il.

L'excitation reprit le dessus. Il réalisa que son boxer était encore au niveau de ses genoux, lui donnant un air quelque peu ridicule. Il se tourna sur le côté, pour le retirer plus aisément. Il était totalement nu lorsque l'on frappa à nouveau. Quatre coups. Mû par une énergie tout juste contrôlable, il se leva brutalement et se dirigea vers la porte. Il était sur le point de l'ouvrir quand il prit conscience de son apparence. Il recula de quelques pas et s'empara du peignoir, qui gisait sur le sol de la chambre. Il l'enfila et le resserra puis franchit la distance qui le séparait de la porte.

Il la déverrouilla et l'ouvrit à la volée, prenant soin de se maintenir dans l'encadrement, dissimulant ainsi la vue du lit à celui qui avait osé l'interrompre.

Ce qu'il vit lui glaça le sang.

Face à lui, trois individus portant des masques à l'effigie de têtes de cochons étaient alignés dans la pénombre du couloir. Ils s'observèrent ainsi pendant plusieurs secondes, avant que l'un d'entre eux ne place un pied entre lui et la porte. Un autre leva une main gantée vers lui, et une décharge d'électricité traversa aussitôt son corps, sans qu'il ne comprenne ce qui lui arrivait. Le dernier entra dans la chambre sous son nez, équipé de deux valises visiblement encombrantes, tandis que les deux autres l'agrippèrent par les bras juste avant qu'il ne s'effondre, refermant ensuite délicatement la porte.

Tout devint alors subitement plus flou dans son esprit. Il se sentait partir, comme s'il avait été anesthésié avant une intervention chirurgicale. Ou comme s'il avait ingéré une substance stupéfiante. Et la fille n'était plus sur le lit. Il avait pris sa place.

Son ultime souvenir fut la luminosité, tout à coup beaucoup plus intense, et ce lit désespérément grand, dans lequel il n'en finissait plus de s'enfoncer.

Indéniablement, la nuit ne faisait que commencer.

Première partie

Where did the night fall

Chapitre 1

Enter the void

Vertigineux.

La vue de la mégalopole la plus vaste au monde depuis ses sommets était à couper le souffle.

Trente-deux étages plus bas, le trafic se poursuivait inlassablement, à toute heure du jour comme de la nuit. Tel un organisme vivant, la cité respirait au rythme de ses millions d'habitants, ultraconcentrés dans cette enclave urbaine ouverte sur l'océan Pacifique, construite au cœur de l'une des zones sismiques les plus actives sur Terre.

Autrefois simple village de pêcheurs, l'ancienne Edo avait su se muer en une capitale hyperconnectée d'envergure internationale, centre névralgique d'une société en mouvement perpétuel, tournée vers un futur omniprésent qu'elle ne cessait d'inventer.

Tokyo, métropole de tous les possibles, agglomération-monde en extension permanente, berceau de la démesure comme de l'infiniment petit, et où la verticalité l'emportait sur toute rationalité.

Dans son dos, la lune déclinante tentait de rivaliser de son éclat avec les néons des milliers d'enseignes lumineuses qu'il apercevait en contrebas, avec un succès des plus modérés. Face à lui, le vide et son attraction quasi irrésistible. Magnétique. Sous ses pieds, une ligne ininterrompue de verre et d'acier filait droit vers le bitume, frontière horizontale d'un univers qui paraissait pouvoir tout absorber.

– C'est ma toute première fois...

La voix féminine mal assurée le sortit momentanément de sa contemplation. Il se retourna, sans changer de position.

– Ne vous inquiétez pas. Il n'y a que nous, ici. Rien que nous.

Le long crissement de freins d'un train déchirant la nuit tokyoïte parvint jusqu'à eux, suivi d'un autre, plus bref.

– C'est justement ce qui me préoccupe... Monsieur Rosko.

– Yoran fera tout aussi bien l'affaire, si vous n'y voyez pas d'inconvénient.

Il se concentra de nouveau sur l'interminable horizon qui s'étendait tout autour d'eux, et réajusta son Hasselblad, prêt à capturer une nouvelle fois l'effervescence nocturne de Shinjuku dans son grand-angle. Après plusieurs prises destinées à achever sa série, il s'allongea contre la structure en béton brut, et réalisa son ultime *shoot* en plongée, écrasant ainsi toute la perspective des immeubles environnants dans son objectif, qu'il focalisa sur la façade du bâtiment qui descendait à pic vers la rue bien plus bas, simple rainure noire à peine visible de là où ils étaient.

Quelque part entre les artères de la ville, une sirène retentit, comme pour marquer la fin de la session. Toujours plaqué sur le ventre, Yoran regarda l'écran de son reflex. 1 h 37. Bientôt deux heures qu'ils auraient dû se dire au revoir, mais lui n'en avait jamais assez, et il n'hésitait pas à faire durer le plaisir lorsqu'il se sentait bien avec celles et ceux qui avaient recours à ses services de photographe.

Hormis leurs difficultés de communication en début de session, cela avait été le cas avec la jeune femme originaire du Chūbu qui avait fait le déplacement dans la capitale japonaise pour le week-end. Elle s'appelait Yukimi et venait de Yamanashi, essentiellement connue dans l'archipel pour sa production vinicole. Ensemble, ils avaient grimpé un à un les étages de cet ancien hôtel reconverti en immeubles de bureaux, avant d'emprunter l'échelle de sécurité menant au *rooftop* abandonné, qui leur avait offert l'un des plus beaux points de vue sur ce qui était probablement le quartier le plus bouillonnant de la capitale nippone. Une bonne demi-heure leur avait été nécessaire avant qu'ils ne retrouvent enfin la rue et son bitume encore brûlant après un long week-end de canicule. La jeune femme avait regagné ensuite en taxi le *ryokan* qu'elle avait réservé dans Asakusa, plus à l'est. Satisfaite, elle avait chaleureusement remercié Yoran avant de le quitter, et lui avait promis de faire de nouveau appel à lui lors de son prochain séjour à Tokyo, après ce premier week-end consacré à la photo de nuit en milieu urbain.

Yoran Rosko avait quitté sa Bretagne natale plus de trois ans auparavant, pour s'établir aux Pays-Bas, au Rotterdam Eye Hospital. Atteint d'achromatopsie, il lui était impossible de distinguer les couleurs, son univers se résumant au noir et blanc et aux nuances de gris. Parallèlement, il fuyait systématiquement la lumière du jour, et plus généralement, toutes les sources de luminosité quelles qu'elles puissent être, ne s'épanouissant pleinement qu'une fois la nuit tombée. L'hôpital pour les yeux de Rotterdam était dédié aux affections visuelles les moins répandues, et Yoran y avait suivi un traitement spécifique durant près de deux années. Contraint à partir sur les traces de son père, il avait provisoirement dû l'interrompre, mais ne s'était plus représenté à l'accueil de l'établissement depuis, et ce, bien qu'il ne doutât pas qu'il y fût fermement attendu.

Voilà plus d'un an et demi qu'il avait posé ses bagages dans la capitale du Japon sur un coup de tête ; à Kabukichō, d'abord, puis à Naka-Okachimachi, après six premiers mois au cours desquels il s'était efforcé d'apprivoiser tant bien que mal le quartier le plus animé de Tokyo, qui tenait son nom d'un théâtre de kabuki – cette forme traditionnelle et très codifiée de théâtre japonais – qui ne s'y était jamais installé. Il avait fait le choix de s'appuyer sur ses compétences en matière de photographie pour subvenir aux frais forcément élevés qu'impliquait la vie en un tel endroit, et se présentait aux Tokyoïtes comme aux visiteurs de passage comme un photographe né en Bretagne qui avait parcouru l'Europe d'ouest en est avant de devenir résident de la métropole nippone. Les sessions qu'il proposait pouvaient se dérouler sur une demi-journée comme sur la semaine entière, son unique exigence étant que ses « clients » – un terme qu'il n'aimait décemment pas employer – lui accordent une confiance absolue quant aux lieux explorés. Après les sessions, Yoran mettait en ligne sur un site prévu à cet effet les photos qu'il avait prises, et le client, qui disposait déjà de sa propre série, lui indiquait lesquelles il souhaitait se faire expédier par voie digitale ou papier. Il lui arrivait aussi de travailler avec des entreprises, à l'occasion d'événements spéciaux comme des congrès en extérieur ou des inaugurations de chantiers, certains clubs de sport locaux le sollicitant même parfois afin de mettre en avant leur activité par l'image.

En somme, ce qui avait d'abord fait office de moyen de subsistance par défaut avait pris une ampleur qu'il n'avait pas anticipée, et il devait admettre que cela lui garantissait un équilibre qu'il avait longtemps recherché depuis son départ de la pointe de l'Armorique.

Et à cet instant, s'il avait beau se trouver tout près de la station de transports la plus fréquentée au monde, le trafic était bel et bien au point mort. Il s'attardait de temps à autre après ses sessions dans les bars minuscules et enfumés de Yūrakuchō, mais l'envie ne le prit pas cette nuit-là, et il se décida finalement à suivre l'exemple de Yukimi, en appelant lui aussi un taxi après avoir marché pendant un moment.

Une pluie fine et tiède s'était mise à tomber lorsqu'une Toyota Comfort noire aux lignes épurées s'arrêta à son niveau, en bordure d'Okubo, le quartier coréen de Tokyo. Avant de monter à bord, il huma cette odeur si particulière de l'humidité dans l'air après plusieurs journées chauffées à blanc par un soleil de plomb, conscient que la chaleur accablante qui s'était abattue sur la région depuis quelques jours ne constituait que les prémices de ce que les locaux appelaient *nettaiya*. La nuit tropicale.

Chapitre 2

Chimère

Une jeune fille en tenue d'écolière portant un carton à dessin sous le bras descendit juste avant que Yoran ne s'engouffre dans le véhicule tout en saluant poliment le chauffeur.

Une fois en place, il indiqua sa destination à celui-ci.

– Naka-Okachimachi. Hotel Cotoha.

Le véhicule redémarra aussitôt, s'engageant dans le trafic, où il se mêla à la marée de taxis circulant dans la nuit tokyoïte.

Naka-Okachimachi se situait plus à l'est, du reste pas très loin d'Asakusa, et Yoran regretta un instant de ne pas être monté dans le même taxi que Yukimi. Il se consola en observant l'agitation nocturne des rues de Tokyo défiler derrière les vitres parfaitement transparentes de la Toyota, bientôt striées par l'écoulement de la pluie.

En réalité, Yoran ne résidait pas à l'Hotel Cotoha, mais il avait déniché son appartement dans un immeuble se trouvant tout près de l'établissement hôtelier, qui faisait office de point de repère simple à identifier pour les locaux comme pour les visiteurs, et ce, même s'il ne recevait jamais de visiteurs. Lorsque les horaires de ses sessions de photos et les zones explorées pendant celles-ci le lui permettaient, il lui arrivait d'emprunter la Yamanote Line pour rentrer chez lui, cette ligne ferroviaire circulaire qui desservait la plupart des sites centraux de Tokyo, incluant la gare d'Okachimachi, voisine de la sienne.

Peu après son installation dans la capitale nippone, il avait commencé à prendre des cours de japonais auprès d'une étudiante franco-japonaise, mais s'il avait acquis quelques notions à l'écrit – essentiellement relatives aux *hiragana* et aux *katakana*, considérés comme les deux alphabets les plus « simples » de la langue japonaise –, il savait pertinemment que de longues années de travail et de pratique seraient nécessaires avant qu'il ne puisse se sentir totalement autonome. Mais il avait bien l'intention de poursuivre son apprentissage, autant par respect pour son pays d'accueil que pour être en mesure de communiquer plus aisément avec les Japonais qui, pour une grande part, ne parlaient pas l'anglais – et encore moins le français –.

Aux façades et enseignes lumineuses de Shinjuku succédèrent les ruelles infiniment plus calmes de Kagurazaka, berceau des restaurants français et du « Petit Paris » de Tokyo. Plus loin, émergeant derrière une rangée de bâtiments ultramodernes, Yoran aperçut brièvement la toiture de l'imposante structure en forme d'œuf du Tokyo Dome, fief de la plus ancienne équipe de baseball du Japon. C'était aussi là que David Bowie avait donné un concert mythique, en 1990. Au-delà, Big O, la grande roue, tournait au ralenti. À l'approche de sa destination, il devina les contours de l'extrémité sud de l'immense parc Ueno, lieu de prédilection des vagabonds de la capitale, bien plus nombreux que ne l'auraient souhaité les instances gouvernantes de la métropole.

Le taxi s'immobilisa peu après sur le parking attenant à l'Hotel Cotoha. Il était près de 3 heures du matin.

En se penchant vers l'avant pour régler sa course, Yoran se vit dans le rétroviseur intérieur du chauffeur. Le temps que celui-ci lui restitue sa monnaie – les pourboires constituant un véritable sacrilège au Japon –, il dévisagea sommairement son reflet. Il avait atteint la barre symbolique des quarante ans quelques mois plus tôt, et estimait qu'il ne s'en tirait pas trop mal, hormis les traits qui tendaient à se creuser un peu plus sur son visage chaque année. Son regard gris acier en disait long sur le chemin parcouru depuis qu'il avait délaissé la pointe de l'Armorique. Quatre marques parallèles ornaient le haut de sa joue gauche, souvenir d'une rencontre qu'il aurait volontiers préféré éviter. Ses cheveux étaient coupés plus court qu'à l'accoutumée, particulièrement sur les côtés et l'arrière. Et il était rasé de frais, comme à son habitude.

De ses mains gantées d'un blanc parfaitement irréprochable, le chauffeur glissa l'argent dans sa caisse, puis déverrouilla la portière de son passager. Au moment de descendre, Yoran remarqua une feuille à demi cachée sous le siège du conducteur, et la ramassa instinctivement. Dans la pénombre de la voiture, il ne distingua pas immédiatement ce qui était dessiné dessus – car il s'agissait bien d'un dessin, probablement oublié là par la jeune fille qu'il avait croisée avant de monter à bord –, mais lorsque le chauffeur réalisa qu'il restait assis, il ajusta la luminosité, souriant timidement dans le rétroviseur.

Forcé de plisser les yeux et de chausser ses lunettes de soleil, Yoran supposa qu'il avait devant lui une reproduction d'estampe – l'*ukiyo-e* –, et que celle-ci représentait une créature de la mythologie japonaise – un *yōkai* –, dont il constata que le corps était composé de ceux de différents animaux. La tête d'un singe au regard de dément surmontait ainsi le buste d'un chien s'appuyant sur les pattes d'un tigre, un long serpent enroulé lui servant de queue. Hésitant quelque peu, Yoran décida finalement de garder l'inquiétant dessin avec lui, sans parvenir à le nommer, et certain d'une chose.

Ce qu'il avait sous les yeux n'était autre qu'une sorte de chimère, et ces créatures n'avaient pas la réputation d'incarner de bons présages pour ceux qui étaient amenés à les rencontrer.

Chapitre 3

Less is more

L'appartement de Yoran se situait au deuxième et dernier étage d'un petit immeuble tout en hauteur, encastré au fond d'une allée entre une maison traditionnelle et un magasin de motos portant l'enseigne Moto Bum qui s'étendait des deux côtés de la rue.

Le photographe avait investi les lieux à la suite du départ d'un couple de Lyonnais, en téléphonant un peu au hasard au numéro indiqué le jour même où les précédents locataires avaient passé une annonce sur un site Internet d'entraide franco-japonais. Moins de quarante-huit heures plus tard, Yoran quittait son vieil appartement de Kabukichō et ses nuits animées, non sans quelques regrets, mais avec la certitude de trouver ici davantage de sérénité, et ce, même s'il dormait plus souvent le jour que la nuit.

L'appartement en lui-même avait une superficie de neuf *jō* – soit un peu moins de quatorze mètres carrés –, bien loin de celui qu'il avait autrefois occupé dans la rue Aldéric-Lecomte, à Brest, face à la digue La Pérouse et à l'une des plus belles baies du monde. Même sa chambre du Rotterdam Eye Hospital lui avait offert davantage de place, à l'époque. Mais Tokyo était la mégalopole de tous les extrêmes, et cela valait aussi pour l'immobilier, d'autant plus lorsque l'on y débarquait sans la moindre préparation.

Yoran avait donc appris à vivre avec peu dans un espace restreint. Son appartement ne disposait que d'une unique ouverture sur l'extérieur, une baie vitrée composée de deux fenêtres. Un jardin public jouxtait l'arrière du bâtiment, apportant une légère touche de végétation, bienvenue dans le quartier. Il n'avait pour seul voisin qu'un *salaryman* résidant au premier étage et qui, à peu de chose près, vivait à des horaires strictement opposés aux siens. Chacun possédait sa propre porte d'entrée au bas de l'immeuble, autre caractéristique typiquement japonaise.

L'appartement consistait en une pièce de vie aménagée sur un sol en imitation bois – et non en tatami, comme dans la plupart des logements japonais –, que Yoran avait équipée sommairement d'un canapé en futon faisant également office de lit, d'une table basse et d'un meuble pour son installation hifi, qu'il avait fait expédier de Brest. L'ensemble comprenait un ampli, une platine CD et une platine vinyle, dédiée à ce qu'il considérait comme ses joyaux musicaux.

Le disque qui délivrait à cet instant sa mélodie lente et entêtante dans l'habitation à peine éclairée faisait partie de ceux-là, Yoran en ayant fait l'acquisition afin de pouvoir écouter sans limite la version longue d'*Elegia*, une chanson du groupe New Order sortie en 1985.

Si le diable était dans les détails, le minimalisme avait tout autant sa place dans le mode de vie de Yoran que dans la musique qu'il écoutait, et il s'en accommodait plutôt bien. Juste avant de s'affaler dans son canapé, il avait pris une douche glacée dans le minuscule réduit qui lui servait de salle de bains, où il s'était longuement attardé, oubliant pour un temps les températures caniculaires qui avaient transformé Tokyo en véritable fournaise en moins d'un week-end. Il avait ainsi eu tout le loisir d'observer les marques de brûlures sur ses avant-bras, souvenir d'un passage qui avait failli lui être fatal à bord d'un vieux sloop en flammes sur le port de Brest.

Il s'était ensuite servi un tonic au gingembre et à la cardamome, accompagné de quelques glaçons et de deux généreuses tranches de citron vert. Le regard fixé au plafond, il eut, comme bien souvent, une pensée émue pour Horus. Le chartreux, qui n'était plus vieillissant mais bel et bien âgé, était entré dans sa vie plusieurs années auparavant, après avoir longtemps appartenu à l'homme qui lui avait donné le goût de la photographie. À contrecœur, Yoran avait dû le laisser au Rotterdam Eye Hospital, où il savait que son seul ami sur place – un dénommé « Tonton » – s'occupait de lui. Il ne désespérait cependant pas de le revoir un jour, et n'excluait pas de faire une escale salvatrice à Rotterdam s'il devait retourner en Europe à l'avenir.

Son Hasselblad posé sur la table basse, il allait consulter ses prises de vue de la nuit – éternel rituel –, quand son smartphone fraîchement rallumé bipa.

Yukimi.

La jeune femme le remerciait de nouveau pour la session de photos, le tout dans un français presque parfait. Elle avait signé « Yuki ». « La neige », en japonais. Le type de météo qui paraissait bien loin, pour Yoran, qui avait pourtant fait la délicate expérience de l'hiver tokyoïte par deux fois, une saison dont la rigueur dans l'est du Japon n'était en rien comparable à ce qu'il avait connu sur la pointe bretonne ou le long de la façade maritime des Pays-Bas.

Il avala quelques gorgées de son verre *highball*, dans lequel la glace avait déjà intégralement fondu, puis s'enfonça dans son canapé, son reflex sur les genoux. En général, il s'endormait un peu avant le lever du soleil, et ne revenait à lui que bien plus tard, lorsque la journée des citadins s'apprêtait à toucher à sa fin, alors que la sienne n'en était qu'à ses prémices. Mais il appréciait toujours particulièrement de se laisser aller avant à la contemplation de ses dernières photos ; un moyen pour lui de prolonger un peu plus ces sessions de *shooting* nocturne qu'il aimait tant, et qui rendaient à elles seules si excitante l'exploration de la capitale nippone et des recoins quasi infinis de sa mosaïque de quartiers.

Il avait pris pas moins de cent quatre-vingt-sept photos, cette nuit-là. Cela lui promettait un gros travail de sélection pour la suite, ce qu'il appelait la « face sombre » de l'activité de photographe. Un aspect néanmoins indispensable de sa discipline, s'il souhaitait continuer à marquer les esprits et garder sa place dans la très concurrentielle famille des adeptes du huitième art à Tokyo.

Le morceau de New Order – un instrumental pur – durait dix-sept minutes et vingt-neuf secondes, et avait été écrit à la mémoire de l'ancien leader du quatuor, Ian Curtis, qui avait mis fin à ses jours en 1980, alors que le groupe se nommait encore Joy Division. Yoran savait qu'il aurait amplement le temps de faire défiler toutes ses photos dans l'intervalle, et peut-être même de sélectionner celle qu'il enverrait au *photo game* auquel il s'était inscrit depuis ses débuts au Japon, FuguShots.

Le principe était simple. Le jeu, accessible en ligne pour ses membres, regroupait des passionnés de photo du monde entier, réunis autour de compétitions à thèmes, qui permettaient à ceux qui récoltaient le plus de votes de figurer en bonne place dans les galeries du site, et aux meilleurs d'entre eux de cumuler une certaine notoriété, voire de remporter des prix, relativement prestigieux pour la plupart. Yoran avait d'ailleurs réussi à figurer à plusieurs reprises en position honorable dans ses catégories de prédilection, à savoir « At ground level », « From the skylight », « Shades of black & white », et son péché mignon, « Two wheels only ». À force d'arpenter les ruelles de Tokyo, il s'était en effet pris d'affection pour les innombrables vélos garés ici et là, plus originaux les uns que les autres, et souvent ornés de touches très personnelles de la part de leurs propriétaires. Sa spécificité était de ne travailler qu'en noir et blanc, ce qui représentait une manière intime de partager son univers avec le monde extérieur.

Après une dizaine de minutes, il décida de ne retenir qu'une photo, la plus impressionnante de celles qu'il avait prises allongé au sommet de l'immeuble de trente-deux étages, dans les hauteurs de Shinjuku, là où Yukimi et lui avaient achevé leur session. Il l'envoya sur le site en connectant son reflex à son ultraportable, et la vit apparaître en ligne une poignée de secondes plus tard. L'interaction en temps réel était indéniablement le point fort de FuguShots, dont la communauté dépassait le million d'utilisateurs, et qui enregistrait une moyenne de six milliards de votes chaque mois, pour une cinquantaine de compétitions organisées.

Une fois cela fait, et alors que l'intemporelle *Elegia* égrenait ses ultimes notes dans le micro-appartement, Yoran éteignit son ordinateur et termina son verre en dégustant chaque gorgée avec un peu plus d'intensité que la précédente, tout en consultant machinalement sur son smartphone les galeries du site sur lesquelles il ne se rendait presque jamais. « Artistic dream » fut celle qui capta finalement son attention. Il allait s'endormir devant des créations où le talent brut des photographes le disputait à une vision esthétique dont les tenants et les aboutissants le dépassaient bien souvent. Les photos d'œuvres d'art *in situ* aussi bien que celles plus recherchées de compositions personnelles se succédaient sur l'écran de son smartphone, tandis que la pluie avait cessé au-dehors.

Le sommeil était tout près de l'emporter irrémédiablement vers de lointains horizons lorsque ses yeux s'arrêtèrent sur une photo qui eut sur lui l'effet d'un électrochoc dévastateur. Une photo qui ne trouvait sa place dans aucune des catégories proposées par le site, mais qui semblait bel et bien avoir été le fruit du « rêve artistique » de l'un de ses utilisateurs.

Celle d'un homme mort.

Chapitre 4

Good morning Japan

Les lundis matin étaient toujours un peu les mêmes, pour Vilma Chavez.

D'ailleurs, quand elle y réfléchissait, la seule différence avec les autres jours de la semaine, c'était que les chambres de l'hôtel étaient souvent plus sales, le lundi matin. Comme si, mus par une sorte d'énergie animale qu'ils avaient canalisée en eux tout au long de la semaine écoulée, et s'apprêtant probablement à retrouver tout leur sérieux pour celle qui s'annonçait, les clients se lâchaient complètement, au mépris absolu du travail que cela allait représenter pour l'équipe chargée du nettoyage des chambres.

Et la responsable de cette équipe, c'était justement elle. Née à Manille à la fin des années quatre-vingt et mère de quatre enfants, elle avait quitté les Philippines en quête d'une situation professionnelle stable en 2006, pour s'engager auprès d'une famille aisée du quartier de Jiyugaoka, au sud-ouest de Tokyo. Mais après douze années de bons et loyaux services, l'attitude trop souvent cavalière du patriarche à son égard et ses gestes déplacés à répétition en l'absence de son épouse avaient eu raison de son dévouement, et elle avait choisi de renoncer à ses fonctions, répondant finalement à une annonce de recrutement comme chef d'équipe dans un *love hotel* d'Akihabara.

Cela étant dit, dans l'ensemble, les Japonais étaient un peuple très discipliné, bien plus que les Philippins ne le seraient jamais. Mais ce type d'établissement présentait la particularité d'être fréquenté par une faune qui comprenait autant de locaux malheureux en amour ou en manque de sensations fortes que d'étrangers, ceux-ci considérant souvent ce genre d'endroits comme de véritables défouloirs, ni plus ni moins. Ainsi, si les chambres étaient toutes parfaitement dotées en matériel dédié au plaisir et à l'amusement des partenaires, qu'ils le soient pour la nuit ou pour la vie, il n'était pas rare que certaines réservent leur lot de mauvaises surprises, au petit matin.

L'hôtel en lui-même ne payait pas de mine vu de l'extérieur, mais il en était tout autre pour les curieux qui en franchissaient les portes, les clients ayant tous en commun de venir là pour laisser libre cours à leurs fantasmes les plus inavoués. Les quarante-quatre chambres étaient réparties sur quatre niveaux, le dernier ne comprenant que des suites, qui étaient au nombre de huit. Chacune possédait son propre univers. Les amateurs d'Histoire comme ceux – et surtout celles – de contes de fées avaient ainsi toutes les chances de pouvoir se faire dignement plaisir, au même titre que les couples qui avaient un faible pour les hôpitaux ou les salles de classe, le nécessaire en matière d'uniformes étant bien sûr gracieusement fourni par la maison. Même les *geeks* avaient le droit à leur chambre, celle-ci proposant un mur entier d'écrans de télévisions simulant en temps réel ce qui se déroulait dans les autres chambres de l'étage.

Mais le secteur était en crise, et ces établissements fermaient les uns après les autres depuis plusieurs années maintenant, la tendance risquant de se confirmer dans un avenir proche. Les derniers représentants du genre à Tokyo étaient pour une grande partie regroupés sur la « colline des *love hotels* », dans le quartier de Shibuya, la majorité demeurant néanmoins en périphérie des grandes villes.

Les chambres étaient généralement « aveugles », afin de préserver au maximum l'intimité des clients, mais il en était une qui offrait une vue inégalable sur Akihabara et l'horizon presque infini qui s'étendait au-delà. La suite « Amsterdam ». La chambre avait été l'une des dernières imaginées par le directeur de l'hôtel, et elle attirait essentiellement des fidèles de l'établissement, fortunés pour la plupart. L'idée initiale avait été de reproduire avec la plus grande fidélité l'intérieur d'une chambre close du célèbre Red Light District de la capitale néerlandaise. Le directeur avait même poussé le souci du détail en faisant installer une lanterne rouge au-dessus de la porte de la suite, censée remplacer la traditionnelle affichette « Do not disturb », commune à tous les hôtels, lorsque celle-ci était allumée.

Vilma débutait justement sa tournée de ménage par cette suite, ce qui ne devait rien au hasard. Elle adorait s'imprégner de la vue, avant de commencer sa journée pour de bon. Cela lui donnait une sorte de courage qui, sans cet infime plaisir, lui aurait probablement fait défaut. Et tout spécialement les lundis matin.

En arrivant au bout du couloir ouest du quatrième étage, elle s'étonna ce matin-là de constater que la lanterne était toujours éclairée, diffusant sa lueur rougeâtre devant la porte de la suite, comme pour marquer le fait que celles et ceux qui s'aventuraient là acceptaient de pénétrer dans une zone de non-droit. Cela était d'autant plus étrange qu'il était

7 h 01, et que, selon le registre numérique des chambres, le client – qui était arrivé peu après une heure du matin – avait indiqué lors de sa réservation qu'il ne resterait pas plus de trois heures.

Sauf dysfonctionnement électrique, il y avait donc toujours quelqu'un dans la chambre.

Vilma hésita un instant, puis tapa à la porte ; une fois, puis trois coups très rapprochés. Pas de réponse. Elle donna alors un peu de sa voix, se présentant comme le « Room service » dans un anglais impeccable dont elle avait toujours su qu'il avait constitué son meilleur atout pour décrocher son poste dans l'hôtellerie. Silence radio.

Elle recula en dehors de la bulle de lumière rouge, tout à coup trop intense pour ses yeux, et fouilla dans la poche latérale de sa tunique de service. Elle mit de longues secondes avant de mettre enfin la main sur ce qu'elle cherchait. Son pass. Elle déverrouilla ensuite la porte, consciente qu'elle allait peut-être réveiller les tourtereaux. Mais son *planning* ne lui permettait pas d'attendre davantage, et elle avait encore deux étages à nettoyer, sa collègue Angelica s'occupant des deux autres.

Sa première impression lorsqu'elle entra dans la pièce fut qu'elle avait bel et bien accédé à un autre monde. Seule une faible luminosité filtrait depuis des lanternes en bois, positionnées tout autour du lit. Un peu partout, des fleurs avaient été disposées avec harmonie, comme pour conférer à la chambre l'apparence d'un jardin d'Éden. Ou pour célébrer un événement mortuaire.

Un frisson glacé lui ôta soudain toute capacité de raisonnement.

Allongé sur l'imposant matelas en futon, un corps de femme recouvert d'un voile translucide offrait la pose qu'aurait pu prendre un modèle pour une séance de nu artistique. Elle s'approcha fébrilement, et réalisa avec soulagement qu'il s'agissait d'un mannequin. Sa tête avait été sciemment inclinée vers la salle de bains ou, plus exactement, vers la grande vitrine qui séparait les deux parties de la chambre.

Vilma déglutit alors qu'elle regardait dans cette direction, portant inconsciemment la main à son visage.

Là, jambes écartées, un homme assis sur une chaise et tout aussi nu que le mannequin semblait l'observer droit dans les yeux, sa bouche grande ouverte lui conférant un air de vieux fou. Son corps, illuminé par les néons rouge vif de la vitrine, avait été peint en blanc sur toute sa surface, à l'exception de ses orbites et de ses lèvres, recouvertes de trois croix de peinture noire, dont des gouttelettes à peine sèches s'écoulaient encore sur le bas de son visage. Sa main droite était maintenue étrangement levée, tandis que son bras gauche était tendu, un sabre à lame courbe orienté vers lui dans la main. Mais le plus effroyable était l'éventration qui déchirait littéralement son corps en deux, et l'amoncellement d'organes entassés sur le sol dans une épaisse mare de sang. Et cette odeur, insoutenable.

Horrifiée, Vilma posa un genou à terre, cherchant machinalement son pass, avant de se rappeler qu'elle le tenait encore en main. Prise de tremblements incontrôlables, elle se redressa difficilement, chancela puis se signa, avant de crier le prénom de sa collègue du jour, certaine d'une chose.

Pour une fois, elle n'aurait pas à faire le ménage dans sa suite préférée.

Chapitre 5

Tableau

L'image qu'il avait eue sous les yeux avait cloué Yoran sur place.

Non seulement l'homme qu'il avait vu sur l'écran de son smartphone était bel et bien mort, mais celui-ci avait par ailleurs fait l'objet d'une mise en scène dont le sens et la portée – si toutefois il y en avait – lui échappaient complètement. Après avoir sauvegardé la photographie de la vision morbide par pur réflexe, il avait été incapable de s'endormir, hésitant à se rapprocher d'une quelconque forme d'autorité ou à avertir les administrateurs du site Internet de FuguShots.

Mais il n'en avait rien fait.

Moins d'une heure après sa mise en ligne dans la catégorie « Artistic dream », la photo avait été purement et simplement supprimée du site, qui avait lui-même été rendu indisponible jusqu'au matin, un message précisant que la cause était d'origine « technique ».

Yoran avait alors activé la fermeture automatique de ses volets pour contrer le jour naissant, sans pouvoir s'empêcher de se pencher encore et encore sur l'image. Assis dans une vitrine, l'homme semblait s'être éventré. Mais ce qui avait frappé Yoran, c'était le soin tout particulier apporté à la présentation de son corps, celui-ci ayant visiblement été enduit de peinture blanche, à l'exception de ses yeux et de sa bouche, barrés de trois croix noires disproportionnées. Des lanternes en bois et des fleurs jonchaient le sol autour de lui.

Sachant pertinemment qu'il ne dormirait plus, et malgré l'horreur que cela lui inspirait, il s'empara de son ultraportable et décida d'y transférer la photographie, qui relevait désormais pour lui de l'obsession pure.

Dehors, la vie était sur le point de reprendre son cours, et les services de nettoyage des rues étaient déjà à l'œuvre. Tokyo ne s'endormait jamais vraiment, mais comme dans toute aire urbaine massivement peuplée, il y avait une heure à partir de laquelle un sursaut de vie parcourait la cité, précédant de peu le début d'une nouvelle journée pour le commun des citadins. Mais pas pour Yoran.

Il avait rallumé son ordinateur, y téléchargeant aussitôt la photographie dans PhotoScape, l'application qu'il utilisait pour éditer ses prises de vue. Il parcourut longuement l'image en zoomant sur celle-ci, prenant le temps d'observer attentivement chaque partie du corps de l'homme ainsi mis en scène. Puis il adapta la photo à la fenêtre de l'application et posa l'ordinateur sur la table basse, avant de s'enfoncer dans son canapé en futon. Et il s'imprégna de la vue d'ensemble sans penser à rien d'autre.

Dans l'appartement, le morceau de New Order s'était achevé depuis un moment déjà, faisant place à un silence pesant. Autour de Yoran, l'obscurité était presque totale. Alors que l'éveil de la capitale nippone devenait progressivement une réalité, il fut saisi d'une sensation étrange, celle d'être confronté à une composition dans laquelle chaque détail était susceptible de revêtir une signification particulière. Comme s'il était face à la création d'un artiste ayant laissé libre cours à ses fantasmes les plus primaires.

À un tableau.

Chapitre 6

Zeniya

Une lueur diaphane en provenance du jardin éclairait la table laquée à travers les pousses de bambou parfaitement alignées. La fenêtre, maintenue ouverte, permettait à la lanterne en pierre de diffuser sa lumière jusque dans la pièce privative, à défaut de rafraîchir l'atmosphère, particulièrement lourde depuis le matin.

L'endroit accueillait sa clientèle depuis 1970 et sa décoration intérieure était demeurée pratiquement inchangée au fil des décennies. Le Zeniya – tel était son nom – s'était établi dans le quartier central de Kanazawa, au milieu d'anciennes maisons de samouraïs et d'étroites ruelles pavées, tout près d'un minuscule affluent de la rivière Sai qui elle-même se jetait, beaucoup plus loin, dans la mer du Japon, au nord de l'archipel.

Un peu moins d'une année plus tôt, Yoran y avait fait la connaissance de Yoriko Fukuhara, une ancienne *geisha* qui avait renoncé à son art au milieu des années quatre-vingt-dix, avant d'épouser le propriétaire des lieux, décédé tout juste deux ans après leur union. Elle avait alors décidé de prendre sa suite, s'impliquant personnellement dans la gestion du restaurant, dont elle était devenue la dirigeante par défaut. La spécialité de la maison était la cuisine *kaiseki*, forme de gastronomie japonaise dans laquelle les plats étaient servis sur des plateaux dédiés chacun à un mets bien précis s'inspirant de la saison, et où la qualité des ingrédients n'avait d'égal que le raffinement de leur présentation.

Désormais âgée de soixante-seize ans, Yoriko n'avait pas encore l'intention de transmettre les rênes de son enseigne à un quelconque successeur, et le chef à l'œuvre en cuisine – qui avait été formé par son défunt mari – avait toute sa confiance, au même titre que celle des clients, dont Yoran faisait indéniablement partie.

À dire vrai, il était même un tout petit peu plus que cela. Car Yoran avait fait la connaissance de Yoriko alors qu'elle était à la recherche des compétences d'un photographe à même de mettre en lumière son restaurant sur les réseaux sociaux. Il avait ainsi, à sa modeste mesure, contribué à inscrire le Zeniya dans une nouvelle ère, que sa propriétaire espérait la plus longue possible.

Depuis lors, tous deux se retrouvaient régulièrement, la plupart du temps à Kanazawa, que d'aucuns nommaient la « petite perle d'Ishikawa », mais il arrivait parfois aussi à Yoriko de se rendre dans la capitale japonaise pour des motifs impérieux, bien qu'elle n'ait toujours eu de cesse de limiter au strict minimum ses déplacements en dehors de la ville où elle avait vécu sa vie entière. Au fur et à mesure de leurs rendez-vous, l'ancienne *geisha* – qui préférait employer le terme de *geiko* – avait fini par devenir la confidente de Yoran dans un pays très éloigné de sa terre d'origine, et où il était pleinement conscient qu'il ne serait jamais complètement considéré comme un autochtone.

Assis sur un coussin en lin positionné à même le tatami, Yoran faisait face à son amie, s'apprêtant à goûter au dixième et dernier plat du dîner, le *mizumono* ou dessert de saison, qui comprenait ce soir-là une crème glacée à la poire *nashi* enrobée d'une feuille d'or. Il avait raconté à son hôte la nature du meurtre survenu dans le *love hotel* d'Akihabara, le lieu du crime ayant été dévoilé par les médias japonais le matin même, soit vingt-quatre heures après que Yoran eut découvert la sinistre photographie depuis son smartphone.

– Est-ce bien votre rôle de vous impliquer ainsi dans cette histoire, Yoran-*san* ? Si la criminalité au Japon n'est pas comparable à celle que vous avez pu connaître en Europe, nous disposons aussi de nos propres forces de police, et je ne doute pas que celles-ci mettront un point d'honneur à identifier l'auteur de cet acte affreux.

– J'en suis tout aussi certain que vous, Yoriko-*san*, mais le fait d'avoir été informé de cet événement dramatique *via* un site Internet que j'utilise tous les jours ou presque, et qui regroupe d'autres passionnés de photo, m'incite fortement à m'y intéresser. De plus, j'ai l'intime conviction qu'il ne s'agit pas d'un meurtre « basique ».

Yoriko resservit une tasse de son thé d'ombre Gyokuro Kimigayo *first flush* à son invité, dont elle avait progressivement élargi le palais en matière de dégustation de thé vert, mais à qui elle répétait régulièrement qu'il avait encore beaucoup à apprendre. Elle parlait huit langues, parmi lesquelles le français, ce qui avait considérablement facilité leur mise en relation au moment de leur première rencontre.

– On dirait que vous en savez davantage que vous ne voulez bien le laisser paraître, Yoran-*san*.

– Vous n'avez pas tort… Je ne l'ai pas mentionné avant, mais je dispose d'une photographie de l'homme retrouvé mort dans cet hôtel. Je l'ai sauvegardée directement depuis le site du *photo game*, juste avant que celui-ci ne soit rendu indisponible.

– Déformation professionnelle, n'est-ce pas ?

Yoran ne put s'empêcher de sourire. Quelques mois avaient suffi à Yoriko pour apprendre à lire en lui, et l'empathie dont elle faisait preuve à son égard le surprenait souvent.

– Il y a de ça...

– Et si vous êtes venu ici ce soir, ce n'est peut-être pas uniquement par amour de la cuisine raffinée de mon chef, Shinichiro-*san*.

– Shinichiro-*san* est toujours aussi talentueux, soyez-en certaine, mais il est vrai que j'apprécierais de connaître votre ressenti au visionnage de cette photo, si toutefois vous vous estimez prête à l'examiner.

Sans même le regarder, Yoriko repoussa la coupelle en céramique posée devant elle et inclina très légèrement la tête. Yoran comprit immédiatement qu'elle lui signifiait qu'elle était d'accord. Il s'empara de son smartphone, sélectionna l'image désirée, et le tendit au-dessus de la table. Son interlocutrice fixa longuement l'écran de l'appareil, sans prononcer le moindre mot ni même cligner des yeux. Puis elle lui adressa un nouveau signe de la tête, demeurant silencieuse.

– Qu'y avez-vous vu, Yoran-*san* ?

Il regarda à son tour l'image qu'il croyait pourtant connaître par cœur, puis, après une brève hésitation, il s'élança.

– On dirait que cette mort est l'aboutissement d'un cérémonial, ou une sorte d'œuvre morbide. Pour vous répondre avec exactitude, je serais tenté d'y voir un « tableau ».

– Une œuvre d'art, donc ?

– D'une certaine manière, oui...

Yoriko resserra la ceinture de son *kimono*, puis recula imperceptiblement.

– Si c'est un « tableau », il est le fruit d'un artiste à l'imagination aussi débordante que dérangée, et très porté sur la symbolique.

– Qu'entendez-vous par là ?

– L'homme que je viens de voir a eu le corps peint en blanc, comme s'il avait fait l'objet d'une « purification ». À l'exception de ses yeux et de sa bouche. Il serait légitime de se demander pourquoi. Quant aux fleurs disposées à même le sol, on dirait de l'amaryllis du Japon, ou lis araignée rouge. Elle évoque la mémoire perdue et l'abandon. A-t-on une idée de son identité ?

Yoran avait beau être un instinctif, il fut littéralement subjugué par les capacités innées d'analyse de son amie. Mais si le meurtre avait bien été annoncé par les journalistes, le nom et la profession de la victime étaient encore inconnus à cette heure.

– Aucune information n'a filtré à ce sujet, malheureusement.

– Cela risque de limiter fortement le spectre de vos recherches… si, toutefois, vous vous engagez dans cette direction. Néanmoins, j'aimerais aborder avec vous deux points supplémentaires. Ce que l'homme tient dans sa main est un *wakizashi*. Ce type de sabre à lame courte était autrefois porté par les samouraïs en complément de leur *katana*, de longueur supérieure. Mais le plus intéressant, c'est qu'il s'agissait de leur arme de prédilection lorsqu'ils décidaient de se donner la mort.

– Le *seppuku*…

Dehors, la lueur de la flamme à l'intérieur de la lanterne vacilla un instant, projetant d'inquiétantes ombres mouvantes dans la pièce, avant de se stabiliser quelque peu.

– C'est bien de cela que je voulais vous parler. Le sentiment qui me vient à l'observation de cette photographie est d'être face à la représentation d'un homme ayant réalisé le suicide rituel japonais. Le *seppuku* n'a plus cours au Japon depuis le dix-neuvième siècle et la Restauration de Meiji, même si quelques cas ont été recensés au-delà de cette date, mais il convient de se demander qui l'aurait « aidé » à accomplir son acte.

– Un suicide forcé…

Tout en parlant, Yoran s'était une nouvelle fois plongé dans l'image qu'ils avaient sous les yeux.

– Cela me paraît probable. En notant que ce n'est pas le commun des mortels qui peut avoir accès à un *wakizashi*, de nos jours.

– Avez-vous une idée précise sur ce point, Yoriko-*san* ?

– Hum… Pas vraiment, Yoran-*san*, mais si cela peut vous être utile, je compte parmi mes clients les plus fidèles une femme japonaise qui s'est mariée à un Français exerçant comme professeur de kendo dans une université de Tokyo. Voilà le genre de personne auprès de qui vous seriez en mesure de réunir d'autres pièces pour votre « tableau ». Du moins, c'est ce que je vous souhaite.

Elle se leva sans attendre d'autre réaction de son invité, et quitta la pièce un moment. Puis revint, moins d'une minute plus tard, une carte de visite à la main. Avant de se rasseoir, elle la tendit à Yoran, qui la prit délicatement en la remerciant, et lut ce qui y était écrit.

Sébastien Reicher
Kendo 8th dan Professor
Keio University Kendo Team

Un numéro de téléphone et l'adresse d'un site Internet y étaient associés, le verso comportant la traduction japonaise de la présentation dudit professeur.

– En cette saison, il est probable que les entraînements aient lieu tôt le matin... mais il pratique également le soir avec les salariés de grandes entreprises de Roppongi, ce qui, je n'en doute pas, vous conviendra davantage, Yoran-*san*.

– Et vous voyez juste, Yoriko-*san*. Je vous remercie sincèrement pour votre aide et vos précieux conseils.

L'ancienne *geisha* inclina poliment la tête.

– Avant de vous libérer, j'aimerais également vous interroger sur un autre sujet, si vous êtes d'accord.

Yoran se redressa et attrapa la sacoche bandoulière qu'il avait apportée avec lui. Il en sortit une feuille rectangulaire insérée dans une chemise plastifiée. Celle qu'il avait ramassée dans la voiture de taxi. Il la posa sur la table, juste devant Yoriko, et la laissa s'en approprier le dessin.

– C'est un *nue*.

Face à la perplexité de Yoran, elle jugea bon d'affiner ses propos.

– Le *nue* est un *yōkai* – une créature de notre mythologie –, celui-ci se distinguant par un corps se composant de ceux de plusieurs animaux. Le singe pour la tête, le chien viverrin pour le buste, le tigre pour les pattes, et le serpent pour la queue.

– Une chimère...

– Je crois que c'est le mot que vous utilisez en français, oui. Il a la réputation de pouvoir se transformer en nuage noir et voler, et de dégager une odeur nauséabonde.

Yoran se rappela l'impression qui avait été la sienne lorsqu'il avait regardé le dessin pour la première fois.

– C’est donc un esprit malfaisant ?

– En effet. Le *nue* sème maladie et malchance là où il est aperçu. Le mieux est encore de ne jamais le rencontrer.

Yoran remercia son amie une dernière fois, et la salua peu après, alors que celle-ci s’était lancée dans une session nocturne de *shamisen*, cet instrument à cordes pincées traditionnel au long manche dont Yoriko avait appris à jouer alors qu’elle était encore *maiko* – apprentie *geisha* –.

Une lune voilée se devinait à peine entre des nappes de brume noirâtre lorsque Yoran monta à bord du *Shinkansen* à destination de Tokyo, quittant ainsi la région du Hokuriku.

La Terre du Nord.

Chapitre 7

La voie du sabre

Les étages défilaient les uns après les autres à vive allure, générant chez lui une étrange sensation de vertige.

Juste avant de monter dans l'ascenseur, Yoran avait été informé par une réceptionniste équipée d'une oreillette dernier cri et au tailleur parfaitement ajusté que Sébastien Reicher donnait ses cours sur le toit de l'immeuble portant le nom d'Ark Hills South Tower. Le bâtiment, niché au cœur du quartier de Roppongi, regroupait des espaces dédiés au *coworking*, et faisait figure de modèle d'avenir pour les jeunes générations tokyoïtes fraîchement entrées dans l'univers impitoyable du travail nippon.

Yoran n'aimait pas Roppongi. À dire vrai, c'était même un endroit qu'il avait pris l'habitude d'éviter lors de ses déplacements dans Tokyo. Cette partie de la ville était tout sauf un concentré d'authenticité, et se trouvait être essentiellement fréquentée par la jeunesse dorée étrangère en mal de plaisirs occidentaux et par des expatriés nostalgiques de leur ancienne vie.

Il avait pris connaissance du lieu *via* le site Internet de Sébastien Reicher, dont l'adresse figurait sur la carte de visite que lui avait donnée Yoriko la veille. En lisant le profil du Français, Yoran avait appris que celui-ci avait quitté sa Lorraine natale près de dix ans auparavant pour ce qui devait alors constituer un simple stage d'approfondissement de sa discipline. Ces quelques semaines dans l'archipel l'avaient amené à rencontrer celle qui allait devenir son épouse, de son nom de naissance Nodoka Nagakura, arrière-petite-fille de samouraï qui l'avait initié au bouddhisme zen – le *zazen* – et aux valeurs dispensées dans le *Hagakure*, le code des guerriers japonais. Il vivait depuis à Tokyo, et semblait peu enclin à reprendre un jour le chemin de la France.

Un choix de vie pas si éloigné de celui qu'avait fait Yoran, dans une certaine mesure.

La course de l'ascenseur s'arrêta finalement tout en douceur, la porte s'ouvrant silencieusement sur un corridor désert à l'éclairage tamisé, dans lequel il s'engouffra sans attendre. Comparativement aux températures qui régnaient dehors, même à cette heure avancée de la soirée, la climatisation l'incita à prendre tout son temps avant de retrouver l'air extérieur. Ne devinant pas la moindre présence humaine, il en vint à douter d'avoir correctement saisi ce que lui avait dit l'hôtesse d'accueil. Il poursuivit cependant jusqu'à un étroit sas aux portes entièrement vitrées, d'où il aperçut la ligne d'horizon de la cité et, bien au-delà, la voûte étoilée. Il franchit les deux portes l'une après l'autre, et surgit sur le *rooftop* de l'immeuble. Cette fois, et bien que la tentation soit grande, il ne venait pas pour la photo.

Il eut à peine le temps d'effectuer quelques mètres qu'un cri mat et puissant retentit, le faisant sursauter. Un autre suivit peu après, puis un troisième. Yoran se retourna et constata que le cours avait bel et bien lieu juste là, de l'autre côté du toit. Il compta dix *kendoka*, se déplaçant tous dans une impressionnante synchronicité. Reicher était forcément l'un d'eux.

Il se rapprocha lentement, espérant capter l'attention d'un des combattants au moins, mais tous lui parurent totalement absorbés par leur entraînement. Cela lui donna l'opportunité d'observer leur équipement de près. Tout de bleu nuit vêtus, leur armure comprenait un plastron recouvrant le torse et le ventre, des gants et, bien sûr, le masque emblématique des pratiquants du kendo, doté d'une grille qui rendait presque impossible l'identification de celui qui le portait. Au niveau de la ceinture, chacun arborait un sac en tissu noir sur lequel étaient imprimés des caractères japonais blancs, indiquant probablement leur nom ainsi que leur rang. Les sabres qu'ils maniaient étaient plus longs que l'idée que Yoran s'en était faite. Les lames étaient remplacées par des lattes de bambou, comportant néanmoins un tranchant, avec lequel les *kendoka* frappaient leurs adversaires.

Une succession de cris d'une violence inouïe le sortit de sa contemplation. Les coups pleuvaient, parfois à la tête, sans que ceux-ci ne lui semblent non maîtrisés pour autant. Fasciné par l'aspect spectaculaire de la discipline, il avança de quelques pas supplémentaires vers le groupe d'hommes. L'un d'eux s'interrompit dans son élan au moment où il s'apprêtait à toucher son adversaire au flanc. Il l'avait vu.

Ne s'y attendant plus, Yoran se saisit de la carte de visite de Sébastien Reicher dans la poche arrière de son jean, et la tendit devant lui. L'autre ne broncha d'abord pas, avant d'abaisser son sabre et de faire un pas vers lui. Ne distinguant pas clairement son visage, Yoran n'aurait su dire s'il lisait le nom inscrit sur la carte ou s'il le fixait.

Après un temps de latence, l'homme fit mine de rengainer son arme et leva son bras libre sur sa gauche, en direction de l'un des deux combattants les plus éloignés de Yoran, qui était dos à lui, en pleine confrontation avec un autre *kendoka*.

Il le tenait.

Sans réfléchir, Yoran marcha entre les pratiquants, dont plusieurs l'esquivèrent à la dernière seconde, pour former une improbable haie d'honneur afin de le laisser passer. Comme s'il avait deviné sa présence, celui qui justifiait à lui seul son déplacement inclina imperceptiblement la tête sur le côté, avant de murmurer, dans un japonais accessible à Yoran.

– À qui ai-je l'honneur ?

Yoran s'immobilisa net. Aussi incroyable que cela pouvait paraître, ce type avait senti qu'il était là, sans même le regarder, et en dépit des cris tonitruants de ses élèves. Au pied du mur, il répondit aussi sec, et en français.

– Yoran Rosko. C'est vous que je cherche.

Sébastien Reicher – car c'était bel et bien lui – adressa un signe au *kendoka* qui lui faisait face, celui-ci lui répondant aussitôt par un geste identique, avant de reculer de deux pas et de reprendre l'entraînement à l'écart. Invitant Yoran à en faire de même, le maître s'agenouilla alors au sol, et déposa son sabre à sa gauche.

L'instant suivant, les deux hommes se regardaient droit dans les yeux. Reicher avait retiré son masque, permettant à Yoran de reconnaître le visage qu'il avait déjà vu sur le site Internet du *kendoka*. Il nota tout de même que le Français avait les cheveux considérablement plus longs que sur les photographies illustrant son site, coiffés vers l'arrière et noués à la manière d'une queue de cheval.

– Quel sujet extérieur au kendo vous amène, Monsieur Rosko ? Car je ne me trompe pas en supposant que vous n'êtes pas ici pour vous mesurer à l'un de mes élèves ?

– Et encore moins à vous, Monsieur Reicher. C'est davantage pour parler de l'armement des samouraïs, que je suis là.

L'homme agenouillé en face de Yoran sourit à demi.

– Les samouraïs… Je crois que vous vous égarez, Monsieur Rosko. Vous êtes au Japon, certes, mais nous sommes en 2023, et le dernier samouraï est mort en 1911…

– … et il était Français. Je sais tout cela, Monsieur Reicher. Mais je me dois d'insister sur le fait que ce sont bien les armes utilisées par les samouraïs autrefois qui m'intéressent, au point de m'avoir fait délaisser mes propres quartiers à Naka-Okachimachi pour celui de Roppongi, que je n'apprécie que très modérément, et c'est un euphémisme. Pour tout vous dire, c'est Yoriko Fukuhara qui m'a suggéré de vous rencontrer.

– Vous vivez donc au Japon ?

Discrètement, l'attention du *kendoka* était montée d'un cran. Yoran exulta intérieurement.

– À Tokyo, comme vous. Mais depuis beaucoup moins longtemps.

– Alors, c'est que vous êtes tombé amoureux.

Yoran releva l'allusion, sans savoir avec certitude si Reicher évoquait son amour pour une femme ou pour le pays, mais n'y donna pas suite.

– Amoureux, oui… Et si nous parlions du kendo ? J'ai cru comprendre que vous pratiquiez depuis un moment…

– Bientôt dix ans, en effet. Le kendo n'est pas qu'une discipline sportive, vous savez. Il s'agit avant tout d'une forme d'éducation morale. Ce que le *kendoka* recherche, c'est de s'endurcir mentalement ; contre le froid l'hiver, contre la canicule l'été. Voilà pourquoi je donne mes cours sur un toit, et ce, même si cela déplaît à nombre de grands maîtres japonais, qui ne jurent que par les dojos traditionnels. Pourtant, à ses origines, le kendo était un art martial qui se pratiquait presque exclusivement en plein air.

– C'est donc, en quelque sorte, un retour aux sources de la discipline...

Loin de là, beaucoup plus bas, le trafic urbain, à peine moins dense que lors de l'heure de sortie des bureaux, projetait ses échos dans un quartier de Roppongi écrasé par une chaleur intenable, qui rendait les rares bouffées d'air encore respirables désespérément précieuses.

– On peut le voir comme ça. Mais les valeurs que nous défendons sont inchangées depuis toujours : respecter l'adversaire et se donner sans compter, sans jamais sombrer dans la violence. Et, le plus important, apprivoiser sa peur. Vous entendez ce cri ?

Dans son dos, les *kendoka* continuaient à pousser leurs rugissements à chacune de leurs attaques, contraignant Yoran à redoubler de concentration pour pouvoir suivre les paroles calmes et posées de Reicher, qui maintenait à présent ses yeux parfaitement clos.

– On l'appelle le *kiai*. Ce n'est pas juste un cri. Il permet aux pratiquants de gérer leur souffle au cours de l'effort, en les aidant à contrôler la coordination de leurs mouvements. Ils partagent tous un même objectif : atteindre l'état de *mu*.

– Le *mu* ?

– Le vide absolu. C'est la finalité de tout *kendoka*. Être capable de balayer l'intégralité de son champ de vision sans se focaliser sur aucun point. Ceux qui n'y parviennent pas se font purement et simplement aspirer, et perdent leur duel.

Yoran commençait à réaliser la rigueur extrême qu'exigeait la pratique du kendo, et les profondes qualités dont faisait certainement preuve l'homme qui se tenait devant lui.

– Mais la victoire ou la défaite importent peu, finalement. C'est la persévérance, qui nous guide. Et le désir de s'améliorer constamment. Et cela prévaut pour les *kendoka* comme pour la société dans sa globalité.

– Vous parlez de votre art martial avec beaucoup de passion, Monsieur Reicher. Je suis impressionné. Est-ce que, pour aller un peu plus loin, vous pourriez m'en dire un peu plus sur les sabres que manient les *kendoka* ?

– Vous y tenez vraiment...

Yoran soupçonna un sentiment de contrariété dans le ton employé par Reicher. Il était cependant venu pour lui poser cette question expressément, et ne pouvait envisager de regagner la terre ferme sans avoir obtenu une réponse précise sur ce sujet.

– Le kendo est la version moderne du *kenjutsu*, la technique guerrière du sabre qui était celle des samouraïs dans le Japon féodal. De nos jours, le sabre des *kendoka* – le *shinai* – se compose uniquement de bambou, comme vous avez pu le voir, et sert à toucher l'une des quatre zones de frappe rapportant des points : la tête, les poignets, les flancs ou la gorge. Est-ce là ce que vous désiriez apprendre, Monsieur Rosko ?

– À vrai dire... j'aimerais savoir s'il est susceptible d'exister un lien entre la pratique du kendo et le maniement du *wakizashi*.

Étonné par la question délibérément pointue de Yoran, Reicher rouvrit subitement les yeux.

– Vous êtes quelqu'un d'original. En près de dix années au Japon, c'est la première fois que l'on m'interroge sur ce point.

– Et je vous assure que ce sera ma dernière demande, Monsieur Reicher.

Derrière Yoran, l'agitation était justement en train de retomber. Le cours serait bientôt terminé.

– Hormis les répliques en circulation sur le marché, il est pour ainsi dire impossible de se procurer un *wakizashi* authentique, de nos jours, comme vous devez vous en douter. Ces sabres à lame courte étaient autrefois portés par les samouraïs en complément des *katana*, mais à la différence de ceux-ci, ils n'en constituaient pas l'apanage exclusif, puisque les marchands les plus aisés étaient également autorisés à en détenir.

– Je vois... En avez-vous déjà eu un entre les mains ?

La question était sortie sans prévenir, mais ne sembla pas ébranler Reicher dans ses explications.

– Il est vrai que certains professeurs de kendo ont recours à des *wakizashi* d'entraînement, mais c'est relativement rare, et c'est avant tout un objet d'exposition, désormais. N'oubliez pas que je ne suis professeur qu'en université, ainsi que pour les *salarymen* désireux d'évacuer la pression du travail une fois le soir venu.

– La réponse est donc non ?

– Absolument.

Yoran acquiesça. Il se retourna vers le groupe de *kendoka*, qui n'étaient plus qu'une poignée, et aperçut alors une femme japonaise marcher parmi eux. Elle avait probablement emprunté le même sas vitré que celui par lequel il avait accédé au toit. Grande et d'une élégance indéniable, elle était coiffée en carré dégradé et portait une robe noire à la coupe inclinée, laissant entrevoir ce qu'il supposa être une grue du Japon tatouée sur sa cuisse droite. Une agréable odeur boisée l'accompagnait. Peut-être du santal, à moins que ce ne soit du vétiver.

– Je vous présente Nodoka, mon épouse. Il lui arrive de pratiquer à mes côtés, et parfois de venir me chercher directement ici, lorsque le cours s'éternise.

Yoran la salua poliment, sans savoir s'il devait prendre la dernière remarque du Français pour lui, ce à quoi elle répliqua par un timide sourire. Reicher le présenta en retour à sa femme, puis Yoran le remercia pour le temps qu'il avait bien voulu lui consacrer, et s'éclipsa.

Avant de prendre le chemin du retour, il se rapprocha de la partie la plus avancée du toit, et regarda en contrebas après avoir chaussé ses lunettes. De nouveau, il ressentit cette sensation de vertige qui s'était emparée de lui alors qu'il était encore dans l'ascenseur. Tout en s'imprégnant de l'animation des rues illuminées et de la circulation ininterrompue des voitures, il repensa aux propos de Sébastien Reicher.

« Le vide absolu. C'est la finalité de tout kendoka. *Être capable de balayer l'intégralité de son champ de vision sans se focaliser sur aucun point. Ceux qui n'y parviennent pas se font purement et simplement aspirer, et perdent leur duel. »*

À cet instant, il eut l'intime conviction qu'il aurait fait un mauvais *kendoka*. Car lui recherchait exactement le contraire. Observer le monde autour de lui, et se fixer sur le détail qui lui permettrait de progresser. Et de faire la différence.

Et cela ne prévalait pas que pour sa discipline de prédilection.

Chapitre 8

Samurai fiction

Trente-sept minutes.

Ce fut le temps que mit Yoran pour atteindre sa destination suivante après avoir quitté l'Ark Hills South Tower, et retrouvé l'effervescence de Roppongi et sa fréquentation éclectique. Il ne s'attarda cependant pas dans ce berceau des plaisirs occidentaux bien trop surfait pour lui, et emprunta deux lignes de métro successives pour rejoindre Kabukichō.

Il avait décidé de poursuivre la nuit dans une zone plus authentique de Tokyo, et pourtant tout aussi sujette à l'agitation de ses riverains et à la mise en lumière tapageuse de ses enseignes aux néons emblématiques. Et ce n'était pas uniquement par nostalgie pour ses débuts dans la cité tokyoïte qu'il s'y était rendu une fois la nuit tombée.

Il comptait effectuer une dernière visite dans le Samurai Museum, qui proposait, tout au long de l'été, des nocturnes pour les voyageurs de passage comme pour les passionnés d'Histoire. Perdu au beau milieu d'un dédale de ruelles plus étroites les unes que les autres, le musée présentait une collection privée qui ouvrait ses portes au public depuis 2015.

Au fil des ans, Kabukichō s'était forgé une réputation sulfureuse, concentrant une bonne partie des lieux de débauche de la capitale, des salles de *pachinko* bondées de *salarymen* en manque de sensations fortes aux établissements plus ou moins louches dédiés au *strip-tease*, sans oublier les incontournables *love hotels* et les *soaplands*, ces maisons de luxe destinées à la prostitution qui avaient pignon sur rue. Sans véritable surprise, c'était généralement la pègre japonaise – les *yakuza* – qui avait la mainmise sur les activités liées à cette économie souterraine, mais depuis plusieurs années déjà, des réseaux criminels chinois et coréens avaient fait leur apparition dans le pays, et tendaient à menacer de plus en plus sérieusement le crime organisé japonais.

Avant d'arriver au niveau du Samurai Museum, Yoran reconnut la réplique de King Kong accrochée à l'une des façades de la rue, jetant un regard mauvais aux badauds. Il savait par expérience que la tête du mythique Godzilla n'était pas très loin elle non plus, et que les deux créatures étaient indissociables du quartier. Le musée en lui-même se repérait aisément, une armure de samouraï marquant son entrée, comme pour défier les plus entreprenants des promeneurs de franchir les portes de ce site encore trop discret aux yeux de certains dans le paysage tout en excès de Kabukichō.

Yoran ayant une sainte horreur du monde, la situation lui convenait parfaitement. Il serait aidé en cela par l'horaire tardif, qui lui garantirait probablement un accès au musée en comité très restreint. Sans s'appesantir sur les photos de précédents visiteurs affichées à l'entrée, il fit coulisser la porte en bois, et s'engouffra à l'intérieur.

* * *

La fraîcheur providentielle de l'air climatisé accueillit Yoran dans le musée.

Comme il avait pu s'y attendre, il ne vit personne d'autre, à l'exception d'un groupe d'amis examinant des figurines de samouraïs dans la boutique, visiblement sur le départ. À peine arrivé, un jeune homme lui annonça dans un anglais irréprochable que, s'il le désirait, une dernière visite guidée pourrait commencer dans les minutes qui suivaient. Yoran régla les frais d'entrée et se retourna brièvement, s'assurant ainsi qu'il était bien seul. Préférant partir à la découverte du musée par lui-même, il déclina poliment.

Le Samurai Museum s'étendait sur deux niveaux. De brèves notions historiques rappelaient que la caste des samouraïs était apparue au Xe siècle, et avait perduré jusqu'à la fin de l'époque d'Edo, au moment de l'ouverture du pays aux puissances étrangères, en 1868. Chaque objet s'accompagnait d'un descriptif de la période au cours de laquelle il avait été utilisé ainsi que de sa conception.

Les armures, plus majestueuses les unes que les autres, firent regretter à Yoran de ne pas avoir apporté son Hasselblad. Hormis le détail de l'*ō-yoroi* – la partie principale de l'armure, destinée à protéger le torse et la poitrine de son porteur –, celles-ci se distinguaient par les masques et, surtout, par les casques – les *kabuto* –, chacun possédant un style propre, la plupart s'inspirant de la mythologie japonaise ou du règne animal.

Yoran ne trouvant pas ce qu'il cherchait, il monta à l'étage. Le sol de ce niveau étant revêtu de tatami, il retira ses chaussures, comme cela était la norme. Il y avait là une armure taillée pour un enfant, qu'il contempla un moment, avant de reprendre son parcours. De petits espaces séparés par des parois en *shōji* – les portes coulissantes traditionnelles – présentaient les armes de ces combattants du Japon féodal, comprenant *katana*, *tachi* – les épées de cavalerie – et même une *yari*, une lance très longue qui servait aux samouraïs à trancher les jarrets des chevaux de leurs adversaires.

En s'engageant plus avant, Yoran aboutit dans une grande pièce, dans laquelle il reconnut une reproduction de l'armure de Naoe Kanetsugu, ce samouraï célèbre pour avoir porté au sommet de son casque le *kanji* du caractère « ai », l'« amour », en japonais.

En fermant les yeux, il se mit à imaginer toutes ces armures prendre vie, visualisant les innombrables batailles menées par ce peuple guerrier, et entendit les hurlements des soldats, ainsi que ceux de leurs chefs de guerre, dressés sur leurs chevaux, et n'hésitant pas à prendre les armes eux aussi. Le tonnerre gronda.

Yoran revint à la réalité.

Sans en être complètement certain, il lui sembla que l'orage tant espéré venait de retentir au-dehors. À moins qu'il ne se soit simplement agi d'un songe éveillé. Il continua sa progression, jusqu'à se trouver face à trois armures, qu'il identifia instantanément.

Il avait sous les yeux les reproductions des armures des trois samouraïs unificateurs du Japon, Oda Nobunaga, Toyotomi Hideyoshi et Tokugawa Ieyasu, alignées sous un halo de lumière qui l'obligea à chausser ses lunettes. Le casque du premier était fameux pour être orné d'une plume noire et blanche d'oiseau aquatique sauvage, tandis que celui de son successeur, le plus spectaculaire des trois, représentait les rayons du soleil levant. L'armure tout entière du dernier avait quant à elle été dorée à l'or fin, et resplendissait élégamment sous les projecteurs.

– Elles sont belles, n'est-ce pas ?

Yoran se retourna brusquement. Il n'avait pas remarqué qu'il n'était plus seul. Le jeune homme qui lui avait proposé la visite guidée se tenait derrière lui.

– Le « Roi démon », le « Rat chauve » et le « Shōgun suprême ». Hormis lorsque nous prêtons des objets de nos collections au Musée national de Tokyo, vous ne les verrez réunis nulle part ailleurs.

– En effet, je ne regrette pas d'avoir fait un détour par votre musée.

– On dirait que vous venez de loin ?

Yoran marqua un temps d'arrêt. Quelque chose avait retenu son attention dans le fond de la pièce.

– D'une certaine manière…

Le guide regarda dans la même direction que lui. Là, fixées au mur opposé, deux armes tranchantes de courte portée surmontaient une série de *katana* soigneusement disposés sur leurs supports.

– Ce sont… des *wakizashi* ?

– Le plus long, oui. L'autre est un *tantō*, un couteau également utilisé par les samouraïs. On l'appelle aussi *kaiken*, lorsque celui-ci est dissimulé dans les vêtements, et non porté à la ceinture. Vous paraissez vous y connaître un petit peu ?

– C'est tout récent, pour moi, à vrai dire…

Sans attendre d'autre réponse du guide, Yoran se rapprocha du mur et des deux armes. La lame du *wakizashi* était incurvée, tandis que celle du *tantō*, légèrement plus courte, l'était à peine. Elles ne comportaient chacune qu'un seul tranchant.

– Le *wakizashi* que vous avez sous les yeux est réputé avoir appartenu au clan Takeda, une famille très puissante qui a régné sur le nord du Japon du douzième à la fin du seizième siècle. Il a rejoint notre collection tout récemment.

Les paroles du jeune homme survolèrent Yoran. Il eut une vision de l'homme retrouvé mort dans la chambre du *love hotel* d'Akihabara, et de son corps nu, littéralement transpercé par cette lame d'un autre temps. Posséder un tel objet n'allait effectivement pas de soi, et en faire usage, sciemment ou non, relevait de la folie pure.

– J'ai bien peur que le musée ne ferme ses portes sous peu. Si vous voulez bien récupérer vos chaussures et me suivre…

Après un ultime regard vers la grande pièce et les armures qui y étaient exposées, Yoran ne put s'empêcher de prendre une photo des deux armes qu'il avait devant lui, puis il regagna le rez-de-chaussée.

Lorsqu'il fut à nouveau dans la rue, il constata qu'il avait vu juste. Les parapluies et les capes de protection étaient de sortie, une pluie incessante s'abattant sur la capitale nippone. Sans se soucier des passants à la recherche d'un abri ni de l'eau fraîche qui coulait dans son cou et à l'intérieur de ses vêtements, il leva la tête vers l'horizon teinté de gris, et demeura debout au milieu de la rue.

Un éclair illumina soudain le ciel au-dessus de lui, le forçant à fermer les yeux malgré ses lunettes de soleil.

Il se rappela alors ce que Yoriko lui avait dit. Aussitôt après avoir examiné la photographie de l'homme « suicidé », l'ancienne *geisha* avait émis l'hypothèse d'une « purification », du fait de la coloration de son corps en blanc. Des lanternes éclairaient en outre harmonieusement la scène, tandis que des fleurs décoraient le sol près de la victime. Quant au lieu choisi, un *love hotel*, il ne devait probablement rien au hasard.

Fallait-il y voir là un acte d'« amour » ?

Chapitre 9

Enfant des étoiles

Il faisait particulièrement doux, en cette soirée d'automne. Le son des feuilles bruissant dans le vent caressait ses oreilles. L'écho paisible de l'écoulement de l'eau dans le lit du canal emplissait l'air. Et l'odeur des sous-bois environnants imprégnait ses narines.

Momijigari – la saison de la chasse aux érables – était indéniablement la période de l'année qu'il préférait sur l'archipel.

Au loin, un couple de grues à cou blanc traversa furtivement le ciel, en quête d'un endroit où dormir, tandis que les premières étoiles et une lune brillante commençaient à illuminer la voûte céleste.

La route avait été longue, et les obstacles qui s'y étaient dressés nombreux. Pourtant, à cet instant, il avait la conviction d'avoir fait le bon choix.

Alors qu'il marchait sur un sol pavé remarquablement préservé, quelque chose vint perturber l'état de sérénité qu'il était parvenu à atteindre. On lui soufflait dessus. Et ce n'était pas le vent.

Puis il y avait ce son, régulier et monotone.

* * *

Yoran rouvrit les yeux.

Le ventilateur n'en finissait plus de brasser de l'air chaud. Il se redressa et interrompit l'appareil, qui ne lui était plus d'une grande utilité. En se retournant, il constata que ses draps étaient trempés. Il regarda l'heure sur son smartphone. 3 h 23.

Moins de vingt-quatre heures s'étaient écoulées avant que la canicule n'écrase à nouveau Tokyo. N'arrivant plus à réfléchir convenablement ni même à lire, Yoran avait pris trois douches d'affilée et s'était résolu à regagner son canapé prématurément. Il avait à peine dormi une heure.

Respirant difficilement dans son modeste appartement, il s'était remémoré son ancienne vie sur la pointe de l'Armorique, à Brest. Il s'y était investi durant douze années comme consignataire de navires au service du même armateur, Grey Ocean Shipping, lui permettant d'exercer une activité professionnelle – la plupart du temps de nuit – compatible avec sa crainte de la lumière et sa vision en noir et blanc.

Sa nouvelle vie au Japon lui offrait d'autres avantages, le premier d'entre eux étant la totale liberté dont il jouissait afin de pouvoir exprimer pleinement son art autant que sa passion : la photographie en milieu urbain. Son positionnement en tant que professionnel de la discipline lui octroyait par ailleurs un statut favorisant les rencontres et les échanges avec les autochtones et, parfois aussi, avec des voyageurs étrangers de passage. Une révolution, pour l'introverti qu'il était.

Mais sous cet apparent équilibre, quelque chose lui manquait. Non. Quelqu'un. Et si les rêves à répétition qu'il faisait depuis son arrivée au Japon ne l'avaient pas encore convaincu de franchir le pas en partant enfin à la rencontre de celle qu'il aimait – véritable raison de son départ pour ce pays des extrêmes qu'il avait appris à apprivoiser puis à apprécier –, il sentait qu'il se rapprochait chaque jour un peu plus d'une rencontre qui marquerait irrémédiablement son avenir dans l'archipel.

Il se leva et se servit un tonic au gingembre et à la cardamome, en doublant le nombre de glaçons par rapport à son dosage habituel, puis inséra un disque dans sa platine.

The Road, d'UNKLE.

Et se laissa foudroyer par les paroles d'ouverture de l'album.

Have you looked at yourself?
And have you thought about the mistakes you've made?
And the road you've walked?
This is your story

Il eut soudain la conviction qu'il était destiné à aller au bout. À découvrir les causes de ce qui s'était déroulé dans le *love hotel*. Et à comprendre pourquoi cet homme était mort.

Il décida d'allumer son ultraportable pour se replonger dans la photographie qui ne cessait de l'obséder depuis qu'il l'avait découverte par hasard au beau milieu de l'été, et s'en imprégna pleinement malgré la chaleur produite par le système.

Son attention fut immédiatement captée par les trois croix tracées à la peinture noire sur les yeux et la bouche de l'homme. Qu'avait-il pu voir ou dire qui justifie une telle symbolique ? Son identification par les autorités, si elle se faisait attendre, aurait de bonnes chances de l'éclairer dans ses recherches. Quant à la « purification » supposée par

Yoriko, du fait de la coloration de son corps d'un blanc immaculé, elle lui fit froid dans le dos. Était-ce là son passé de *geisha* qui l'incitait à penser de la sorte ?

Perturbé par les reflets des lanternes sur la vitrine dans laquelle l'homme avait été disposé et photographié, Yoran agrandit l'image. La forme de ces reflets lui rappela ceux produits par les flammes des bougies sur les photographies en pose longue. Peut-être s'agissait-il là de « sacraliser » un peu plus le « tableau » ?

En effectuant un grossissement encore plus poussé de l'image, il réalisa qu'un détail lui avait jusqu'alors échappé. Les mains et la tête de la victime étaient reliées à des fils à peine visibles remontant vers un même point, sortant délibérément du cadre de la photo.

Comme l'auraient été les articulations d'une vulgaire marionnette.

Chapitre 10

Endtroduction

Une pluie d'étoiles filantes traversa le ciel sous ses yeux dans un silence envoûtant.

Il aimait particulièrement ce moment de l'année. Les passionnés d'astronomie le nommaient les « Perséides ». Près d'un mois durant, un essaim de météores se déplaçait dans l'atmosphère terrestre, avec un pic juste avant la moitié du mois d'août. Il n'était alors pas rare de pouvoir en observer près d'une centaine par heure.

Cette nuit-là serait l'une des toutes dernières de la saison, raison pour laquelle il avait décidé d'en profiter pleinement depuis son point de vue favori de Tokyo. Le sanctuaire aux oiseaux du parc Inokashira.

C'était là qu'il se rendait dès qu'il se sentait nostalgique, souvent le soir. Toujours seul.

Le parc, demeurant ouvert toute la nuit, se situait à Kichijōji, dans la ville de Musashino, à l'ouest de Tokyo. Il offrait aux citadins qui aimaient prendre leur temps un écrin parfait pour s'isoler de la cité tokyoïte et de son agitation permanente. Mais il y croisait généralement peu de monde. Quelques marginaux, parfois.

Il habitait avec sa mère tout près de la gare de Kichijōji, dans une tour bétonnée construite au début des années deux mille, dans un appartement dont les treize *jō* de superficie l'incitaient à fuir sa minuscule chambre à chaque fois qu'il en avait l'occasion.

Sa mère et lui ne se parlaient presque plus, comme si cela était devenu la norme depuis la fin de son adolescence. Il n'aurait su dire pourquoi, et n'avait jamais vraiment cherché à en connaître la cause. Les choses étaient ainsi.

Une poignée de minutes lui suffirent à effectuer le trajet le séparant de chez lui. Il monta jusqu'au quatrième étage de la grande tour par les escaliers – il avait pris l'habitude de laisser l'ascenseur aux vieilles dames de l'immeuble – et entra dans l'appartement sans se soucier de sa mère. À cette heure, elle dormait forcément, d'autant plus sous l'effet de ses somnifères. Une vraie cochonnerie, mais depuis la mort de son père d'un cancer du pancréas trois ans plus tôt, c'était le seul remède « efficace » qu'elle avait trouvé. Il passa en coup de vent dans sa chambre, s'emparant de son lecteur MP3 à la volée, et se faufila sur l'étroit balcon depuis la chambre de sa mère, non sans lui avoir prélevé son briquet et une cigarette entamée dans le cendrier. Il glissa les écouteurs dans ses oreilles tout en refermant partiellement la baie vitrée, puis ralluma la cigarette. Et apprécia la musique en contemplant les ultimes traînées lumineuses dans le ciel, auxquelles se joignaient celles que la cigarette libérait entre ses doigts.

Each Time You Fall In Love, de Cigarettes After Sex, lança les hostilités.

Pas de sexe, pour lui. Juste la cigarette, ou ce qu'il en restait.

À bientôt vingt et un ans, on ne pouvait pas dire qu'il avait réussi sa vie de jeune adulte. Il n'était pas du genre courageux, et détestait avoir à se vendre auprès de ses potentiels recruteurs. Ses échecs scolaires à répétition l'avaient écarté de la voie royale que ses parents avaient imaginée pour lui alors qu'il ne tenait même pas encore debout. Et son avenir s'annonçait des plus ternes. Hormis des petits boulots qu'il enchaînait en série, sa routine n'était guère reluisante. Il lui arrivait parfois de se dire que le plus heureux de la famille, finalement, c'était son père. Là où il était, plus rien ne pouvait l'atteindre, et surtout pas le quotidien plat et morne dont sa femme et son fils avaient hérité à sa mort.

Un klaxon le sortit de ses songes. Il avait beau être très tard, un véhicule de livraison avait failli accrocher un cycliste en reculant pour déposer sa marchandise. Les gens conduisaient plutôt bien, à Tokyo et au Japon, mais lorsque les étoiles filantes traversaient le ciel, il avait remarqué que les comportements de certains changeaient. Comme les soirs de pleine lune, mais en pire.

Il expulsa une ultime bouffée de tabac en fixant longuement le ciel noir, puis retourna à l'intérieur de l'appartement. Il redéposa le briquet et le mégot pratiquement terminé dans le cendrier, et poursuivit jusqu'à sa chambre tout en passant sa main dans ses cheveux. Il aimait bien sa nouvelle coupe. Ses côtés étaient parfaitement rasés et une crête coiffée à la cosaque et teinte en bleu descendait sur son front. À l'arrière, les *kanji* « Mo » et « To » avaient été taillés dans son cuir chevelu juste au-dessus de sa nuque. Comme dans « Moto », le prénom que son père et sa mère avaient choisi pour lui à sa naissance. En japonais, celui-ci signifiait « l'âme », mais aussi « le premier jour ». Il retira son tee-shirt à l'effigie de Gorillaz – son groupe britannique favori – et s'allongea sur son matelas en futon, puis se saisit de ce qu'il avait de plus cher dans la housse posée sur le sol derrière lui.

Son Leica de prédilection.

Avoir fait le choix d'investir le peu d'économies dont il disposait dans un appareil photo de marque allemande avait de quoi surprendre pour un natif du Japon, mais il avait toujours été attiré par l'Occident, avec une préférence pour l'Europe, et cela prévalait aussi pour les innovations technologiques du Vieux Continent en matière de photo. Sa passion première.

Il s'était d'abord mis à photographier l'architecture de son quartier et des environs, puis les oiseaux du parc Inokashira et, enfin, les gens dans la rue. Sa grand-mère lui disait qu'il se débrouillait bien, et qu'il ne fallait pas abandonner. Et si sa marge de progression avait été constante depuis ses débuts, il sentait qu'il lui manquait un petit quelque chose pour frapper vraiment les esprits, et sortir définitivement du lot.

Son smartphone bipa.

C'était la sonnerie caractéristique de son application de messagerie instantanée LINE. Il attrapa l'appareil dans la poche moite de son jean et lut. Ce qu'il vit ne consistait pas exactement en des mots, mais en une photographie numérisée de lettres romaines de couleur pour enfants, alignées dans un ordre bien précis.

r e a d y   f o r   t o m o r r o w ?

Il se releva aussitôt et fit coulisser la porte de son placard. Il compta deux jerricans remplis à ras bord, ainsi que, le plus important, une imposante glacière. Il était temps de changer les pains de glace, mais pour le reste, il n'y avait aucun doute à avoir.

Assurément, il était prêt.

Deuxième partie

Angels with dirty faces

Chapitre 11

Bunraku

On l'appelait la petite Kyoto aux canaux.

Yoran ne s'y étant jamais rendu depuis son installation au Japon, il avait observé avec attention le panorama défiler derrière les minuscules fenêtres du *Shinkansen*, des cités de taille plus modeste succédant à la tentaculaire capitale nippone, entrecoupées de campagnes s'étendant à perte de vue sous le crépuscule d'août.

Il avait quitté Tokyo quatre heures plus tôt, surpassant son angoisse de la lumière du jour afin d'arriver à l'heure là où il avait décidé d'achever sa journée. L'homme qu'il espérait y rencontrer se nommait Arashi Yoshimoto. Âgé de soixante-dix-huit ans, il était l'un des derniers maîtres-sculpteurs de têtes du Japon. Plus précisément, il exerçait son art unique dans la fabrication de *kashira*, les têtes de marionnettes utilisées dans le théâtre *bunraku*.

Kurashiki, sa destination, se situait dans le Chūgoku, au sud du Japon. La ville était surtout réputée pour la céramique de Bizen, mais aussi pour Bikan, son quartier historique, établi le long du canal qui donnait tout son charme à cette carte postale à ciel ouvert. Les visiteurs se déplaçaient en nombre à chaque printemps, durant la floraison des *sakura*, mais à ce moment de l'année, la canicule aidant, les foules ne se pressaient pas, et Yoran remarqua rapidement qu'il faisait partie des rares curieux à arpenter les ruelles de la vieille ville.

En effectuant des recherches sur le Net, après avoir découvert les fils auxquels avaient été reliés les membres de l'homme retrouvé mort à Akihabara, Yoran s'était intéressé au théâtre de marionnettes japonais, et avait appris que parmi les trois derniers maîtres-sculpteurs de têtes encore en activité dans le pays, un seul possédait un atelier accessible au public. Dès lors, il n'avait pas hésité longtemps avant d'embarquer à bord du *Shinkansen*, dans l'espoir de s'imprégner de l'art de celui qui incarnait désormais la piste qu'il estimait la plus sérieuse.

L'atelier en lui-même était l'un des bâtiments construits dans le quartier des marchands, et s'imposa presque immédiatement à Yoran lorsqu'il le vit. S'il était l'un des moins massifs de la rangée qu'il venait de parcourir, il était également l'un des derniers accueillant encore les promeneurs à cette heure avancée de la soirée.

Pour autant, Yoran ne vit personne quand il franchit le *noren* – le rideau accroché à l'entrée de l'atelier –, entièrement noir et décoré d'une carpe Koï blanche surgissant des eaux. Il dut se baisser pour ne pas se heurter au plafond particulièrement bas de l'atelier, et chaussa ses lunettes pour permettre à ses yeux de mieux supporter la luminosité de l'endroit. Une lanterne en bois de style traditionnel lui rappelant celles ornant les sanctuaires shintoïstes était disposée sur une grande table occupant le centre de la pièce, diffusant sa lueur tel un phare dans la nuit. Des dizaines de marionnettes sans têtes avaient été fixées au mur qui lui faisait face, dévoilant leurs mécanismes aux yeux des curieux. Sur sa gauche, des outils en tous genres pendaient à une tablette en bois, comprenant pinces de différentes tailles, racloirs, spatules et ciseaux. Un peu plus loin, un calendrier était ouvert à la date du jour, la photo d'un champ de lavande illustrant sa partie supérieure. Après un temps de latence, Yoran réalisa qu'une multitude de têtes étaient alignées sur des étagères derrière lui, chacune à l'effigie d'un visage distinct. Hormis les plus classiques représentant les hommes et les femmes, dotées de perruques pour la plupart, Yoran reconnut le faciès menaçant de Son Gokû, le roi des singes, ainsi qu'Oniwaka, le redoutable « enfant du démon ».

Son regard se posa de nouveau sur la table. Ce qui ressemblait à une tête sans visage non peinte reposait sur un assortiment de papier journal et de pelures de bois, inclinée sur le côté. Il repéra également un tube de colle et quelques outils. Il était bel et bien dans l'antre du maître.

– *Konbanwa.*

Yoran se retourna vers l'étroit couloir d'où provenait la voix éraillée, et plissa les yeux. Debout à une poignée de mètres de lui se tenait une silhouette aussi frêle qu'immobile.

– *Konbanwa… Yoshimoto Arashi-san desu ?*

S'appuyant sur ce qu'il maîtrisait de la langue de Mishima, Yoran venait de demander à l'homme s'il était bien celui qu'il recherchait. L'individu avança à petits pas jusqu'à sortir de la pénombre, avant de répondre par l'affirmative, laissant à Yoran tout le loisir de le détailler.

D'une maigreur presque maladive, le vieil homme portait une blouse de travail grise et de simples chaussons, dans lesquels étaient fourrés ses pieds fins et nus. Ses cheveux, épais et blanchis par l'âge, étaient peignés en arrière, et une discrète paire de lunettes arrondies était enfoncée sur son nez. Il émanait de son regard une bienveillance naturelle, qu'un timide sourire ne faisait que renforcer.

Lorsque Yoran lui annonça être venu de Tokyo pour en apprendre davantage à propos de son art, il parut touché, et se rapprocha encore de lui, avant de contourner la table en direction du mur opposé. Puis il se saisit de l'un des corps sans tête et revint vers Yoran, à qui il confia la marionnette. Il s'empara alors de la tête inachevée qui trônait sur la table, et l'emboîta dessus, un air amusé sur les lèvres.

La marionnette en elle-même avait quelque chose d'inquiétant. Son costume était un *kimono* blanc décoré de petites fleurs, le visage qui lui avait été associé étant celui d'une femme aux longs cheveux noirs, dont l'un des yeux était encore entièrement blanc. Étrangement, une agréable odeur légèrement vanillée l'accompagnait.

– Tamamo-no-Mae.

La marionnette manqua d'échapper des mains de Yoran, surpris par l'intervention d'une tierce personne. Derrière eux, tout de noir vêtu, un autre homme avait fait son apparition, une râpe à bois dans une main, un chiffon déplié dans l'autre.

– Tamamo-no-Mae. La « demoiselle Joyau lumineux ». Du temps de l'empereur Konoe, on disait d'elle qu'elle était la plus belle femme du Japon, mais aussi la plus intelligente. Et que, lorsque l'obscurité était totale, son corps brillait dans la nuit. La fascination de l'empereur mais aussi celle de son père pour elle étaient telles qu'aucun d'eux ne discerna sa véritable nature, celle d'un être maléfique.

Sans se montrer clairement, l'homme avait haussé le ton de sa voix, et s'était exprimé en anglais. Tout en l'écoutant, Yoran fit pivoter la marionnette entre ses mains, et s'aperçut qu'un second visage avait été taillé à l'arrière de la tête, entouré d'une crinière blanche. Un visage qui n'avait rien d'humain.

– Car Tamamo-no-Mae était en réalité un *kumiho*. Un renard à neuf queues. Un jour, l'empereur et son père tombèrent malades, ne devant finalement leur salut qu'à l'intuition de l'astrologue de la cour, parvenu à démasquer la créature qui se dissimulait dans ce corps de jeune femme, qui les avait ensorcelés. Mais quand celle-ci, ayant retrouvé sa forme de renard, fut tuée par une flèche tirée par les chasseurs de l'empereur, son âme maléfique se libéra et trouva refuge à l'intérieur d'une pierre, la *sessho-seki*. La « pierre tueuse ».

Marquant une brève pause, l'homme en noir prononça quelques mots à l'intention du premier avec lequel Yoran avait échangé, puis se reconcentra sur lui.

– Que nous vaut une visite aussi tardive ?

– Bonsoir… Je m'appelle Yoran Rosko, et comme je l'expliquais, je suis venu de Tokyo afin de me renseigner sur les marionnettes du théâtre *bunraku*.

– Nous avons donc affaire à un passionné, n'est-ce pas ?

Ignorant s'il s'agissait là de premier ou de second degré, Yoran répliqua du tac au tac.

– Passionné, oui. Mais par les techniques employées par les maîtres marionnettistes avant tout.

– C'est en effet un sujet très intéressant. Même pour un non initié, à ce que je constate.

Ne laissant pas à Yoran le temps de réagir, il continua.

– L'homme que vous venez de rencontrer est Arashi Yoshimoto, le fondateur de cet atelier, et l'un des derniers gardiens de cet art pluriséculaire. Vous lui pardonnerez de ne parler que sa langue maternelle. Et je suis pour ma part Atsuo Yoshimoto, son fils et unique successeur. Puisque nous nous apprêtions à fermer, je vous propose de vous consacrer un moment en privé, si vous le voulez bien.

– Volontiers.

Le dénommé Atsuo effectua quelques pas vers Yoran et le salua, dévoilant un visage tout à la fois plus fermé que celui de son père, et à peine plus jeune d'apparence, à l'exception de ses cheveux noir de jais. Il reprit la marionnette que Yoran tenait entre les mains et l'installa sur la table près de sa râpe, puis se rendit à l'entrée de l'atelier. Il fit coulisser la lourde porte en bois et se retourna vers son père.

Au premier regard, l'homme âgé fit signe qu'il avait compris et s'éloigna, s'engageant de nouveau dans le couloir sombre. Son fils entama aussitôt son exposé.

– Le théâtre *bunraku* est né au début du XVIIe siècle, et présente la particularité de mêler récit, musique et manipulation de marionnettes. Mais la tradition des marionnettes est bien plus ancienne dans notre pays, et constitue historiquement l'un des genres majeurs du théâtre japonais, même s'il a d'abord été pratiqué par des artistes itinérants. Malheureusement, c'est un art qui tend à être de moins en moins représenté, notamment depuis la Seconde Guerre mondiale. C'est la raison pour laquelle vous êtes ici, n'est-ce pas ?

– Pardon ?

– Mon père est l'un des tout derniers à exercer son métier, et j'ai moi-même choisi de renoncer à une carrière dans la médecine afin de prendre sa suite, sans pour autant prétendre être aussi talentueux que lui. Il est également le seul à accepter que le public visite son atelier. Vous voyez toutes ces expressions, sur ces visages ?

Yoran reporta son attention sur les étagères aux multiples têtes tandis que des pas résonnaient quelque part au-dessus d'eux. Le maître avait regagné ses quartiers.

– Certaines ont plus de cent ans. D'autres beaucoup moins. Mais toutes sont passées entre les mains expertes de mon père.

– C'est admirable…

Les reflets de la lampe semblaient donner vie à ces dizaines de faciès pourtant figés, incitant Yoran à reculer inconsciemment.

– Contrairement au théâtre de marionnettes tel qu'il se présente dans de nombreux pays, le *bunraku* s'adresse avant tout à un public d'adultes, et non à des enfants. Cela a grandement contribué à son succès. Quant à l'aspect technique à proprement parler, puisque c'est celui qui vous intéresse, sachez que chaque marionnette requiert l'action de pas moins de trois marionnettistes. Intégralement vêtus de robes et de couvre-chefs noirs – les *kurogo* –, ceux-ci ne craignent pas d'apparaître à la vue du public, ce qui en fait une autre spécificité du *bunraku*. C'est du reste une discipline très hiérarchisée.

– Et pour ce qui est de la manipulation des marionnettes, justement, quel est le procédé ?

– Bien que cela ait évolué au fil du temps, ce sont les mains des marionnettistes qui actionnent les marionnettes, et rien d'autre.

Le lien avec la mise en scène du meurtre qui occupait l'esprit de Yoran se fit soudain moins évident.

– Ce qui signifie qu'il n'existe pas d'intermédiaire entre les mains des marionnettistes et les marionnettes ?

– C'est ce que je viens de vous dire, oui. À quoi pensiez-vous ?

– Je... J'avais à l'esprit l'image de fils transparents permettant aux marionnettistes de disposer d'une amplitude de mouvement supplémentaire.

L'autre balaya l'idée d'un revers de la main.

– Les marionnettistes s'aident uniquement de baguettes fixées à la tête, aux bras et aux pieds de la poupée. Tout est une question d'expérience, comme vous pouvez l'imaginer.

Et Yoran n'imaginait que trop bien. Il avait tout lieu de croire qu'il avait fait fausse route en suivant son instinct jusqu'à Kurashiki. Pourtant, la scénographie de la victime d'Akihabara s'inspirant d'une marionnette n'avait pour ainsi dire fait aucun doute, pour lui. À cet instant, il aurait donné cher pour avoir pu voir le corps de l'homme de ses propres yeux, et non simplement sur une image numérisée.

– Il se fait tard, Monsieur Rosko, n'est-ce pas ?

– Je... Oui, bien sûr.

– Et mon père a besoin de calme et de repos.

Yoran n'insista pas outre mesure. Il avait encore un long chemin à parcourir pour rejoindre Tokyo, et il avait envisagé d'arpenter le canal avant de partir.

Il remercia poliment Atsuo Yoshimoto, qui le libéra dans la foulée.

* * *

Une nuit totale accueillit Yoran dehors.

L'air s'était à peine rafraîchi depuis son arrivée en fin de journée, et la fréquentation des ruelles alentour n'avait jamais été aussi faible. Le dernier train pour Okayama – d'où il embarquerait à destination de Tokyo – était prévu à 22 h 14. Cela lui offrait une petite heure de balade nocturne, et de quoi se changer un tant soit peu les idées.

Bien qu'il fût trop tard pour observer le manège des vieilles barques sur la rivière, Yoran se perdit dans la contemplation des Ginkgo – que d'aucuns nommaient les « abricotiers d'argent » – et de leur réflexion à la surface de l'eau. Il marcha un moment, avant de retirer ses lunettes et de s'asseoir en bordure du canal. Au loin, l'imposante silhouette du mont Tanematsu se dressait fièrement sous les étoiles. Plus près, le doux clapotis des barques amarrées l'accompagnait dans ses songes éveillés.

Une jeune femme traversa la rive opposée à vélo, éclairée par le halo lunaire. Yoran la fixa jusqu'à ce que celle-ci sorte de son champ de vision, replongeant ensuite dans une solitude bienfaitrice.

Son entretien avec le fils d'Arashi Yoshimoto avait été fort instructif, mais il ne lui avait pas apporté les éléments de réponse qu'il avait escomptés. Au-delà, Yoran regrettait de ne pas avoir pu échanger davantage avec le maître lui-même. Son fils lui avait donné l'impression de chercher à s'exprimer à sa place, et pas uniquement du fait de son aisance relative à communiquer en langue anglaise.

Et Yoran n'était pas parvenu à déterminer si ce comportement visait à préserver un savoir-faire transmis entre maîtres-sculpteurs, ou si Atsuo Yoshimoto avait de bonnes raisons de dissimuler certains secrets beaucoup plus personnels de son art.

Il était sur le point de se lever lorsqu'il distingua une forme furtive progresser à vive allure sur l'autre rive, comme un animal sauvage aux abois.

Un renard argenté.

Chapitre 12

Ils

Last night I dreamed the sky went black
You were drifting down and you couldn't get back
You were lost and in trouble so far from home
I reached for you, my arms went to stone
I woke and you were missing
Missing…

Les paroles de Bruce Springsteen se détachaient du silence qui régnait à l'intérieur du compartiment de Yoran.

Après avoir pris le train JR Sanyo depuis Kurashiki, il avait embarqué à bord du *Shinkansen* en gare d'Okayama, comme prévu, s'assurant ainsi d'être de retour dans la capitale nippone peu avant l'aube. Insérés dans ses oreilles, les écouteurs de son lecteur MP3 diffusaient aléatoirement des chansons présentant la particularité de ne pas avoir été choisies par lui. L'appareil lui avait en effet été offert par un étrange marin, rencontré au cours d'un autre voyage, bien loin de l'Asie.

La vitesse combinée à l'obscurité presque totale l'empêchait de distinguer avec précision la nature des paysages qui défilaient derrière sa fenêtre. À la hauteur de Kobe, il aperçut néanmoins brièvement les élèves d'un cours de violon quitter une salle encore éclairée au dernier étage d'un immeuble imposant. Eux aussi allaient rentrer chez eux. Plus tard, sur le quai de la gare de Kyoto, un groupe de lycéennes monta dans le train, s'asseyant peu après à deux rangées de sièges de Yoran. Il s'endormit et se réveilla ensuite à plusieurs reprises, ne revenant à lui que quelques minutes avant que les contours du majestueux mont Fuji et de son sommet orné de neiges éternelles ne se dessinent lentement dans la nuit. Il n'était alors plus qu'à une heure de sa destination, et s'était fait une raison quant à l'idée de demeurer éveillé jusqu'à la fin du trajet.

En étant descendu aussi loin dans le sud de l'archipel, Yoran avait conscience qu'il n'avait jamais été aussi proche de Reiko. Pourtant, il ne s'était toujours pas décidé à franchir le pas, et à retrouver enfin celle qui, sans le savoir, avait fait office de guide, pour le voyageur qu'il était devenu au fil des ans.

There's nights I still hear your footsteps fall
Your key in the door, your voice in the hall
Your smell drifts through our bedroom
I lie awake, but I don't move
Missing…

La réalité reprit finalement le dessus. Il repensa aux paroles d'Atsuo Yoshimoto.

« Les marionnettistes s'aident uniquement de baguettes fixées à la tête, aux bras et aux pieds de la poupée. Tout est une question d'expérience, comme vous pouvez l'imaginer. »

Il s'était donc planté sur toute la ligne. Le lien entre la position de la victime et le théâtre *bunraku* n'était pas du tout avéré. Que fallait-il comprendre ? Ou plutôt, y avait-il quelque chose à comprendre ? S'il avait à cœur de mener chacune de ses quêtes à son terme, Yoran n'était pas pour autant un policier ni même un détective, et il n'oubliait pas que cet événement était survenu dans un pays dans lequel il n'était qu'un étranger, et à la culture pour le moins éloignée de la sienne.

Mais la mort, elle, frappait indifféremment, où que l'on soit dans le monde. Et pour son plus grand désarroi, Yoran ne le savait que trop bien.

Tandis que le temps restant avant d'atteindre le terminus de son trajet ne se comptait plus qu'en minutes, il regarda de nouveau la photo de la scène du meurtre sur son smartphone, délaissant progressivement l'environnement autour de lui, tout comme la musique, qui continuait malgré tout à résonner dans ses écouteurs.

Le visage de l'homme lui inspirait une peur primale, doublée d'une effroyable souffrance. Mais ce n'était pas tout. Le « tableau » qu'il avait sous les yeux était d'une richesse incroyable. Improbable.

Les fleurs de lis.

Les lanternes.

La peinture.

Et ce sabre. Le *wakizashi.*

Une fulgurance le frappa subitement, terrassant toutes les convictions qu'il avait eues jusqu'alors.

Ils étaient plusieurs.

Chapitre 13

Louée soit Inari

Une brise chaude parcourait les rues du quartier résidentiel d'Akasaka, en cette nuit dominicale.

Daisuke Miyazato venait toujours prier le dernier, lorsque son agenda trop souvent surchargé le lui permettait. Et cela était d'autant plus vrai durant l'été, quand les fortes chaleurs s'emparaient de Tokyo. Il avait deviné dès son réveil que la journée serait brûlante. Au même titre que les précédentes, au demeurant, à ceci près que le mois d'août toucherait bientôt à sa fin, et que les températures ne semblaient pas devoir diminuer, transformant la capitale nippone en gigantesque étuve tout juste vivable pour ses habitants.

Le temple Toyokawa Inari avait été fondé en 1828 par la secte Sōtō, à laquelle Daisuke appartenait. Il était dédié à Inari, l'une des divinités les plus populaires du shintoïsme, traditionnellement vouée au culte du riz, des moissons et de la fertilité des sols comme de celle des femmes. Mais l'endroit était tout autant consacré au shintoïsme qu'au bouddhisme, et se distinguait par la présence de centaines de statues de renards – les mille renards d'Inari – gardiens du sanctuaire, et réputés détenir des pouvoirs liés aux objets qu'ils tenaient dans leurs gueules ; germe de blé ou faucille pour les uns, balle ou rouleau de sutra pour les autres.

Une fois franchis les murs d'enceinte et leur alignement de lanternes rougeoyantes, Daisuke monta lentement les marches menant à la porte principale. Il s'engagea peu après sous l'un des *torii* délimitant les allées du temple. Devant lui, les nombreuses bannières vermillon et blanches flottaient par à-coups, rappelant aux visiteurs les couleurs indissociables d'Inari. Étrangement, il sentait les regards de pierre de l'armée de renards disséminés dans l'obscurité se figer sur lui. Pourtant, il se savait seul.

Il était à mi-chemin lorsqu'il entendit un son grave récurrent et passablement inquiétant. Il sursauta, avant de se rassurer. Quelque part dans la pénombre, une grenouille venait de coasser.

Se rapprochant enfin du temple principal, il s'arrêta au niveau du *chōzuya*. Orné de deux dragons en bronze, le pavillon consistait en un bassin destiné à la purification des fidèles, à travers un rituel très précis. Daisuke se saisit tout d'abord de la louche de bambou, qu'il remplit délicatement d'eau, et la déversa sur sa main gauche, puis sur sa droite. Il versa encore de l'eau dans la paume de sa main gauche, et la porta à sa bouche, qu'il rinça, avant de recracher l'eau dans la goulotte à ses pieds. Il nettoya une seconde fois sa main gauche, et laissa le reste de l'eau s'écouler le long de la louche, qu'il déposa à son emplacement.

Il avança alors vers le temple, et s'immobilisa devant les marches montant jusqu'à l'autel. Le temple Toyokawa Inari était en fait une branche du temple du même nom situé à Aichi, au centre du Japon, et attirait les fidèles désireux de réussir dans les affaires et de rencontrer la bonne fortune dans leur vie. Il était également particulièrement apprécié dans le milieu du spectacle, dont Daisuke se considérait comme un membre à part entière. Il s'efforçait toujours de venir au moins une fois par semaine, la plupart du temps le dimanche, sauf lorsque son travail exigeait de lui une implication plus poussée que d'ordinaire, ce qui n'était pas rare. Mais si des échéances cruciales s'annonçaient, à cet instant, il avait un besoin impératif de faire le vide absolu dans son esprit, et son attention se devait d'être tout entière focalisée sur Inari et l'atmosphère apaisante qui régnait dans le sanctuaire. Au-dessus de lui, les *shide* – ces banderoles de papier blanc en forme d'éclair indissociables des croyances shinto – ondoyaient au gré des volutes d'air chaud, tandis que les lanternes projetaient leurs lumières chevrotantes sur les renards de pierre, qui paraissaient danser dans son dos.

Le coassement se fit de nouveau entendre, sensiblement plus fort. Plus proche, aussi. En pleine prière, Daisuke se retourna. Des ombres furtives se mouvaient entre les statues bordant l'allée derrière lui. Et la brise s'atténuait progressivement. Il avait beau se savoir seul, il ne se souvenait pas s'être déjà senti à ce point troublé en ces lieux. Décidé à ne pas s'appesantir outre mesure, il se replongea dans sa méditation et ferma les yeux.

Sa vie lui convenait à merveille, et pour rien au monde il n'aurait souhaité en changer. Il ne regrettait pas de ne pas avoir suivi le modèle traditionnel, et de n'avoir ni épouse ni enfant avec qui partager son quotidien. Il s'était construit tout seul, et à ce titre, estimait sa réussite comme d'autant plus méritante.

Un souffle chaud caressa sa nuque.

Il effectua un demi-tour sur lui-même, retenant inconsciemment sa respiration. D'abord il ne vit rien, avant de distinguer une forme plus massive que les autres émerger d'entre les statues. Deux oreilles redressées se détachaient de celle-ci, mais Daisuke avait la certitude qu'il ne s'agissait pas là d'une tête de renard. Il eut tout juste le temps de réaliser qu'une deuxième, similaire en tous points, était apparue de l'autre côté de l'allée centrale quand un autre coassement retentit.

Il allait reculer lorsqu'il aperçut une silhouette s'agiter de gauche à droite, au-delà de l'autel, dissimulant quelque chose derrière son dos. Et celle-ci n'avait rien d'humain. Manquant de trébucher sur l'une des marches de l'escalier, il descendit sans détacher ses yeux de l'autel, jusqu'à se trouver dos au pavillon d'ablution.

Un coassement surgit soudain de l'obscurité, au niveau de son épaule gauche, à moins d'un mètre de lui. Ce qu'il identifia alors comme une énorme tête de cochon s'éleva au-dessus de la sienne, le saisissant littéralement d'effroi. Une décharge d'adrénaline traversa son corps tout entier et le tétanisa sur place. Sa bouche figée n'articula pas le moindre son lorsque deux yeux noirs au regard empreint de folie se plantèrent dans les siens. Incapable de réagir, Daisuke s'effondra sans même chercher à fuir.

Chapitre 14

Fugu kiss

La tour fantôme et ses cent quarante capsules semi-abandonnées semblaient veiller sur Shinbashi tel un vieux gardien à l'agonie, forçant le visiteur à s'arrêter aux abords de la structure en acier et béton armé à chacun de ses passages dans le quartier.

La Nakagin Capsule Tower avait ouvert en 1972, à une époque où le bâtiment aux lignes épurées et dissymétriques faisait figure d'ambassadeur du Tokyo du futur, ses capsules proposant toutes un espace de vie individualisé et minimaliste au *salaryman* à la recherche d'un endroit où dormir à proximité de son lieu de travail, incluant une vue imprenable sur la ville qui, elle, ne dormait jamais.

Pourtant, si Yoran n'avait pas dérogé à ses habitudes d'observation de l'environnement qui l'entourait, il s'était refusé à s'attarder dans les environs. Car il n'avait pas une minute à perdre. La veille, il avait décidé de se rendre dans les locaux de FuguShots avant la fermeture des bureaux de l'entreprise, profitant de la tombée de la nuit pour se déplacer plus aisément dans la capitale nippone, et surtout, pour préserver ses yeux. Il espérait pouvoir en apprendre davantage sur les modalités de fonctionnement de la société, en supposant qu'il y trouverait un interlocuteur en mesure de l'éclairer.

De là, il savait être tout proche de Yūrakuchō, connu pour ses bars et ses *izakaya* nocturnes enfumés jusqu'au petit matin, essentiellement fréquentés par les *salarymen* désireux de relâcher la pression après leur harassante journée de travail. Un quartier où il aimait particulièrement s'attarder lui aussi, et d'où il avait ramené certaines de ses photographies les plus réussies de Tokyo.

Le siège de FuguShots se situait de l'autre côté de la ligne ferroviaire aérienne, dans une tour de haute taille qui rappela à Yoran une version moderne du Flatiron Building de New York, son immense façade incurvée reflétant les feux des véhicules en circulation comme autant de lignes de vie éphémères illuminant la nuit.

Une étroite bande d'arbustes nichés derrière une barrière de sécurité délimitait la zone réservée aux immeubles de bureaux, qui paraissait s'étendre à l'infini. Yoran la traversa après avoir franchi le passage piéton, et fit le tour de l'imposant bâtiment. En levant la tête, il réalisa qu'il ne parvenait pas à voir le sommet de celui-ci, qu'une nappe de brume de chaleur enrobait encore alors que l'obscurité était totale.

Il était 20 h 47. L'heure de pointe, pour certains.

Yoran s'engagea sur la passerelle menant à la grande porte vitrée coulissante, oubliant à quel point il avait soif. Désespérément soif.

* * *

Un gigantesque aquarium l'accueillit à l'intérieur de l'immeuble, sa surface circulaire rétro-éclairée parcourant tout le pourtour du premier niveau.

Il reconnut immédiatement les espèces de poissons qui s'y déplaçaient comme au ralenti, lui donnant l'étrange impression d'être soudainement descendu vingt mille lieues sous les mers. Des *fugu.*

Ce poisson, très présent dans les eaux japonaises, possédait la spécificité de se gonfler lorsqu'il se sentait menacé, mais aussi de contenir un poison mortel dans certains de ses organes, au point que l'autorisation de sa préparation dans les restaurants du pays soit soumise à une licence d'État. Mais si la vue de ces « poissons-globes » évoluant tout autour de lui avait quelque chose de fascinant, Yoran savait mieux que quiconque qu'il était entré dans le bâtiment avec un objectif précis : tenter de découvrir si des liens pouvaient exister entre l'entreprise et les auteurs du meurtre du *love hotel.* Cela impliquerait qu'il soit en mesure de contourner la barrière de la langue, ce qui était loin d'être joué d'avance. Mais à ce stade, il s'agissait bien là de son unique piste.

Quatre chaises de bureau gainées de cuir étaient alignées derrière un guichet incurvé tout en longueur, mais curieusement, aucune n'était occupée. Yoran se retourna machinalement. Personne. Hormis le lointain écho de la climatisation, l'isolation avec le monde extérieur était totale. Il dépassa le bureau d'accueil et découvrit un couloir qui desservait une autre partie du niveau, menant à trois ascenseurs panoramiques en verre translucide. Il avança encore, et constata que l'allée était balisée de panneaux explicatifs retraçant l'histoire de l'entreprise, depuis sa création jusqu'à ses ambitions futures.

FuguShots existait depuis 2011, et s'était appuyée sur l'émergence des réseaux sociaux virtuels pour favoriser sa croissance, et s'installer durablement dans l'univers des *photo games*, devenant, moins de dix années après sa naissance, l'une des trois principales plateformes en la matière dans le monde, et le leader incontesté au Japon et en Asie. Son fondateur était mathématicien de formation, et avait exercé comme professeur à l'université de Tokyo, avant de se reconvertir dans le développement de jeux vidéo sur consoles. Après plusieurs années de hiatus, il avait créé FuguShots, devenant une sorte d'icône dans son pays, ainsi qu'un modèle pour la jeune génération de dirigeants japonais, si prompts à démontrer que l'archipel nippon avait encore toute sa place dans l'économie mondialisée du XXIe siècle.

Quant au nom de la société, il s'agissait là d'un hommage à son père, qui avait tenu durant près de quarante-quatre ans un restaurant dans la cité portuaire de Kamakura, en périphérie de Tokyo, sa spécialité étant la préparation du *fugu* cru.

Réalisant qu'il allait peut-être pouvoir s'épargner un échange compliqué avec un interlocuteur potentiellement suspicieux de sa démarche, Yoran sortit son smartphone et captura à la volée les éléments d'information qu'il avait sous les yeux, quand un téléphone sonna.

Il entendit presque aussitôt l'un des ascenseurs descendre et s'ouvrir sur une jeune femme qui ne fit pas le moins du monde attention à lui, courant vers le hall d'accueil, comme si elle avait pressenti depuis les étages qu'un correspondant chercherait à contacter l'entreprise à une heure aussi tardive. Un autre ascenseur arriva, libérant deux *salarymen* dont l'un paraissait clairement affolé. Là encore, ils passèrent devant lui comme s'il n'était jamais entré dans l'immeuble. Quelque chose n'allait pas.

Yoran décida de rebrousser discrètement chemin vers la sortie, longeant pour ce faire les parois de l'aquarium géant, dans lequel les *fugu* exhibaient fièrement leurs épines, pour ceux qui en portaient. La chanson *Fugu Kiss* de Rone défila brièvement dans son esprit, avant qu'il ne soit interrompu par une nouvelle sonnerie de téléphone, puis une autre.

La cacophonie était totale, au niveau de l'accueil. La femme qu'il avait croisée juste avant était en ligne sur deux téléphones, et le moins tendu des hommes tentait vainement de joindre quelqu'un avec l'un des deux autres postes libres.

Yoran ressentit son retour à l'air libre comme une libération, alors que le hall d'accueil avait continué à se remplir sans qu'il ne comprenne pourquoi. La chaleur, elle, n'avait pas diminué, et il dut prendre sur lui pour ne pas se jeter dans le premier taxi climatisé en direction de son appartement de Naka-Okachimachi, et ne pas faire une fixation sur la douche glacée qui l'y attendait, peu importait la taille de sa pièce de bains. Sans destination particulière, il s'engouffra dans la station de métro la plus proche, véritable havre de bien-être de par la fraîcheur qui y régnait, en dépit du nombre considérable de voyageurs qui arpentaient les quais malgré l'heure tardive.

Il opta pour la ligne Yamanote, connue pour son tracé circulaire desservant nombre de quartiers emblématiques de Tokyo, délimitant ainsi la partie centrale de la capitale, et se laissa guider au rythme des annonces des noms de stations, fermant les yeux pour mieux oublier le monde.

Yūrakuchō, Akihabara, Okachimachi, Ueno, Ikebukuro, Shinjuku, une foule compacte remplaçait l'autre à chaque arrêt du métro, mais Yoran n'en avait cure.

Il était ailleurs.

* * *

Lorsque Yoran rouvrit les yeux, le train venait de quitter Harajuku, ce qu'il devina aux tenues excentriques des deux jeunes filles qui s'étaient installées en face de lui.

Une ombrelle à damiers dans la main, l'une portait une robe noire évasée recouvrant un tee-shirt blanc à l'effigie de Mickey Mouse surmontant des chaussettes hautes à rayures, un crucifix fluorescent se balançant à son cou, tandis que l'autre arborait un blouson de style Bombers associé à un pantalon ample décoré d'une bande de chaque côté, une casquette d'aviateur *vintage* et des lunettes de soleil assorties complétant son look.

Yoran sourit brièvement, se préparant à descendre. Il avait des fourmis dans les jambes, et sentait qu'il ne tiendrait plus en place bien longtemps. Il était déjà debout et prêt à sortir quand la station suivante fut annoncée.

Shibuya, gare majeure du réseau ferroviaire de Tokyo et porte d'accès privilégiée à Shibuya Crossing, carrefour le plus fréquenté au monde.

Et si Yoran détestait le monde, il savait pouvoir ramener de cet endroit des prises de vue parmi les plus marquantes. À vrai dire, il avait trouvé dans Tokyo une cité idéale pour l'amoureux de la photographie qu'il était, et affectionnait de la parcourir sans cesse, suivant perpétuellement son instinct, celui-là même qui l'avait incité à quitter Brest et la pointe de l'Armorique pour une destinée qui l'attendait loin de ses racines, dans cet autre pays du bout du monde devenu désormais le sien.

Une chape de chaleur s'abattit sur lui à l'instant où il émergea de l'escalator le menant depuis les entrailles de la terre jusqu'à l'agitation effrénée de la rue. L'obscurité de la nuit succéda en douceur à celle du métro, mais une multitude de lumières l'assaillirent subitement, le plongeant sans concession dans l'environnement magnétique et addictif qu'il continuait à découvrir à chacune de ses immersions dans cette autre réalité. Tout autour de lui, les néons des immenses façades délivraient leur toute-puissance électrique tels autant de messages portés par une civilisation ultraconnectée à l'univers tout entier. Et puis il y avait ces sons. Ces deux mêmes notes résonnant à l'infini et indiquant aux piétons que la traversée était encore possible, avant qu'un nouveau ballet de véhicules à moteur ne les remplace sur la chaussée et son quadrillage de bandes blanches zébrées, leur écho masquant à grand-peine celui des écrans de publicité géants, qui lui donnaient l'impression de se répondre les uns aux autres, fidèles vigies de ce carrefour si emblématique du troisième millénaire et du temps qui ne s'arrête jamais vraiment.

La vie nocturne tokyoïte dans toute sa splendeur.

Après avoir laissé passer plusieurs flots de piétons, et estimant s'être suffisamment imprégné du flux et du reflux de ces femmes et ces hommes qui avaient pour la plupart déjà foulé ces quelques dizaines de mètres de bitume des milliers de fois, Yoran s'engagea à son tour.

Immédiatement, le sentiment d'être porté par la marée s'empara de lui. Tout en marchant, il imagina la scène depuis les hauteurs de Shibuya, et se la représenta dans toute sa verticalité ; des centaines de silhouettes se croisant et s'entrecroisant dans une harmonie et une synchronisation parfaites, imperméables à la tempête de lumières et de sons qui s'abattaient inlassablement sur elles.

Pris d'un léger vertige, lui avançait toujours. Puis, sentant que le moment était venu, il ralentit progressivement son allure, et s'arrêta au milieu du carrefour. Il glissa la main dans la sacoche qu'il portait en bandoulière et dégaina son Hasselblad, qu'il n'avait plus utilisé depuis qu'il avait été confronté au meurtre du *love hotel*.

À présent, il retrouvait enfin ses fondamentaux. Littéralement habité par l'énergie dégagée par la foule dense et monochrome, il ajusta ses lunettes pour laisser ses yeux s'approprier le panorama urbain qui lui faisait face, et leva lentement son boîtier. Tel un *sniper* positionné sur un théâtre d'opérations depuis des heures, il était prêt, et son *shoot* était imminent. Il effectua un tour complet sur lui-même, conscient qu'il ne disposait plus que de quelques secondes pour choisir sa fenêtre de tir et presser le déclencheur. Aucun passant ne prêta attention à lui, aucun regard ne croisa le sien, des visages anonymes et fermés se succédant à la périphérie de son champ de vision, avant qu'un angle de vue ne se découvre enfin.

Alors, il sut qu'il le tenait.

Là, à l'autre extrémité du carrefour soudain moins fréquenté, juste sous le visage iconique géant de Takeshi Kitano posant pour Digital Media Mart, la main en visière sur son œil gauche comme s'il allait lui aussi prendre une photo, un taxi venait de déposer un homme âgé coiffé d'un chapeau à la Humphrey Bogart, serrant contre lui ce qui ressemblait à un étui pour violon. Un peu plus à droite, les allées semi-éclairées de Shibuya Tsutaya, librairie incontournable du quartier, et les tables du café situé au niveau supérieur, qui offrait l'un des meilleurs points de vue sur le carrefour, attendaient déjà l'arrivée de leurs prochains visiteurs. La mélodie d'un groupe d'*idols* provenant sans doute de l'une des innombrables enseignes des environs donnait une saveur résolument sucrée à la scène.

Cadrant sur l'homme au chapeau et le taxi à la portière encore ouverte, Yoran finalisa ses réglages et effectua la mise au point. Dos à lui, le sosie de Humphrey Bogart paraissait prendre son temps, là où le flux de piétons achevait de s'engouffrer dans les avenues rayonnant tout autour du point névralgique que constituait Shibuya Crossing, tandis que d'autres attendaient leur tour pour traverser.

Yoran avait déjà commencé à presser le déclencheur quand il entrevit la *breaking news* qui défilait en boucle sur l'écran surplombant la photographie de la légende vivante du cinéma japonais. Il redressa alors intuitivement son reflex, et adapta la mise au point. Puis encaissa le choc. Un nouveau meurtre avait été commis au temple Toyokawa Inari, et l'identité des deux victimes venait d'être dévoilée publiquement. Celle du *love hotel* se nommait Ryo Tomita, et appartenait à une agence de publicité de Tokyo. Le nom de la deuxième ne lui était pas complètement inconnu, et pour cause. Il s'agissait de Daisuke Miyazato.

Le fondateur et directeur technique de FuguShots.

Chapitre 15

Pêche miraculeuse

L'impact de la nouvelle avait frappé Yoran à retardement, comme si son esprit refusait d'accepter ce qui était arrivé, une deuxième fois.

Il avait achevé sa traversée de Shibuya Crossing sans même prendre une seule photographie, le poids de son appareil à son poignet semblant le tirer inexorablement vers une sinistre réalité qu'il avait cru pouvoir quitter, le temps d'une soirée. En vain. Une idée avait alors germé en lui. Le meurtre de Daisuke Miyazato était survenu au temple Toyokawa Inari, un site que Yoran savait être un sanctuaire à la fois shintoïste et bouddhiste, et qui se trouvait dans le quartier d'Akasaka, un peu plus à l'ouest de sa position. Ne se fiant qu'à son instinct, il avait décidé de s'y rendre pour s'imprégner au maximum des lieux, et chercher à mieux comprendre les événements sordides qui s'y étaient déroulés.

Moins d'une demi-heure lui fut nécessaire pour rejoindre Akasaka avec la ligne Ginza du métro de Tokyo, connue comme la plus ancienne d'Asie. On ne se bousculait pas dans les rues environnantes, malgré l'annonce faite par les médias un peu plus tôt dans la soirée. Une longue rangée de lanternes immobiles indiqua à Yoran qu'il approchait de son objectif.

Ses espoirs d'en apprendre davantage sur ce nouveau méfait furent néanmoins rapidement douchés lorsqu'il aperçut les bandeaux de la police de Tokyo et l'agitation des policiers à l'entrée du temple. Un tapis imperméabilisant avait été disposé sur les marches et au-delà, à l'intérieur de l'enceinte. Yoran entrevit une femme équipée de ce qu'il devina être une tenue de la police technique scientifique avant que l'un des policiers en uniforme ne lui barre l'accès au temple. Il soupira sans être réellement surpris, et recula jusqu'au trottoir opposé.

Comme il avait pu s'y attendre, il lui serait impossible d'être informé du *modus operandi* du meurtre du fondateur de FuguShots, la renommée de la victime ne jouant probablement pas en sa faveur. En regardant machinalement autour de lui, il réalisa que quelques badauds l'avaient rejoint aux abords du temple, et qu'il n'était à présent plus tout à fait le seul à s'intéresser à la fin tragique de Daisuke Miyazato. Convaincu que les choses n'iraient pas en s'améliorant et qu'il n'avait plus rien à attendre de son escale à Akasaka, il entreprit sans guère d'enthousiasme de faire le tour complet de l'édifice religieux, avant de se résoudre à quitter les lieux.

La chaleur écrasante lui donnait la sensation d'étouffer purement et simplement quand il s'arrêta net en face du poste de police d'Akasaka. Se remémorant de quelle manière il avait découvert la scénographie du meurtre du *love hotel*, il s'empara précipitamment de son smartphone et se connecta au site de FuguShots.

Le temps se suspendit.

Sans réfléchir, il sélectionna une nouvelle fois la galerie « Artistic dream ». Ses doigts tremblaient lorsque les dernières images mises en ligne s'affichèrent les unes à la suite des autres, dans un silence qui rendait la situation plus oppressante encore qu'elle ne l'était. La plupart des photographies avaient été prises dans des ateliers privés, certaines mettant en scène des modèles, généralement féminins, et particulièrement jeunes. Yoran se surprit à se demander si celles-ci étaient toutes consentantes, ou s'il s'agissait là de la concrétisation des visions de leurs créateurs, qui abusaient de la naïveté de ces jeunes femmes pour en tirer une incarnation très personnelle de leur imaginaire déluré. D'autres étaient des prises de vues réalisées en pleine nature, la plus marquante pour Yoran étant une installation de lanternes harmonieusement disposées entre les tiges de bambous de la forêt d'Arashiyama, à Kyoto. Il cessa cependant de faire glisser les images quand son regard fut confronté à ce qu'il avait craint.

Entre une photo d'une immense fresque murale monochrome évoquant l'univers fascinant de *Seinto Seiya* et celle d'un Astro féminin géant taillé dans la glace lors de la dernière édition du festival de la neige de Sapporo, le corps d'un homme nu allongé sur l'autel qu'il supposa être celui du temple Toyokawa Inari émergea soudainement, un terrible détail empêchant Yoran d'en détacher les yeux. L'homme tenait entre ses mains un énorme poisson luisant qui, lui, paraissait bien vivant. Une carpe.

Dans son dos, une ambulance passa en trombe, toutes sirènes allumées, mais il n'y prêta pas la moindre attention. Des personnes avaient définitivement décidé de faire de la mégalopole la plus peuplée du monde et de la nuit tokyoïte leur domaine de prédilection pour exprimer leurs fantasmes artistiques les plus effroyables. Et pour tout ce qui relevait de la nuit et de ses secrets les plus inavouables, Yoran savait à qui s'adresser.

Même si cela risquait de raviver en lui quelques mauvais souvenirs.

Chapitre 16

Mantenbo

Le ferry accosta en douceur alors qu'un soleil de feu illuminait la baie de Sokodo.

Une très légère brise accueillit cependant Yoran lorsqu'il descendit à la suite des autres passagers, seulement équipé de sa sacoche en bandoulière, là où la plupart de celles et ceux qui avaient fait le voyage de plus de dix heures depuis Tokyo avaient opté pour des valises à roulettes et des sacs à dos copieusement garnis.

L'île de Hachijō-jima se situait à deux cent quatre-vingt-sept kilomètres au sud de la capitale nippone, et constituait un lieu de villégiature privilégié des citadins à la recherche d'un dépaysement à proximité de la métropole. Lui n'était pas venu pour prendre des vacances, et encore moins pour profiter de la clarté extrême du matin, véritable torture pour ses yeux. Et s'il savait devoir attendre jusqu'à la tombée de la nuit pour accomplir ses desseins, il avait une idée très précise des raisons qui l'avaient mené aussi loin de ses bases.

Il avait quelqu'un à rencontrer.

Mais son premier accomplissement une fois débarqué fut de se rendre sans traîner à Mantenbo, la maison d'hôtes dans laquelle il avait loué une chambre pour la journée. L'endroit se trouvait à l'extrémité ouest de l'île, qu'il rejoignit en taxi depuis le quai d'arrivée des voyageurs en compagnie d'un couple d'Américains. Préférant se concentrer sur le paysage, Yoran s'abstint de tout commentaire superflu durant le trajet, laissant les deux touristes assis derrière lui faire la conversation avec le chauffeur, qui s'en tirait plutôt bien dans son maniement de la langue anglaise.

Hachijō-jima était une île volcanique perdue dans la mer des Philippines, et détonnait considérablement de la capitale ultra urbanisée que Yoran avait appris à apprivoiser. À ce qu'il en savait, la population de l'île était en déclin constant, le tourisme ne suffisant plus à alimenter convenablement l'économie du coin. C'était en outre sur la petite île voisine de Hachijō-kojima qu'avait été tourné le film *Battle Royale*, plus de deux décennies auparavant. Un film que Yoran connaissait par cœur.

Étonnamment, les températures étaient plus clémentes que sur l'archipel nippon, mais l'humidité bien supérieure. Dès son arrivée, Yoran avait senti un filet de sueur s'écouler sur sa nuque, une furieuse envie de piquer une tête sous l'eau suivant aussitôt. Il allait cependant devoir se contenter de s'isoler dans la salle de bains de sa maison d'hôtes, son « rendez-vous » n'étant pas prévu avant la nuit.

Le Mantenbo en lui-même était caché entre un bosquet de palmiers et Higashi-yama, le deuxième plus haut sommet de l'île. La mer n'était qu'à quelques dizaines de mètres de l'établissement, auquel on accédait par un parvis en bois. Tout était fait pour que le visiteur se plaise à s'imaginer à des milliers de kilomètres de Tokyo, pourtant si proche, et oublie toute notion de statut social. Le couple d'Américains, chargé comme des mulets, s'engouffra dans la bâtisse en premier, Yoran suivant prestement, afin de préserver au maximum ses yeux.

* * *

La visite du propriétaire fut d'une rapidité déconcertante, une jeune femme toute de noir vêtue conduisant Yoran dans une chambre à lits jumeaux après lui avoir indiqué la salle du petit déjeuner. Son retour était prévu pour le lendemain matin, mais la nuit promettait d'être longue.

Il ferma les stores à peine la porte close, non sans avoir salué son hôte au préalable, et se déchaussa enfin de ses lunettes. Il se passa alors le visage à l'eau froide, avant de retirer ses vêtements, et de prendre une douche salvatrice. Puis il s'allongea sur le lit le plus proche simplement habillé du peignoir fourni par le Mantenbo, laissant les idées défiler au ralenti dans son esprit.

La veille, il avait recherché sur le Net tout ce qui avait été susceptible de filtrer à propos de la mort de Daisuke Miyazato, et était tombé des nues à plusieurs reprises. Le fondateur de FuguShots avait été retrouvé les poumons remplis d'eau, une carpe géante entre les bras, comme s'il était mort noyé en pêchant l'animal. Sauf que son décès était survenu sur la terre ferme, à des kilomètres de la mer et des premières zones maritimes, et que le cadre de son meurtre – le temple de Toyokawa Inari – ne plaidait pas franchement pour une mort par noyade.

Le site de FuguShots avait par ailleurs été fermé pour une durée indéterminée, et il s'en était fallu de peu pour que Yoran ne puisse accéder à la photographie de la victime dans la position qui l'avait vue passer de vie à trépas.

Il n'avait pas vraiment envisagé de devoir s'éloigner autant de Tokyo pour obtenir les réponses aux questions qu'il se posait, mais celui – ou plutôt celle – qui représentait l'unique raison de son voyage aux confins de l'archipel n'avait pas pour habitude de faire dans la demi-mesure, et avait précisément choisi cet endroit pour étendre un peu plus son empreinte sur le monde de la nuit.

Celui-là même que Yoran ne se lassait pas d'arpenter, et dont il était prêt à s'imprégner sans retenue si cela avait la moindre chance de le mettre sur la piste de ceux à qui les médias avaient désormais donné un nom : les « Tueurs aux tableaux ».

Chapitre 17

Supernova

Une épaisse brume tropicale entourait le Hachijo Royal Hotel lorsque Yoran descendit du taxi qui l'avait conduit là depuis le Mantenbo.

L'immense palace se situait à l'autre extrémité de l'île, légèrement au nord du quai de débarquement des ferries. Ouvert en 1963 et alors plus grand hôtel du Japon, il avait été contraint de fermer ses portes en 2006, directement impacté par l'effondrement de l'industrie du tourisme au profit de la Thaïlande et de l'archipel de Hawaï. Sa silhouette majestueuse se dressait depuis à l'entrée de Hachijō-jima, attendant des voyageurs qui ne viendraient jamais, faisant de l'établissement l'un des *spots* de *dark tourism* les plus prestigieux de la planète.

Cette nuit-là, cependant, l'animation serait à son comble. L'endroit avait en effet été privatisé par une poignée d'illuminés dans l'idée d'y organiser la plus mémorable soirée zentai de l'histoire du pays, et en découvrant l'information sur le Net, Yoran n'avait eu aucun doute quant à l'identité de celui qui était derrière tout ça. L'individu en question se trouvait être une connaissance pour laquelle il avait mis ses qualités de photographe à contribution à maintes reprises, l'ennui étant que ladite connaissance avait une fâcheuse tendance à ne pas s'affranchir des tarifs proposés par Yoran, pourtant loin d'être exorbitants. Cela s'expliquait par une dépendance quasi irrépressible de celle-ci au *pachinko*, cet appareil de jeu oscillant entre la machine à sous et le flipper, et dont la plupart étaient détenus par les ramifications coréennes du milieu yakuza. Mais Yoran ne s'apprêtait pas à participer pour la première fois de sa vie à un tel événement – et sans la tenue de rigueur – pour y présenter une simple ardoise à un fétichiste du nylon et de l'élasthanne.

Bordée par deux murets de pierre à la blancheur altérée par le temps, l'allée centrale menant à l'édifice avait été pourvue de lanternes en bois émergeant ici et là de la végétation abondante, davantage pour montrer le chemin aux visiteurs que pour apporter un improbable supplément de décoration aux lieux. Plus loin, au sommet de l'allée, le palace conservait un indéniable semblant d'élégance, dissipant l'illusion de ce qu'il avait été durant ses plus grandes heures, aidé en cela par la nuit tombante.

Tout en avançant, Yoran discerna un fond sonore monter doucement tandis que les fenêtres de l'hôtel s'éclairaient puis s'éteignaient les unes après les autres dans un jeu de lumières accordé au tempo de la musique. Son hôte avait définitivement vu les choses en grand.

En arrivant au niveau du parvis du palace, il prit conscience qu'il n'était plus seul, et que d'autres visiteurs, arborant pour une grande majorité d'entre eux la « tenue correcte exigée », arpentaient déjà les travées de l'enceinte. Le zentai consistait pour ses amateurs à porter des combinaisons intégrales recouvrant le corps comme le feraient des collants, avec des motifs et composants parfois différents,

le but étant de mettre en valeur une « seconde peau » aux yeux de tous, tout en conservant son propre anonymat. Et si c'était au photographe japonais Marcy Anarchy que l'on accordait la paternité de la mouvance, Yoran était loin d'y adhérer pour sa part. Sans compter qu'au vu de l'humidité ambiante, le simple fait de porter ces combinaisons devait être un véritable enfer. Mais la passion l'emportait bien souvent sur la raison, et c'était incontestablement le cas pour ces êtres venus d'ailleurs.

La musique qui parvenait à Yoran était à présent plus nette, et il reconnut la mélodie caractéristique d'un groupe d'*idols*, dont l'organisation avait vraisemblablement loué les services pour la nuit. En regardant sur sa gauche, il entrevit quatre jeunes femmes en bikinis affublés d'oreilles et de queues de lapins debout dans une vaste piscine vidée de son eau, faisant crânement face à un public clairsemé comme elles l'auraient fait sur la scène d'un Tokyo Dome bondé. Devant lui, des hommes et des femmes en tenues moulantes se déplaçaient en rythme avec la musique, certains se dirigeant vers le bâtiment principal, qu'ils découvraient tout comme lui le temps d'une nuit.

Emporté dans son élan, Yoran choisit de suivre un couple qui marchait une douzaine de mètres devant lui, droit vers le grand hall du palace. Ce ne fut qu'après avoir dépassé les deux monumentales fontaines de l'hôtel qu'il soupçonna les silhouettes d'être celles des deux Américains qui avaient emprunté le même taxi que lui au petit matin, un homme d'assez forte corpulence bien que de petite taille, et une femme sensiblement plus grande que lui mais tout en rondeurs. Ils avaient opté pour des combinaisons imitation métal aux reflets cuivrés du plus bel effet, et faisaient littéralement

corps avec le cadre de la nuit. Au-delà, les pièces du palace n'en finissaient plus de s'illuminer, dans une synchronisation parfaite avec les sons débridés qui avaient pris possession des lieux.

Yoran gravit lentement les marches, faisant à peine attention aux deux véhicules à l'abandon qui gisaient devant l'accueil. Il réajusta ses lunettes au moment où il entrait dans le hall, plongé dans une semi-pénombre, hormis des néons judicieusement placés dans les angles de la salle grandiose. Au milieu, sous un lustre encore en bon état, un escalier monumental en marbre guidait vers les étages du palace. Tout autour, des sièges et des fauteuils en osier étaient disséminés dans une harmonie toute relative, des statues d'ornement à l'effigie de la mythologie grecque complétant l'aménagement. Sur sa gauche et sa droite, Yoran identifia les guichets de la réception. Quelques convives le devançaient dans l'obscurité, allant et venant dans une salle attenante, au fond à gauche. Un bar *lounge*. Le Mykonos. De l'autre côté, un couple en zentai zébré se faisait des mamours devant une antique cabine téléphonique.

Yoran se fit d'abord la réflexion qu'il ne serait pas aisé aux participants de consommer la moindre boisson avec leurs combinaisons, avant de réaliser qu'il détonnait forcément dans tout ce petit monde, avec son look beaucoup plus consensuel. Pourtant, tous faisaient comme s'il n'était pas là. Il décida de s'engager vers les étages, et emprunta les escaliers sans se retourner.

Il fut alors littéralement happé par la vue sur le Pacifique endormi qui s'offrit à lui, au-delà d'une table de billard qui paraissait encore en mesure de voir s'affronter de nouveaux joueurs. Il avança vers la baie vitrée et l'ouvrit, puis sortit

sur la terrasse. Le riff d'un solo de guitare électrique monta jusqu'à lui depuis la piscine, autour de laquelle le public se faisait progressivement plus dense. Plus loin, noir comme l'abîme, l'océan se confondait avec l'obscurité.

Il revint sur ses pas et pénétra dans la chambre la plus proche, marquant un temps d'arrêt. La pièce était si bien préservée que des clients auraient pu y dormir la nuit même. En regardant à l'intérieur des placards, il aperçut tout un ensemble de parures de draps et de couvertures prêtes à l'emploi, ainsi qu'un coffre-fort fermé qui s'avéra être toujours verrouillé. Sans s'interrompre, il regagna les escaliers et continua à monter.

Une senteur âcre de moisi imprégna ses narines lorsqu'il atteignit le deuxième étage de l'hôtel, et il dut enjamber une énorme flaque d'eau stagnante avant de dresser un bref état des lieux. Il eut à peine le temps d'incliner la tête en direction de l'un des couloirs qu'un homme de petite taille vêtu d'une combinaison intégrale inspirée de la physionomie d'une abeille – ailes comprises – et qu'il devina être asiatique accourut dans sa direction en riant comme un beau diable, avant de descendre à toute allure vers le grand hall. Une femme apparut presque aussitôt derrière celui-ci, portant un zentai en cuir noir et un long martinet à la main. Yoran les esquiva tous deux de justesse et soupira, entre dépit et amusement, avant de poursuivre son exploration du palace.

Il constata rapidement que l'état des chambres était beaucoup moins glorieux que celui de leurs voisines du niveau inférieur. Des plantes avaient envahi la majorité d'entre elles et grimpaient sur les murs, au point de les transformer en jungle luxuriante. Le simple fait de se frayer un chemin entre les fougères et les herbes hautes relevait de la gageure, et s'il ne put s'empêcher d'immortaliser l'instant avec son reflex, Yoran reprit rapidement son ascension, ne perdant pas de vue ce qui l'avait mené là.

Une bonne demi-heure et quelques photos plus tard, il abordait l'ultime étage du palace, guidé par la mélodie dissonante de notes de piano jouées à répétition, et fit son entrée dans ce qui fut par le passé la salle de réception la plus prisée du bâtiment. Ce qui subsistait de la moquette au sol était gorgé d'humidité, et l'odeur était franchement désagréable. Mais il sut instinctivement que la haute et svelte silhouette qui se tenait assise en biais derrière le piano à queue à l'extrémité de la pièce justifiait à elle seule sa présence dans les recoins oubliés de l'établissement. Son hôte jouait une version très personnelle de la comptine de l'alphabet, en insistant particulièrement sur les sept premières notes de la chanson.

Ne tenant plus, Yoran n'attendit pas de se faire remarquer pour créer le contact.

– Quel est le thème, ce soir ? SM entre amateurs avertis ou super-héros en folie ?

L'autre cessa soudain de jouer et se retourna vers lui.

– *Ringo-chan !*

L'individu en question était vêtu d'une combinaison rappelant celle de Captain America, sauf que celle-ci était ornée du drapeau à rayons du Japon en lieu et place de l'étoile blanche. À l'image du super-héros, la partie supérieure du costume ne recouvrait pas entièrement sa tête, permettant d'entrevoir une bouche grande ouverte surmontée d'une fine moustache. Une paire de lunettes de soleil aux branches chromées complétait le tout.

– Ça alors ! Si j'avais pensé te trouver ici…

L'homme parlait dans un français approximatif mais néanmoins tout à fait compréhensible par Yoran. À dire vrai, si son hôte était un homme dévoué à son entreprise de comptabilité travaillant pour les plus grands groupes du Nikkei le jour, il en allait tout autrement une fois le soir venu. Il avait en effet pour habitude de porter des vêtements de femme la nuit, et possédait une garde-robe à faire pâlir d'envie les plus branchées des influenceuses de mode, avec un faible prononcé pour les tenues de *magical girls*, son surnom dans le monde de la nuit étant Sailor-*chan*. Mais cette nuit-là, il avait visiblement troqué ses costumes d'écolières pour un zentai taillé sur mesure pour le maître de cérémonie qu'il était.

– C'est « Supernova », ce soir !

– Comme les étoiles, quand elles sont sur le déclin ?

– C'est bientôt la fin du monde, non ? Alors autant en profiter dignement jusque-là... Mais dis-moi donc ce qui t'amène ici, *Ringo-chan* !

Yoran n'avait jamais su exactement pour quelle raison le dénommé Sailor-*chan* avait choisi pour lui le sobriquet de *Ringo-chan*. Il connaissait simplement la signification du terme « ringo », « pomme », en japonais, et n'avait pas vraiment pris la peine de chercher plus loin.

– Tu me dois encore les trois dernières sessions de *shooting* que je t'ai consacrées, la plus ancienne remontant à plus d'un an, et je ne compte pas la quarantaine d'heures que j'ai passées à numériser tes vieux négatifs de famille... et encore, il n'y avait pas que des photos de famille, dans ces séries... malheureusement. C'est suffisant ou on continue ?

– *Ringo-chan*... Tu viens ici, sur MON île, me demander MON argent, devant MES invités ? Laisse-moi te dire que je suis déçu...

Yoran se retourna brièvement, avant de répliquer.

– Si tu veux parler de MON argent et de ta soirée privatisée sur UNE île qui, aux dernières nouvelles, appartient encore à la préfecture de Tokyo, OK... Mais pour ce qui est de TES invités, je nous sens un peu seuls, là, pas toi ?

Sailor-*chan* se leva d'un bond, un sourire figé sur les lèvres.

– Suis-moi, *Ringo-chan*.

Tout en parlant, il étira un large rideau à demi dévoré par les mites, libérant ainsi l'accès à la terrasse la plus élevée du palace, et ouvrit la baie vitrée. Yoran retira ses lunettes et s'engagea à l'extérieur à sa suite, puis se laissa aller à la contemplation de la mer, désormais aussi lisse qu'un miroir sous la lune brillante.

Au sol, la fréquentation avait au moins triplé depuis qu'il était entré dans le bâtiment. Dans la piscine, les quatre filles dans le vent s'essayaient à une reprise du mythique *I Want To Break Free* de Queen.

Risqué, songea Yoran.

– Quelle est leur moyenne d'âge ?

– Elles sont toutes majeures, si c'est le sens de ta question, *Ringo-chan*. De là à dire qu'elles sont toutes nées femmes...

Yoran toussa, avant de changer de sujet.

– Tu es au courant des deux meurtres survenus à Tokyo, dernièrement ?

– Et comment... On ne parle plus que de ça ! Ne me dis pas qu'ils étaient des amis à toi ou je te fous dehors !

– Si ça peut te rassurer, non. Mais mes petits plaisirs photographiques m'ont conduit à eux, et plus précisément à la découverte accidentelle de la scénographie de leurs meurtres en ligne.

Sailor-*chan* détourna son attention du concert en contrebas, signe qu'il était tout ouïe.

– D'où mon irruption dans ta galaxie ce soir. Toi qui connais mieux que quiconque la nuit tokyoïte et ses démons, aurais-tu une idée de l'identité de celui ou celle qui a pris ces photos ? Et je pense qu'ils étaient plusieurs à l'œuvre.

Yoran confia son smartphone à son interlocuteur, et l'observa faire défiler les deux photos des meurtres, celui du *love hotel* et celui du temple Toyokawa Inari. Plus bas, le concert battait son plein, et le public était en transe, les invités ne masquant pas leur joie de se retrouver entre initiés dans un endroit dédié pour exhiber sans gêne la dernière mouture de leur seconde peau.

– *Ringo-chan*... Tu t'improvises officier de police, maintenant ? Et puis, c'est toi, le spécialiste de la photo. Comment pourrais-je t'aider dans un domaine que tu maîtrises à ce point, alors que moi, je ne suis même pas bon à numériser des vieux négatifs de famille ?

– N'exagère pas. On a tous nos vilains défauts. Le mien, c'est la curiosité. Mais jamais à mauvais escient. Donc de deux choses l'une : tu réponds à mes questions *a minima* et je te laisse rapidement retourner à tes occupations avec tes ouailles en collants à paillettes, ou alors tu persistes dans le registre de l'homme muet, et tu peux compter sur moi pour te pourrir ta soirée devant ton public jusqu'au prochain départ de ferry, à savoir demain matin.

Sans rien dire, Sailor-*chan* jeta un dernier regard vers la piscine et rentra dans la salle de réception, immédiatement suivi par Yoran. Le Japonais s'installa à nouveau face au piano, et fit glisser une sacoche vers lui. Il en sortit un paquet de cigarettes et attrapa l'une d'entre elles, qu'il alluma à la volée. Yoran ferma la baie vitrée, isolant les deux hommes de l'agitation extérieure pour un temps, et se tint debout dans l'encadrement.

– Il va falloir faire très vite, *Ringo-chan*. Le concert est bientôt terminé, et je suis attendu pour donner le top départ des festivités. Mais je vais te demander une faveur. Une seule. Tu oublies mes sessions de *shooting* impayées… et tu m'offres la prochaine.

– Ça fait deux faveurs, Sailor-*chan*. Mais je savais qu'on arriverait à s'entendre. Et je ne suis pas rancunier. Dis-moi tout.

Yoran remit ses lunettes tandis que Sailor-*chan* ôtait les siennes. La lumière de la pièce s'éteignit un bref instant, avant de se rallumer.

– Du monde, du monde, du monde, j'en vois défiler, du monde, surtout la nuit.

– Et dans le milieu de la photo ? Tu en connais d'autres que moi, j'imagine ?

Sailor-*chan* tenait toujours le smartphone de Yoran dans sa main. Ses yeux ne se détachaient plus de l'écran.

– Dis donc, ils ont été bien amochés, tes deux gusses. Tu es certain de ne pas vouloir laisser la police prendre les choses en main ?

– Rien ne les en empêche.

Yoran avait réussi à sauvegarder la photographie de la mise en scène du deuxième meurtre *in extremis*, juste avant que FuguShots ne désactive son site Internet pour une durée indéterminée. Cette fois encore, la peau de la victime, intégralement nue, avait été peinte en blanc, et trois croix noires avaient été dessinées sur ses yeux et sa bouche. À la limite de l'obésité, la carpe géante qu'il entourait de ses bras avait quant à elle de quoi faire frémir de par son gabarit hors-norme.

– Je ne peux pas en témoigner directement, mais puisque tu m'en parles, il y a bien trois mois de ça, une de mes connaissances a été approchée par quelqu'un qui disait être à la recherche de « talents de l'extrême » dans le domaine artistique. Cela l'a marquée, car le gars était particulièrement jeune, à peine la vingtaine.

– Et ton ami, il est photographe ?

– Non, peintre. Et c'est *une* amie. Elle fait dans le *body painting*.

Yoran jura intérieurement.

– Comment je fais pour me procurer ses coordonnées ?

Sailor-*chan* souleva un bouclier posé par terre, dont Yoran remarqua qu'il était également à l'effigie du drapeau à rayons japonais, et en retira un mobile du revers.

– Accorde-moi une minute, je peux peut-être te simplifier la tâche.

Il se leva et quitta la pièce. Yoran se contenta de s'asseoir face au piano, et ferma les yeux. Le lointain écho des envolées lyriques des quatre *idols* résonnait avec force effets de basse derrière la baie vitrée, alors qu'un feu d'artifice commençait tout juste à être tiré depuis le rivage. Le grand final était proche. Il se surprit à entamer au ralenti les notes du refrain du *Don't Stop Me Now* de Queen au piano. Lui aussi était fan du groupe anglais, et il aurait donné cher pour que le quatuor de Londres prenne la place des *idols* dans la piscine. Mais il était au Japon, et Freddie Mercury était mort depuis 1991 déjà. La fin d'un monde.

Sailor-*chan* surgit brusquement sans prévenir, mettant un terme à l'improvisation de Yoran.

– Je l'ai !

Yoran se redressa inconsciemment.

– Il se présente comme un photographe urbain basé à Tokyo exerçant exclusivement la nuit.

– Ça me rappelle quelqu'un…

– Il propose ses compétences aux amateurs de lieux oubliés ou abandonnés… et il a un compte Instagram.

Yoran jubila en silence.

– Tu as un nom ?

– « To Zero »… C'est comme ça qu'il se fait appeler sur les réseaux sociaux.

La lumière s'éteignit à nouveau. Dehors, le concert venait de s'achever. Les reflets des feux d'artifice éclatant dans le ciel noir éclairaient la pièce par intermittence, un tonnerre tonitruant explosant tout à coup, alors qu'un déluge de projectiles luminescents tombait dans la mer.

Yoran sut à cet instant que l'attente allait être longue avant qu'il puisse enfin monter à bord du ferry pour Tokyo, et si cela n'était pas pour déplaire à son hôte, lui n'avait plus qu'une seule idée en tête.

Faire connaissance avec cet autre adepte du huitième art, et juger le bonhomme sur pièce.

Chapitre 18

Skyline

L'immensité du ciel teinté de nuances de bleu pétrole avait fini par laisser place à la nuit totale, une infime ligne légèrement plus claire délimitant l'horizon lointain.

Il ne se lassait jamais de la vue depuis la Tokyo Skytree, de jour comme de nuit, même s'il avait une préférence pour les couchers de soleil. D'ailleurs, il s'était toujours demandé pourquoi on qualifiait son pays comme étant celui du Soleil levant. Les levers de soleil n'avaient rien d'extraordinaire, à Tokyo, ni dans le reste de l'archipel. Il en allait tout autrement de ce moment si particulier au cours duquel la journée et son effervescence s'atténuaient doucement, permettant à un nouvel interlude nocturne et à ses sirènes de s'installer sur la plus grande mégalopole de la planète, qui livrait alors son véritable visage, aux initiés comme à ses visiteurs éphémères. Tokyo devenait la capitale de tous les possibles, et offrait aux plus audacieux mille et une opportunités de se démarquer de leurs contemporains, et de marquer la cité tokyoïte de leur empreinte, le temps d'une nuit, et parfois davantage.

Juste avant, il avait passé une petite heure dans l'aquarium de Sumida, aux cinquième et sixième étages du centre commercial voisin. Il aimait s'y recueillir, quand son emploi du temps le lui permettait. Et surtout, il était fasciné par les anguilles. Celles qui vivaient là portaient le nom d'anguilles jardinières, et on disait d'elles qu'elles appréciaient particulièrement la compagnie des humains. Leur mode de vie dans leur milieu naturel les contraignait pourtant à vivre dans des tunnels verticaux creusés dans le sable à égale distance les uns des autres. Leurs « jardins ». Il y voyait, non sans une certaine ironie, une parabole de la vie des habitants de Tokyo, entassés dans des tours d'habitation s'élevant toujours plus haut, cadres de vie désespérément étroits, jusqu'à un point de saturation largement dépassé et qu'eux seuls au monde étaient capables d'accepter.

Il sourit à la jeune femme en sari lorsque celle-ci le heurta de son épaule, à la recherche du meilleur angle de vue pour prendre une photo souvenir de son mari et leur fille au sommet du plus haut édifice du Japon. L'endroit attirait pour ainsi dire exclusivement des étrangers, les locaux lui préférant le bien plus traditionnel quartier non éloigné d'Asakusa, et son mythique temple Sensō-ji. Ce qui en faisait le lieu idéal pour les rencontres à l'improviste.

La tour n'allait plus tarder à fermer au public lorsqu'il reconnut la silhouette qui se fondit dans son propre reflet sur la baie vitrée face à lui. Pile à l'heure. Ils devaient être les seuls Japonais de l'étage, hormis les employés de l'équipe d'entretien, à l'évidence déjà prêts à passer à l'action. Pourtant, il attendait quelqu'un d'autre.

Il se retourna et posa les yeux sur son interlocuteur. Tout de noir vêtu, il était d'apparence frêle et chétive, mais son sang-froid et sa détermination l'avaient impressionné dès le début. Il ne regrettait pas de l'avoir choisi.

– Où est-elle ?

Le visiteur avança d'un pas, avant de prendre la parole à son tour.

– Elle est encore éprouvée, Primo-*san*. Mais c'est passager. Elle ne nous lâchera pas.

– J'ai confiance en toi, alors je vais te croire.

Le visiteur se plaça à ses côtés, et tous deux fixèrent le réseau tentaculaire et son interminable quadrillage d'artères luminescentes, beaucoup plus bas. Au pied de la tour, seuls le fleuve Sumida et ses vingt-six ponts paraissaient pouvoir les séparer de ce système organique en éveil permanent.

– Et vous avez toute ma reconnaissance pour cela. Puis-je vous demander qui sera le prochain ?

– Nous nous sommes lancés dans une œuvre au long cours, et le meilleur est encore à venir. Mais à l'heure où nous parlons, notre fenêtre de communication sur le monde s'est refermée. Momentanément. Tout est une question de patience, à présent.

– Je comprends. Je vais donc me pencher sur la suite, et réfléchir à ce que nous pouvons faire de mieux.

– J'ai conscience de tes qualités créatives et de tes dons artistiques, mais n'oublie pas qu'il s'agit d'un projet collectif, et que nous nous devons de respecter un « cahier des charges ». Car tu le sais, comme chacun d'entre nous… Insaisissables comme l'ombre et frappant comme la foudre, nous sommes la nuit.

Un enfant passa derrière eux en courant, précédant de peu ses parents vers les ascenseurs. L'intensité de l'éclairage diminua sensiblement.

– C'est que… Primo-*san*… je ne me suis jamais senti aussi vivant… mais oui, bien sûr… Nous sommes la nuit.

Tout en parlant, le visiteur avait fermé les yeux et bombé son torse, inspirant longuement une bouffée de l'air conditionné qui alimentait les trente-cinq étages de la Tokyo Skytree, infiniment plus respirable que la chaleur moite qui régnait dehors.

L'espace d'un instant, lui repensa au bitume fondu en bordure des trottoirs de la ville et à la vision d'enfer sur Terre que cela représentait dans son imaginaire. De mémoire, il n'avait pas connu un été aussi caniculaire de toute sa vie. Et il sentait que c'était parti pour durer.

Comme il aimait.

Le visiteur le salua sommairement, puis s'éclipsa. Tout avait été dit. Les lumières s'éteignirent peu après.

Tout en observant le fleuve au point mort en contrebas, il se détendit complètement. Puis il réajusta ses lunettes face à son reflet, un imperceptible sourire traversant brièvement son visage. Car il devait bien l'admettre de son côté également. Il ne s'était jamais senti aussi vivant.

Chapitre 19

Underground

Les champs divins.

Telle était la signification du nom donné au lieu dans lequel Yoran s'apprêtait à débuter la nuit. Kanda, autrefois réputé pour son quartier des teinturiers, et désormais prisé des *salarymen* à la recherche d'échoppes où se sustenter à prix cassés.

Le trajet du retour depuis Hachijō-jima lui avait paru affreusement long. Il était resté dans la salle de télévision du ferry durant la bonne dizaine d'heures qu'avait nécessité la traversée, à l'écart de la lumière du jour, et n'avait pas rechigné à revoir en compagnie de quelques autres passagers la seconde moitié de la saison originelle de la série *24*, et ce malgré le doublage japonais de rigueur.

Le soleil était sur le point de se coucher sur la capitale nippone lorsqu'il avait enfin posé le pied sur le quai du terminal maritime de Takeshiba, une furieuse envie de se dégourdir les jambes s'étant emparée de lui depuis plusieurs heures déjà. Il avait profité des zones couvertes du trajet pour consulter le compte Instagram du dénommé To Zero, avec qui il était convenu d'une session de *shooting underground* trois jours plus tard, se faisant passer pour un client désireux de découvrir le Tokyo nocturne le temps d'un voyage au Japon. Trois jours pendant lesquels il avait dû se contenter de ronger ses freins, dans l'attente de cette rencontre ô combien capitale, et au demeurant son unique piste fiable à ce stade.

Le photographe lui avait donné rendez-vous dans la boutique Disk Union d'Ochanomizu, non loin de là. Yoran connaissait l'endroit de réputation, mais il ne s'y était jamais rendu. Juste avant, il était allé boire un *iced coffee* salvateur au Paper Back Café, où il avait profité de son heure d'avance pour lire une nouvelle de Sherlock Holmes en anglais, *The Adventure Of The Red Circle*, ce qui n'avait pas été sans lui rappeler quelques souvenirs de ses lectures d'enfance.

Le bâtiment construit en fines briques était encore copieusement fréquenté quand il s'y présenta. Les doubles néons fixés au plafond l'obligèrent à porter ses lunettes, mais il sut tout de suite qu'il aurait eu du plaisir à y rester jusqu'à la fermeture, si toutefois il n'avait pas eu un tout autre programme cette nuit-là. Et si celui avec qui il s'apprêtait à passer les prochaines heures n'avait pas mis de photo de lui en ligne, son instinct lui dicta qu'il avait trouvé l'intéressé. Dos à lui, penché entre deux rayons, un jeune homme portant un casque audio par-dessus la capuche de son sweat-shirt paraissait littéralement habité par la musique qu'il écoutait. Il se rapprocha et, sans se signaler, le contourna tout en observant les trois pochettes de vinyles qu'il tenait dans sa main gauche. *Into The Great Wide Yonder*, de Trentmøller, *Stories From The City, Stories From The Sea*, de PJ Harvey et *Satan's Circus*, de Death In Vegas. Plutôt de bons choix, donc.

Ce fut à cet instant que l'autre sembla deviner qu'il n'était plus seul, celui-ci tournant à demi son visage vers lui. Il sourit brièvement tout en inclinant la tête, puis retira le casque. Pendant quelques secondes, Yoran reconnut la mélodie enfiévrée de l'ouverture de *Big Exit*, de PJ Harvey. Oui, le type avait définitivement de bons goûts musicaux.

– Tu es Yoran ?

Et son anglais était tout à fait honorable.

– Oui.

– To Zero, enchanté.

– Enchanté…

Sans lui laisser le temps d'en demander davantage, le photographe paya ses acquisitions à la caisse, glissa les trois disques dans son sac à dos et se dirigea vers la sortie, se contentant d'un simple *« Let's go ! »*, tout autant à l'intention de Yoran que pour donner le top départ de la nuit qu'ils allaient vivre ensemble autour de leur passion commune. Yoran attrapa son Hasselblad dans sa sacoche, qu'il réajusta par réflexe, et s'élança à son tour.

* * *

Il faisait toujours aussi chaud, dehors, mais les rues des environs commençaient tout doucement à se clairsemer.

Un camion frigorifique passa devant eux alors qu'ils marchaient en direction de la rivière Kanda. To Zero avait lui aussi dégainé, et son instrument de travail était loin de laisser Yoran indifférent. Le photographe tenait entre ses mains un Leica D-Lux 7, un appareil qu'il avait déjà eu l'occasion de tester, et qui l'avait impressionné par ses capacités de haute volée et son utilisation intuitive. Plus rapide que son

Hasselblad, il était aussi beaucoup plus compact, et se prêtait à merveille à une session de nuit dans les rues de Tokyo, où le fait de pouvoir presser le déclencheur au moment voulu s'avérait crucial. Le jeune homme, dont Yoran n'avait pas encore pu discerner pleinement le visage du fait de sa capuche relevée, lui avait proposé de lancer leurs quatre heures de *shooting* en s'adonnant à de la *street photography* dans cette partie de la ville qu'il connaissait peu. Tout en capturant l'atmosphère du quartier et de ses innombrables restaurants bon marché, Yoran sentait les coups d'œil discrets de To Zero vers lui, comme pour s'assurer qu'il ne l'avait pas perdu en route.

Yoran s'était en effet présenté comme un novice de la photo, et n'avait pas divulgué son nom de famille à son professeur d'une nuit, afin qu'il ne fasse pas le rapprochement avec son site de photographe, d'autant que lui aussi publiait ses meilleurs clichés sur Instagram. Ils longèrent la rivière avant de se rapprocher de la gare de Kanda, au sud de leur position, enchaînant les prises de vue. En chemin, ils firent un crochet par la cathédrale de la Résurrection de Tokyo – le principal site dédié à la religion orthodoxe dans la capitale nippone –, qui parut étrangement basse à Yoran au vu de la hauteur des buildings environnants. À travers leurs objectifs, ils saisirent, pêle-mêle, un groupe de jeunes à vélos portant des perruques de clown et des salopettes recouvertes de badges en tous genres, un cuistot assis sur un trottoir fumant sa cigarette pendant sa pause, une employée de bureau courant vers la gare ses chaussures à la main pour aller plus vite, et une dame âgée tenant son chiot – un *shiba inu* à robe blanche – à bout de bras et en pleine discussion avec un chauffeur de taxi, probablement pour négocier l'autorisation de monter à bord pour son animal. Autant de portraits de ce *Tokyo by night* que Yoran aimait tant, au même titre que son acolyte d'une nuit, semblait-il.

Ils finirent par évoluer parallèlement à un amoncellement de voies ferrées surélevées sur plusieurs niveaux, incluant celles dédiées aux lignes de métro comme celles du *Shinkansen*, dont un train passa à une vitesse foudroyante au-dessus d'eux, alors que To Zero venait de faire signe à Yoran de ralentir l'allure. Il ne manqua pas d'immortaliser la scène, puis attendit que l'écho du train se soit estompé pour prendre la parole, dévoilant enfin son visage.

– Tu te débrouilles plutôt bien. Ça te dirait de faire connaissance avec « l'autre Tokyo » ? La face sombre de la cité et ses fantômes…

Yoran prit le temps de détailler le photographe, plus jeune encore qu'il ne l'avait pensé. Quelques cheveux tombaient sur son front, sans pour autant masquer un regard à la fois empreint de curiosité et laissant entrevoir un certain désenchantement qui ne cadrait assurément pas avec son âge. Il était plus maigre que Yoran, ce qui ne constituait pas un mince exploit, et des *piercings* ornaient son visage. Yoran en compta cinq – deux au niveau du nez et trois sous la lèvre inférieure –, sans distinguer ses oreilles.

– Tout n'est qu'ombre et lumière, en ce bas monde, et j'ai toujours eu une préférence pour l'ombre. Alors oui, volontiers.

Sans même lui répondre, To Zero resserra la capuche autour de sa tête et effectua un demi-tour sur lui-même, puis il s'engagea vers l'entrée de la station Kanda, silhouette noire dans une nuit qui l'était tout autant.

* * *

L'enthousiasme du jeune homme contraignit Yoran à s'acclimater plus rapidement que nature à la toute-puissance des rampes de lumière éclairant la station.

Ils arpentèrent d'abord les différents quais en consacrant leurs prises de vue aux voyageurs en présence et aux employés de la gare, avant de se concentrer sur les rames de métro elles-mêmes, de moins en moins bondées au fil de l'avancement de la nuit. Ce ne fut qu'une fois les quais presque déserts que To Zero s'exprima pour la première fois depuis leur entrée dans la station.

– Tu aimes te faire surprendre ?

Ne saisissant pas sur quel terrain le jeune photographe voulait l'amener, mais ne souhaitant pas se désolidariser du lien qui s'était tissé entre eux depuis leur rencontre chez Disk Union, Yoran répondit du tac au tac, tout en renforçant son emprise sur son reflex.

– Et comment…

L'autre lâcha un sourire franc, à la limite du sadisme, et se mit soudain à courir vers la voie la plus proche alors qu'une rame de métro quittait le quai. Tétanisé, Yoran hésita une seconde, avant de se lancer à sa poursuite.

Une seconde de trop.

To Zero avait atteint l'extrémité du quai au moment où le métro disparaissait dans le tunnel, et devant la sidération la plus totale de Yoran, avait sauté juste avant qu'une autre rame ne croise sa route. Yoran analysa l'environnement partout autour de lui, craignant le pire et se demandant s'il avait bien vu la scène à laquelle il venait d'assister. Le jeune homme avait sauté entre deux rames de métro dans une synchronisation parfaite, mettant assurément sa vie en danger. Yoran attendit que la deuxième rame quitte le quai, et jeta un coup d'œil dans le tunnel.

C'est alors qu'il le vit.

Tout là-bas, à près d'une vingtaine de mètres de lui et dans une obscurité quasi complète, To Zero filait à toute vitesse le long de la paroi du tunnel vers ce qui ne pouvait être que la station suivante. Yoran regarda derrière lui, deux fois, avala sa salive, retira ses lunettes, puis sauta à son tour.

Le sort en était jeté.

* * *

Il avait lu un jour que les rails électrifiés du métro de Paris étaient simples à repérer car ils étaient les plus plats de tous, mais il n'avait aucune idée de ceux qui l'étaient dans le métro de Tokyo.

Aussi Yoran s'efforça-t-il de longer la voie ferrée en maintenant une distance vitale entre les rails et lui, sans pour autant faiblir son allure. Car To Zero courait comme un dératé devant lui, et ne paraissait pas décidé à ralentir. Et pour cause. Ils devaient à tout prix avoir atteint le quai de la station suivante avant le prochain passage de métro, au risque de ne jamais sortir vivants de ces tunnels.

Sans reprendre son souffle, Yoran tenta de rattraper son retard tant bien que mal, enchaînant les foulées l'une après l'autre, oubliant presque qu'il tenait son Hasselblad dans une main. Après de longues minutes, il discerna brièvement une fresque sur le mur à sa gauche.

Putain ! Encore ce foutu drapeau à rayons ! Ça veut dire que des mecs sont venus là avant !, songea-t-il.

Il n'osa imaginer les circonstances dans lesquelles cela avait pu se produire, plus que jamais conscient que ses chances de survie n'étaient pas des plus élevées. D'autant que l'écho d'une rame se faisait à présent entendre, quelque part dans son dos. Quant à To Zero, il avait purement et simplement disparu de son champ de vision.

– Putain…

Yoran ne devait jamais comprendre avec précision ce qui se déroula ensuite.

Un faisceau de lumière balaya le tunnel devant ses yeux tandis qu'un souffle d'une puissance phénoménale le plaqua face avant contre la paroi la plus proche. Un crissement comme il ne croyait pas en avoir déjà entendu foudroya tous ses sens, l'empêchant de réagir. Cet effroyable instant lui sembla durer une éternité, son corps tout entier encaissant l'énergie cinétique générée par la vitesse du métro.

Il ne savait plus s'il était mort ou plus simplement sourd lorsque le monstre de verre et d'acier eut enfin disparu. Les yeux fermés, il s'était recroquevillé en position fœtale contre la paroi, incapable de bouger. Une bonne trentaine de secondes lui fut nécessaire avant de reprendre sa respiration et de rouvrir enfin les yeux. Tremblant de tout son être, il eut néanmoins le réflexe de ramasser son Hasselblad au sol, et se remit à avancer, en marchant, puis en courant, un soupçon d'espoir s'immisçant en lui alors qu'une station était en vue.

La station.

Mais toujours aucun signe de To Zero.

L'enfoiré ! Il a voulu me tuer !

Essoufflé, il réalisa soudain qu'il avait terriblement chaud, les températures caniculaires de l'extérieur ayant transformé les tunnels du métro en véritable fournaise.

Il était désormais tout proche de la station, mais quelque chose l'intrigua. Elle n'était pas éclairée. Un nouveau crissement l'interrompit cependant dans ses réflexions, provenant d'en face, cette fois. La rame en question allait le croiser sur l'autre voie. Aussi poursuivit-il sa course effrénée, accélérant même à la vue du bout du tunnel.

Il émergea dans la semi-pénombre de ce qui s'avérait effectivement être une station de métro. La rame qu'il avait entendue fila sous ses yeux dans la direction opposée dans un vacarme assourdissant.

To Zero était là.

Assis sur le quai, une cigarette allumée entre les lèvres, les deux mains posées sur le béton derrière lui.

– Tu as remarqué qu'on avait de nouveau franchi la rivière ?

Cette suffisance !

Le type était une vraie tête brûlée, et malgré son caractère habituellement impassible, Yoran mourait d'envie d'en découdre avec lui. Au prix d'un effort surhumain, il reprit progressivement le contrôle de ses nerfs, et s'installa en face de To Zero, les deux hommes étant seulement séparés par les deux voies ferrées.

– On est où ?

– Manseibashi.

– Mais encore ?

L'autre tira longuement sur sa cigarette, comme si cette bouffée devait être la dernière.

Ou comme l'aurait fait un condamné à mort avant de passer sur la potence, pensa Yoran.

– Manseibashi est une station désaffectée du métro de Tokyo. On est entre Kanda et Suehirocho, sur la ligne Ginza.

Cette station n'a fonctionné que de 1927 à 1931, mais j'aime bien venir ici. On est juste sous Akihabara, ça te parle peut-être un peu plus ?

Yoran ne répondit pas. Lui qui avait voulu profiter de cette sortie pour cerner le personnage, il était servi. To Zero se révélait être une sorte de post-adolescent fougueux que rien ne paraissait effrayer. Un large sourire sur les lèvres, ce dernier relança.

– Tu as pris des photos, j'espère ? Je crois pour ma part que je tiens la série du siècle…

Yoran vérifia que son appareil était encore en un seul morceau, et se dit que c'était une chance qu'il l'ait toujours sur lui.

Ils se levèrent de concert, alors que l'écho d'une autre rame se faisait entendre dans les boyaux obscurs. Avant que son guide dans les souterrains de la capitale nippone ne le mène vers un accès de maintenance donnant sur les rues illuminées de la ville électrique, Yoran lui posa la question qui l'avait démangé toute la nuit.

– Au fait, pourquoi « To Zero » ?

– C'est un hommage à mon roman préféré. *Tau Zero*, de Poul Anderson.

– Amateur de *hard SF*, alors ?

Ils avaient haussé leurs voix afin de couvrir la tempête sonore qui se rapprochait d'eux.

– J'aime tout ce qui est *hard*…

Avant que deux rames ne se croisent entre eux dans un déferlement de bruit et de fureur, Yoran ne distingua que la fin de la phrase, qui se grava instantanément dans sa mémoire.

– … mais tu peux m'appeler MoTo.

Chapitre 20

Alter ego

La nuit était plus que jamais entamée quand la piste cachée délivra les ultimes notes de son entêtante mélodie entre les murs du minuscule appartement. *Tired Of Sleeping* était l'un des morceaux d'UNKLE qu'il préférait, et qu'il ne se lassait pas d'écouter.

Dehors, la température avait enfin commencé à diminuer, mais il savait que cela n'était que provisoire. Yoran avait vécu comme une libération son retour au monde extérieur, tant les quelques heures passées aux côtés de To Zero – MoTo, pour les intimes – avaient été éprouvantes pour lui. Et il aurait difficilement pu en être autrement.

Ses oreilles sifflaient encore lorsqu'il était rentré chez lui, et il ressentait un irrépressible besoin de se poser loin du tumulte de la cité. Loin de l'enfer souterrain du métro de Tokyo. À peine la porte fermée, il s'était servi un tonic au gingembre et à la cardamome accompagné de glace pilée, ne trouvant pas l'énergie suffisante pour prendre une simple douche. Puis il s'était laissé tomber sur son canapé en futon, faisant momentanément le vide absolu dans son esprit.

Deux autres verres et une petite heure de sommeil plus tard, il sortit brusquement de sa torpeur, et ouvrit les yeux sur la pièce spartiate devant lui. Neuf *jō*. Quatorze mètres carrés dans lesquels il était parvenu à caser tout ce qui subsistait de sa vie d'avant. Brest… Rotterdam… et à présent Tokyo. Plus de dix mille kilomètres le séparaient de la cité du Ponant, là où tout avait commencé pour lui. Cela lui paraissait si loin.

Un éclair en provenance de la rue illumina son intérieur durant une microseconde. Un livreur, ou peut-être la police. Il se redressa.

La nuit. MoTo. La mort.

Le silence était total, autour de lui. Les souvenirs de sa course dans les tunnels de la capitale nippone lui revinrent subitement, comme un train lancé à pleine vitesse heurtant la fenêtre de son imaginaire. Il avait désespérément besoin d'en savoir davantage.

Il se leva et attrapa son ultraportable. L'alluma. Patienta un temps qui lui sembla anormalement long. Tout en consultant à nouveau le compte Instagram du photographe sur son smartphone à la volée, il se prépara à effectuer une recherche plus approfondie sur le jeune homme, décidé à ne laisser aucun détail lui échapper.

D'emblée, il constata que MoTo avait déjà mis en ligne les photos de leur session nocturne. Rapide, le bonhomme. Yoran ne cacha pas son admiration face à la qualité de ses prises de vue, et en particulier celles qu'il avait réalisées dans le tunnel menant à la station fantôme où ils s'étaient rendus ensemble. Il y avait même une photo de la fresque devant laquelle il était passé à bout de souffle. D'ores et déjà, il eut la certitude que ce gamin était doué. Restait à déterminer jusqu'à quel point il était prêt à mettre ses compétences à l'épreuve.

Pieds nus, le portable sur les genoux, Yoran s'enfonça dans le canapé et lança les hostilités.

MoTo était pour le moins très présent sur les réseaux sociaux : hormis un site personnel à l'ergonomie très stylée et généreusement fourni, il publiait ses photos sur Facebook et donc Instagram, mais aussi sur Flickr et DeviantArt, et possédait également un compte sur Twitter, sur lequel il y allait au coup par coup de son avis sur l'actualité internationale du moment, s'exprimant tout autant en japonais qu'en anglais, même s'il avait définitivement un faible pour les partages de photos de ses pairs sans commentaires. Et il avait indéniablement son public : respectivement plus de 5 700 et 33 900 *followers* rien que sur Facebook et Instagram, soit près du triple de Yoran.

Sur son site personnel, il se décrivait comme un rêveur urbain fasciné par les paysages de l'Europe mais qui n'avait jamais quitté la ville de Tokyo, et se disait guidé par sa passion pour la science-fiction, avec une admiration sans bornes pour *Blade Runner* et son univers précurseur et visionnaire. Le même qui avait tant marqué Yoran après son premier visionnage du film en compagnie de son père, alors qu'il était encore adolescent. Ses autres références allaient de la filmographie de Christopher Nolan au manga *Bleach*, et il citait volontiers Hans Zimmer et Jesper Kyd comme ses compositeurs préférés. Côté littérature, il vouait un culte incontestable à Arthur C. Clarke et René Barjavel, ainsi qu'à Poul Anderson, comme il l'avait précisé à Yoran, et que lui connaissait pour *La Patrouille Du Temps*, un recueil de nouvelles publié en quatre tomes qui avait considérablement imprégné l'imaginaire de son jeune âge adulte.

Yoran détacha un instant son attention de l'ordinateur et fixa la platine CD à l'arrêt en face de lui. À l'évidence, les deux hommes n'avaient pas seulement en commun l'exaltation que cela provoquait en eux de parcourir la cité un appareil photo à la main.

Il reprit ses recherches, en se focalisant cette fois sur les sources extérieures à MoTo. Son nom de photographe, To Zero, était mentionné sur quelques sites de confrères, de la même génération pour la plupart, et outre un reportage photo de 2021 consacré à un collectif de *street-artistes* et publié dans une revue locale en ligne intitulée *Revenge of the Cats*, rien ne transparaissait. Ce ne fut qu'en relisant une seconde fois l'entretien, écrit en anglais et dans lequel il était question d'ancrer durablement le *street art* dans la société tokyoïte en contournant les restrictions extrêmes en vigueur, que Yoran remarqua un lien en bas de page, menant vers un autre reportage.

Un reportage centré sur la pratique des arts martiaux traditionnels du Japon dans les lieux les plus inattendus, et daté de l'année en cours. MoTo y intervenait à propos du kendo et de sa discipline impartiale. Parmi ses sujets photographiés, un en particulier laissa Yoran sans voix. Regard de marbre, cheveux coiffés en arrière et allure aussi svelte que racée, il reconnut aisément Sébastien Reicher, 8e dan de kendo de son état et professeur à ses heures.

Dès lors, Yoran sut qu'il ne serait pas apaisé tant qu'il ne retournerait pas parler à Reicher dans les hauteurs de Tokyo, afin de lui demander tout ce qu'il était susceptible de savoir sur cet étrange photographe, aussi doué par son talent que jeune par son âge.

Son *alter ego*.

Chapitre 21

Le corps et l'âme

L'écran de son smartphone affichait des pointes à quarante-deux degrés pour le lendemain et les journées suivantes. Ce serait la semaine la plus chaude de l'année, selon les scientifiques de l'agence météorologique du Japon.

À cette heure, cependant, le rafraîchissement occasionné par la nuit, bien que tout relatif, incitait les plus entreprenants à sortir humer les rares bouffées d'air avant ce qui s'annonçait déjà comme un record dans l'histoire du pays. Mais s'il arpentait lui aussi le métro bondé et les avenues massivement illuminées de Tokyo, ce n'était pas pour profiter une dernière fois de la cité qui l'avait adopté, et encore moins pour se mêler à la faune nocturne. Le lendemain soir de ses ultimes recherches, Yoran avait en effet repris le chemin de Roppongi et de l'Ark Hills South Tower, au sommet de laquelle Sébastien Reicher donnait ses cours de kendo, là où les deux hommes avaient échangé une première fois.

Du moins espérait-il avoir visé juste, car bien que d'un naturel particulièrement patient, Yoran n'avait pu se résoudre à attendre davantage avant de repartir à la rencontre du Français, avec qui il possédait désormais un lien bien réel.

MoTo.

Les questions se bousculaient dans son esprit, et il comptait fortement sur la bienveillance du *kendoka* pour lui ouvrir la voie vers de nouvelles pistes d'investigation.

Contrairement à son précédent passage, il se fendit d'un laconique « Konbanwa » – le « Bonsoir » japonais – à l'intention de la femme installée à la réception – qui n'était autre que celle qu'il avait vue près de deux semaines plus tôt, vêtue d'un tailleur plus clair, et légèrement plus ouvert sur sa modeste poitrine –, et poursuivit son chemin.

Une fois dans l'ascenseur, et après avoir sélectionné le *rooftop*, il ferma les yeux afin d'éviter toute sensation de vertige lors de la montée, conscient qu'il se devrait d'avoir les idées les plus claires possibles là-haut. Puis il entra en introspection tout en imaginant MoTo avoir effectué le même trajet que lui quelques mois auparavant, mais pour des raisons bien différentes.

Encore un point commun entre lui et moi, se dit-il, circonspect.

Il visualisait déjà Reicher debout parmi ses élèves, adoptant tous une posture de déférence à l'égard de celui-ci. Jusqu'où seraient-ils prêts à aller pour leur *sensei* ? Yoran l'ignorait. Il se rappela ce cri – le *kiai* –, aussi intense que bref, déchirant la bulle de sérénité dans laquelle les pratiquants devaient se trouver lorsqu'ils s'adonnaient à leur passion, loin de l'agitation de la mégalopole bouillonnante, bien plus bas, et surtout aussi près des étoiles. À cette heure, et à une telle altitude, il aurait une chance d'apercevoir celles-ci avec une bien meilleure visibilité que depuis la baie vitrée de son appartement, même s'il savait pertinemment ne pas avoir fait le déplacement pour des préoccupations astronomiques.

La porte de l'ascenseur s'ouvrit finalement sans un bruit sur le corridor désert à l'éclairage tamisé, exactement comme la première fois. Yoran s'engagea, ses cinq sens en alerte. Il se fit la réflexion qu'il aurait apprécié un soupçon de musique durant sa montée, puis arriva face au sas vitré, lui offrant son premier regard vers la capitale nippone et son horizon épuré. Les portes coulissèrent l'une après l'autre dans un chuintement à peine audible, le faisant aussitôt entrer en contact avec la chaleur moite de la nuit. Il retira ses lunettes et avança sur le *rooftop*, plus que jamais à l'affût.

S'il avait préalablement pu lui poser toutes les questions qui le démangeaient, Yoran se souvenait que Reicher avait gardé son sérieux tout au long de leur entretien, et qu'il ne pouvait se permettre de débarquer là comme s'ils étaient de vieux amis. Aussi s'était-il préparé à introduire la situation en quelques mots bien sentis. D'emblée, afin de ne pas le braquer, il se devait de préciser qu'il ne venait pas pour des problématiques liées au kendo à proprement parler, mais pour évoquer avec lui ce qu'il avait pu constater d'un individu potentiellement impliqué dans les deux meurtres récemment survenus à Tokyo. Faire tomber le masque et aller droit au but sans en dire trop, voilà qui relevait presque d'un art à part entière. Yoran n'était pas bon comédien, mais il était sincère, et il comptait sur cette facette de son caractère pour inciter le *kendoka* à se confier à lui sans réticence.

Pourtant, là où il s'était attendu à marcher entre les *kendoka* et à entendre leurs cris résonner tout autour de lui, il ne vit personne, et fut accueilli par un silence de cathédrale. Lentement, d'abord, puis au pas de course, il effectua le tour complet du *rooftop*, sans croiser qui que ce soit.

– Merde...

Il s'immobilisa. L'espace d'un instant, il regretta amèrement de ne pas avoir prévenu Reicher de sa visite, puis fut comme aspiré par la vision qu'il avait à quelques mètres de lui. Il fit un pas en avant, puis un autre. Encore un et…

« Le vide absolu. C'est la finalité de tout kendoka. *»*

Reicher avait raison. Faire le vide absolu dans son esprit, abandonner toute pensée susceptible de perturber la quiétude de son âme, et aller de l'avant. Là résidait le secret pour atteindre ses desseins.

Mais Yoran était incapable de détacher son attention de la mosaïque luminescente de quartiers imbriqués les uns dans les autres et de l'énergie continue qui paraissait s'en dégager. Littéralement fasciné par le panorama qu'il avait sous les yeux, il lui sembla être en mesure de pouvoir se connecter avec la cité tentaculaire dans sa globalité, organisme vivant dont les pulsations lui parvenaient progressivement par à-coups, libérées à chaque seconde par la circulation *non-stop* de celles et ceux qui constituaient la matière vive de cette métropole-monde.

Il allait remettre ses lunettes lorsqu'une douleur aussi soudaine qu'insoutenable le plia en deux, l'obligeant à poser un genou à terre.

Un choc. Terrible. Quelque chose l'avait heurté de plein fouet au niveau de son bas-ventre, sans qu'il ne comprenne de quoi il s'agissait.

Mais, déjà, une nouvelle douleur lui vrilla le dos, parcourant son corps de la gauche de son bassin à son épaule droite. Il ferma instinctivement les yeux puis les rouvrit sur la voûte étoilée. Pendant une fraction de seconde, il discerna une vague forme humaine le surplombant dans l'obscurité, en plan américain. Sauf qu'il n'était pas au cinéma.

La douleur qu'il ressentait était bien réelle, et un goût de sang avait imprégné le fond de sa gorge. Et surtout, la silhouette qu'il avait entraperçue n'avait pas de visage.

Il entreprit de se déplacer sur le côté gauche, sa seule option s'il ne souhaitait pas basculer dans le vide, et roula sur lui-même pour mettre de la distance avec la bordure du *rooftop*.

Mais il était trop lent. Un troisième coup le frappa de l'arrière du crâne à l'épaule gauche, bloquant instantanément sa tentative alors qu'il était sur le dos. Il saisit tant bien que mal ce qui était en train de se passer. Là, au-dessus de son corps inerte, un *kendoka* en tenue de combat noire venait de lui porter trois coups sans retenir sa force, son visage dissimulé derrière la grille métallique d'un masque tout aussi noir, un *shinai* aux lattes de bambou fermement serré entre ses mains.

Yoran eut alors une vision. S'il ne trouvait pas un moyen de quitter immédiatement le toit de l'Ark Hills South Tower, il allait mourir là, dans une totale indifférence, alors que des bureaux du bâtiment étaient toujours occupés, et que les rues beaucoup plus bas grouillaient encore de vie. Dans un sursaut, il se décala sur le côté droit au moment ou un autre coup s'abattit, juste là où s'était trouvée sa tête l'instant précédent. Le son mat du *shinai* frappant le sol avec une brutalité sidérante lui fit froid dans le dos, mais il n'était plus question de s'apitoyer sur son sort. Face contre terre, il se tourna sur le côté et, d'un geste vif, attrapa l'arme en bambou avant que son agresseur ne la soulève de nouveau. S'appuyant sur sa prise, Yoran se redressa difficilement, en pesant de tout son poids sur le *shinai*. Exténué et affaibli par la douleur, il croisa durant un instant fugace deux yeux noirs plantés dans les siens, regard implacable de la mort elle-même sur le point de le faucher. Déconcentré, il laissa l'arme lui échapper des mains, le *shinai* le frappant alors violemment au menton. Il chuta.

Un courant d'air glacé lui caressait la nuque tandis que les échos de la vie en contrebas lui parvenaient décuplés. Une voiture démarra. Quelqu'un héla. Le signal indiquant aux piétons qu'ils pouvaient traverser résonna quelque part. Si loin.

À demi sonné, Yoran réalisa que sa tête et son bras gauche avaient basculé dans le vide. Les minces espoirs qu'il avait entretenus jusqu'alors s'évaporèrent en même temps que s'éloignaient ses chances de revoir celle qu'il aimait, et qui incarnait à elle seule la véritable raison de son installation au Japon.

Reiko.

Le dernier choc qu'il ressentit fut le claquement sec du *shinai* contre son torse, lui coupant net la respiration, avant que les étoiles scintillantes dans ses yeux ne remplacent progressivement celles de la voûte céleste.

Il avait échoué.

Chapitre 22

Iki

– Le sentiment amoureux de la *geisha*, la valeur du samouraï et la résignation du prêtre bouddhiste, telle est la définition de l'*iki* selon Kuki Shūzō.

Le professeur compléta sa démonstration d'un schéma sur son tableau blanc. Mayu Asakura le reproduisit aussitôt sur son carnet, en insistant sur les termes qui lui paraissaient les plus importants : « sentiment amoureux », « valeur » et « résignation ». Autour d'elle, la plupart des autres étudiants s'apprêtaient déjà à ranger leurs affaires. Avant de les saluer, le professeur leur communiqua une liste non exhaustive d'ouvrages à lire afin de mieux intégrer la notion qui avait fait l'objet du cours, l'*iki*, mais aussi celles qui seraient enseignées jusqu'à la fin du semestre.

Le cours d'esthétique et d'histoire de l'art était celui que Mayu préférait. Étudiante en première année de l'université des arts de Tokyo, son accession à la plus prestigieuse des écoles d'art du Japon – où avaient exercé des professeurs aussi talentueux que Takeshi Kitano, et qui comptait parmi ses anciens élèves Takashi Murakami ou encore Eri Kawai – avait fait la fierté de ses parents, et elle s'était juré de saisir sa chance de devenir elle aussi une artiste de renom.

Pourtant, durant les dernières semaines, elle n'avait pas été en mesure de s'impliquer dans ses études autant qu'elle l'aurait voulu. Et le poste à mi-temps qu'elle occupait depuis peu à la librairie de livres anciens Ohya Shobo, à Kanda Jinboncho, n'en était pas la principale raison. Sa curiosité naturelle et son appétence pour les expériences inédites l'avaient en effet incitée à s'engager dans une toute nouvelle entreprise, dont elle était loin de maîtriser tous les tenants et les aboutissants, mais qui avait eu le mérite de lui ouvrir les yeux sur une réalité qu'elle ignorait jusqu'alors. Après avoir longtemps fait l'objet de reproches de la part de ses professeurs mais aussi des autres élèves pour son tempérament de fille solitaire, Mayu avait enfin eu le sentiment de s'être fait de véritables amis, ou du moins, d'avoir fait connaissance avec des personnes qui le deviendraient dans un avenir proche.

Tout avait commencé lorsque cet homme étrange était venu l'attendre à la fin de sa journée de cours. C'était un jeudi. Elle s'en souvenait bien car c'était la veille de *Tanabata*, la fête des étoiles, et juste quelques jours avant l'*O bon*, la fête des morts, à laquelle ses parents n'auraient dérogé pour rien au monde. Mais c'était dans une autre vie. Elle s'était depuis installée loin d'eux, et c'était sans doute mieux ainsi. L'homme s'était présenté comme un écrivain engagé dans la rédaction d'un ouvrage consacré au noir sous toutes ses formes, et leur échange s'était poursuivi dans un café de Kanda. Il lui avait d'abord parlé de Tōkō Shinoda, cette artiste décédée à l'âge de cent sept ans en 2021 et réputée pour ses peintures au *sumi*, le nom donné à l'encre de Chine au Japon. Puis, non sans une certaine tristesse qui l'avait presque touchée, il s'était mis à évoquer le « monde flottant », ce mode de vie que les Japonais avaient adopté au cours de l'ère Edo, et qui s'appliquait en fait aux quartiers chauds de la cité qui deviendrait un jour la capitale du Japon, guidés qu'ils étaient par la recherche permanente de la jouissance et du plaisir. Ils avaient dû se dire au revoir au moment où elle prenait son poste à la librairie, mais il était revenu. Deux fois. Puis quelques semaines s'étaient écoulées, avant qu'il ne l'introduise auprès des autres.

Ces rencontres inattendues et les discussions qui s'ensuivaient la satisfaisaient pleinement, même si cela n'expliquait pas tout. Car ensemble, ils avaient pris une décision irrévocable : celle de devenir des créateurs d'un genre nouveau, en s'émancipant des contraintes imposées par la société japonaise et des normes qu'elle avait toujours mis un point d'honneur à respecter jusqu'alors, si toutefois cela devait s'avérer nécessaire.

Et si la consigne avait beau être désormais de faire profil bas pendant un temps, elle n'avait qu'une hâte, et ce, quelles que puissent en être les conséquences.

Laisser ses instincts primaires prendre le dessus, et repartir en chasse.

Chapitre 23

Brume

Bleue.

Partiellement dissimulée sous un manteau de brume, la rade encore endormie renvoyait ses reflets argentés à la lueur du soleil levant, dévoilant une mosaïque de teintes éphémères oscillant entre le pastel et l'indigo.

En bordure de mer, les grues à l'arrêt se dressaient vers le ciel délavé, émergeant une à une dans la clarté matinale, fidèles gardiennes du port et de ses bassins. Quelque part dans le jour naissant, le cliquetis des mâts et de leurs cordages accompagnait le départ des premiers navires vers le large, alors que la vie reprenait doucement sur les quais.

Il y avait une odeur de sel, de bois et de rouille, dans l'air, et la journée s'annonçait pleine de promesses.

Les amoureux des vieux gréements étaient déjà à l'œuvre dans leur antre dédié aux merveilles de la mer, tandis que les pêcheurs déchargeaient leur moisson de la nuit avant un repos bien mérité.

Alors que les machines des ateliers des Capucins, définitivement à l'arrêt, veillaient sur les rares promeneurs de l'aube, à deux pas de là, les chats de la rue Saint-Malo se cachaient malicieusement dans les vestiges de la plus ancienne rue de la cité, attendant impatiemment qu'une belle âme vienne leur apporter un peu d'amour.

Surplombant le port, le cours Dajot et son incontournable tour rose se dessinaient progressivement face à la rade, qu'une mouette, perchée sur le clocher de l'église Saint-Martin, s'apprêtait à survoler au moment même où les lumières de la ville s'éteignaient.

Les façades tout en couleurs de la rue Félix-Le-Dantec et des rues voisines s'affichaient fièrement, se démarquant élégamment dans cette enclave que d'aucuns surnommaient sobrement « la blanche ».

De l'antique camp romain devenu un vaillant château à l'iconique tour de la Motte-Tanguy, le pont de Recouvrance reliait les deux rives vers les hauteurs, connues de leurs habitants comme le « petit San Francisco ».

Longeant le mythique théâtre Mac Orlan, un tramway descendait silencieusement vers le centre-ville, transportant ses passagers vers leurs occupations quotidiennes.

Une corne de brume retentit.

Une légère brise balaya les dernières nappes blanchâtres qui recouvraient encore le port, révélant aux yeux des voyageurs comme de ceux qui vivaient là le visage d'une cité que l'on n'oubliait jamais vraiment.

Brest.

Chapitre 24

Fondu au blanc

Brest.

Il avait rêvé de Brest.

La rade, le port et tout le reste. Et pour la première fois, il avait vu ses couleurs. Il avait reconnu ces endroits qui lui étaient autrefois si familiers, et ces rues qu'il avait si souvent arpentées, avant de suivre un autre chemin. Et c'était au Japon qu'il avait fini par trouver ses marques, ce pays inclassable, berceau de traditions ancré comme aucun autre dans la modernité, qui le fascinait depuis son enfance.

Pourtant, par cette nuit de canicule à la limite du soutenable, au sommet de cette tour de verre et d'acier du quartier de Roppongi, il avait cru son heure venue. Il avait senti des douleurs terribles s'emparer de son corps et de ses membres, le forçant à rester à terre dans l'attente du coup de grâce.

Qui ne lui avait pas été porté.

Et si son esprit à peine conscient en était si certain à cet instant, c'était parce qu'il avait mis un nom sur la voix, toute proche, qui soufflait à son oreille.

– *Ringo-chan… Ringo-chan…*

Ses yeux avaient d'abord refusé de s'ouvrir, mais les appels répétés avaient fini par le faire remonter à la surface dans un sursaut qui fit se soulever légèrement son buste, précisément là où il se souvenait avoir reçu le dernier coup qui l'avait plongé dans le néant.

– *Ringo-chan...*

Il avala sa salive, pour la première fois depuis ce qui lui parut une éternité. Inclina sensiblement la tête vers la direction d'où provenait la voix. Puis resserra un à un les doigts de son poing droit, posé sur les draps le long de son corps figé.

– Rei... cher...

– Minute, papillon !

La réponse avait fusé, sans concession. Le temps n'était pas encore venu pour Yoran de reprendre sa quête, même si les idées commençaient à émerger en ordre dispersé dans son esprit embrumé. Reicher. Il avait eu la ferme intention de retourner voir le professeur de kendo lorsqu'il avait été pris à partie par un individu sans visage. Il réalisa soudain à quel point il avait soif.

Comme si on avait lu dans ses pensées, une main bienveillante se positionna sous sa nuque, l'autre tenant un verre à hauteur de ses lèvres. Il laissa le liquide tiède imprégner sa gorge, puis descendre doucement dans son œsophage, non sans tousser par saccades.

On parla en japonais. Sans doute l'infirmière. Celle qui l'avait fait boire. Une voix d'homme lui répondit, plus ferme. Yoran supposa qu'il s'agissait du médecin chargé de le suivre. Plus près, il sentait toujours la présence de celui qui l'avait appelé à plusieurs reprises par le sobriquet qu'il avait choisi pour lui. Sailor-*chan*.

– Je leur avais bien dit que tu te réveillerais ! Aussi loin que je me rappelle, je ne crois pas avoir déjà croisé quelqu'un d'aussi déterminé dans ses actes… Ce n'est pas toujours une qualité à mon sens, mais pour le coup, voilà qui est rassurant !

– Sailor… *chan*…

Ce fut à cet instant que Yoran ouvrit enfin les yeux. Il fut aussitôt frappé par la lumière blanche qui émanait d'un plafond tout aussi blanc. Ignorant l'heure qu'il était, il supposa que la nuit était tombée, car les volets à sa droite étaient clos. Sur sa gauche, assis sur une chaise, Sailor-*chan* le fixait de son regard vif et curieux. Contrairement à leur précédente confrontation, il ne portait ni tenue zentai, ni vêtements de femme. Il avait simplement opté pour un costume tout ce qu'il y avait de plus sobre de *salaryman* et une chemise blanche parfaitement lissée. Seule sa fine moustache permettait de savoir qu'il s'agissait de l'homme que Yoran avait rencontré sur l'île de Hachijō-jima. C'était dans une autre vie. Une silhouette blanche se tenait à ses côtés. L'infirmière. Plus à l'écart, au pied du lit, un autre homme regardait dans sa direction. Ce ne pouvait être que le médecin.

– Depuis… combien…

– Neuf jours, *Ringo-chan*. Tu as passé neuf jours dans cette chambre.

Le médecin et l'infirmière s'étaient rapprochés, et celle-ci mesurait son pouls. Yoran ne réalisa pas immédiatement la teneur des propos de son interlocuteur.

– Où…

– Au St. Luke International Hospital, à Tsukiji. Tu as été retrouvé inconscient au sommet d'un building de Roppongi, et d'après les médecins, tu y étais déjà depuis un moment.

Quand j'ai lu dans les médias qu'un photographe avait été agressé dans un endroit aussi improbable, tu me pardonneras, mais… j'ai tout de suite pensé à toi. Non pas que tu me manques, mais j'ai une sainte horreur de la violence, et puis… j'avais l'intention de te confier d'autres négatifs de famille à numériser…

Yoran esquissa un infime sourire, avant de relancer leur échange.

– Reicher…

– Si tu parles de l'homme qui t'a sauvé la vie, c'est bien son nom. Il allait installer les préparatifs de son cours de kendo sur le toit de l'immeuble lorsqu'il t'a vu allongé au bord du vide. Il a d'abord cru à une tentative de suicide avortée, avant de te reconnaître, et d'appeler les secours. Toi qui n'aimes pas te faire remarquer…

Quelqu'un avait quitté la pièce sans un mot. Probablement le médecin. Yoran sentit qu'on lui avait administré quelque chose. Il se détendit. Il entendait les paroles lointaines de Sailor-*chan*, mais ne parvenait plus à les assimiler.

Il s'endormit.

* * *

Trois journées supplémentaires furent nécessaires à Yoran avant qu'il ne s'estime enfin autonome.

Il n'avait plus cherché à comprendre ce que le personnel médical souhaitait pour lui, mais il avait deviné que sa décision de prendre le large ne faisait pas l'unanimité parmi l'équipe de soignants qu'il avait pris l'habitude de voir défiler dans sa chambre. Car le verdict le concernant avait été sévère : il avait évité le traumatisme crânien de justesse, mais il avait le bassin fracturé, deux côtes cassées, et son épaule gauche avait été déboîtée. Une plaie à la mâchoire rendait par ailleurs son élocution difficile. Sailor-*chan* était revenu lui rendre visite une petite heure la veille, ce qui avait quelque peu étonné Yoran, qui se dit qu'il avait peut-être minimisé l'affection du baron de la nuit tokyoïte à son égard.

Son premier réflexe en retrouvant l'air du dehors fut de réactiver son smartphone, qu'un reliquat de charge dans la batterie raviva brièvement, le temps pour Yoran de constater qu'aucun autre meurtre ne semblait avoir été annoncé dans les médias japonais. Ce ne fut qu'après avoir cédé à sa curiosité qu'il réalisa que la température extérieure avait considérablement diminué. Septembre était arrivé, et avec lui son lot d'incertitudes climatiques propres au Japon *post*-estival, et que les locaux nommaient *akisame*, la saison des pluies d'automne, que d'aucuns connaissaient aussi comme celle des typhons.

Il faisait complètement nuit, et une légère bruine l'accompagna jusqu'à la station de métro la plus proche. Il marchait lentement, mais ce serait le prix à payer durant les prochains jours. À son retour chez lui, il découvrit dans sa boîte aux lettres plusieurs exemplaires d'une même publicité pour un coiffeur qui venait d'ouvrir dans son quartier ainsi qu'une carte postale de sa mère, datée d'une vingtaine de jours auparavant. On y voyait la pointe du Petit-Minou, à l'entrée du goulet de Brest, et son phare iconique au coucher du soleil, photographiés par grand vent à une saison qu'il supposa être l'hiver breton. La mer déchaînée y apparaissait presque blanche, se confondant avec un ciel strié de longs nuages grisâtres. Sans même lire le texte écrit par sa mère, Yoran resta un long moment debout à l'entrée de son appartement, la carte postale à la main, plongé dans la contemplation d'un monde qui n'était désormais plus le sien, bien qu'une part de son âme y soit encore fermement attachée.

Le crissement d'un frein de vélo le fit sortir de sa méditation. Le simple trajet depuis l'hôpital international Saint-Luc l'avait exténué. Une fois chez lui, il fit quelques pas vers son réfrigérateur en pensant très fort à la fraîcheur d'un tonic au gingembre et à la cardamome, avant de renoncer et de s'affaler dans son canapé en futon. Il ressentait une compression au niveau du thorax, et avait l'impression de ne plus pouvoir gonfler pleinement ses poumons, une douleur lancinante s'étant emparée de sa nuque, doublée de maux de tête à peine supportables.

Cette fois, il avait peut-être atteint ses limites.

Chapitre 25

Fantôme sans visage

Le soleil se couchait enfin, sur la petite perle d'Ishikawa.

Yoran avait attendu cette heure avancée de la journée pour retrouver Yoriko dans ce qui était considéré comme l'un des trois plus beaux jardins du Japon, Kenroku-en. Après avoir appris la sinistre rencontre faite par son ami au sommet de l'Ark Hills South Tower et ses conséquences dramatiques sur son état de santé, l'ancienne *geisha* lui avait proposé de venir se reposer quelques jours à Kanazawa, dans une maison d'hôte qu'elle mettait parfois en location, mais vide de tout occupant depuis maintenant près d'une année.

Yoriko attendait Yoran près de la lanterne de Kenroku-en, dont il se disait que la forme avait été inspirée par celle des chevalets du *koto*, la harpe japonaise dont elle-même était une experte. Elle portait un *yukata* blanc parcouru de minuscules fleurs sombres, qu'une ceinture délicatement resserrée – l'*obi* – fermait sur le devant.

– C'est une magnifique soirée pour visiter le « jardin des six attributs », n'est-ce pas, Yoran-*san* ?

Yoran approuva tout en franchissant le petit pont de pierre qui le séparait d'elle. Kenroku-en était le premier des trois jardins les plus célèbres du Japon qu'il découvrait, et dès son entrée dans les lieux, il avait été frappé par la quiétude de l'endroit, et le soin extrême avec lequel il avait été aménagé, conférant au site une harmonie des plus apaisantes.

– Magnifique, c'est le juste mot, Yoriko-*san*, et pas uniquement pour la soirée. Vous rendez-vous souvent ici, à Kenroku-en ?

– Je viens dès que j'ai un peu de temps, ce qui est moins fréquent que je le souhaiterais. J'y puise à chaque saison une énergie sans laquelle je ne suis pas sûre que je pourrais demeurer aussi active. Et puis, la vue sur le mont Utatsu est merveilleuse, n'est-ce pas ?

Yoran se souvenait avoir aperçu au loin un groupement de collines blanches et noires en entrant dans le jardin, surplombant majestueusement la ville de Kanazawa.

– Elle l'est... et je tiens à vous remercier de me permettre d'en profiter moi aussi.

– Vous serez toujours le bienvenu, Yoran-*san*, sachez-le. Je côtoie beaucoup de monde dans mon restaurant, mais je n'avais encore jamais parlé avec un photographe doté d'une vision en noir et blanc avant de vous rencontrer. Noir et blanc, comme les couleurs de la Bretagne dont vous m'avez tant fait l'éloge.

Yoran apprécia. Deux jours plus tôt, il avait posé ses bagages dans la modeste maison d'hôte de Yoriko, située en bordure de la rivière Asano, pour une semaine de repos. Il aurait aimé rester bien plus longtemps sur place, si toutefois il n'estimait pas sa destinée liée à l'affaire des meurtres en cours. Pourtant, aucun n'avait été commis depuis celui de Daisuke Miyazato, le directeur de FuguShots. Et le site du *photo game* de la société n'avait pas été réactivé depuis. Fallait-il y voir un lien ?

– Marchons un peu, si vous le voulez bien, Yoran-*san*. Il fera bientôt complètement nuit, et le jardin ne se livre jamais autant que lorsqu'il se pare de ses habits de lumière.

Ils s'engagèrent ensemble le long de l'étang qui reflétait en son centre les cimes des pins environnants ainsi que l'éclairage nocturne du jardin, aussi discret qu'élégant.

– Ainsi vous avez échappé de peu à une mort certaine, cher Yoran-*san*. J'ai été très peinée d'apprendre une nouvelle si tragique.

– Et votre bienveillance me touche énormément, chère Yoriko-*san*. En fait, il semblerait que ce soit grâce à votre ami, Sébastien Reicher, que je sois sain et sauf. C'est lui qui m'a trouvé et qui a prévenu les secours alors que j'étais inconscient, seul sur ce toit.

– Sébastien-*san* et son épouse sont effectivement de bonnes personnes. Et Nodoka-*san* est d'ailleurs bien plus qu'une simple épouse, pour lui.

Yoran ralentit son allure, alors qu'ils se rapprochaient de la fontaine du jardin, connue comme étant la plus ancienne du Japon.

– Que voulez-vous dire par là, Yoriko-*san* ?

– Avant son installation au Japon, Sébastien-*san* a été victime d'un grave accident de moto, en France. Cet événement a joué un rôle important dans sa décision de tout quitter pour s'établir ici, même si c'est sa rencontre avec Nodoka-*san* qui a été déterminante quant à son choix de ne pas repartir.

– Je comprends. Certaines femmes japonaises ont quelque chose de… magnétique.

Un infime sourire s'afficha sur le visage de Yoriko.

– Vous paraissez parler en connaissance de cause, Yoran-*san*. Mais ne m'en dites pas davantage si vous ne le souhaitez pas.

Yoran n'avait en effet jamais osé faire allusion à Reiko auprès de Yoriko, bien que l'intention de le faire ait été bel et bien présente en lui depuis sa rencontre avec l'ancienne *geisha*. Mais il sentait que le moment n'était pas venu. Pas encore.

– Peut-être pourriez-vous en revanche vous remémorer celui qui est à l'origine de votre malheur, si, toutefois, cela ne vous est pas trop pénible, bien entendu.

– Ne vous inquiétez pas, Yoriko-*san*. Je pense m'être suffisamment remis pour ne pas fuir la réalité.

Yoran était pourtant loin de marcher normalement, et le simple fait de se tenir debout générait parfois des douleurs à peine tenables dans son corps, sans compter les maux de tête, qui le saisissaient sans prévenir.

– Je n'ai malheureusement pas pu voir son visage, mais je me souviendrai toute ma vie de son regard. C'était celui de la mort elle-même…

– Cela signifie que son visage était dissimulé ?

– Oui, c'est bien ça. Il faisait noir, et il portait une combinaison de *kendoka*. Ainsi qu'un masque aussi noir que la nuit.

Ils croisèrent deux jeunes femmes en *yukata* qui marchaient dans la direction opposée, et échangèrent brièvement un sourire avec elles, avant de reprendre leur discussion.

– Hum…

– Vous semblez soucieuse, Yoriko-*san*. Est-ce que je me trompe ?

– Noppera-Bō…

Yoran s'arrêta net tandis que les yeux de Yoriko fixaient les nappes de brume qui s'étaient déposées à la surface de l'étang.

– Noppera-Bō. Le fantôme sans visage. Cette créature de la mythologie japonaise a la réputation de pouvoir faire disparaître les traits de son visage à volonté, dans le simple but d'effrayer ses victimes. De les punir.

– Je suis admiratif de vos connaissances en la matière, Yoriko-*san*. Je n'avais jamais entendu parler de ce... fantôme. Croyez-vous vraiment que l'on a voulu me... « punir » ?

– Vous seul possédez les éléments de réponse à cette question, Yoran-*san*. Mais ce dont je suis pour ainsi dire certaine, c'est que l'on a voulu vous faire peur. Et pour quelle autre raison vous aurait-on fait peur que si vous aviez progressé dans vos recherches ?

Yoriko évoquait avec ses mots l'agression dont Yoran avait fait l'objet tout en contemplant la voûte étoilée, loin, très loin au-dessus d'eux, faisant preuve d'un détachement des plus naturels face à un événement qu'elle décrivait comme surnaturel.

– J'ai en effet rencontré par le biais d'un ami un photographe qui m'a paru... étrange. Cet homme, au demeurant très jeune, a été le lien qui m'a de nouveau conduit vers Sébastien-*san*.

– Je ne peux donc que vous inciter à vous méfier de cette personne, sans pour autant renoncer à votre quête, dont je sens qu'elle vous tient particulièrement à cœur, Yoran-*san*.

Yoran leva lui aussi la tête vers le ciel sombre, tout en réfléchissant aux paroles de Yoriko.

– Vous savez, Yoriko-*san*, j'ai douté, en arrivant ici, à Kanazawa. Mais en vous écoutant, je me dis que j'ai eu tort. Et que je ne peux pas m'arrêter là, même après avoir frôlé la mort.

– Et vous m'en voyez ravie, Yoran-*san*. Mais j'insiste sur le fait que vous vous devez de vous préserver, quelles que soient les suites de cette sinistre histoire. À ce titre, vous souvenez-vous de la mise en scène du premier meurtre dont vous m'aviez montré la photo ?

Yoran acquiesça silencieusement, tout en réalisant qu'il n'avait pas encore partagé avec l'ancienne *geisha* la capture d'écran qu'il avait faite du deuxième meurtre.

– Figurez-vous que la clientèle fidèle de mon restaurant comprend aussi quelques hauts gradés de la police de Tokyo, et que l'un d'eux, amateur d'art à ses heures perdues, m'a fait part d'un point pour le moins surprenant.

– Dites-moi…

– Le corps de la victime a été peint en blanc, et trois croix noires ont été dessinées sur ses yeux et sa bouche, n'est-ce pas ?

Durant un bref instant d'effroi, Yoran se rappela la position de la victime du meurtre du *love hotel*. Ryo Tomita. L'homme avait été installé comme s'il avait décidé de se donner la mort par *seppuku*, le suicide rituel japonais. Et comme cela avait été le cas plus tard pour la deuxième victime, ses yeux et sa bouche avaient été marqués de croix noires, sans que cela ne revête un sens particulier au premier abord.

– C'est bien cela…

– Eh bien sachez que selon les premières analyses, la peinture utilisée serait composée de noir de carbone.

– Du noir de carbone ?

L'ancienne *geisha* marqua une pause, comme pour mieux attiser la curiosité de Yoran, avant de reprendre.

– Le noir de carbone était autrefois produit exclusivement en Chine, par combustion incomplète dans des lampes à huile, fournissant ainsi le fameux pigment noir de l'encre de Chine. D'aucuns l'appellent d'ailleurs toujours le noir de fumée. De nombreux pays le produisent aujourd'hui, à commencer par le Japon. Mais son utilisation dans le domaine artistique est désormais relativement rare, et on le cantonne le plus souvent à un usage réservé à des fins purement industrielles.

– Ceux qui ont fait ça – car je suis convaincu qu'il ne s'agit pas là de l'œuvre d'un individu agissant seul – sont donc à rechercher parmi les personnes qui ont un accès privilégié à ce pigment ?

– Là encore, il vous reviendra d'en tirer les conclusions qui s'imposeront le moment venu, Yoran-*san*. Mais je vous invite à ne pas abandonner. Et à garder à l'esprit cette information.

Une obscurité presque totale les entourait. Yoran eut soudain le sentiment qu'ils n'étaient plus que tous les deux dans Kenroku-en. La lune, parfaitement pleine, projetait à présent ses éclats blanchâtres sur la surface de l'étang endormi, livrant aux deux promeneurs une vision nocturne idyllique qui n'aurait pu les laisser indifférents. Mais il se faisait déjà tard, et Yoran savait pertinemment que son hôte s'apprêtait à honorer son activité de dirigeante de restaurant.

– Je vous remercie pour vos éclaircissements, Yoriko-*san*. Ne souhaitant pas abuser davantage de votre temps, j'aimerais néanmoins connaître votre avis à propos de la deuxième scénographie, celle relative au meurtre survenu au temple de

Toyokawa Inari. Puis-je vous montrer la photographie que je suis parvenu à sauvegarder sur mon smartphone ?

Yoriko se contenta d'incliner la tête en avant, puis se courba légèrement. Comme la première fois, dans la salle privative du Zeniya, Yoran lui tendit son smartphone, ayant préalablement sélectionné la photo du corps de Daisuke Miyazato, totalement nu et allongé sur l'autel du temple, une énorme carpe luisante entre les mains. Lui aussi avait eu le corps enduit de peinture blanche. Lui aussi avait eu les yeux et la bouche barrés de croix noires.

Yoriko garda longuement le silence, avant de finalement restituer l'appareil à Yoran.

– Nous sommes très loin de l'esthétique des samouraïs, cette fois-ci.

– J'en conviens complètement, Yoriko-*san*...

– J'y vois pourtant un lien avec la scénographie précédente.

Yoran sentit une pointe d'adrénaline monter en lui, mais s'efforça de patienter jusqu'à ce que l'ancienne *geisha* reprenne la parole.

– Cette vision me fait penser à une transposition dans le monde réel d'une scène du folklore japonais. Oniwakamaru, le moine-guerrier, réputé pour avoir vaincu une carpe géante.

– Décidément, je ne peux que constater mes nombreuses carences sur le sujet... Pensez-vous à une expression artistique en particulier ? Les médias ont commencé à parler de « Tueurs aux tableaux »...

Yoriko se tourna vers le mont Utatsu, partiellement caché par la brume, Yoran fixant avec une admiration non feinte celle qui était devenue pour lui plus qu'une amie, au fil de leurs échanges. Une confidente en laquelle il avait toute confiance.

– Je dirais plutôt qu'ils s'inspirent de l'*ukiyo-e*. En d'autres termes…

Une nuée de corbeaux s'éleva dans les airs à hauteur du château de Kanazawa, ultimes témoins d'un échange qui touchait à sa fin.

– … je dirais que nous n'avons pas affaire à des « Tueurs aux tableaux »… mais à des « Tueurs aux estampes ».

Chapitre 26

Le combat des dieux

La chair contre la chair.

Le son brut et mat des corps qui s'entrechoquent, qui s'empoignent et qui se pressent.

Les mains qui glissent et les pieds qui dérapent.

C'était terminé.

Yoran relâcha son souffle.

Durant quelques secondes, une frénésie à peine contenue s'était emparée du public, avant que tous ne se mettent à applaudir les deux colosses debout au centre du *dohyō*.

Le tournoi d'automne de sumo professionnel – également connu sous le nom d'*Aki basho* – se déroulait chaque année au mois de septembre dans le Ryōgoku Kokugikan de Tokyo. Et en cette journée inaugurale de l'édition 2023, Yoran avait décidé de se rendre dans le centre sportif de Sumida pour la première fois de sa vie, davantage pour se changer les idées après ses longues journées de récupération que par passion pour la discipline en elle-même.

Pourtant, ces affrontements de lutteurs aux gabarits hors normes revêtaient une dimension très particulière, autant parce qu'ils constituaient un héritage de temps très anciens que de par le caractère quasi divin que l'on associait souvent aux *rikishi*, les « hommes forts ». Certains d'entre eux flirtaient avec les trois cents kilos, et tous appartenaient à des écuries qui leur imposaient un mode de vie strict et tout entier dédié à leur art martial.

Yoran avait quitté Kanazawa et la maison d'hôte de Yoriko la veille au soir, et s'était octroyé une journée de transition dans cet univers totalement inconnu pour lui, avant de reprendre ses marques dans l'affaire de ceux qu'il identifiait désormais comme les « *Ukiyo-e killers*. » Les « Tueurs aux estampes ». Une semaine loin de l'agitation de Tokyo l'avait aidé à retrouver davantage d'aisance dans ses mouvements, et si les maux de tête n'avaient pas complètement disparu, ceux-ci avaient fini par s'estomper. Il se sentait prêt à reprendre sa destinée en main.

Depuis son box, la vue sur l'arène était imprenable. Surplombant la zone de combat, un toit suspendu rappelant ceux des temples shinto était surmonté de bannières remerciant le public de s'être déplacé en masse. Sur les quatre longueurs de l'édifice étaient accrochés les portraits des lutteurs les plus emblématiques de l'histoire du sumo parés de leurs tenues de cérémonie, ceux-ci semblant eux aussi focaliser leur attention sur le duel à venir.

Yoran avait tout juste eu le temps de regarder en arrière pour prendre la mesure du nombre de personnes installées dans le public quand le présentateur annonça le combat suivant. À quelques mètres de lui, deux lutteurs aux corpulences très proches montèrent sur le *dohyō*, tapant dans leurs mains puis frappant lourdement le sol argileux avec les pieds après avoir levé leurs jambes aussi haut que possible. Yoran avait lu un jour que ce rituel visait à faire fuir les esprits. Il repensa furtivement à ceux dont lui avait parlé

Yoriko, le *nue* et Noppera-Bō, sans oublier Tamamo-no-Mae, la « demoiselle Joyau lumineux » évoquée par le fils du maître marionnettiste de Kurashiki. Les combattants purifièrent ensuite leurs bouches en dehors du cercle de combat avec l'« eau de force », qu'ils recrachèrent aussitôt après, puis s'essuyèrent délicatement. Au milieu du *dohyō*, l'arbitre, le *gyōji* – un homme imperturbable entre deux âges vêtu d'un uniforme de soie décoré de fines rosettes et d'un petit chapeau noir –, tenait dans sa main droite l'éventail en bois laqué avec lequel il autoriserait les lutteurs à s'affronter, et qui lui permettrait de désigner le vainqueur au terme du combat.

D'un geste, les deux *rikishi* jetèrent simultanément une poignée de sel sur le sol sablonneux, purifiant ainsi la surface sur laquelle ils s'apprêtaient à combattre. Dans l'assistance, la tension était palpable. Les lutteurs se positionnèrent finalement au centre du *dohyō*. Les vives acclamations émanant du public ne laissaient que peu de doute quant au degré d'excitation des spectateurs. Cambrés l'un en face de l'autre, les deux principaux acteurs de cette scène ancestrale et immuable étaient prêts. Le mot d'ordre était simple : ne pas sortir du cercle de combat, et ne pas toucher le sol autrement qu'avec les pieds, coûte que coûte. L'arbitre retourna alors son éventail, un silence absolu s'abattant immédiatement sur l'assemblée.

Véritable choc des titans, la confrontation entre les deux *rikishi* libéra une puissance phénoménale. Pour autant, aucun des deux ne céda le moindre centimètre à son adversaire, chacun s'appuyant toujours plus fort sur ses bases. Les visages, en revanche, exprimaient une sérénité toute relative. Yoran n'ignorait pas les années de travail et de sacrifice que les deux géants avaient dû consacrer à leur discipline avant de pouvoir se battre dans l'arène la plus prestigieuse du pays.

Le combat changea subitement de physionomie, l'un des lutteurs entraînant l'autre avec lui en arrière, jusqu'à lui faire effleurer la limite du *dohyō*. Ils se décalèrent ainsi de plusieurs pas, avant de s'immobiliser à nouveau. L'arbitre ne lâchait pas le duel des yeux, prêt à indiquer le gagnant à tout instant. Mais ils tinrent bon tous les deux, attisant plus que jamais l'admiration des spectateurs pour les deux forces de la nature qu'ils incarnaient. Revenant vers le centre du cercle de combat, les lutteurs reprirent leur position initiale. Tout était encore possible. Au premier rang, d'autres sumos – probablement parmi les prochains à faire montre de leurs compétences dans l'arène – observaient attentivement le duel, assis aux côtés des juges et des annonceurs. Sur le *dohyō*, une nouvelle prise poussa le lutteur qui avait d'abord pris l'initiative vers l'une des extrémités de la zone de combat, l'autre pressant de tout son poids pour l'en éjecter. Juste derrière, quelques officiels s'écartèrent, se préparant à réceptionner tant bien que mal le combattant vaincu. Mais là encore, les deux géants balayèrent les pronostics, le premier s'arrachant littéralement à l'emprise de son adversaire dans un élan maîtrisé qu'il paraissait avoir répété à l'entraînement à maintes reprises.

Les deux soufflèrent. Yoran aussi.

À nouveau au centre de l'arène, les lutteurs en sueur s'engagèrent dans ce qui avait toutes les chances de représenter leur ultime joute. Le deuxième avait clairement pris confiance après avoir été à deux doigts de projeter son adversaire hors du cercle de combat. Bien qu'infructueuse, cette tentative avait anéanti la coiffure du premier, ses cheveux lissés à l'huile et maintenus en chignon ayant perdu toute leur élégance dans l'empoignade.

La prise suivante surprit tout le monde dans le centre sportif, le combattant qui avait pris l'ascendant se jetant sur le premier sans lui laisser une once de répit. Celui-ci recula brutalement droit vers la limite du *dohyō*, se précipitant vers une défaite de plus en plus inéluctable. Il saisit alors cette opportunité pour se replier vers l'avant tout en continuant à reculer, entraînant l'autre vers lui, mais sans aucune prise à laquelle se rattacher. Le géant s'étala de tout son long au moment où le plus stratège des deux combattants évitait de justesse de perdre l'équilibre en périphérie du cercle de combat.

Il avait gagné son duel.

Les acclamations du public reprirent de plus belle, célébrant le vainqueur sous les yeux ébahis de Yoran, qui ne cachait plus son plaisir d'assister à un événement aussi rare que méconnu des Occidentaux. Autour de lui, les spectateurs applaudissaient dans un brouhaha d'éclats de voix et les crépitements des flashs. Après avoir salué son adversaire une dernière fois, le perdant quitta l'arène alors que celui qui avait eu raison de lui s'inclinait pour recevoir l'enveloppe de ses gains par l'arbitre. Deux autres lutteurs s'agitaient déjà au pied du *dohyō*, sur le point d'entrer à leur tour dans le vif du sujet.

Yoran profita du changement de combattants pour décrocher quelques minutes du spectacle ambiant, incapable de ne pas repenser aux tueurs qu'il en était venu à pourchasser malgré lui. Il attrapa son smartphone dans la poche de son jean et se lança dans une énième recherche sur FuguShots et son fondateur, Daisuke Miyazato, s'isolant mentalement de l'effervescence qui régnait dans les travées du Ryōgoku Kokugikan.

Avant qu'il ne crée son entreprise en 2011, il n'existait que des données relativement éparses concernant Miyazato. Il avait exercé comme professeur de mathématiques à l'université de Tokyo de 1993 à 2002, et en avait été fait professeur émérite peu avant de s'en retirer. Une photo du site datée de 2001 dévoilait un visage placide de trentenaire japonais souriant imperceptiblement. Quelques pages d'information référencées citaient son nom parmi ceux de responsables de divers projets propres à sa discipline, le plus marquant d'entre eux ayant été sa contribution comme chef d'équipe à la conception d'un modèle de résolution mathématique d'un problème inverse appliqué en lien avec l'exploration de données. Cela n'indiquait rien à Yoran, qui poursuivit. Avant de fonder FuguShots, Miyazato s'était reconverti comme chef de projet dans le domaine du jeu vidéo chez Grasshopper Manufacture, toujours à Tokyo. Entré dans l'entreprise l'année de son départ de l'université de Tokyo, il l'avait quittée en 2005, mais en avait acheté une partie du capital l'année suivante. Sa période hors des radars avait débuté à ce moment-là, jusqu'à son éclosion dans le monde des *photo games*, six ans plus tard.

Yoran redressa la tête. Face à lui, deux autres lutteurs venaient de monter sur le *dohyō*. Cette fois, les gabarits étaient largement disproportionnés, et le public semblait plus réaliste qu'enthousiaste quant à l'identité du futur vainqueur. Malgré son nom de combat japonais, Yoran devina que le plus impressionnant des deux était originaire de Mongolie, une tendance qui ne faisait que s'affirmer au fil des ans, les Mongols ayant même fini par surpasser les Japonais dans leur propre sport. Après un bref regard vers l'arbitre, sur le point de lancer le combat, il se replongea dans ses recherches.

L'activité de Miyazato durant les années 2005 à 2011 demeurant un mystère, Yoran se réorienta sur la vie de Ryo Tomita, la victime du *love hotel*. Pour le coup, ce dernier avait mené une carrière beaucoup plus lisse, n'ayant exercé qu'au sein de la même société jusqu'à sa mort, une agence de publicité basée elle aussi à Tokyo, et portant le nom de White Lab. Les éléments qu'il releva sur le personnage ne lui permirent pas d'approfondir davantage son CV. Il n'existait pas non plus de photos de l'homme en ligne, hormis une image en noir et blanc de piètre qualité rattachée aux articles de médias ayant été publiés après son meurtre. Seule une paire de lunettes à double monture donnait un infime supplément de caractère à un faciès anonyme. Un *salaryman* comme on en voyait tous les jours à Tokyo.

Une succession de cris et d'applaudissements déconcentra Yoran. Le lutteur mongol était allongé sur le *dohyō*, son adversaire, près de deux fois moins lourd que lui, se tenant debout à l'extrémité du cercle de combat. Visiblement, le bonhomme avait eu suffisamment de ressource pour inverser la donne et le public se montrait particulièrement reconnaissant.

Conscient qu'il n'avait guère progressé, Yoran entreprit une recherche croisée incluant les noms des deux victimes des « Tueurs aux estampes » en y associant les noms des sociétés où avaient exercé les deux hommes ainsi que les lieux d'implantation de celles-ci. Mais il dut rapidement se rendre à l'évidence. Rien ne transparaissait. Quelque peu décontenancé, il changea alors radicalement de stratégie. Au vu de son statut de professeur émérite et du rôle qu'il avait joué dans la résolution d'un problème mathématique considéré comme majeur, Daisuke Miyazato s'était peut-être fait un nom à l'international. Les premiers résultats que Yoran obtint confirmèrent effectivement que l'homme avait été invité par plusieurs universités du monde entier entre 2002 et 2003, parmi lesquelles la National University of Singapore, mais aussi l'University of Oxford ou encore le Massachusetts Institute of Technology. Contrairement à ce qu'il avait d'abord cru, Miyazato ne pouvait décemment pas être considéré comme un illustre inconnu. Ce qui soulevait la question de savoir pourquoi il avait quitté ses fonctions à l'université de Tokyo, alors qu'il était au faîte de sa carrière.

Un autre combat opposant deux Mongols allait commencer d'un instant à l'autre lorsque l'un des résultats du moteur de recherche intrigua Yoran. Daisuke Miyazato y présentait son projet d'intégration de FuguShots à un groupe d'entreprises japonaises participant à la création et au développement du yen numérique. L'intéressé se justifiait en évoquant ses six années passées comme responsable de l'innovation des procédés dans une banque pionnière en la matière, MVS.

Six années. 2005-2011. Yoran tenait ce qu'il cherchait.

Mais s'il venait de réaliser une avancée fondamentale dans sa quête, ce qu'il avait découvert comportait un obstacle de taille pour la suite de ses investigations : la banque MVS était établie très loin de là, à l'autre bout du monde.

À Sienne. En Italie.

Chapitre 27

Doctor Yellow

MVS.

Comme Monte dei Valle di Siena.

La banque de Sienne était référencée comme la plus ancienne encore en activité dans le monde, et s'était forgé une réputation de pionnière dans le domaine des monnaies numériques, un secteur en pleine expansion depuis le début des années 2010. Daisuke Miyazato y avait occupé un poste à haute responsabilité pendant les six années de son séjour en Italie, un pays qui était loin d'être celui auquel Yoran aurait pensé en premier pour expliquer le hiatus du japonais. Et pourtant…

Il déposa son smartphone sur la minuscule tablette en bois qui lui avait été attribuée. Après sa journée de combats au Ryōgoku Kokugikan, il avait erré dans la cité tentaculaire qu'il aimait tant arpenter, jusqu'à atteindre le quartier de Yūrakuchō, où les bars enfumés prisés de l'éclectique faune de la nuit tokyoïte étaient légion. Là, personne ne l'attendait, et lui n'attendait personne. Il s'était installé en terrasse d'un antique *izakaya* situé sous les voies ferrées, dans un tunnel dont la décoration faisait la part belle aux affiches de films de samouraïs *vintage*. L'endroit était connu de tous les amateurs de photo, et fascinait nombre de passionnés du Japon par son aspect hors du temps.

Mais le cœur de Yoran n'y était pas. Il se sentait partagé, et plus que jamais indécis quant à la suite à donner à ses investigations. Certes, il avait indéniablement progressé en déterminant la nature des activités exercées par Miyazato durant ses six années *off the radars*. Mais il avait par là même atteint une limite dans ses recherches, comme s'il ne lui appartenait plus d'aller au-delà.

Il avait commandé un assortiment de *gyoza* – les raviolis japonais – qu'il avait mangé sur le pouce accompagné d'un saké tout en rondeurs de la région de Yamanashi, avant de se faire servir un *long drink* plus corsé de Gin Roku à 43 degrés allongé au tonic au yuzu. Il avait un besoin impérieux de se déconnecter de la réalité autour de lui, et de ne plus penser à rien.

Une tablée de *salarymen* particulièrement bruyants l'empêcha cependant d'entrer en réelle introspection, l'incitant à envisager de lever l'ancre prématurément. Il acheva ce dîner en extérieur par un verre d'*umeshu*, une liqueur de prune de Wakayama, et régla auprès du serveur qui s'était occupé de lui toute la soirée.

Ce ne fut qu'après avoir effectué quelques pas dans le dédale de ruelles sombres et peu engageantes de Yūrakuchō qu'il retrouva un semblant de quiétude. Tout autour de lui, derrière le voile trouble de cette réalité alternative qu'il ne parvenait plus à quitter, il devinait les lanternes dansant dans les courants d'air et les enseignes luminescentes sublimant la nuit, comme autant de sirènes cherchant à attirer à elles les voyageurs perdus et les âmes égarées.

En marchant pour prendre ses distances avec les terrasses bâchées dissimulant leurs visiteurs du soir, silhouettes noires noyées dans des volutes de fumée blanchâtre, il constata qu'une pluie fine s'était mise à tomber. Le contraste entre Yūrakuchō, enclave de plaisirs simples nichée au cœur de la jungle urbaine de la capitale nippone tel le monde flottant si cher aux artistes peintres de l'ère Edo, et les avenues environnantes, bordées d'immeubles de bureaux et de constructions flambant neuves, n'en était que plus saisissant. Yūrakuchō était définitivement son quartier favori de Tokyo.

Il fut ramené à lui par un écho d'une puissance sidérante en provenance des voies ferrées, quelque part au-dessus de sa tête. À moins que ce ne fût en dessous. Peu importait, à vrai dire. À cet instant, il se sentait pris d'une envie impérieuse.

Aller voir les trains.

* * *

Ses déambulations le menèrent jusqu'à la gare de Tokyo, à quelques minutes de marche de Yūrakuchō.

Le bâtiment, construit dans un style très européen au début du vingtième siècle, se démarquait sensiblement de l'architecture moderne et des innombrables gratte-ciel du quartier de Marunouchi, connu pour être le fief de l'empereur du Japon et du palais impérial de Tokyo.

Elle constituait le point de départ des plus longs voyages depuis la capitale japonaise à destination du reste de l'archipel. C'était aussi là que Yoran venait parfois observer le trafic ferroviaire, contemplant le tracé des voies qui s'éloignaient, dont certaines beaucoup plus loin vers le sud.

Vers Reiko.

La ligne qui traversait le pays jusqu'à l'île de Kyūshū empruntait le tronçon Tōkaidō/Sanyō *via* le *Shinkansen* Nozomi, qui assurait l'une des dessertes les plus rapides au monde. « Nozomi ». L'« espoir », en japonais. Tout au bout de la ligne, au-delà de Fukuoka et ses fameux marchands nocturnes ambulants, il y avait la préfecture de Saga. Là où la jeune femme possédait un atelier de tatouage traditionnel, dont elle avait hérité de son grand-père, plusieurs années auparavant.

Tout en se déplaçant entre les quais de surface 14 à 23, dédiés aux trajets à grande vitesse, Yoran se fit une promesse. Une fois achevée sa quête, il se rendrait enfin auprès de celle qu'il n'avait plus revue depuis qu'elle avait quitté Brest, la Bretagne, et toutes ses attaches avec le continent européen, et il cesserait de remettre à demain sa destinée. Car c'était bien pour Reiko qu'il avait rompu avec son passé et tout ce qu'il avait construit jusqu'alors, et qu'il avait délibérément choisi de vivre au Japon, un pays à des années-lumière de tout ce qu'il avait pu connaître dans ses vies précédentes, et qui agissait sur lui comme un aimant, dont le centre de gravité n'était autre que la jeune femme.

Juste derrière lui, un train de la ligne *Shinkansen* Tōhoku s'élançait vers la partie nord du pays, avec en ligne de mire Aomori et ses *spots* de ski parmi les plus courus du Japon. Le nez fuselé et allongé du train lui donnait de faux airs de fusée horizontale, un design qui fascinait la plupart des Japonais et qui ne manquait pas de séduire les voyageurs de passage comme les expatriés.

Sans un bruit, le *Shinkansen* s'effaça dans la nuit, emportant avec lui ses passagers pour ce qui était probablement l'un des tout derniers départs avant le lendemain matin. Yoran allait changer de quai quand il aperçut, au point mort sur une autre voie, un train qu'il n'avait jamais vu. À ce qu'il lui semblait, il n'y avait personne à l'intérieur, et on ne se bousculait pas non plus sur le quai pour monter à bord. Intrigué, il longea les plateformes et se rapprocha. Le train se trouvait au quai 14, le plus à l'ouest de ceux réservés au *Shinkansen* Tōkaidō, sans doute la ligne la plus emblématique du réseau, puisqu'elle desservait Nagoya, Kyoto et Osaka.

Dos à lui, un chef de train reconnaissable à son uniforme sombre et à sa casquette parfaitement ajustée fumait une cigarette en regardant vers l'extrémité du quai 14, un halo brumeux quasi lumineux enrobant le haut de sa silhouette. Au moment où Yoran arriva à son niveau, l'homme, âgé d'à peine la trentaine, lui adressa un timide sourire en montrant le train d'un signe de tête.

– *Doctor Yellow ! Doctor Yellow !*

Yoran comprit alors à quoi le chef de train faisait allusion. Docteur Yellow était le surnom donné au *Shinkansen* d'analyse du réseau ferroviaire japonais. Ce train pouvait être partout sur le réseau, mais le voir relevait de la gageure. À tel point qu'il était réputé porter chance à ceux qui l'apercevaient. Et s'il ne distinguait son environnement qu'en noir et blanc, Yoran savait que le Doctor Yellow était avant tout célèbre pour sa couleur jaune, qu'aucun autre train n'arborait.

Il sourit à son tour. Ferma les yeux. Puis fit le vide dans son esprit. Et il inspira. Longuement.

Tokyo… Le *love hotel*… Le temple Toyokawa Inari… et à présent Sienne, en Italie. Loin, très loin vers l'ouest. Le lien entre la banque toscane et les deux meurtres survenus au Japon était ténu, mais il existait peut-être bel et bien. Et Yoran était certain que la mort allait de nouveau frapper, tôt ou tard. Il expira.

Lorsqu'il rouvrit les yeux, il avait pris sa décision.

Troisième partie

News of the world

Chapitre 28

In the air tonight

Il ouvrit les yeux, mais les referma aussitôt.

Sa tête lui faisait un mal de chien. Et la terre ne lui avait jamais paru aussi basse.

Une douleur intense parcourait sa nuque et ses bras, qui le lançaient sur toute leur longueur, au point de lui faire pratiquement perdre connaissance. Et les muscles de ses cuisses étaient tétanisés par les crampes. Il avait la désagréable sensation de se réveiller après être resté enfermé dans une valise pendant des jours.

Incapable de se mouvoir, il hasarda un regard derrière son épaule, et parvint à distinguer un toit en pente. Non, une armature. Celle d'une gigantesque tente. Ou peut-être d'un chapiteau. Oui, voilà. Le chapiteau d'un cirque. Et sa position était tout sauf confortable.

Un irrépressible frisson d'angoisse le submergea soudain. Il avait la tête en bas à une quinzaine de mètres du sol, et son cœur battait à tout rompre.

Que lui était-il arrivé ?

Il tenta d'avaler sa salive, mais manqua s'étouffer. Il réalisa alors que tous les projecteurs étaient braqués sur lui, tandis que les innombrables gradins de l'enceinte étaient désespérément vides, et le silence total.

L'angoisse se mua tout à coup en terreur. Sa position devenait de plus en plus précaire au fur et à mesure qu'il revenait à lui.

Puis il comprit. Il était attaché à un trapèze suspendu au-dessus du vide, les mains reliées à ses chevilles par du ruban adhésif, lui ôtant tout espoir de s'en sortir seul.

Pourtant, seul, il l'était bel et bien. Et aucun signe d'activité ne lui indiquait qu'il pourrait en être autrement dans les minutes à venir. Car il ne tiendrait pas ainsi pendant des heures, c'était certain.

Son instinct lui ordonnait de reprendre possession de toutes les parties de son corps coûte que coûte, mais la prudence l'incitait à agir aussi délicatement qu'il le pouvait encore, tant une chute s'avérerait forcément fatale.

Il jeta alors un regard affolé à sa tenue. Veste à carreaux bariolée, pantalon ample jaune vif, et chaussures de ville beaucoup trop grandes pour lui. Les ailes disproportionnées d'un nœud papillon lui grattaient la base du menton, et les cheveux artificiels d'une perruque de couleur rouge entraient dans son champ de vision dès qu'il agitait la tête. Aussi irréaliste que lui semblait la scène, il avait été affublé d'un accoutrement des plus improbables. Tout ceci n'avait pas de sens.

Qui lui avait infligé cela ? Et pourquoi ?

Enfant, il avait un jour rêvé qu'il deviendrait magicien dans un grand cabaret, et que sa maîtrise de la prestidigitation, héritée de l'incontestable talent de son arrière-grand-père en la matière, lui apporterait la reconnaissance et les applaudissements du public, avant que les lumières s'éteignent après chacune de ses prestations, et qu'il quitte la scène aux yeux de tous dans un nuage de fumée.

Mais clown, jamais.

Horrifié, il sentit que l'étreinte des rubans s'était subitement faite plus lâche du côté gauche, sans réellement percevoir ce qui allait suivre. Il avait l'impression d'avoir le cerveau compressé au sommet de son crâne, et ses sens étaient à l'agonie.

Il reprit sa respiration par bouffées incontrôlées, au bord de l'évanouissement, et fut assailli par une étrange vision. Celle de Karl Wallenda marchant sur son fil à Puerto Rico, en ce jour funeste de mars 1978, à trente-sept mètres de hauteur. L'homme n'avait jamais achevé sa traversée, piégé par les rafales irrégulières qui ne cessaient de s'abattre sur lui et, peut-être aussi, par son âge avancé, soixante-treize ans.

Mais nulle rafale n'était à signaler dans son cas, et lui était bien plus jeune que ne l'avait été le funambule allemand le jour de sa mort. Le vide était pourtant là, juste sous ses yeux.

Il allait perdre connaissance d'un instant à l'autre.

Un mouvement au sol attira alors son attention. Quelque chose se rapprochait de la piste. Non, quelqu'un. Au prix d'un effort surhumain, il repéra deux formes noires minuscules surgies de nulle part, descendant deux escaliers opposés. Des hommes. Ils s'arrêtèrent finalement au milieu de la piste, et levèrent de concert leurs visages dans sa direction.

Étaient-ils là pour l'aider ? Ou se contenteraient-ils de le regarder se débattre ainsi seul parmi les étoiles ?

Un son rauque émana de sa gorge. Son corps épuisé avait atteint ses limites. Il aurait voulu crier, hurler, même, mais une bande grossière de ruban rouge recouvrait ses lèvres, l'empêchant d'appeler à l'aide. Alors, il gémit pour lui-même, ce qui ne fit qu'amplifier son effroi.

Sa vue se brouilla.

Son cerveau le lâchait le premier. Avant de s'évanouir, il se redressa une ultime fois, rapprocha ses mains l'une de l'autre, et s'acharna à tirer de toutes les forces qui lui restaient sur le ruban du côté gauche. Son dernier espoir reposait sur son habileté à agir à l'aveugle, en faisant fi de l'environnement autour de lui. Mais les douleurs qui l'accablaient ne lui permirent pas de mener son initiative à son terme.

Il s'affaissa de nouveau, et alors qu'il allait sombrer dans l'inconscience, il discerna un bruit aussi sec qu'inattendu. Celui du ruban qui se déchire. Côté droit. Le gauche suivit presque immédiatement, le précipitant droit dans le vide. Vers le centre de la piste.

Là où les deux hommes en noir venaient de s'écarter, afin de faire place à l'acte final de ce numéro dont il était l'unique acteur.

La piste et ses gravillons se rapprochèrent de lui à une vitesse folle, les gradins sortant brutalement de son champ de vision tandis que les membres de son corps se détendaient enfin. Il n'entendit cependant pas le craquement sinistre que fit sa nuque lorsque son corps s'écrasa tête la première sur le sol de l'arène, ni celui de ceux de ses os qui se brisèrent sous l'impact du choc.

Une fois son corps désarticulé immobilisé, un silence absolu s'empara du chapiteau et de ses allées désertes. Puis les lumières s'éteignirent.

Comme dans son rêve.

Chapitre 29

Quasi il silenzio

Le silence était absolu.

Une hôtesse était venue lui demander s'il désirait quelque chose à boire, mais il avait refusé. À vrai dire, il avait également décliné lorsque l'heure du repas était arrivée. Et il n'avait même pas cherché à savoir quels films étaient disponibles en cabine. Car Yoran avait une peur phobique de l'avion. À tel point que la seule fois où il était monté dans l'un de ces engins, cela avait été pour s'échapper d'une terre glacée rongée par le mal, où il avait failli perdre bien plus que la vie.

Rangé dans le revers du dossier du siège situé devant lui, entre le manuel des consignes de bord et un sac à vomi jetable, il apercevait la couverture du roman qu'il avait apporté avec lui dans ses bagages. *Le Nageur D'Aral*, de Louis Grall. L'histoire d'un jeune nageur de combat russe sans repères que sa route mène au monastère de Landévennec, dans la rade de Brest, et dont l'existence parmi les moines est découverte plus de cinquante ans après. Mais tétanisé par le fait de se retrouver dans les airs, Yoran était incapable de tendre la main pour attraper le livre.

Il n'avait eu d'autre choix que de fermer les yeux, et après trois premières heures à s'approprier son environnement sans bouger d'un iota, il s'était isolé dans l'écoute de *Ragnarok*, le troisième album du groupe norvégien Wardruna, connu pour s'inspirer des croyances nordiques et des coutumes de la civilisation viking pour ses créations. Dans la chanson qui défilait à cet instant dans ses oreilles, *Urur*, il était question d'un voyage dans la mémoire, et d'un retour à la glace originelle.

Ragnarök. La fin du monde dans la mythologie nordique.

Mais concernant Yoran, la démarche assurément sans filet qu'il mettait en œuvre consistait avant tout en un voyage dans le passé, sur les traces d'un homme mort qui avait toutes les chances d'être parti avec ses mystères.

Au moment où il avait dû s'engager dans la passerelle d'embarquement, Yoran avait marqué un temps d'arrêt anormalement long, les autres voyageurs le doublant sans vraiment comprendre ce qui lui prenait. Puis, parvenant à dompter provisoirement ses démons, il s'était retourné une dernière fois vers le hall bondé de l'aéroport de Haneda, une boule pesant de tout son poids dans son bas-ventre. Alors, il s'était résolu à avancer, et à parcourir les ultimes mètres le séparant d'une destinée qui était peut-être déjà écrite.

Ou pas.

Son voyage entre le Japon et l'Italie devait durer près de treize heures, sans aucune escale. Il était prévu que son avion atterrisse un peu avant 20 heures à l'aéroport Léonard-de-Vinci de Rome Fiumicino. De là, il emprunterait un train à destination de Florence, puis un autre pour Sienne, où il avait précipitamment réservé une chambre dans un hôtel sobrement nommé Hotel Italia Siena.

La partie la plus difficile du job commencerait alors.

* * *

Finalement, il s'était endormi.

Après avoir écouté la quasi-intégralité des morceaux de musique enregistrés sur le lecteur MP3 qui l'accompagnait dans sa traversée par les airs, l'angoisse qu'il éprouvait s'était atténuée d'un cran, et le sommeil l'avait cueilli alors qu'il s'y attendait le moins.

Un sommeil sans rêve.

Il fut réveillé subitement par une turbulence qui agita la cabine durant de longues secondes, avant qu'une annonce ne vienne partiellement apaiser les esprits. Le pilote évoqua un changement brutal de l'intensité du vent sans incidence sur le vol.

Loin d'être rassuré, Yoran souffla, et regarda autour de lui.

Plongée dans la lecture d'un roman, la femme assise à sa gauche – une sœur catholique italienne d'un âge certain – ne paraissait pas ébranlée par les perturbations déstabilisant l'appareil. À côté d'elle, un jeune homme portant un polo à l'effigie de l'équipe Toho du manga *Captain Tsubasa* – probablement italien lui aussi – était absorbé par le visionnage d'un épisode de la série *Romanzo Criminale.* À sa droite, un minuscule hublot permettait à Yoran de contempler les nuages vaporeux, et au-delà, de discerner par intermittence les plaines désertiques et arides de la Sibérie.

Dans l'allée centrale, un *steward* se rapprochait de leur rangée, précédant un chariot rempli de boissons diverses et variées visiblement victimes de leur succès. Yoran sut immédiatement qu'il ne laisserait pas passer sa chance tant il avait soif. Ses yeux cherchaient déjà en vain une bouteille de gin et, idéalement, une autre de tonic, mais il ne vit que des sodas dont aucun ne suscita un réel intérêt pour lui, ainsi que quelques bouteilles de vin qui cadraient mal avec ses envies. Lorsque son tour arriva enfin, Yoran opta donc pour une tasse de thé tencha glacée, qui fit office de dernier lien avec le pays qu'il avait quitté, alors qu'il s'apprêtait à découvrir une tout autre culture, et une région du continent européen qu'il n'avait jamais visitée.

La Toscane millénaire.

* * *

Le temps semblait s'écouler au ralenti, dans cette partie du monde, si loin de la terre des hommes.

Yoran ne s'était toujours pas levé une seule fois de son siège quand l'horloge de l'écran qu'il avait devant les yeux afficha 13 h 37, heure italienne. L'avion avait effectué un peu plus de la moitié de son trajet sans qu'il ne le remarque. Inconsciemment, il prit davantage confiance en lui, et pensa à la distance qui restait à parcourir.

Un peu moins de dix mille kilomètres séparaient les deux pays. À peine moins que ceux qui séparaient le Japon de la pointe armoricaine. Pourtant, Yoran savait qu'il n'aurait pas le droit de céder à la tentation de regagner ce front de mer sauvage battu par les vents de l'Atlantique qui l'avait vu grandir, tomber un jour amoureux, et vaincre le mal une première fois.

Son attention était tout entière focalisée sur la cité de Sienne, et plus particulièrement sur trois lettres. MVS. Les initiales de la banque la plus ancienne du monde, rien que ça. Si sa patience à toute épreuve avait fait sa force à de nombreuses reprises, Yoran sentait qu'il lui tardait de se trouver face à la porte d'entrée de l'établissement, et de n'avoir plus que quelques pas à effectuer avant d'obtenir les réponses aux questions qu'il se posait.

Qu'est-ce qui pouvait bien lier un collectif d'artistes autoproclamés au créateur d'un *photo game* en ligne et au modeste employé d'une agence de publicité ? Fallait-il déceler dans leurs mises en scène quelque message caché, et dans l'affirmative, à l'intention de qui ? Existait-il des connexions entre ces exécutions et la cryptomonnaie ? Et au-delà, qui avait côtoyé Yoran d'assez près pour le suspecter de s'être impliqué aussi activement dans sa recherche de la vérité, au point de vouloir le mettre hors-jeu ? Car il ne pouvait ignorer qu'il avait frôlé la mort, et que l'auteur de cet acte demeurait à ce jour impuni.

Il s'efforça de ne plus penser à rien. Il aurait dû craindre pour sa vie, mais le fait de s'éloigner du pays où il avait risqué de mourir agissait sur lui comme un rempart… ou comme un catalyseur. Lors de leur dernier échange, Yoriko avait su trouver les mots pour lui démontrer, si besoin en était, qu'il avait encore un rôle à jouer dans cette intrigue dont les tenants et les aboutissants le dépassaient largement.

Le sommeil s'empara à nouveau de lui alors qu'il songeait à l'histoire de Hasekura Tsunega, ce samouraï converti au christianisme qui avait lui aussi quitté le Japon pour l'Italie, plus de quatre siècles auparavant, alors qu'il cherchait à établir la première ambassade japonaise de l'Histoire, avec pour finalité de rencontrer le pape Paul V au Vatican.

Juste avant que ses yeux ne se referment, Yoran découvrit le titre du roman que lisait la sœur installée à ses côtés. C'était un Jo Nesbø. *Le Sauveur.*

* * *

Lorsque le Boeing 777 amorça sa descente un peu avant 19 heures, Yoran avait eu le temps de dormir une petite heure supplémentaire, et de lire enfin les premiers chapitres du roman qu'il avait apporté avec lui. Et il avait finalement réussi à se convaincre de visionner sur son écran tactile un documentaire consacré au festival de marionnettes de San Miniato, « La Luna è Azzurra », qui se déroulait chaque année au mois d'août dans la ville du même nom.

Mais après un dernier repas pour lequel il avait choisi une *panzanella* – la populaire salade florentine à base de pain et de tomates – et qui s'était achevé par un tiramisu de haute volée, les hôtesses étaient passées dans les rangs, les tablettes avaient été repliées, et les ceintures de sécurité fixées. Derrière le hublot à sa droite, Yoran avait pu constater que l'horizon était dégagé tandis que Rome, fascinante cité éternelle, et ses mille monuments se dessinaient progressivement dans le soleil couchant.

Cramponné à son siège, il se prépara mentalement à ce qu'il avait craint pendant près de treize heures, sans réellement oser y penser.

L'atterrissage.

Comme pour mieux lui signifier à quel point le contact avec la terre ferme était imminent, il entendit la secousse caractéristique du train d'atterrissage qui se déploie alors que ses accoudoirs se mettaient à trembler.

Après un ultime regard vers la vaste étendue urbaine de pierre et de bitume et les sept collines historiques entourant la capitale italienne, il prit son inspiration, de toutes ses forces, et ferma les yeux.

Les dés étaient jetés.

Et à cette heure, son optimisme naturel se résumait à une seule chose : le billet qu'il avait apporté avec lui, et qui tenait dans une simple enveloppe, glissée dans l'une des poches intérieures de son sac de voyage, encastré quelque part au fond de la soute de l'avion.

Son joker.

Chapitre 30

Quand vient la nuit

Trente minutes.

Telle fut la durée du trajet en Leonardo Express entre l'aéroport Léonard-de-Vinci de Rome Fiumicino et la gare de Rome-Termini, où un train attendait Yoran à destination de Florence. Juste avant, l'atterrissage en terre italienne s'était déroulé sans encombre, et il avait été parmi les derniers passagers à descendre de l'avion.

Il n'avait pour ainsi dire rien vu ou presque de la capitale italienne, conscient que, dans une autre vie, l'obscurité tombante l'aurait incité à partir à la découverte des trésors cachés de la cité, son Hasselblad à la main. Mais il savait mieux que quiconque qu'il était en quête de la vérité et rien d'autre, et que les à-côtés touristiques ne pouvaient qu'être remis à plus tard, si toutefois une autre opportunité se présentait à lui un jour.

La gare de Rome, aux dimensions monumentales et dotée d'une architecture impersonnelle tout en lignes droites, s'éloignait déjà dans la nuit quand Yoran focalisa toute son attention sur l'horizon qui se dévoilait lentement, et au bout duquel son voyage prendrait peut-être tout son sens.

De Florence non plus il ne pénétra pas les secrets, et s'embarqua à bord d'un autre train après un peu plus d'une heure à patienter dans le berceau de la Renaissance italienne, dont il ne vit que les alentours immédiats de la principale gare.

Si le train entre Rome et Florence avait été à grande vitesse, il n'en alla pas de même pour celui-ci, qui lui imposa un trajet considérablement plus lent malgré ses deux cents kilomètres de moins.

Seul dans son compartiment, il ne ferma l'œil à aucun moment, concentré sur les gares qui défilaient en silence derrière sa vitre. Plus haut, une lune presque noire projetait sa faible luminosité sur le panorama paisible de la campagne toscane.

Yoran ne l'avait pas prévu, mais une escale à la gare d'Empoli l'obligea à descendre du train pour monter à bord d'un bus, pour ce qui s'annonçait comme la toute dernière portion du plus long voyage de sa vie.

Ponte A Elsa, Granaiolo, Castelfiorentino… Yoran compta six arrêts avant de parvenir au terminus. Il avait choisi une place au fond du bus, un groupe d'adolescents montant en cours de trajet le temps de deux arrêts.

À sa descente, il était épuisé, mais soulagé. Il salua le chauffeur avant que celui-ci ne reprenne la route dans la direction opposée, puis lâcha son sac de voyage à même la route déserte et s'assit dessus. Sous ses yeux, le hall de la gare, toutes lumières éteintes, était plus que jamais au point mort. De l'autre côté d'une place vide de tout véhicule, il devinait à l'intérieur d'une galerie vitrée plongée dans la pénombre un accès à un escalator qui le mènerait dans les hauteurs de la vieille ville.

Il était 1 h 23. Yoran avait tout son temps.

Il faisait nuit. Il faisait noir. Mais il avait atteint sa destination.

Chapitre 31

Le grand voyage

– Regardez… cette vue…

Sous leurs yeux, la rade de Brest s'étendait dans la clarté du matin, étincelante. Pas un brin de vent ne soufflait sur cette pointe sauvage du bout du monde. Pas un nuage ne venait entacher le paysage industriel de ce front de mer indissociable du port de commerce.

L'homme assis dans la pénombre ne répondit pas. Il se contentait de faire glisser son briquet entre les phalanges de ses doigts, sans relâcher son interlocuteur du regard. L'autre poursuivit, non sans avoir inhalé longuement une mesure d'oxygène au masque relié à la bouteille sur roulettes d'un autre âge installée près de lui.

– Mon petit-fils… ne s'en serait lassé… pour rien au monde…

Tout en parlant, il fit faire une demi-rotation à son fauteuil roulant électrique, se positionnant face à la grande baie vitrée de la pièce qui lui servait de bureau.

– Lui aussi… il aimait… cette maison… Vous aviez déjà… entendu parler… de la villa Crosnier… n'est-ce pas ?

Il toussa bruyamment, avant de reprendre son exposé de sa voix rocailleuse, sans attendre de réponse de son invité.

– La villa Crosnier… est un véritable joyau… dans cette ville… presque intégralement anéantie… pendant la guerre… Construite entre 1900… et 1904… elle constitue… l'un des derniers vestiges… de l'Art Nouveau… sinon le seul… ici, à Brest… et l'un des huit bâtiments… à avoir survécu… aux bombardements… Saviez-vous… que les encadrements… des baies du salon… portaient encore… les impacts de balles… de ce sinistre conflit ?… Je l'ai achetée… au terme de ma carrière… d'ambassadeur de la République tchèque… – que l'on appelait alors… la Tchécoslovaquie – en France… Je ne l'ai plus quittée… depuis, et je sais aujourd'hui… que j'y mourrai…

Comme si cette dernière phrase avait été de trop pour lui, il effectua une autre rotation avec son fauteuil et inspira une nouvelle mesure d'oxygène. Un éphémère sentiment de bien-être traversa son visage, ses yeux semblant ne plus vouloir se rouvrir. Finalement, il revint à lui, comme un apnéiste après une plongée en eaux profondes.

– Marek n'aura… malheureusement… pas cette chance…

Il réajusta son fauteuil dans un cliquetis électrique assourdissant afin de se tenir parfaitement dans le champ de vision de son invité. S'il avait vraisemblablement atteint et dépassé les quatre-vingt-dix ans, sa chevelure blanche et drue lui faisait encore largement honneur. Sa barbe, en revanche, laissait deviner que le vieil homme ne s'entretenait plus comme il avait dû le faire jusqu'à un passé récent. Ses yeux humides d'un bleu minéral en disaient long sur la tristesse qui l'animait, comme si celle-ci représentait sa réelle raison de rester vivant. Pourtant, il émanait de lui une aura indescriptible qui forçait au respect, associée à une autorité naturelle qui perdurait malgré le poids des années.

– Les deux funambules qui ont… découvert son corps… dans ce cirque de Prague… ont dit qu'il portait… des vêtements… de clown… Vous y croyez ?

Il fut à nouveau pris d'une quinte de toux, plus violente, celle-là. Dehors, les premiers promeneurs investissaient déjà le cours Dajot, démarcation officieuse entre le port et ses bars populaires d'une part, et le centre-ville et son célèbre Triangle d'Or d'autre part.

– Moi… je n'y crois pas… Marek est… était… un amoureux de la vie… Il *dévorait* la vie… Quand il est retourné vivre… à Prague… il y a neuf ans… il était le plus heureux… des hommes… Il s'était marié… l'année dernière… et Marika… son épouse… attendait… attend… leur premier enfant…

Littéralement essoufflé, le vieil homme inspira d'un coup plusieurs mesures d'oxygène puis desserra son col de chemise. Après de longues secondes sans un mot, il reprit enfin, bien décidé à conter son histoire jusqu'à son terme.

– La police tchèque… a dit qu'une enquête… était en cours… mais que cela… prendrait assurément… du temps… avant qu'elle n'obtienne… des résultats… et j'ai bien peur… de ne plus en avoir… beaucoup… de mon côté…

Il s'affaissa dans son siège, les yeux clos. Il avait soudain l'air bien plus âgé. Comme si une part de lui était morte depuis longtemps. Impassible, l'homme assis à l'autre extrémité du bureau continuait à jouer avec son briquet, attendant patiemment la suite. La pause non désirée dura près de cinq minutes, laissant au vieil homme assez de répit pour reprendre ses esprits, et se lancer enfin dans le vif du sujet.

– Ma requête… est la suivante… J'aimerais pouvoir… compter sur… quelqu'un de… suffisamment… compétent pour… retrouver la trace… de ceux qui ont fait… *ça* !

Il jeta sur son bureau une enveloppe de grand format hermétiquement fermée, qu'il avait sortie du tiroir le plus proche de lui. L'invitation à l'ouvrir ne faisait aucun doute.

À l'intérieur, son invité trouva une photo en noir et blanc, qu'il étala devant lui. Elle était légèrement floue. On pouvait y voir ce qui ressemblait à une piste de cirque prise de biais. Pratiquement au milieu de l'image, un corps vu de dos apparaissait à demi encastré dans le sol, tête la première. Son accoutrement comprenait un pantalon bariolé et une paire de chaussures visiblement beaucoup trop grandes pour lui.

– C'est tout ce que j'ai… à vous proposer… mais c'est un début… n'est-ce pas ?

Le vieil homme respira à nouveau dans son masque, puis il reprit.

– Marek exerçait… dans la finance… Plus précisément… il occupait un poste de… gestionnaire de portefeuille… dans un fonds tchèque… d'investissement… Sa vie était réglée… au millimètre… et il avait… une sainte horreur… des clowns… Je suis… sa seule… famille proche… Mon fils… Ses parents… sont morts… dans un tragique… accident de montagne… en 1994… Cette photo est… tout ce que la police tchèque… a bien voulu… me communiquer… Je veux que les coupables… soient sanctionnés… et je veux savoir pourquoi… pourquoi ils m'ont pris… mon petit-fils… J'ai noté au verso… mes coordonnées… ainsi que celles… du notaire chargé… de ma succession… Il est au courant… de l'affaire… Je suis disponible… à toute heure… du jour… et de la nuit…

L'effort confinait à présent au supplice, pour le vieil homme, qui inspira plusieurs mesures à sa bouteille, avant de se caler aussi confortablement que possible dans son fauteuil. Il effectua alors une nouvelle rotation vers la fenêtre, et regarda au loin, là où la mer calme et le ciel dégagé formaient l'horizon. Puis, fatigué et impatient, il termina.

– C'est un grand voyage… qui vous attend… si vous acceptez… Et je n'ignore pas que… ceci ne relève pas… exactement… de vos prérogatives… mais j'aimerais savoir… ce que vous en dites…

L'homme assis face à lui fit à nouveau glisser son briquet entre les phalanges de sa main droite dans un geste qu'il avait probablement répété durant des années, puis il en ouvrit le clapet d'une simple pression du pouce et le referma d'un coup sec, et déposa le petit objet rectangulaire noir sur le bureau, indiquant par là même que le temps imparti à sa réflexion était arrivé à son terme.

Alors, pour la première fois depuis que le vieux Miroslav Ryba avait débuté sa palabre, il prit la parole, avant de laisser le silence envahir la pièce, comme si leur échange n'avait jamais eu lieu.

– Je prends.

* * *

Il avait laissé sonner. Deux fois. Mais personne n'avait répondu.

À la troisième tentative, il s'était finalement résolu à enregistrer un message, ce qu'il détestait par-dessus tout. Puis il avait pris la route.

Équipé de son blouson court à capuche et de ses lunettes de soleil, il était passé sous la Porta Camollia, voie d'accès autrefois incontournable vers la cité pour les visiteurs du Nord, et avait entamé la descente vers la partie la plus ancienne de la ville. Dans cette ambiance entre chien et loup, il avait l'étrange sensation d'être seul dans les ruelles de Sienne. L'air avait cette odeur particulière de la chaleur avant l'orage, un ciel désespérément bas ayant succédé à l'horizon dégagé qu'il avait connu depuis son arrivée près de vingt-quatre heures plus tôt.

Plus il avançait, plus Yoran était admiratif de l'architecture qui se déployait sous ses yeux. Sienne était une très vieille cité, dont l'âme et les murs étaient encore ancrés dans un Moyen Âge dont il n'avait jamais eu l'occasion de s'imprégner jusqu'alors. Le contraste avec la capitale japonaise était aussi saisissant qu'absolu. Pourtant, tout en se rapprochant du centre historique, Yoran se sentait peu à peu pris d'une étrange sensation anxiogène, sans pour autant être capable de revenir sur ses pas, ni même de ralentir son allure.

S'orientant à l'aide de son smartphone, il avait décidé de se rendre jusqu'au Palazzo Salimbeni, palais du XIVe siècle qui hébergeait le siège de la Banca Monte dei Valle di Siena, et de se familiariser avec le site, avant un éventuel premier contact avec le personnel de la banque si les circonstances lui étaient favorables. Des étroites terrasses bâchées dont les chaises vides attendaient leurs prochains occupants aux simples échoppes de souvenirs, tout ici revêtait un cachet certain. Les murs de briques et les ruelles pavées l'aspiraient littéralement.

Par le passé, Yoran avait entendu parler des *contrade* de Sienne, ces regroupements de quartiers hérités des formations militaires d'antan, et dont les habitants se revendiquaient fièrement tout au long de leur vie. Chacune revêtait un blason qui lui était propre, et leurs symboles étaient disséminés un peu partout dans la cité, sous la forme d'animaux, de fontaines ou encore de devises.

Il croisa finalement le chemin de rares promeneurs, dont la plupart avaient un parapluie à la main, les autres s'apprêtant déjà à regagner un endroit abrité en prévision du mauvais temps qui s'annonçait. Comme pour mieux les faire patienter, un éclair cisailla un ciel à peine visible entre les toits des édifices bordant la rue, figeant la cité dans une atmosphère électrique des plus inquiétantes.

Yoran doubla un homme seul visiblement égaré et pressa le pas. Un nouvel éclair illumina les ruelles alentour. Il allait attraper son smartphone pour faire le point sur la distance le séparant encore de sa destination lorsqu'il aperçut, sur sa gauche, une place déserte avec en son centre un homme sculpté trônant debout sur son socle. Un homme d'Église. Un certain Sallustio Bandini, qui avait vécu de 1677 à 1760. En regardant autour de lui, Yoran réalisa que la place était encadrée par trois façades, toutes construites dans un style architectural différent. Il n'eut pas besoin de consulter son smartphone pour comprendre qu'il se trouvait au milieu de la place qu'il avait vue un peu plus tôt sur le Net en préparant sa sortie.

La Piazza Salimbeni.

Le palais du même nom se dressait juste en face de lui. Derrière ses murs, certains secrets justifiaient peut-être à eux seuls l'interminable périple qu'il avait accompli pour se tenir là à cet instant.

Une succession d'éclairs projeta subitement une lumière d'une blancheur inouïe sur la façade de la Banca Monte dei Valle di Siena, avant qu'un craquement effroyable n'arrache Yoran à ses pensées, et qu'une pluie torrentielle ne se mette à tomber sur la vieille ville.

C'était le moment ou jamais de gravir les marches et d'entrer.

* * *

Il s'engouffra entre les deux gueules de lions du parvis en pierre, sans remarquer la caméra de sécurité qui le filmait en continu au-dessus de lui.

Il s'engagea ensuite dans ce qui s'apparentait à un sas d'accès sombre et relativement étroit, où il franchit plusieurs doubles portes vitrées sans apercevoir personne, dans un silence uniquement troublé par l'écoulement des gouttes d'eau sur le sol depuis ses vêtements trempés. Puis il pénétra dans le grand hall de la banque, que seule une faible luminosité éclairait. Et prit le temps de s'approprier pleinement les lieux.

Le hall en lui-même n'était pas aussi vaste que ce à quoi il s'était attendu, mais il en émanait assurément une élégance et un raffinement qui ne faisaient pas offense au Palazzo

Salimbeni et à ses sept siècles d'existence. Sur les murs, des luminaires au design inspiré des lanternes médiévales distillaient leur halo comme autant de petites veilleuses. Devant lui, un long guichet en marbre noir menait à deux ascenseurs au point mort. En levant les yeux, il constata qu'une immense fresque avait été peinte au plafond. Sans être fin connaisseur, il devina qu'il s'agissait là d'une représentation gothique de la cité de Sienne au Moyen Âge, où l'éternelle rivale de Florence apparaissait dans un enchevêtrement de palais parmi lesquels déambulaient villageois et commerçants, parfois accompagnés de leurs chevaux.

La Banca Monte dei Valle di Siena. La plus ancienne banque du monde. Il y était.

Il allait retirer ses lunettes lorsqu'une voix résonna dans son dos.

– *Buona serata, signore. Cosa posso fare per lei ?*

Il se retourna en s'efforçant de se donner un air aussi bienveillant que possible, exercice dans lequel il était loin d'exceller. Et si Yoran ne parlait pas l'italien, il avait bien compris que la jeune femme qui lui faisait soudain face était une employée de la banque qui souhaitait savoir ce qu'elle pouvait faire pour l'aider.

Pourtant, quelque chose dans l'expression de celle-ci lui indiquait qu'il n'était peut-être pas le bienvenu, et ce malgré le sourire parfait qu'elle affichait. Il décida de lui répondre en anglais, non sans se départir d'un sourire qu'il espérait suffisamment convaincant pour ne pas risquer le fiasco.

– J'aimerais… obtenir quelques renseignements à propos de la Banca Monte dei Valle di Siena…

Après un instant d'hésitation, l'employée répliqua dans un anglais aussi maîtrisé que sa langue natale.

– Si c'est pour consulter la situation de vos comptes ou en ouvrir un chez nous, je suis dans l'obligation de vous demander de revenir demain à compter de 8 h 20, mais à cette heure, nous ne recevons plus de public.

– À vrai dire, c'est un peu plus compliqué que ça… ou plutôt, plus simple… Je suis à la recherche d'informations très factuelles sur cette banque, pour ce qui concerne notamment votre politique en matière de cryptomonnaie.

Nouveau moment d'hésitation. Plus long, celui-là.

– Monsieur, je suis navrée, mais pour ce type de demandes, il convient de prendre un rendez-vous avec l'un de nos conseillers. Vous disposez bien d'un compte ouvert chez nous ?

– Malheureusement, non, pas à ce jour, mais je…

– *Signora Faustina, che sta succedendo ?*

Marchant droit dans leur direction depuis l'un des ascenseurs, un homme en costume sombre d'une cinquantaine d'années arborant une moustache à la Clark Gable avait surgi dans le hall. Certainement le supérieur de la jeune femme.

Tous deux échangèrent brièvement quelques mots en italien, ce qui ne sembla pas apaiser les préoccupations du nouveau venu, qui s'adressa à son employée comme si elle était en faute. Yoran culpabilisa intérieurement. Il avait peut-être gâché sa meilleure chance.

Quelques minutes plus tard, il se retrouvait sur le parvis de la Banca Monte dei Valle di Siena, face à une massive porte en bois fermée et solidement verrouillée, alors que la pluie avait redoublé d'intensité, et que la nuit était désormais totale.

Comme le cinglant échec auquel il venait d'être confronté.

* * *

Il était resté de longues minutes sur le parvis de la banque pour s'abriter de la pluie, partagé entre le sentiment de s'être déjà trop dévoilé auprès du personnel de l'institution bancaire pour envisager de parvenir à ses fins, et la possibilité de revenir dès le lendemain, à condition de supporter un tant soit peu la lumière matinale.

Il avait ensuite marché sans réelle destination, découvrant des ruelles désertes dans une cité qui paraissait l'être tout autant. Puis il avait achevé son périple nocturne dans une taverne établie dans une ancienne maison étrusque du IIIe siècle avant Jésus-Christ, où il avait cédé aux plaisirs de la cuisine toscane.

Il allait terminer son assiette de tagliatelles aux truffes noires lorsque son smartphone, soigneusement rangé dans la poche de son jean, vibra. Deux fois. Il prit le temps d'avaler une dernière bouchée et posa l'appareil sur la table, ce qui lui valut un regard de désapprobation de la part du serveur, un homme bien portant d'un âge certain qui ne l'avait pratiquement pas lâché des yeux de la soirée.

Il avait reçu deux messages en provenance d'un numéro inconnu.

Rendez-vous au Bar Il Palio dans une demi-heure. Venez avec votre parapluie !

P.S. : Carina

Un infime sourire traversa le visage de Yoran, aussi inattendu que bienvenu.

Il était 21 h 39. La nuit ne faisait que commencer. Et il avait encore une belle carte à jouer.

Une carte nommée Carina.

Chapitre 33

Cynar

La cité tout entière semblait s'être donné rendez-vous sur la Piazza del Campo.

La place, de forme incurvée et aux dimensions impressionnantes, constituait le véritable cœur de la ville, celui-là même qui avait échappé à Yoran durant ses premières heures dans les ruelles de Sienne. À présent, il percevait pleinement ce qui faisait le charme de cet endroit hors du temps, et au-delà, la fierté de ses habitants.

Après avoir descendu une ultime volée de marches et traversé une étroite allée voûtée aux allures de *souk* de nuit, il avait fait son entrée dans ce théâtre à ciel ouvert qui avait vu défiler les siècles, et avec eux tant d'hommes et de femmes dont les pas avaient précédé les siens en ces lieux.

Face à lui, la Torre del Mangia, fine et élancée, dominait avec une élégance rare la place comme les autres bâtiments, tous construits en briques et témoins d'un passé à la fois révolu et pourtant toujours palpable. À sa base, une chapelle en marbre blanc apportait une grâce supplémentaire à l'ensemble, attirant invariablement les regards des visiteurs de passage. Bien que tombant toujours, la pluie avait diminué d'intensité, ce qui incitait certains promeneurs à prendre le risque de s'installer aux terrasses des bars et restaurants, qui formaient un long arc de cercle autour de la plus grande partie de la place.

En se renseignant sur son smartphone, Yoran avait découvert un peu plus tôt que le bar Il Palio était l'un de ceux-là. Aussi longea-t-il la rangée d'établissements aux bannes tirées tout en évitant les grappes de clients, déjà enivrés pour quelques-uns, à la recherche de l'effervescence de la nuit et de ses plaisirs pour les autres.

Lui ne comptait pas limiter son escapade nocturne à une simple exaltation de ses sens, et cherchait autre chose, ou à vrai dire quelqu'un. Et cette personne l'attendait là, probablement assise quelque part dans la pénombre, à moins qu'elle ne le guette depuis un site d'où elle aurait tout le loisir de le voir arriver. Yoran pensa instinctivement au clocher de la Torre del Mangia, qui offrait un point de vue vraisemblablement inégalable sur la Piazza del Campo et son animation.

Comme pour lui répondre, sa cloche sonna 22 heures. Il se dit alors que Carina ne pouvait pas être là-haut, et songea aux photos incroyables qu'il aurait été en mesure de ramener de cette place s'il n'avait pas laissé son Hasselblad et son objectif grand angle dans sa chambre d'hôtel. Car ce rendez-vous à la fois fortement espéré et quelque peu redouté, tant il lui paraissait irréel, justifiait à lui seul sa venue en ces lieux.

Il Palio. Il y était.

Les devantures des bannes sombres indiquaient une date d'ouverture en 1958, et même les rares tables non protégées étaient occupées. Yoran ajusta ses lunettes et scanna la terrasse en détail. Quelques familles, des couples assez jeunes pour la plupart, des groupes d'amis, un homme seul avec un chapeau blanc fumant le cigare. Un peu à l'écart des enfants jouaient sous la pluie. Mais pas de Carina. Était-elle à l'intérieur ? À moins qu'il ne soit arrivé le premier ? Il poursuivit comme s'il n'avait pas prévu de faire escale au Palio, et s'arrêta devant une fontaine. Ou plutôt, *la* fontaine. Fonte Gaia. Yoran se souvenait avoir découvert la sculpture emblématique dans un James Bond, au cours duquel l'espion surgissait de la fontaine en plein Palio, la prestigieuse course de chevaux qui avait fait la réputation de la cité de Sienne dans le monde entier. Et alors qu'il revoyait la scène dans son esprit, ce ne fut pas un agent secret qui émergea dans son dos mais une femme, sans doute secrète elle aussi, mais dont l'aisance à se mouvoir dans la nuit siennoise pouvait difficilement ne pas attirer l'attention des badauds.

– *Benvenuto a Siena...*

Yoran avait reconnu la voix qu'il avait entendue sur le répondeur juste avant d'y enregistrer son message, à un moment où tout était encore susceptible de survenir, y compris la plus cruelle des désillusions. Mais elle était là, juste derrière lui.

Carina.

Il se retourna lentement, cessant progressivement de se concentrer sur l'écho des filets d'eau qui s'écoulaient dans le bassin sous ses yeux. Puis il la vit.

Adossée aux barreaux entourant la fontaine et vêtue d'un simple jean et d'un blouson assorti, elle le fixait de ses yeux noirs, souriant légèrement.

– Les nuits d'automne sont fraîches, à Sienne...

Yoran avait prononcé ces mots sans réfléchir. Il n'eut pas à attendre longtemps la réponse de Carina.

– Peut-être un peu trop pour déguster une glace au caramel au beurre salé ensemble, mais elles le sont bien moins que celles de Sibérie, vous ne trouvez pas ?

– Assurément… Je vous offre donc un verre en guise de préambule, et la prochaine glace sera pour vous ?

– *Per te…*

– Pardon ?

Carina se rapprocha de Yoran, sans se départir de son sourire malicieux.

– Tu peux me tutoyer… et « pour toi » se dit « *per te* », en italien.

– Je ne manquerai pas de m'en souvenir…

– On s'installe ?

* * *

Ils avaient commandé un spritz, le cocktail né à Venise qui avait fini par inonder le monde en une poignée d'années.

Carina avait cependant insisté pour initier Yoran à la variante à base de Cynar, cet alcool italien dans lequel les feuilles d'artichauts le disputent à un harmonieux mélange de treize herbes aromatiques qui donnent sa teinte ambrée au cocktail, et un goût doux-amer s'oubliant difficilement.

Yoran avait raconté ce qui l'avait mené aussi loin de la pointe armoricaine, et surtout du Japon, où il avait construit sa nouvelle vie, directement après avoir quitté la Sibérie, peu après leur rencontre à bord du Transsibérien. Il avait parlé à Carina des deux meurtres de Tokyo, et de la mise en ligne de leur scénographie fortement inspirée de l'*ukiyo-e* sur le site d'un *photo game*, ainsi que des liens entre la deuxième victime et la Banca Monte dei Valle di Siena, à l'origine de son éphémère retour sur le continent européen.

Après une deuxième tournée offerte par Carina, celle-ci avait félicité Yoran pour sa ténacité, et lui avait présenté quelques informations d'ordre général concernant la plus ancienne banque du monde, avant d'entrer davantage dans le vif du sujet.

– La Banca Monte dei Valle di Siena est une institution, ici, à Sienne. Elle a été fondée durant la Renaissance italienne, à la fin du XVe siècle, et n'a jamais fermé ses portes depuis. À ma connaissance, il n'existe pas de cas similaire, ni en Italie ni ailleurs. La renommée de l'établissement est telle qu'il te faudra montrer patte blanche, si tu comptes obtenir les réponses aux questions que tu te poses, mais je resterais très mesuré dans mes espoirs, si j'étais toi.

– À ce point-là ?

– *Certo*... Tu ne possèdes même pas la nationalité italienne, et pardonne-moi, mais... avec tes lunettes noires, tu ressembles davantage à un joueur de poker qu'à un col blanc en quête de renseignements sur une future banque dans laquelle déposer ses fonds...

La dernière phrase de Carina fit soudain prendre conscience à Yoran la désinvolture avec laquelle il avait mené sa quête en se rendant à Sienne au pied levé, et les perspectives extrêmement faibles qu'il avait de repartir pour le Japon avec les réponses évoquées par l'italienne.

– En ce cas... si tu as un meilleur plan... je suis preneur.

Un serveur passa à proximité de leur table. Yoran commanda une troisième tournée de spritz au Cynar avec l'approbation de Carina.

– Et bien, j'imagine que si le destin t'a remis sur ma route, c'est pour une bonne raison…

– Loin de moi l'idée d'en douter…

– … et si je peux te donner un conseil très personnel : quand tu ne peux pas agir frontalement, choisis un autre angle. Comme on dit chez nous, *« chi al caso s'affida, prende un cieco per guida »*.

Yoran avala une gorgée de son verre, avant de répliquer.

– Ce qui veut dire ?

– « Qui se remet au hasard, prend un aveugle comme guide. »

– Je crois que je vois où tu veux en venir… ce qui m'amène à te demander : veux-tu être ma guide ?

Carina porta à son tour son verre à ses lèvres, prenant tout son temps pour détailler le visage de Yoran, puis enchaîna.

– Je ne suis pas certaine d'être celle qui te conviendra le mieux sur ce point… En revanche… je connais peut-être quelqu'un qui pourrait t'aider… que dis-je… te guider…

La table voisine de la leur se libéra alors que la pluie cessait enfin de tomber.

– Tu ne m'as pas posé beaucoup de questions sur moi… mais je dois te dire que je tiens une galerie d'art à San Gimignano, à une petite heure d'ici…

San Gimignano. Yoran avait déjà entendu parler de cette très ancienne ville close du nord de la Toscane, connue notamment pour ses maisons-tours.

– … et que j'ai fréquenté assidûment dans une autre vie quelqu'un qui se trouve être aujourd'hui le responsable des collections de la Fondation Monte dei Valle di Siena. Il n'est certes pas un employé direct de la banque, mais pour ce qui est des non-dits et des secrets les plus troubles de cet établissement, et du *off* en général, il devrait être ton homme… si, bien sûr, tu ne lui dis pas que tu viens de ma part…

– Il y en a tant que ça, des secrets ?

– Yoran… Je comprends bien que tu sois en quête de résultats rapides et factuels, mais tu dois savoir sur quel terrain tu t'engages. La Banca Monte dei Valle di Siena n'est pas n'importe quel établissement bancaire. On dit d'elle qu'elle est la plus vieille banque du monde, mais elle est surtout la plus fragile d'Europe. Elle a été sauvée par l'État italien en 2017, et on ne compte plus les scandales qui lui sont rattachés. À titre d'exemple, un employé est réputé s'y être suicidé en 2013 en se défenestrant.

Yoran reposa son verre, tout ouïe.

– Un suicide ?

– Non, un meurtre, si tu veux mon avis. Il était le porte-parole de la banque, alors empêtrée dans un scandale financier sans précédent lié au rachat frauduleux d'une banque concurrente. Mais Federico saura t'en parler mieux que moi.

– Ton ami, je suppose ?

Carina marqua un temps de pause.

– Ami, ex-petit ami, ancienne conquête, appelle-le comme tu veux. Mais ne lui dis surtout pas que tu viens de ma part. Sinon, on pourrait être amenés à ne plus se revoir…

– J'en déduis donc que l'on va se revoir ?

Le sourire qu'afficha Carina à l'écoute de sa dernière phrase suffit à convaincre Yoran qu'il n'aurait pas perdu sa soirée, qu'elles que puissent être les suites de ses recherches.

– *Il tempo lo dirà…*

* * *

Il n'y avait plus de glace au caramel au beurre salé chez GROM, le glacier que Carina présenta comme le meilleur de la ville, quand ils entrèrent dans le local de l'artisan.

Yoran se rabattit donc sur un *gelato* au Gran Torino et au yaourt, tandis que Carina opta pour une *Merenda*, deux portions de glace – dans son cas au pamplemousse rose et à la réglisse – accompagnées d'une dose de lait biologique et d'un chapeau de crème chantilly, et que d'aucuns nommaient le « frappé ».

Dehors, les rues s'étaient vidées, et la pluie avait repris. Mais l'atmosphère n'avait jamais paru aussi agréable à Yoran. Ils marchèrent ensemble dans les ruelles pavées de la vieille ville, s'amusant à reconnaître les symboles des dix-sept *contrade* de Sienne.

– La *lupa sensese*...

Carina avait pris la parole alors qu'ils venaient de s'arrêter au pied d'une colonne au sommet de laquelle trônait une louve, dominant fièrement une place portant le nom de Piazza di Postierla.

– La louve siennoise. Elle est l'emblème de ma *contrada* favorite. Et l'adversaire intime du porc-épic. Mais elle est aussi le symbole de la ville de Sienne, par opposition au lion de Florence.

Juste à côté, une fontaine surmontée d'un aigle aux ailes déployées achevait de donner tout son cachet à la place.

– Et voici l'aigle, qui représente la noble *contrade* du même nom.

– On pourrait presque y passer la nuit...

– On pourrait...

Quelque part derrière eux, quelqu'un cria. Un groupe de gamins agités remontait de la Piazza del Campo.

– … mais si tu veux découvrir le vrai visage de Sienne, il faut venir pendant le Palio. Ça te prend aux tripes, et tu ne porteras plus jamais le même regard sur l'Italie après ça.

– Si les chevaux s'en sortent tous à la fin, c'est négociable…

Plus tard dans la nuit, alors qu'ils étaient montés jusqu'au plateau Sant-Agostino et faisaient face à l'église du même nom, près de laquelle Carina avait garé sa voiture, ils restèrent se regarder de longues secondes dans le crépuscule, sans dire un mot.

Finalement, Carina proposa à Yoran de prolonger ce moment en le ramenant à son hôtel, mais il refusa à contrecœur. Sans doute incertain de ce qui pourrait survenir ensuite, il remercia et salua sa guide, puis choisit de traverser la ville à pied sans se retourner.

Et il se promit qu'un jour, il reviendrait voir courir les chevaux sur la Piazza del Campo.

Chapitre 34

Solitaire

Porté par sa fougue, le cheval galopait dans la brise matinale.

C'était un mâle, mais elle avait choisi de l'appeler Solitaire, même si cela n'avait pas plu à son père sur le moment.

Son père, Karel Stoklasa, était le prestigieux directeur du haras national tchèque, établi à Kladruby nad Labem, à une soixantaine de kilomètres de Prague, depuis le XVIe siècle. Le site avait forgé ses lettres de noblesse dans l'élevage et le dressage des chevaux d'attelage cérémoniels de la race Kladruber, et comprenait deux fermes, de vastes terrains plats sablonneux, des champs à perte de vue, des pâtures clôturées et une immense zone forestière, typique de la Bohème de l'Est. Près de cinq cents chevaux étaient répartis dans les écuries du haras, originellement fondé par la dynastie des Habsbourg, et qui avait su préserver son prestige d'antan.

Et comme chaque dimanche matin, Kristína Stoklasa aimait à se retrouver seule dans la dense forêt du domaine, où il lui arrivait souvent de croiser des sangliers, et parfois d'apercevoir des cerfs ou des chevreuils. Plus tard dans la journée, les premiers visiteurs se présenteraient par petits groupes jusqu'au soir, et elle ne serait alors plus en mesure d'apprécier cette solitude tant désirée, au point d'en avoir baptisé son cheval ainsi.

Le mâle de quatre ans d'âge était un Kladruber blanc à la robe flamboyante – une rareté pour l'espèce – qui en faisait l'un des favoris des visiteurs à chaque saison, et pour ne rien gâcher, il faisait preuve d'un caractère aussi dévoué que généreux, avec le public comme avec sa cavalière attitrée.

Il n'était pas encore 9 heures, mais le soleil pointait déjà à travers les branches des grands sapins rouges et celles des pins environnants. Le silence, en revanche, était total, hormis l'écho de la fine brise qui caressait le visage de Kristina, et qui soufflait sur la région depuis l'aube. Après sa promenade, elle regagnerait les écuries avec Solitaire, où elle l'accompagnerait dans son box et passerait encore une petite heure avec lui, avant de le libérer pour le spectacle prévu l'après-midi dans l'hippodrome. Puis elle rentrerait chez elle, à Prague, après avoir salué son père, et se replongerait dans les cours de son doctorat d'études internationales et diplomatiques préalablement à la rentrée universitaire imminente. Si elle était désormais complètement autonome, elle lui avait en effet promis de ne pas quitter la République tchèque avant d'avoir validé son diplôme, qui lui ouvrirait les portes d'une grande carrière dans le domaine des relations internationales, sans doute loin de cette terre où elle avait ses racines.

Kristina avait conscience que la séparation avec Solitaire serait une condition *sine qua non* pour accomplir ce dessein, et si celle-ci ne devait survenir que dans quatre années, elle avait déjà commencé à se préparer mentalement.

Le cheval traversait une zone à peine éclairée quand un sifflement attira son attention quelque part derrière elle.

Était-ce le vent ? Elle ne vit rien en se retournant, mais l'attitude de Solitaire n'en était pas moins étrange. Le cheval avait ralenti son allure, et paraissait hésitant quant au chemin à emprunter, lui qui évoluait sur son terrain de prédilection, et qui avait toute la confiance de sa cavalière. Elle lui donna l'ordre de repartir au trot, et Solitaire s'élança enfin.

Depuis quelques minutes, la brise s'était faite plus intense, comme pour l'inciter à rejoindre prématurément les écuries. Au-dessus d'elle, les branches des arbres s'agitaient vivement, ne laissant entrevoir la lumière du jour que par timides intervalles.

Un nouveau sifflement lui parvint soudain depuis la direction opposée. Plus près. Et ça ne semblait pas être le vent.

Solitaire s'immobilisa. Plus du tout sereine, Kristina fit le choix de descendre, et de guider l'équidé à la marche. C'était fou, mais elle aurait presque juré que la nuit était sur le point de tomber. L'animal refusa d'abord d'obtempérer, avant d'obéir finalement à celle qui l'aimait plus que tout au monde. Devant eux s'étendaient des troncs d'arbres envahis par la mousse, probablement là depuis une ancienne tempête. En les franchissant, Kristina remarqua un amas de champignons de couleur grisâtre. Si son père avait été là, il aurait su immédiatement s'ils étaient comestibles, et peut-être même de quelle manière les préparer. Oui mais voilà, elle était seule avec Solitaire, et le cheval n'aurait pu mieux se nommer.

Le troisième sifflement la figea sur place. C'était tout proche, cette fois. Et ça n'avait rien à voir avec la brise. Sans attendre, elle tira sur les rênes de Solitaire, plus tout à fait certaine de la direction à prendre, mais l'animal se cambra aussitôt. Ce fut à cet instant qu'une silhouette noire surgit d'un enchevêtrement d'arbres, à moins d'une dizaine de mètres d'elle. Kristina renforça instinctivement sa poigne sur les liens qui l'unissaient à son cheval, plus que jamais son meilleur allié en de telles circonstances.

– Qui êtes-vous ? Que voulez-vous ? C'est un domaine privé, ici. Allez-vous-en !

Sa voix avait à peine porté, comme si ses forces l'avaient subitement abandonnée. La silhouette avança d'un pas, mais l'obscurité était telle qu'il lui était impossible de distinguer son visage. Kristina entendit seulement les mots qu'elle prononça, sans pour autant en saisir pleinement le sens.

– Si ça peut te rassurer…

Un ultime sifflement retentit dans son dos. Kristina Stoklasa aurait voulu tourner la tête, mais il était déjà trop tard. Ils étaient au moins deux.

– … nous ne sommes pas là pour toi.

Une main puissante se plaqua sur sa bouche en un éclair, et l'entraîna en arrière, empêchant toute réaction de sa part. Avant de perdre connaissance, elle eut simplement le temps de réaliser qu'elle l'avait lâché.

Elle ne tenait plus Solitaire.

Chapitre 35

Misericordia

Les dimensions du Palazzo Sansedoni étaient réellement impressionnantes.

Le palais avait appartenu à la famille du même nom durant près de sept siècles. Sept siècles pendant lesquels le bâtiment et sa façade en briques avaient été indissociables de la Piazza del Campo, où Yoran avait patienté une bonne heure en solo avant de se présenter à la visite guidée nocturne du lundi soir.

Il avait réservé sa place depuis l'avant-veille, contraint de ronger ses freins en attendant de rencontrer le dénommé Federico, l'homme qui incarnait à lui seul le coup de pouce de Carina pour l'aider dans sa quête, maintenant que l'Italienne avait regagné San Gimignano et sa galerie d'art.

Ils étaient moins d'une dizaine à s'être rendus aux portes de l'ancien palais privé, en cette soirée glissant doucement vers l'automne, et qui rappela brièvement à Yoran une autre visite qu'il avait faite, des années plus tôt, dans les entrailles du château de Brest, bien loin de là. Le groupe en lui-même paraissait assez hétéroclite, mais s'il ne se trompait pas, il devait faire partie des plus jeunes.

Soit. Il n'y avait pas d'âge pour s'intéresser à l'Histoire et à l'art, et ce, même si les informations qu'il espérait obtenir du guide ne seraient probablement pas celles que ce dernier s'apprêtait à distiller au fil de la visite.

Comme pour l'interrompre dans ses réflexions, un homme surgit parmi eux après avoir fendu un attroupement de badauds réunis sur la Piazza del Campo, une torche enflammée à la main.

– *Benvenutti al Palazzo Sansedoni !*

Les membres du petit groupe s'écartèrent par réflexe, libérant l'accès à l'entrée du Palazzo Sansedoni.

– *Sono la tua guida, Federico !*

Culotté, comme entrée en matière, se dit Yoran.

Soit l'homme était en retard à sa propre visite et sauvait les meubles avec la manière, soit il avait le sens de la mise en scène, et méritait de se voir décerner le Lion d'or à la Mostra de Venise. Yoran opta pour la seconde hypothèse.

Le dénommé Federico arborait une tenue sombre que dissimulait une cape qui l'était à peine moins, et que quatre lanières de cuir reliaient sur son torse, un bonnet aux bords retournés coiffant le haut de son crâne. Sa torche toujours enflammée, il dégaina de sa main libre une clé d'apparence très ancienne, et fit signe à ses invités d'un soir de se rapprocher. Puis il engagea la clé dans la serrure de l'impressionnante porte qui s'élevait devant eux, et la poussa. Sans attendre, tous le suivirent à l'intérieur du palais, Yoran entrant le dernier.

Ils franchirent ensuite un portail de fer forgé et gravirent les marches d'un escalier monumental du XVIIIe siècle recouvertes d'un tapis sombre. Des sculptures en marbre à l'effigie d'illustres Siennois décoraient les lieux. Le petit groupe arriva alors dans une chapelle à l'architecture baroque somptueuse que le guide expliqua avoir été dédiée au bienheureux Ambrogio Sansedoni, un ancien prédicateur réputé pour ses dons de persuasion et contemporain de saint Thomas d'Aquin et Pierre de Tarantasie. Le marbre de Sienne l'y disputait à celui de France et à la brocatelle d'Espagne, tandis qu'une fresque symbolisant le passage de la ville de Sienne sous la protection de la Vierge en ornait le plafond.

Peu après, ils découvrirent une à une les chambres au style néoclassique du palais et leurs innombrables fresques, ainsi que l'ancienne chapelle devenue atrium, puis la galerie mettant en lumière la gloire du demi-dieu Hercule. L'éclairage minimaliste conférait une atmosphère intimiste, voire mystique aux salles du palais, renforcée par les lueurs projetées par la flamme de la torche de Federico. Patientant dans l'attente du moment idéal pour poser ses questions au guide, Yoran apprécia particulièrement la chambre des saisons, dans laquelle chaque saison était représentée sous les traits de personnages, ainsi que l'allégorie de la nuit qui habillait le plafond de la chambre Roccabruna.

– Maintenant, *signore e signori*, je vais vous demander de me suivre, pour le clou du spectacle…

Le guide orienta alors le petit groupe à travers les pièces qu'ils venaient de parcourir, jusqu'à le mener à la porte d'entrée du Palazzo Sansedoni. Puis, sans un mot supplémentaire, il s'élança sur la Piazza del Campo, portant toujours sa torche à bout de bras. Comme lors de son apparition avant la visite, les badauds s'écartaient devant lui, formant autant de haies d'honneur improvisées au milieu desquelles s'engageaient aussitôt les membres du groupe.

Ils quittèrent la place et dépassèrent un musée que Federico présenta comme étant celui de la torture, puis parvinrent à la via di Città, une rue historique de la ville, qui les mena au parvis du Duomo di Siena, la cathédrale Santa Maria Assunta, siège de la ferveur catholique de Sienne érigée au XIIIe siècle.

Attirées par la flamme de la torche du guide qui illuminait littéralement la nuit, plusieurs têtes se tournèrent à leur arrivée sur la Piazza Jacopo della Quercia. Face à eux se dressait l'imposante bâtisse de marbre blanc à l'architecture mêlant harmonieusement les styles gothique et roman, et où quelques visiteurs continuaient à entrer malgré l'heure tardive.

Pourtant, Federico n'effectua qu'un bref arrêt devant la cathédrale, prenant tout juste le temps d'évoquer l'histoire des lieux en quelques mots, et poursuivit jusqu'à l'une des extrémités de la place, avant de s'immobiliser devant un bâtiment à la façade plus sobre, et dont les alentours étaient considérablement moins fréquentés.

– *Il grande ospedale di Santa Maria della Scala.*

Visiblement fier de son effet, le guide annonça qu'ils étaient face à l'hôpital le plus ancien d'Europe, et que celui-ci occupait désormais une fonction de complexe muséal. Un complexe qui comprenait un grand nombre d'œuvres, parmi lesquelles certaines des toutes premières ayant rejoint la collection de la Fondation Monte dei Valle di Siena, des liens privilégiés perdurant entre les deux institutions.

Une fois à l'intérieur, Federico expliqua en détail la vocation historique de l'endroit, en insistant sur l'hospitalité des lieux, qui après avoir accueilli malades, orphelins et voyageurs, s'était mué en un projet au long cours visant à se développer dans les parties encore abandonnées de l'hôpital, avec comme ligne directrice l'ouverture à toutes les formes d'expression, d'art et de culture.

Il les guida avec aisance dans les méandres du bâtiment, justifiant si besoin en était que sa torche y avait toute son utilité, ce qui acheva de convaincre Yoran que son numéro d'acteur était parfaitement rôdé.

Tout autour d'eux, l'histoire de Sienne prenait corps, les époques se chevauchant au fil des espaces traversés, les personnages peints sur les fresques des murs semblant redonner vie à mille années d'une richesse exceptionnelle. Yoran s'émancipa progressivement du groupe, et se perdit dans les pièces oubliées de l'hôpital. Certaines étaient en cours d'aménagement quand les autres paraissaient ne plus avoir reçu de visites depuis des siècles. Mais bien qu'il ait retiré ses lunettes, l'obscurité totale qui y régnait l'obligea à revenir vers les parties du bâtiment accessibles au public.

Rapidement, il reconnut ce que Federico leur avait présenté comme l'ancienne sacristie de Santa Maria della Scala, ou chapelle du Clou sacré. Aidé par la faible luminosité émanant de *spots* judicieusement positionnés et dissimulés, il se concentra sur l'œuvre qu'il avait sous les yeux, sur laquelle une Vierge portant l'Enfant Jésus était entourée de deux groupes de dévots, tandis que des anges soulevaient ce qui s'apparentait à un ample manteau.

– La « Madonna della Misericordia », ou « Madonna del Manto », de Domenico di Bartolo.

Sans s'annoncer, le guide l'avait rejoint, et se tenait juste derrière lui. Il ne portait plus sa torche.

– L'un des maîtres de l'école siennoise. Ceci est l'un de ses derniers accomplissements, réalisé en 1444. Le « Manto » correspond au manteau de la Vierge, qu'elle entrouvre avec l'aide d'anges, afin d'y offrir l'hospitalité aux fidèles ayant sollicité sa protection. Et vous remarquerez que, contrairement à l'immense majorité des œuvres de l'époque, les personnages ne sont pas distingués en fonction de leur sexe.

Malgré les ravages du temps, Yoran constata en effet que les personnages de la fresque étaient réunis sans distinction autour de la Vierge et de son enfant.

– Les deux groupes de dévots se différencient cependant selon qu'ils sont membres de l'Église ou laïcs. Et les deux hommes agenouillés au pied du trône ne sont autres que le pape et l'empereur. Magnifique, n'est-ce pas ?

Yoran approuva sans rien dire, puis se tourna vers le guide, qui n'avait d'yeux que pour la fresque. Celui-ci finit pourtant par lui adresser à nouveau la parole, sans détacher son regard de l'œuvre du dénommé Bartolo, et de sa Vierge au manteau.

– Passionné par la Renaissance italienne ?

– D'une certaine manière…

– D'aucuns prétendent que tous les chemins mènent à Rome, mais c'est en Toscane que se rendent les véritables amoureux de la Renaissance. J'ai voyagé beaucoup dans ma vie, et pour rien au monde je ne m'installerais ailleurs.

Yoran se dit qu'il tenait peut-être là l'opportunité d'orienter la discussion vers les sujets qui l'intéressaient réellement.

– Vous résidez ici, à Sienne même ?

– Absolument ! Tout près de l'église de San Giusto, qui fut autrefois le quartier de la *contrada della Vipera*, malheureusement aujourd'hui disparue, du fait du tempérament particulièrement violent de ses membres.

– C'est bien dommage… J'éprouve moi aussi un attachement particulier pour les cultures anciennes en général, et plus spécifiquement pour celles et ceux que l'Histoire tend à oublier. J'ai cru comprendre que la Banca Monte dei Valle di Siena était une très vieille institution, et que sa réputation dépassait largement le cadre de la Toscane ?

Le visage de Federico s'illumina soudainement, soulignant involontairement à son interlocuteur à quel point il avait visé juste.

– La Banca Monte dei Valle di Siena a ouvert ses portes en 1472 ! Ce qui en fait ni plus ni moins que la plus ancienne banque encore en activité dans le monde. « Montei dei Valle » signifie en fait « Crédit des Vallées », en référence à l'appellation donnée aux domaines agricoles de la Maremme, une région de Toscane longtemps caractérisée par ses marais.

– 1472…

– Rien que ça ! Je vous laisse imaginer les mythes et légendes que ces cinq siècles et demi d'existence ont contribué à créer au sein de l'établissement…

Yoran venait de réussir à amener Federico sur son terrain, et sentait qu'il était tout près d'atteindre son but.

– Je présume que ceci n'empêche pas la banque d'être en phase avec son temps ?

– Si vous voulez parler de la situation financière actuelle de la banque, il y a beaucoup à dire… Vous n'êtes pas pressé, j'espère ?

Un couple que Yoran avait aperçu parmi les visiteurs plus tôt dans la soirée se rapprocha d'eux et salua le guide, après un ultime regard vers la « Madonna della Misericordia ».

– Pour ne rien vous cacher, j'ai prévu de m'octroyer une promenade nocturne dans Sienne après cette visite, mais d'ici là, j'ai tout mon temps…

– Alors, accrochez-vous… car ce que je vais vous conter là n'a rien à voir avec de quelconques mythes et légendes… mais comme ce n'est pas tous les jours que l'on me pose des questions sur l'envers du décor de la Banca Monte dei Valle di Siena…

Federico regarda derrière lui, comme s'il craignait d'être surveillé, et invita Yoran à le suivre dans les sous-sols de l'hôpital. Cette fois, il sortit une lampe électrique de sa ceinture et retira son bonnet. Yoran se fit la réflexion que ce n'était plus le même homme. Même son visage avait changé, comme si une excitation soudaine l'avait transfiguré.

– Vous l'ignorez peut-être, mais…

Et il chuchotait.

– … la banque est dans une situation très délicate, après de multiples scandales et controverses.

– Je crois savoir effectivement qu'un employé a mis fin à ses jours… en 2013 ?

– Ah, cette histoire… Mon ami Dario était le directeur de la communication de la banque, et il a clairement été sacrifié à la veille de ce qui allait devenir une crise sans précédent au sein de la zone euro. La Banca Monte dei Valle di Siena a multiplié les faux pas ces dernières années, à commencer par l'acquisition en 2007 de la banque Antonberetta pour une somme astronomique, d'autant que cet établissement était criblé de dettes. Une enquête a été ouverte contre les anciens hauts dirigeants de la banque et leurs successeurs. Mais ce n'est pas tout…

Un courant d'air glacé caressa la nuque de Yoran. Comme si quelqu'un avait coupé le système d'alimentation de l'hôpital. Ou comme si les deux hommes étaient à présent seuls aux portes d'un enfer dont ils n'avaient pas encore pleinement conscience.

– En 2009, la Banca Monte dei Valle di Siena a passé un accord avec la banque Komura… Un contrat de produits financiers dérivés toxiques a été mis en place pour dissimuler des pertes, ce qui a généré le pire scandale de l'histoire de notre banque. Le scandale BMVS…

– Corrigez-moi si je me trompe, mais… Komura est bien le nom d'une banque japonaise ?

– Exactement…

Yoran frissonna. Était-il sur le point de mettre le doigt sur le lien qui unissait la banque siennoise au Japon ?

– … et en 2013, Komura était sous le coup d'une saisie de 1,8 milliard d'euros par la justice italienne dans une enquête sur le groupe Banca Monte dei Valle di Siena.

– 2013… L'année du suicide présumé de votre collègue…

– Oui… mais la Banca Monte dei Valle di Siena a été sauvée par l'État italien en 2017, et n'a eu de cesse de démontrer depuis qu'elle était apte à perdurer sur le long terme. Et pour en connaître un peu les coulisses, je peux vous dire que ses dirigeants sont prêts à toutes les concessions pour cela.

Yoran tâcha d'enregistrer l'accumulation d'informations que Federico partageait généreusement avec lui. Décidément, Carina l'avait introduit auprès de la bonne personne.

– Avez-vous déjà entendu parler d'un certain Daisuke Miyazato ?

– Ce nom ne me dit rien, j'en ai peur…

– Il a exercé comme responsable de l'innovation des procédés à la Banca Monte dei Valle di Siena, entre 2005 et 2011.

Federico réfléchit un instant supplémentaire, mais son expression demeura inchangée.

– Je suis désolé. Mais sur ce point, sachez que l'Association Bancaire Italienne, qui regroupe plus de sept cents institutions bancaires, a annoncé en 2020 que ses membres étaient en mesure de piloter un euro numérique, donc ce sujet est plus que jamais à l'ordre du jour. D'ailleurs, la Banca Generali, l'un des principaux concurrents de la Banca Monte dei Valle di Siena, a investi quatorze millions de dollars dans la crypto-entreprise Conio la même année, et Crypto.com est devenue sponsor de la Coupe d'Italie de football en 2021. Donc oui, bien sûr, en tant qu'établissement historique italien à envergure internationale, la Banca Monte dei Valle di Siena a été l'une des banques pionnières en la matière, et il n'est pas anormal que des employés étrangers y aient occupé des postes à responsabilité afin de maîtriser les rudiments de la cybermonnaie, avant de repartir exploiter leurs connaissances nouvellement acquises dans leurs pays respectifs, ou au contraire, de partager leurs connaissances déjà acquises avec le groupe BMVS. Et si vous voulez une anecdote croustillante…

Un franc sourire s'afficha sur le visage du guide.

– … il y a eu une rumeur il y a quelques années selon laquelle un Italien avait tenté de faire assassiner son ex-petite amie en payant un tueur à gages en cryptomonnaie… et j'ai coutume de croire que le crime a toujours une longueur d'avance sur les acteurs du système économique… Mais dites-moi, nous nous éloignons considérablement des cultures anciennes… et vos questions m'intriguent… m'incitant à vous demander ce qui vous a mené à moi… La véritable raison, j'entends…

Yoran avait eu beau laisser parler Federico, il se dit qu'il avait peut-être été trop insistant dans ses questions. Le moment était sans doute venu d'en dévoiler davantage sur lui, une relation de confiance improvisée s'étant nouée entre les deux hommes.

– Je m'appelle Rosko. Yoran Rosko. Je vous épargne les détails, mais si je suis ici aujourd'hui, c'est parce que je cherche à comprendre ce qui est arrivé à Daisuke Miyazato, ainsi qu'à un autre homme, Ryo Tomita. Tous deux ont été assassinés au Japon, et ont fait l'objet de mises en scène aussitôt publiées sur le site d'un *photo game* international. Je soupçonne un collectif d'amateurs de sensations fortes de s'être livré à ces actes, et je ne compte pas quitter Sienne et l'Italie sans un maximum de réponses à mes questions.

– Attendez… Vous débarquez du Japon, là ?

– Oui.

– Mais vous n'êtes pas policier, ou quelque chose s'en rapprochant ?

– Non.

Federico marqua un temps d'arrêt, avant de reprendre.

– Et bien… je ne suis pas sûr que vous soyez un passionné de la Renaissance italienne, mais un passionné tout court, ça, c'est certain ! Ceci étant dit… j'ai entendu parler de ces meurtres, oui. Mais vous en oubliez un.

Cette fois, ce fut Yoran qui se figea. Depuis son départ pour l'Italie, il avait craint qu'un nouveau meurtre ne soit commis au Japon, et s'il n'avait rien relevé de tel en prenant connaissance de l'actualité nippone sur son smartphone avant sa sortie nocturne, la lueur dans le regard du guide lui signifia que quelque chose lui avait échappé.

– Il y a eu un meurtre similaire, il y a quelques jours, suivi de la mise en ligne de la photo de la victime, comme vous venez de le présenter. Mais pas au Japon.

– Que voulez-vous dire ? Où ce meurtre a-t-il eu lieu ?

– Oh… Assez loin d'ici, en fait…

Un silence absolu précéda les ultimes paroles de Federico.

– Dans un cirque…

Quelque part au-dessus d'eux, beaucoup plus haut, la cloche du campanile de la cathédrale Santa Maria Assunta de Sienne se mit à sonner.

– … à Prague.

Chapitre 36

Police Parallèle

Polkamatic.

Tel était le nom du site du *photo game* sur lequel avait été mise en ligne la photo de la victime de Prague.

C'était un site tchèque, lancé l'année précédente, et qui proposait pour la première fois de son histoire une compétition d'envergure internationale, sur les mêmes principes que FuguShots. Et comme pour son équivalent japonais, le site avait été mis hors ligne depuis ce que les médias nationaux qualifiaient déjà ouvertement de meurtre. Ces mêmes médias avaient d'ailleurs publié une photo de la victime.

Ladite photo, prise en noir et blanc et en hauteur, laissait entrevoir un corps en partie écrasé sur le sol d'une piste de cirque, dans une position suggérant qu'il avait fait une chute libre. Sa tenue avait de quoi intriguer. L'homme – car il semblait bien qu'il s'agissait d'un homme – portait ce qui s'apparentait à des vêtements de clown, et si la photo était légèrement floue, on distinguait clairement des bandes de ruban adhésif de type chatterton déchirées sur l'un de ses poignets.

Yoran frissonna.

Après son entrevue pour le moins fructueuse avec Federico, il avait écourté sa visite nocturne de Sienne, un peu à contrecœur. Mais en l'espace de quelques minutes, la situation avait considérablement évolué, et un nouveau lieu avait vu le jour dans la géographie des meurtres qui l'avaient mené jusqu'en Italie.

Prague. La République tchèque, à plus de mille kilomètres de là.

Certes, les circonstances de ce potentiel troisième « tableau » restaient à éclaircir, mais la démarche avait été la même que pour les deux meurtres de Tokyo, et cela ne pouvait qu'inquiéter. Yoran sentait qu'il était bien plus loin qu'il ne l'avait cru de la vérité.

Il avait regagné sa chambre à l'Hotel Italia Siena, et s'était accroupi sur le lit, sans autre source de luminosité que l'écran de son smartphone. En guise de transition, et comme pour mieux marquer son retour vers sa sphère intime, il avait d'abord écouté les yeux fermés la chanson *Superpredators*, de Massive Attack, une pièce rare du groupe, qui annonçait, un an avant sa sortie, le mythique et inoubliable *Mezzanine*, album dont Yoran avait gardé avec lui l'édition limitée du vinyle, comme un totem de son ancienne vie.

Mais cette fois, il était acté que les « super prédateurs » ne se limitaient pas à un titre de chanson, et que ceux-ci sévissaient bel et bien dans le monde réel, et ce, en dépit de toute logique. Du moins, à première vue.

Bien décidé à creuser la piste tchèque, Yoran envisageait de mettre en lumière toute connexion entre le Japon, l'Italie et la République tchèque par l'intermédiaire de la crypto-monnaie notamment, mais les résultats qu'il avait obtenus sur son moteur de recherche jusqu'à présent avaient été aussi variés qu'éloignés de ce qu'il espérait.

Il avait ainsi brièvement parcouru le guide de la fiscalité des monnaies virtuelles, édité par l'OCDE quelques années plus tôt, sur la base d'éléments réunis auprès des banques centrales du G20, mais sans en tirer la moindre avancée. Une étude de la holding JPMorgan datée de 2019 annonçait en outre que la République tchèque allait être en tête des croissances e-commerce en Europe en 2021, juste derrière l'Italie. Yoran ignorait si la prédiction s'était confirmée ou non, mais en approfondissant le sujet, il était tombé sur l'article d'un site d'information américain évoquant les risques pesant sur l'économie mondiale en cas d'attaque Goldfinger. Dans ses souvenirs, Auric Goldinger était le nom de l'un des adversaires les plus retors de James Bond, dont l'ambition avait été d'irradier le stock d'or de Fort Knox afin d'accroître la valeur de son propre portefeuille de la précieuse devise. Ici, il était question d'une attaque également dite des 51 %, et visant à bloquer les validations des transactions d'utilisateurs de cryptomonnaies ou à générer une double dépense, contribuant par là même à effacer les transactions réalisées à l'aide de programmes dédiés. Un État se trouvait ainsi en mesure de détruire une monnaie électronique sans s'emparer de sa valeur, dans le simple but de protéger sa monnaie nationale. Mais si l'idée venait à un collectif de *hackers* d'en faire autant, les dégâts pourraient rapidement s'avérer considérables…

Yoran décrocha un instant de son smartphone.

La thématique de la cryptomonnaie était d'une densité telle qu'à lui tout seul, il paraissait peu vraisemblable qu'il parvienne à la maîtriser en une nuit, et encore moins à déterminer ce qui la reliait au fondateur et directeur technique de FuguShots, si toutefois il existait un lien.

Dehors, les températures avaient monté d'un cran par rapport aux dernières nuits, mais étonnamment, il n'y avait pas un bruit dans la rue de l'hôtel. Ni dans les chambres voisines. Et l'obscurité était totale.

Il se réorienta en se focalisant sur le suicide dont lui avait parlé Federico. La victime, Dario Rocchi, responsable de la communication de la Banca Monte dei Valle di Siena, avait été retrouvée par des passants dans une ruelle de la cité toscane, dans la nuit du 6 mars 2013, alors qu'il avait fait l'objet d'une perquisition dix jours plus tôt. L'enquête avait retenu la thèse du suicide, mais de nombreux éléments venaient la contredire. À commencer par l'analyse de la vidéosurveillance de la banque, qui montrait clairement deux personnes approchant la victime – alors encore en vie – avant de quitter impunément les lieux. Il avait par ailleurs été établi que la montre de Rocchi avait été jetée par la fenêtre du troisième étage, une vingtaine de minutes après sa chute. Encore une. Sans compter que, en 2017, le procureur de Sienne – l'un des magistrats enquêtant sur l'affaire –, avait été destinataire d'un colis contenant une lettre de menace et une balle de calibre 9 mm non percutée. Définitivement, le monde de la finance n'avait rien d'un long fleuve tranquille.

Yoran se remit ensuite à faire défiler à la volée des résultats en rapport avec la cryptomonnaie, sans succès. Au culot, il affina ses critères de recherche en se limitant à Prague – le cadre de ce nouveau meurtre – et à la cryptomonnaie – l'unique connexion qui reliait Miyazato à l'Europe –. De page en page, un sujet récurrent s'imposa progressivement. Des *hackers* tchèques adeptes du nomadisme digital et se définissant comme crypto-anarchistes revendiquaient l'avènement d'une société de la cryptomonnaie pour un monde plus libre, formant un groupe portant le nom de Parallel Polis – la « Police Parallèle » –. Régulièrement, ils faisaient parler d'eux à travers l'organisation de congrès regroupant des militants de tous horizons, dont la plupart participaient masqués afin de préserver leur anonymat.

Le prochain se déroulerait neuf jours plus tard, à Prague.

Yoran retint son souffle et examina en détail les photos illustrant l'article. À première vue, les types en question avaient davantage l'allure de fans de metal *hardcore* ou de solides *bikers* au demeurant moyennement commodes que de *geeks* en puissance. Pourtant, il tenait peut-être là un chemin tout tracé vers la suite de sa quête.

Il reposa son smartphone devant lui et ferma les yeux. Souffla. Et murmura tout haut sans s'en rendre compte.

– Chiche.

Chapitre 37

Europa

Lorsque Carina avait reçu le texto de Yoran, elle avait d'abord cru à une erreur.

La première fois, quand elle avait entendu sa voix sur son répondeur, elle avait su instinctivement que c'était lui. Le gars du Transsibérien. Elle n'aurait pu dire pourquoi, mais ce fut comme s'il avait été écrit quelque part que ce moment allait survenir.

Et à cet instant, alors que son Alfa Romeo Giulietta Sprint de 1954 approchait de l'Hotel Italia Siena dans les hauteurs de la cité toscane, elle ressentait à nouveau cette connexion qui les avait déjà brièvement reliés l'un à l'autre le temps d'un trajet entre Moscou et Novossibirsk, et ce désir fou de liberté qui ne connaissait aucune limite dès lors qu'elle se mettait à écouter son cœur.

Debout devant la Porta Camollia, Yoran l'attendait seul avec son sac de voyage. La nuit venait à peine de tomber. Et une fine brise avait commencé à souffler.

* * *

– *In vettura !*

Carina s'était arrêtée à deux pas de lui.

Elle l'avait préalablement prévenu que sa voiture serait rouge, et qu'elle viendrait avec un vieux modèle. Il l'avait crue sur parole.

Il n'aurait su deviner l'année avec certitude, mais il avait reconnu l'Alfa Romeo à son design typiquement italien, à ses lignes douces et sa calandre si élégante. Un peu plus tôt dans la soirée, ils étaient convenus ensemble qu'elle le conduirait jusqu'à Florence, d'où Yoran monterait dans un train de nuit à destination de Munich, où il embarquerait au petit matin dans un autre train pour Prague. Il était prévu qu'il arrive en fin d'après-midi en République tchèque, ce qui représenterait un effort à la limite du supportable pour ses yeux. L'angoisse de perdre momentanément la vue, comme il l'avait déjà vécu par le passé, était bel et bien là, tapie au fond de lui, mais Yoran estimait qu'il était allé trop loin dans sa croisade contre le mal pour reculer, où même suspendre sa progression.

Mais auparavant, ils avaient cette partie du chemin à accomplir à deux, et il savait déjà que les prochaines quatre-vingt-dix minutes seraient celles qu'il apprécierait le plus du voyage.

Carina ouvrit la porte côté passager et l'invita à entrer. Sans perdre de temps, il déposa son sac dans le coffre et monta à bord. Il faisait frais dehors, légèrement meilleur à l'intérieur de la voiture. Le moteur ronronnait encore quand il referma la portière. L'espace d'un instant, il se serait cru dans la peau d'un gamin insouciant sur le point de prendre la route des vacances. Mais si le ravissement de Carina ne faisait aucun doute, Yoran savait mieux que quiconque que les kilomètres de bitume qu'ils s'apprêtaient à avaler ensemble n'auraient d'autre fonction que de le rapprocher un tant soit peu de son objectif, Prague, capitale d'un pays dont il ignorait tout ou presque, et qui était devenu le berceau d'un troisième meurtre mis en ligne sur le Net.

– L'heure est grave, on dirait.

La voix de Carina avait agréablement résonné dans l'habitacle du coupé. Yoran se dit qu'elle avait l'art de dire les choses justement, sans dramatiser outre mesure.

– Elle l'est, et pas uniquement pour ces personnes qui sont mortes. On y va ?

– Volontiers. Après tout, on a encore une heure et demie pour se dire au revoir.

Sur ces mots, l'Alfa Romeo amorça une marche arrière, puis s'élança dans la nuit.

* * *

Concentré sur la route et fidèle à lui-même, Yoran avait peu parlé durant le tronçon qui reliait les deux rivales toscanes.

L'intégrale du *Berlin Calling* de Paul Kalkbrenner avait envahi la voiture, suivie du *Tohu Bohu* de Rone. Ils avaient croisé quelques véhicules venant de la direction opposée avant que la circulation ne se calme, au point de leur faire se sentir complètement seuls au sortir de Castiglioni. Carina lui avait dit qu'elle brûlait d'envie de faire un crochet par San Gimignano pour lui montrer la cité où elle vivait, sa galerie et, idéalement, l'atelier dans lequel elle concevait ses peintures. Bien sûr, elle ne pouvait que savoir qu'il s'agissait là d'un vœu pieux, et que leurs chemins étaient tout près de se séparer, pour le meilleur ou pour le pire.

Ils arrivèrent en vue de Florence, située au nord de Sienne, aux alentours de 21 heures.

Ils franchirent d'abord la Porta Romana, vestige des fortifications de la ville construites au XIIIe siècle, puis traversèrent l'Arno par le Ponte alla Carraia, voisin du Ponte Santa Trinita, dernier pont avant le Ponte Vecchio.

En jetant un regard au compteur, Yoran découvrit que la distance qu'ils avaient parcourue était de soixante-dix-sept kilomètres. Une broutille, eu égard aux mille et quelques kilomètres du trajet. Mais pour ces soixante-dix-sept kilomètres-là, il avait été accompagné, contrairement à la plupart de ses précédents voyages, et il n'avait aucune raison de le regretter.

La gare de Florence-Santa-Maria-Novella jouxtait le centre historique de la ville, que Yoran n'aurait décidément pas l'occasion de visiter durant son court séjour en Italie. Accolée à un minuscule cimetière, la basilique du même nom se dressait juste en face. Carina avait garé sa voiture dans une rue adjacente, au pied d'un bâtiment qu'elle expliqua être le siège de la plus ancienne firme photographique au monde, Fratelli Alinari.

Ils avaient marché dans les rues environnantes un moment, le temps de se dégourdir les jambes, et Carina était allée leur commander deux tasses du meilleur *cioccolate calda*, le chocolat chaud épais italien qui se dégustait à la petite cuillère. De retour dans la voiture, tous deux regardaient droit devant eux, alors que le quartier retrouvait un semblant d'animation, en préambule de la nuit.

– Le départ de ton train est à quelle heure ?

– 22 h 31. Arrivée prévue à Munich à 9 h 21…

– Ça va être long.

Yoran ne répondit pas immédiatement. L'horloge de la voiture indiquait 21 h 58. Il avait déjà refermé son blouson et sorti ses lunettes. Son sac l'attendait dans le coffre. Dehors, la brise soufflait un peu plus fort qu'à Sienne.

– Je pourrais te dire merci, mais ça me paraît tellement faible au vu de ce que tu as fait pour moi.

– Alors ne dis rien.

21 h 59.

– Tu es déjà allée à Prague ?

Soudain un tout petit peu plus nerveux, Yoran avait changé de sujet sans le vouloir.

– Jamais. J'ai souvent tendance à vouloir partir loin.

– J'imagine qu'on peut dire qu'on a ça en commun. Par la force des choses.

– Et Munich, tu connais ?

– Non.

Cette fois, ce fut Carina qui changea de sujet.

– Moi non plus. Tu disais que le départ était prévu à quelle heure, déjà ?

– Le train part à…

Yoran ne termina pas sa phrase. Carina avait appuyé sur la pédale de l'embrayage, et l'Alfa Romeo démarrait déjà en trombe.

* * *

L'Alfa Romeo filait dans la nuit depuis quelques minutes lorsque Yoran lâcha enfin ses premiers mots.

– Tu vas vraiment faire ça ?

– On est déjà en train de le faire, tu ne crois pas ? Et puis, c'est toujours mieux à deux, non ?

Yoran observait les sommets des montagnes du Calvana à travers les vitres. Droit devant eux, bien plus loin, Bologne *la Rossa* et la plaine du Pô s'annonçaient.

– Parfois.

Ils roulèrent ainsi durant la nuit entière, traversant des villes italiennes que Yoran ne connaissait que de nom.

Modène, Vérone, Trente…

Malgré l'obscurité, les paysages alpins à la frontière italo-autrichienne furent à couper le souffle. Peu avant Innsbruck, il entraperçut la mythique Sölden, blottie entre les deux glaciers de la vallée de l'Ötzal. D'après ce qu'il savait, il s'agissait rien moins que de l'une des plus grandes stations de sports d'hiver au monde. De l'autre côté de la route, Carina lui présenta le Gran Pilastro, colossale montagne dont le sommet culminait à plus de trois mille cinq cents mètres d'altitude.

Au petit matin, l'Allemagne succéda à l'Autriche. Capitale de la Bavière, Munich était la principale ville du sud du pays, et constituait un centre névralgique incontournable du centre de l'Europe. Il y faisait considérablement plus frais qu'en Italie, bien que la brise qui les avait accompagnés au début de leur périple ne fût plus qu'un lointain souvenir.

Toujours enthousiaste mais épuisée par des heures de conduite malgré deux arrêts, Carina gara son Alfa Romeo sur un parking en périphérie de la ville, à proximité d'une station-service où Yoran avait effectué un plein d'essence. Sous leurs yeux, l'Isar s'écoulait paisiblement. Dans leur dos, le soleil se levait doucement. La chanson *Spirit* d'Evangelist défilait à faible volume dans l'habitacle. Ils étaient arrivés à un tournant de leur voyage.

– Tout ça a un petit côté *Bonnie and Clyde*, non ?

La voix de Yoran était légèrement plus rauque qu'à l'accoutumée. Leurs regards se croisèrent dans le rétroviseur intérieur de la voiture.

– Je pensais exactement la même chose, figure-toi.

– Si ça peut te rassurer, ça se terminera mieux pour nous.

– Il y a intérêt.

Les yeux de Carina s'humidifièrent alors qu'elle prononçait ces mots. Yoran comprit aussitôt ce que cela signifiait. Elle n'irait pas plus loin.

– Je vais m'isoler à la gare en attendant mon train. Ou peut-être dans un hôtel jusqu'à la nuit. Tu devrais te reposer aussi.

– J'aimerais vraiment continuer avec toi, mais... je dois mettre en scène un vernissage à la galerie d'ici ce soir. C'est un engagement que j'ai pris auprès d'un ami, et...

D'un simple geste de la tête, Yoran lui indiqua qu'il ne demandait pas à en savoir davantage. Elle continua néanmoins.

– Je vais dormir dans la voiture quelques heures. Puis je rentrerai en Italie. Tu viendras au Palio ?

– Il y a intérêt.

Une pluie fine se mit tout à coup à tomber, clapotant imperceptiblement sur le toit de la voiture.

– Et si je viens sans prévenir, comment je te trouve ?

– Reina.

– Pardon ?

Carina se tourna vers lui, un infime sourire sur les lèvres.

– Galleria Reina. À San Gimignano. Reina, c'est mon nom. Tu ne pourras pas te tromper, c'est la seule galerie d'art de ce nom-là dans toute la Toscane.

Tout en écoutant les paroles de l'Italienne, Yoran sut qu'il n'oublierait pas ce nom, au même titre qu'il n'oublierait pas leur traversée de l'Europe en solitaires.

Elle l'embrassa, effleurant brièvement ses lèvres.

L'heure aidant, la luminosité se faisait plus vive à chaque instant. Yoran se résolut à chausser ses lunettes puis, après un dernier sourire à l'adresse de Carina, déverrouilla la portière. La pluie redoubla d'intensité au moment où il l'ouvrit. Il attrapa son sac dans le coffre et contourna le véhicule. Tapota sur la vitre côté conducteur de l'Alfa Romeo. Et saisit un ultime regard, auquel il répondit en joignant ses mains devant son visage.

Puis il disparut dans la lumière du matin.

* * *

Finalement, il avait plu toute la journée.

L'attente avait été désespérément longue. Pris de court, Yoran avait renoncé à trouver un hôtel, et n'avait pas cherché à atteindre la gare non plus. Il s'était réfugié dans le premier abri qu'il avait vu, l'église Saint-Pierre de Munich.

Il avait eu le temps d'assister au nettoyage des lieux et s'était endormi peu après, son sac à ses pieds, demeurant seul dans l'édifice jusqu'au milieu de l'après-midi. En regardant autour de lui, il avait appris que celle que l'on surnommait *der Alter Peter*, « le Vieux Pierre », était la plus ancienne église de Munich, et qu'elle survivait aux assauts de l'Histoire et du temps depuis le XIIIe siècle.

Lorsque la soirée se profila enfin, et alors qu'il avait décalé sa réservation de train pour Prague à 23 heures, un homme s'installa près de lui.

– La vie n'est qu'un long voyage, n'est-ce pas ?

D'une voix chevrotante, il avait parlé dans un anglais hésitant, mais Yoran pensait avoir compris le sens de ses paroles. L'homme, qui approchait probablement des quatre-vingts ans, fixait un point droit devant eux, et Yoran savait inconsciemment que ce n'était pas le maître-autel monumental, ni même l'impressionnante statue de Saint-Pierre qui le surmontait.

– Il y a de ça.

– Êtes-vous croyant, jeune homme ?

Yoran regarda à son tour en direction de l'autel qui leur faisait face, demeurant impassible un long moment. Les dernières vingt-quatre heures repassèrent en accéléré dans son esprit. Son départ d'Italie, avec l'aide inespérée de Carina, l'intimité qui s'était nouée entre eux, là où il aurait dû être seul au monde, et sa destination, Prague, qui n'était plus qu'à une nuit de distance, à présent.

– D'une certaine manière… oui, je pense pouvoir dire que je suis croyant.

– Dans le fond, je pense que nous le sommes tous. Simplement, nous ne le sommes pas tous au même moment, et chacun suit son propre chemin. Puis-je vous demander quel est le vôtre ?

Yoran observa de nouveau le vieil homme. Celui-ci avait des cheveux gris plaqués sur le côté, et ses mains étaient posées sur ses genoux. Une aura empreinte de sagesse et de profonde empathie émanait de lui.

– C'est la vérité qui me guide. La vérité et, sans doute aussi, la passion. Mais il semblerait que ces deux notions soient parfois antinomiques, car il arrive que les chemins qu'elles représentent divergent, ce qui implique des choix difficiles.

– Elles divergent parfois, en effet, mais la vie tout entière est une succession de choix, et la plus noble des attitudes, c'est de ne pas les regretter. Et d'aller toujours de l'avant.

Sur ces mots, le vieil homme sourit à Yoran et se leva en s'appuyant sur son épaule, puis il réajusta son col. Un col romain. Yoran réalisa alors qu'il venait de parler au prêtre qui s'apprêtait à donner la messe. Derrière eux, les bancs s'étaient progressivement garnis, et quelques pèlerins continuaient à franchir le seuil de l'église.

Avant de s'engager dans l'allée centrale en direction de l'autel, le prêtre se tourna une dernière fois vers Yoran, et sourit à son visiteur d'un jour.

– Vous aurez bien une petite heure à tuer, avant de reprendre votre route ?

Sans attendre de réponse, il marcha ensuite en souriant à ses fidèles, et s'adressa en allemand à un groupe d'enfants qui courait déjà s'installer au premier rang.

Yoran se dit quant à lui que, oui, définitivement, il avait bien une heure à tuer.

* * *

Le train ICE1588 quitta la gare centrale de Munich à l'heure prévue.

Pas moins de quatre changements furent annoncés avant la gare centrale de Prague, terminus de ce voyage, que Yoran n'atteindrait pas avant 11 h 11.

Néanmoins, il parvint à dormir par petites touches, et se contenta de regarder durant ses phases d'éveil les paysages bucoliques de la Bavière défiler sous ses yeux, auxquels suivirent les monts métallifères de la Saxe puis les lacs salés d'Autriche.

Lorsque dans la clarté du matin apparurent les plateaux de l'ancien royaume de Bohême, porte d'entrée vers la capitale tchèque, il avait acquis la certitude que sa quête allait bientôt prendre un tout autre sens.

Chapitre 38

Deux hommes à l'aube

Ça n'avait pas de sens.

Josef Kalas ne comprenait toujours pas la signification de la lettre que lui avait envoyée le maire. Certes, il l'avait écrite de ses mains, et l'avait longuement remercié pour l'ensemble des services qu'il avait rendus à la ville depuis près de cinquante-cinq ans maintenant. Mais s'appuyer sur son âge avancé pour justifier le remplacement de l'horloger en charge de l'entretien du principal monument de Prague, ça ne passait pas !

Doyen des horlogers de la capitale tchèque, Josef Kalas avait hérité de l'enseigne d'orfèvrerie de son père, Jakub Kalas, en 1968, et lui avait succédé en tant que plus grand spécialiste du pays de ce qui représentait rien moins que la plus ancienne horloge au monde encore en service. Il ne s'agissait pas là d'un poste à proprement parler, mais dès que les techniciens de la ville avaient des interrogations sur l'horloge et ses secrets, et à chaque fois que celle-ci faisait l'objet d'une restauration, ils faisaient appel à lui, généralement par l'intermédiaire du maire lui-même. De plus, Josef Kalas était régulièrement sollicité pour y effectuer des visites guidées pour des délégations étrangères, et plus rarement, pour des amoureux qui payaient très cher leur heure d'évasion au cœur du temps dans le joyau de Bohême.

L'horloge astronomique de Prague avait été construite au début du XVe siècle, en 1410 exactement, et avait traversé les âges depuis cette époque, en grande partie grâce au talent des maîtres-horlogers qui avaient eu la lourde tâche de la réparer et de la perfectionner au fil des siècles, depuis Jan Růže – ou Hanus de la Rose – jusqu'à son père, et enfin lui-même, en passant par le grand Jan Taborský, aussi réputé pour ses compositions de musique classique que pour son titanesque chantier de rénovation du monument qui avait duré plus de deux décennies au milieu du XVIe siècle. L'horloge avait par la suite survécu à deux incendies de grande envergure survenus au XXe siècle, et son mécanisme nécessitait d'être fréquemment arrêté afin de s'assurer du parfait fonctionnement des pièces pour la plupart d'origine qui en constituaient la structure.

La bijouterie portait toujours le nom que son père lui avait donné à sa création, U zlaté koruny, « À la couronne d'or », et sa situation idéale dans la Vieille Ville lui garantissait une visibilité des plus enviables. Pourtant, l'enseigne de Josef Kalas faisait figure d'exception sur la Petite Place de Prague, tant les boutiques de ses différents concurrents avaient progressivement été rachetées par de grands groupes internationaux, contribuant d'autant à faire disparaître une part essentielle de l'âme slave telle qu'il avait eu la chance de la connaître enfant.

En ce temps-là, ils étaient encore de nombreux artisans à défendre un savoir-faire unique, offrant à la capitale tchèque une position de choix dans le domaine de l'orfèvrerie. Et même si l'ère soviétique n'avait pas eu que des conséquences positives pour les administrés tchèques, elle avait au moins permis de retarder l'installation des grandes chaînes qui avaient fini par s'imposer dans le paysage de Prague, au grand désarroi de Josef Kalas.

Depuis, il avait été contraint d'acter la fin d'un monde, auquel, comme son père avant lui, il appartenait indéniablement. Soucieux, il reposa sur la table de travail de son atelier le grenat de Bohême qu'il tenait entre les mains, et qu'un client chinois lui avait demandé de sertir dans un collier en or identique à celui qu'il avait conçu sur mesure pour Michelle Obama en 2009. Il se leva et marcha lentement vers la devanture de son magasin, puis contempla la place déserte noyée dans les nappes de brume derrière la vitrine.

Juste en face de son magasin, une enseigne de la marque au cygne célèbre pour son cristal de luxe déployait fièrement sa dernière gamme de bijoux, se préparant déjà à attirer l'attention des riches Praguois comme celle des touristes fortunés. Immédiatement à la gauche de sa bijouterie, une boutique bon marché connue pour ses teintures de verre en nuances de bleu n'avait quant à elle eu de cesse de lui prélever ses clients les plus modestes depuis son ouverture dans les années quatre-vingt-dix. De l'autre côté, un étroit couloir menait à diverses officines spécialisées dans des prestations douteuses, à commencer par un salon de massage thaï recommandé par le site américain TripAdvisor, rien que ça.

Décidément, tout se perdait.

Le pas nonchalant, il retourna vers son atelier, tout à coup conscient qu'il n'avait jamais été aussi proche de la fin. Au moins, son père n'était plus là pour assister à cela. Après s'être assis sur sa chaise adaptée à son dos fragile, il reprit en main le grenat de Bohême et l'examina du plus valide de ses yeux à la lumière de sa lampe halogène.

À première vue, la pierre était d'un noir profond, mais en l'inclinant sous le faisceau de la lampe, il était possible d'y distinguer une teinte vermillon très sombre qui en faisait toute la subtilité. Josef Kalas avait été averti de la commande de son client une semaine auparavant, et s'était engagé à l'honorer pour le lendemain matin. N'ayant reçu aucune autre demande depuis, il serait dans les temps.

Il chaussa ses lunettes de protection. Sa boutique ouvrait ses portes à 10 heures, il avait donc au moins trois bonnes heures devant lui pour poursuivre son travail de minutie dans le calme le plus complet. Exactement comme il aimait. Ensuite, il téléphonerait au secrétariat du maire, et exigerait un rendez-vous avec lui dans les plus brefs délais.

Il attrapa sa fraiseuse et reprit son labeur là où il l'avait laissé. C'était la seule musique qu'il connaissait, avec celle de son chalumeau, mais cette étape-là serait pour plus tard. La soudure laser, ce n'était pas pour lui.

Il travaillait depuis bientôt trois quarts d'heure quand des coups sourds et irréguliers le déconcentrèrent. Car si ses yeux n'étaient plus aussi vaillants que durant ses jeunes années, son ouïe ne l'avait jamais trahi à ce jour, et il escomptait bien qu'il en serait ainsi jusqu'à la fin de ses vieux jours. Il se redressa et jeta un regard à la montre de son père, qu'il gardait dans le tiroir supérieur du petit bureau attenant.

7 h 38.

Qui pouvait bien venir à une heure pareille ? La saison touristique était terminée depuis des semaines, et ses habitués savaient pertinemment qu'il était inutile de se rendre au magasin avant 10 heures. Alors qui ?

Il tourna la tête vers l'horloge accrochée au mur au-dessus de sa table de travail pour vérifier qu'il ne s'était pas trompé, et constata avec stupeur que celle-ci était arrêtée. Diantre ! Voilà qui mériterait qu'il s'attelle à remettre tout cela en ordre, mais d'abord, il y avait ce collier, puis le passage obligé à la Mairie. Et encore avant, ce qui ressemblait bien à une visite matinale impromptue.

Il se leva et se dirigea tranquillement vers l'entrée du magasin. Zut ! Il avait oublié de verrouiller sa caisse ! Il hésita un bref instant à revenir sur ses pas, puis se convainquit finalement de ne pas s'en offusquer. Après tout, il y avait un Swarovski de l'autre côté de la rue. Et puis, Josef Kalas était respecté de tous dans la ville, et même bien au-delà. Alors, à quoi bon se méfier ?

En approchant de la vitrine, il remarqua d'emblée à quel point la brume s'était densifiée depuis l'aube. Comme si l'hiver s'était installé prématurément sur la capitale tchèque. Il aperçut soudain une silhouette émerger dans le brouillard, juste derrière la porte vitrée. C'était un homme, dont les mains étaient posées en visière contre la vitre, mais il lui était impossible d'en discerner davantage de là où il était. Il s'empara de son trousseau de clés dans la poche intérieure de son gilet et avança des deux pas qui le séparaient de l'individu. La buée imprégnant les carreaux n'aidait pas à détailler le bonhomme. Il enfonça les trois clés dans leurs serrures respectives les unes après les autres, et les déverrouilla successivement. Ce faisant, il avait l'impression que son étrange visiteur avait reculé, comme s'il avait recouvré patience après ses coups répétés contre la vitre.

La porte s'ouvrit en silence. Josef Kalas retira ses lunettes de protection. Il se fit la réflexion que la Petite Place était encore loin d'avoir atteint la fréquentation qui serait la sienne en milieu de matinée. D'ailleurs, les autres magasins avaient toujours leurs volets baissés, et même la circulation dans les rues alentour était au point mort. Mais il fut surtout frappé par la présence d'un deuxième homme, qui lui avait complètement échappé jusqu'alors. On aurait dit un clone du premier. Même gabarit, même tenue sombre. Noire. Comme le grenat de Bohême, pour les yeux inexpérimentés.

Le regard que lui adressa celui-ci lui fit froid dans le dos. On aurait dit qu'il n'avait pas dormi depuis des jours, une rage sourde mêlée à une détermination à toute épreuve émanant de ses deux petits yeux injectés de sang. Quant au premier homme, celui qui avait frappé à la vitre, il l'entraînait déjà avec lui dans le magasin, sans qu'il ne puisse rien y faire.

Josef Kalas eut à peine le temps de réaliser que le deuxième était entré à son tour, et qu'il prenait soin de refermer la porte derrière lui sur un monde qui, définitivement, n'était plus du tout le sien.

Chapitre 39

Charte 77

Le Parc Letná dominait la colline du même nom, que les habitants de la capitale tchèque présentaient comme l'un des plus beaux points de vue sur la Vltava, la rivière qui traversait la Bohême du sud au nord jusqu'à l'Elbe.

Mais si Yoran avait choisi de s'installer dans un hôtel situé à proximité immédiate du parc, ce n'était pas seulement par souci de jouir d'un environnement paisible et à l'écart de l'agitation de la ville. Car le Parc Letná était aussi l'endroit où avaient coutume de s'établir les cirques en visite à Prague, tel que celui dans lequel avait été retrouvé l'homme affublé de vêtements de clown. Et Yoran avait espéré pouvoir s'imprégner un tant soit peu de l'atmosphère des lieux avant de débuter réellement son périple tchèque. En guise d'hôtel, il avait en fait opté pour une vaste péniche longeant les quais, tout près de l'île Štvanice, autrefois réputée pour ses chasses à courre, et qui avait plus tard accueilli la toute première patinoire de Prague.

Le nom de l'hôtel, le Botel Albatros, ne l'avait d'ailleurs pas laissé indifférent au moment où il en avait franchi le seuil, bien décidé à ne pas en sortir tant qu'il n'y aurait pas dégotté une chambre à sa convenance. Celle qui lui avait été attribuée présentait la particularité d'être toute petite, et de contenir une salle de bains encore moins spacieuse que celle de son appartement de Tokyo, ce qui relevait tout simplement de l'exploit.

Mais Yoran n'avait pas l'intention de se plaindre. Car sa chambre, aussi étroite était-elle, disposait d'un hublot qui se prêtait parfaitement à ses envies d'évasion. Dehors, sur l'autre rive de la Vltava, il devinait émergeant parmi les arbres la forme caractéristique et l'armature du sommet du chapiteau où la troisième victime avait été découverte. Cirkoměsto, tel était le nom de ce cirque itinérant qui se déplaçait tout au long de l'année dans les principales villes de République tchèque et de Slovaquie. Bien sûr, Yoran n'étant pas policier, il n'aurait pas accès au site en lui-même, mais il comptait bien se rendre dans le parc afin de visualiser la fin qui avait dû être celle de cet homme.

À sa descente du train, il s'était engouffré dans la gare centrale de Prague, où il était resté jusqu'à la tombée de la nuit, comme à son habitude. Ayant préalablement repéré son hôtel sur le Net, il s'y était ensuite rendu directement en montant à bord du tramway et en terminant le trajet à pied. Il aurait six jours à patienter avant le congrès de la Police Parallèle. Six longues journées, qui le mèneraient doucement vers octobre et son ensoleillement plus faible. Le début de la saison qu'il affectionnait le plus.

Mais d'abord, il avait l'intention de se renseigner au maximum sur les individus qu'il s'apprêtait à rencontrer, afin d'être le mieux préparé possible pour le jour J. Car s'il ne savait pas précisément à qui il aurait affaire, il n'avait aucun doute sur le fait que ces gens n'auraient pas de scrupule à refuser d'échanger avec un homme qui leur semblerait manquer de crédibilité, étranger de surcroît, et qui pourrait tout aussi bien avoir été envoyé par une organisation extérieure pour enquêter sur eux, et potentiellement leur nuire.

D'après les éléments indiqués sur le site Internet des intéressés, les membres de ce groupe se revendiquaient comme étant des pirates informatiques – des *hackers* – collaborant avec d'autres groupes aux idées similaires et agissant au croisement des arts, de la science et de la technologie, avec pour principale mission de dénoncer les tendances autoritaires que le développement des technologies avait générées dans la société. Ils s'étaient regroupés pour fonder l'Institut de Cryptoanarchie, leur objectif avoué étant l'avènement d'une économie parallèle décentralisée favorisant la mise à disposition d'outils pour une diffusion et une durée illimitée sur le Net, ces outils incluant les cryptomonnaies, indépendantes de toutes entraves étatiques et hors de portée de la censure et des institutions bancaires. Un nouveau marché voyait ainsi le jour, dans un XXIe siècle sécuritaire où la proclamation des libertés retrouvées revêtait un sens tout particulier.

Leurs coups d'éclat étaient régulièrement recensés dans les médias, le mouvement puisant son inspiration mais aussi son nom dans les idées d'un certain Vaclav Benda, penseur politique et dissident tchèque de confession catholique connu pour s'être opposé au régime communiste du temps de la Tchécoslovaquie, et qui avait été l'un des principaux architectes de la Charte 77.

La Charte 77 constituait véritablement la colonne vertébrale de ces militants d'un nouveau genre. Nommée d'après l'année d'écriture du document qui en était à l'origine, elle correspondait en fait à une initiative informelle qui avait eu cours sous la République socialiste tchécoslovaque entre

1976 et 1992. Le maître-mot en était la lutte pour les droits humains, et ses signataires venaient d'horizons aussi divers que complémentaires, nombre d'entre eux étant issus de la société civile. L'événement déclencheur avait été l'arrestation des membres d'un groupe de rock psychédélique praguois, les Plastic People of the Universe, mais la charte s'inscrivait en fait dans la continuité du Printemps de Prague, survenu en 1968. Une féroce répression fut lancée à l'égard de ses signataires, sous l'égide de la police secrète du Parti communiste. Le mouvement prit alors une autre forme, clandestine, et trouva un écho international inédit.

Plus tard, le concept de Police Parallèle avait influencé la pensée de la principale figure de proue de la révolution de Velours de novembre 1989 et futur premier président de la République tchèque, Vaclav Havel, et jusqu'à certains écrivains américains. D'autres initiatives semblables avaient par ailleurs vu le jour, telles la Charte 88 au Royaume-Uni, la Charte 97 en Biélorussie ou encore la Charte 08 en Chine.

Assis sur le lit de sa chambre, Yoran jeta un bref regard de l'autre côté la fenêtre. La nuit était tombée, quelques rares lumières se reflétant sur la Vltava endormie. En remontant les fils de l'Histoire, il était allé bien plus loin qu'il ne l'aurait pensé lorsqu'il avait débarqué la veille en République tchèque. Pour autant, il ignorait toujours la nature des liens qu'aurait pu entretenir Daisuke Miyazato avec la cryptomonnaie. Une prise de contact avec un ou plusieurs membres de la Police Parallèle demeurait donc bel et bien d'actualité. Mais s'il était admis de se rendre masqué au congrès, il était probable qu'une invitation ou un signe d'appartenance soit exigé. Il lui fallait donc impérativement savoir où rencontrer quelqu'un en risquant le moins possible de se faire remarquer.

Il soupira. Il se serait bien servi un tonic au gingembre et à la cardamome, mais il n'y avait pas de réfrigérateur dans la chambre. Impatient de sortir prendre l'air, il se concentra à nouveau sur son smartphone.

La Police Parallèle avait ses quartiers dans une ancienne manufacture reconvertie en ce que ses membres qualifiaient de *hackerspace*, un bâtiment de quatre étages au nord de Prague, dans le quartier industriel de Holešovice. La façade de l'immeuble avait été totalement peinte en noir, un triangle blanc inachevé rappelant le delta grec séparant les termes « Paralelní » et « Polis » au-dessus de l'entrée, sous une large affiche monochrome annonçant le congrès à venir. Des ateliers et des conférences y étaient couramment organisés. Un bar complétait le site. Le Bitcoin Coffee. Ouvert à tous, il était essentiellement fréquenté par les membres de la Police Parallèle, et était le seul au monde à n'accepter que les paiements en cryptomonnaie. Yoran en mémorisa l'adresse après avoir effectué une capture d'écran de la façade.

Il savait à présent où aller pour chercher les réponses qu'il n'avait pas encore obtenues.

Chapitre 40

Bitcoin Coffee

Yoran avait choisi le noir.

Au vu des photographies des membres du collectif qu'il avait vues en ligne, ils avaient presque tous en commun d'arborer des vêtements sombres, le noir dominant largement. Il s'était donc résolu à porter son jean noir et un sweat à col zippé assorti, complétant sa tenue de son blouson anthracite à capuche et de ses bonnes vieilles Dr. Martens, qu'il avait décidé d'apporter avec lui.

Il avait effectué le trajet à pied depuis le Botel Albatros, se permettant un détour par Libeň, quartier de l'est de la ville connu pour avoir été le théâtre de l'assassinat de Reinhard Heydrich durant la Seconde Guerre mondiale. Il faisait frais et doux, juste comme il aimait.

Avant de partir, il s'était créé ce que les utilisateurs de cryptomonnaie appelaient un *wallet*, ou portefeuille virtuel, sur lequel il avait transféré des *bitcoins* achetés sur une plateforme d'échange dédiée. Si son plan opérait comme il l'espérait, Yoran n'aurait peut-être pas à attendre le congrès de la Police Parallèle pour envisager la suite de ses recherches. Mais pour cela, il allait devoir faire un sans-faute dans la vaste pièce à l'éclairage tamisé qu'il devinait à travers les hautes fenêtres qu'il avait sous les yeux.

Il chaussa lentement ses lunettes tout en évitant une Harley-Davidson dont le dossier était constitué d'une épée encastrée dans le siège.

Puis il entra.

* * *

Une odeur de chocolat chaud flottait dans la pièce.

Un vaste comptoir s'étendait sur toute la longueur du café, sans serveur à l'horizon. Au fond à droite, Yoran identifia ce qu'il devina être la machine de paiement en *bitcoins*. Accolés aux fenêtres, derrière une tablée parallèle au comptoir, deux larges canapés gris foncé contrastaient avec la blancheur de la salle, tandis que des étagères épurées parcouraient les murs. Un homme au crâne rasé tout en muscles tatoués et à la barbe de *hipster* pianotait sur un ultraportable à l'extrémité du canapé le plus éloigné. Pas la tête à boire des chocolats chauds. Lui aussi portait des lunettes de soleil. Yoran ajusta les siennes par réflexe, alors que la chanson *Metal Box* de Death In Vegas défilait à volume modéré dans le café.

Sans même le regarder, l'homme marmonna quelque chose en tchèque. Yoran ne réagissant pas, il tourna la tête vers lui et sourit en faisant un geste de la main en direction du comptoir. Yoran comprit alors que c'était à lui de se servir. Après un temps d'hésitation, il se rapprocha et observa ce qu'il avait à disposition.

Café, thé, chocolat chaud – ça expliquait l'odeur – et, à première vue, pas d'alcool. Il y avait également de quoi se sustenter, essentiellement du sucré, du genre fait sur place par des producteurs bio. Il opta pour un chocolat chaud dans lequel il ajouta une cuillerée de miel de manuka. Dans son dos, il entendait les doigts du barbu tapoter sur son clavier.

Il réalisa alors qu'il y avait un second type de l'autre côté du café, un jeune aux cheveux délavés installé à une petite table sous un cadre sur lequel était écrit « I AM SATOSHI NAKAMOTO ». Lui aussi pianotait en silence.

Yoran régla au guichet automatique et alla s'asseoir sur le canapé le plus proche de l'entrée, se demandant lequel des deux hommes aborder, et comment procéder le cas échéant.

Putain, c'est pas gagné…

La luminosité diminua sensiblement. Le volume de la musique avait augmenté. Et la chanson avait changé. *Machine Gun*, de Portishead. Yoran soupçonna le *hipster* de contrôler le tout depuis son portable. Il avait beau avoir préparé son coup, tenir une discussion durant plus de cinq minutes avec ces gens-là risquait de relever de la gageure.

Il attendit d'avoir terminé sa tasse et alla s'en servir une autre. À part lui, tout paraissait figé, dans la pièce. Le barbu apparut soudainement à ses côtés, et s'empara d'une carafe remplie de jus d'orange. C'était le moment ou jamais.

– Elle est à vous, la Harley ?

– Ouais…

– Sacrée bécane… Vous pensez qu'il va y avoir du monde, ce soir ?

Il avait opté pour l'anglais, comme à son habitude lorsqu'il était amené à voyager. L'autre en fit tout autant.

– Il y a un match de l'équipe nationale de hockey, en ce moment, donc ça devrait être calme. Tu n'es pas d'ici, on dirait ?

– Pas vraiment. Contre qui, le match ?

– La Finlande.

– Ça va être serré.

Yoran aurait bien poursuivi la discussion sur le sujet, mais le contexte ne s'y prêtait pas, et il ne perdait pas de vue le sens de sa présence dans le café. L'autre retournant se rasseoir, il le suivit, demeurant debout à quelques pas du canapé.

– On veut s'initier au *bitcoin* et à tous ses petits secrets, alors ?

Incroyable. Le barbu lisait dans ses pensées.

– Ton prénom, c'est…

– Yoran. Yoran Rosko.

Yoran n'avait pas eu le temps de répondre. Le type du fond avait pris la parole à sa place. Il se retourna, mais celui-ci était focalisé sur son écran. Les deux hommes continuaient à pianoter sur leurs claviers respectifs, et Yoran eut un instant la sensation d'être pris entre deux feux. Le *hipster* relança.

– Norvège, Islande, Pays-Bas, Allemagne, Estonie, Finlande, Russie, Japon, Italie… On voyage beaucoup, on dirait. Et donc, tu es Français. Mais qu'est-ce qui t'amène *vraiment* à Prague ?

Yoran déglutit. Quelques minutes plus tôt, il était entré incognito dans le café, et à présent, ces deux types paraissaient connaître son CV mieux que lui. Il fit de son mieux pour se donner un semblant d'assurance, et répliqua.

– De Bretagne, en fait. Et je débarque effectivement du Japon, après une étape en Italie. Mais vous n'avez rien à craindre de moi.

– « Un jeune photographe armoricain met un terme à la croisade meurtrière du Tailleur de sel »...

– C'était en 2020...

Mais il n'y avait rien à faire, le barbu était en roue libre.

– « Un photographe en exil contribue à déjouer les plans d'un neurochirurgien à la tête d'une filière clandestine de chasse à l'homme de migrants »...

– Ça remonte à l'année dernière...

L'homme assis en face de lui replia soudainement l'écran de son ultraportable et le fixa derrière ses lunettes de soleil. Dans son dos, Yoran pouvait entendre le blond délavé taper sans interruption sur son clavier, conscient qu'il avait toutes les chances de constituer l'objet exclusif de ses recherches.

– De bien beaux états de service que voilà...

– Écoutez, je ne cherche pas les problèmes, mais j'aimerais échanger brièvement avec vous. Ensuite, je disparais, c'est promis.

– On ne disparaît jamais vraiment.

Cette fois, c'était le type du fond qui avait parlé.

Bordel, je suis cerné... pensa Yoran.

Le *hipster* enchaîna.

– Surtout quand on achète ses *bitcoins* sur une bourse de change en ligne qui n'est pas protégée contre les intrusions malveillantes. Mais au vu de tes exploits passés, je me dis que tu ne dois pas être un mauvais bougre. Je te propose donc de t'asseoir là, et de prendre le temps d'apprécier ce chocolat fait maison. Ensuite, on parlera.

Yoran n'aimait pas particulièrement qu'on lui force la main, mais au vu du début de la discussion, il estimait s'en tirer à bon compte.

Tout en dégustant le contenu de sa tasse, il observa de nouveau autour de lui. Il imagina l'endroit bondé, comme cela devait être le cas après chaque congrès du groupe. La musique avait quant à elle encore changé. *Silver Drizzle*, des Chemical Brothers. De quoi le mettre parfaitement en confiance. Il se lança.

– C'est précisément pour vous rencontrer, vous, les membres de la Police Parallèle, que je suis ici, à Prague. J'enquête sur la mort de deux hommes au Japon, deux Japonais, dont l'un était le fondateur d'un *photo game* en ligne, et qui a exercé comme responsable de l'innovation des procédés dans une banque italienne entre 2005 et 2011. Il s'appelait Daisuke Miyazato. C'est en me renseignant sur les cryptomonnaies depuis l'Italie que j'ai découvert l'existence de la Police Parallèle et de ce lieu.

– TTX...

– Pardon ?

– C'est le surnom qu'on a donné à ce type, chez nous. C'est le diminutif de la tétrodotoxine, la toxine présente chez les poissons fugu. Car c'est bien le nom du *photo game* qu'il a créé, n'est-ce pas ? FuguShots ?

Yoran était scié par la somme de connaissances mises en avant par le bonhomme. Ne semblant pas surpris outre mesure, celui-ci s'enfonça plus confortablement dans le canapé et retira ses lunettes. Yoran eut alors un mouvement instinctif de recul. L'homme avait un triangle noir tatoué sur l'orbite de son œil gauche. Impossible de ne pas faire le rapprochement avec les croix noires peintes sur les yeux et la bouche des deux victimes du Japon.

– Hé, je te fais peur ? Tu me donnais pourtant l'impression de ne pas vouloir te laisser impressionner comme ça. Me serais-je trompé ?

Yoran prit sur lui. Il se rappela le symbole qu'il avait vu au-dessus de l'entrée du café.

– Ça devrait aller…

– Si tu es inquiet pour ce qu'on a fait tout à l'heure, mon pote et moi, tu peux décompresser. Le sens de notre démarche est justement de permettre aux individus d'être totalement libres et indépendants vis-à-vis de tous les tiers, quels qu'ils soient, et en particulier des États et des institutions bancaires. Pas de pister les gens.

– OK… Ça me va…

Le *hipster* lissa sa barbe tout en fixant Yoran.

– Et donc, qu'est-ce qui t'amène à enquêter sur ces gens ?

– Je participais moi-même au *photo game* en question, et j'ai vu les photos des deux victimes. Deux mises en scène qui me hantent depuis. Puis il y a eu ce troisième meurtre, ici, à Prague. Qui a lui aussi fait l'objet d'une mise en ligne sur le site d'un *photo game*. Polkamatic.

– Tu parles du clown de Cirkoměsto ?

De l'autre côté du comptoir, le blond délavé ne leur avait pas adressé un seul regard depuis que Yoran était entré.

– Oui. D'après mes recherches, son nom n'a pas été divulgué à ce jour, mais vous en savez peut-être davantage que moi sur ce point.

– Et bien, figure-toi que, même nous, on ne dispose pas de cette info. Ça ne fait pas partie de nos méthodes de nous infiltrer sans raison sur les serveurs de la police. Mais ce n'est pas irrémédiable. Si c'est une question vitale, bien sûr.

– J'avoue que je suis un peu perdu depuis cette exécution, et que, sauf si j'ai raté quelque chose, seul un soutien extérieur m'aidera à comprendre ce qui se passe réellement.

Sans rien dire, le barbu se leva et alla se servir un autre jus d'orange. À son retour, Yoran ne put s'empêcher de poser une question qui le taraudait depuis ses premiers instants dans le café.

– Au fait, qui est Satoshi Nakamoto ?

Le *hipster* sourit. Dans le fond, le blondinet avait cessé de pianoter.

– Dis donc, il faut tout t'apprendre, à toi. Satoshi Nakamoto est une identité factice utilisée par la personne qui a créé le Bitcoin, en 2008. Il a d'abord écrit un livre blanc qui en présentait les fondamentaux, avant de concevoir dans la foulée le premier logiciel *peer-to-peer*, ainsi que les tout premiers *bitcoins*. Ce type est une sorte d'icône, pour nous, comme tu dois t'en douter. Il a été très actif jusqu'en 2010, avant de s'éclipser soudainement de la planète *bitcoin*. Et pour tout te dire… ton Japonais, là…

– Miyazato…

– … c'est l'homme que nous soupçonnions d'être le véritable Satoshi Nakamoto.

Chapitre 41

Le treizième apôtre

Štěpán Freund savait.

Il savait qu'il serait bientôt 21 heures, et que sa journée était encore loin d'être terminée. Non pas qu'il n'aimât pas son métier, mais Štěpán appréciait de s'allouer de temps en temps quelques breaks qu'il estimait parfaitement mérités, surtout lorsque ceux-ci n'étaient pas vraiment prévus dans son *planning*.

Car la jeune femme qui le chevauchait à ce moment précis dans le lit une place de ce bon vieux Chili Hostel l'avait rendu dingue dès qu'il l'avait vue dans le métro, une bonne heure plus tôt. C'était une Allemande, ou peut-être une Néerlandaise. À moins qu'elle ne soit Danoise ? Ses yeux de prédateur avaient flashé sur elle dès son entrée dans la rame. Et lorsque son regard candide avait croisé le sien, il avait été totalement incapable de détacher son attention de la nouvelle venue. Brune coiffée au carré, elle avait à peine la vingtaine, et portait une tenue d'écolière japonaise – ou coréenne, il n'était pas certain –, et une paire de Dr. Martens noires associées à des chaussettes montantes de même couleur. Comme les héroïnes des mangas qu'il lisait durant son adolescence, et même un peu après. Il ne lui avait pas demandé son prénom quand il l'avait abordée à sa descente du métro, ni ce qui l'avait menée là.

La fille avait une chaînette en argent autour du cou, à laquelle pendait un crucifix rose qui ne cessait de s'envoler et de retomber contre sa poitrine au gré de ses va-et-vient au-dessus de lui. Pure provocation.

Et par tous les dieux, Štěpán Freund adorait la provocation.

* * *

Yoran marchait.

Il marchait dans Nové Město, la Nouvelle ville de Prague, alors que la nuit tombait doucement sur la cité. Juste avant, il avait franchi la Vltava, et avait poussé jusqu'au quartier de Libeň, où se déroulait le match de hockey dont lui avait parlé le *hipster* du Bitcoin Coffee, opposant la Finlande à la République tchèque.

Car l'homme qui lui avait présenté la nature des activités de la Police Parallèle, s'il s'était avéré plus loquace que Yoran aurait pu le penser au départ, n'avait au final contribué qu'à l'égarer davantage dans ses réflexions. Il avait donc décidé de se vider l'esprit durant quelques heures, en s'imprégnant d'abord de l'atmosphère électrique des environs de la mythique O2 Arena, où les chauffeurs des cars des supporters finlandais attendaient impatiemment la fin du match, misant probablement sur une victoire des locaux pour limiter les effusions par définition imprévisibles d'un quatrième tiers-temps. La suite de sa promenade nocturne l'avait conduit dans le passage du Palais Lucerna, où il avait marqué un temps d'arrêt devant – ou plutôt sous – le Kůň, la sculpture représentant un cheval mort renversé chevauché par Venceslas, le saint-roi tchèque, suspendue au plafond d'une coupole en verre.

L'œuvre en question était signée David Černý, un artiste praguois controversé devenu le chef de file de l'art contemporain surréaliste, et qui s'était forgé un nom indissociable de la capitale tchèque au fil des ans.

Et Yoran devait l'admettre, il avait un faible pour les originaux.

* * *

La température dans la minuscule chambre non climatisée de l'*hostel* avait légèrement diminué après le départ de la fille, mais il y faisait encore très chaud. La faute à un chauffage collectif sur lequel les clients n'avaient aucune prise, au vu de la vétusté des lieux, et qui était réglé à son maximum neuf mois sur douze.

Mais Štěpán Freund n'en avait que faire. Il s'était libéré comme il l'avait escompté, et s'il négociait habilement avec le vieux Pavel, à l'accueil ce soir-là, la réservation de la chambre pour une petite heure serait mise sur sa note, et il n'aurait rien à débourser jusqu'à sa prochaine aventure extraprofessionnelle.

À présent, le devoir l'appelait, et s'il appréciait les plages de tranquillité, il n'avait pas l'intention d'opérer jusqu'au bout de la nuit. Pas cette fois. Il passa brièvement aux toilettes – les seuls de l'étage – pour se soulager en silence, puis il se lava les mains et retourna s'emparer de sa mallette sous le lit de la chambre.

Il souffla. Il était l'heure de partir à l'assaut de *Prague by night*.

* * *

La température aux abords du pont Charles était des plus agréables. Bondé en journée, l'endroit retrouvait une certaine quiétude une fois la nuit venue, même si le calme absolu que Yoran affectionnait particulièrement n'était jamais vraiment de rigueur, Prague étant visitée par des hordes de touristes tout au long de l'année.

Mais Yoran n'était pas de ceux-là. Assis au pied de la statue de Jean Népomucène – autrefois jeté par-dessus le pont sur ordre du roi car il refusait à celui-ci de lui faire part des confessions de son épouse la reine, avant de se voir sanctifié beaucoup plus tard –, il contemplait les ombres mouvantes de la cité sur la Vltava.

À présent, il était dans le flou, et à cet instant précis, il aurait désespérément eu besoin des conseils de Reiko, et de ce qu'il avait pris l'habitude d'appeler sa « verticalité immédiate ». La jeune femme disposait en effet d'une capacité à le recentrer et à lui permettre de réorganiser les idées dans son esprit lorsqu'il était perdu.

Il souffla. Il était l'heure de se remobiliser et d'aller de l'avant.

* * *

Le Grand Hotel Praha se situait au cœur de Staré Město, la Vieille Ville de Prague.

D'après les consignes qui lui avaient été données, son contact – une femme d'âge moyen – l'attendrait à la réception de l'hôtel, d'où elle le guiderait dans les méandres de l'établissement, jusqu'à la zone dans laquelle il interviendrait ensuite en solo.

Sans surprise, la place de la Vieille-Ville était encore très fréquentée à cette heure, et il passa totalement inaperçu dans la foule et le brouhaha ambiant. Un enfant cria dans son dos, manquant de le faire sursauter. Plus loin, il entendit une succession de bruits secs et saccadés. Des pétards, ou peut-être un feu d'artifice.

Une odeur de cannelle flottait dans l'air lorsqu'il entra dans le grand hall de l'hôtel, mais il ne croisa pas le moindre client. Le contraste avec l'agitation extérieure était saisissant, ce qui était plutôt pour l'arranger. En revanche, il ne vit personne à la réception, hormis un homme sans âge occupé à épousseter le panonceau affichant les consignes de sécurité. Mais nul contact féminin à l'horizon. Tout en repensant à la fille du métro et à ses Dr. Martens qu'elle n'avait quittées à aucun moment, il se dit qu'il avait peut-être exagéré sur le *timing*.

Après avoir patienté près d'une vingtaine de minutes dans le hall en lisant un exemplaire du *Lidové noviny* – Le Quotidien du peuple – de la veille, il décida donc d'improviser, et de continuer tout seul.

* * *

La Tour Poudrière de Prague se situait à la limite exacte entre Staré Mĕsto et Nové Mesto.

D'après ce que Yoran avait lu dans un vieux guide de voyage de son hôtel, l'édifice avait été construit au XVe siècle en remplacement d'une ancienne porte des fortifications médiévales, avant de devenir un dépôt de poudre quelques siècles plus tard.

Sans surprise, nombre de badauds s'attardaient dans les alentours immédiats, et Yoran dut prendre sur lui pour ne pas rebrousser chemin et rentrer directement au Botel Albatros, et fuir ainsi le monde. Quelque part dans la cité, il lui sembla entendre un feu d'artifice crépiter. C'était soir de fête, sur Prague.

Une odeur de vin chaud aux épices parvint jusqu'à ses narines lorsqu'il arriva au niveau de la place de la Vieille-Ville. Il se fit la réflexion que l'hiver n'était pourtant pas pour tout de suite, mais il ne pouvait que remarquer à quel point la foule était dense. Quelqu'un cria alors « Venceslas ! », « Venceslas ! » derrière lui, et il comprit qu'il devait s'agir de la Fête Nationale tchèque. Tout en se maudissant d'avoir choisi cette soirée-là pour se lancer à la découverte de Prague, il se dit qu'il n'aurait probablement plus d'autres occasions d'y revenir.

Après avoir évité plusieurs groupes de passants éméchés et une fourgonnette de premier secours toutes sirènes allumées, il décida de ne pas s'attarder, et de s'offrir un ultime aperçu de Prague.

* * *

Prague la nuit.

Comme la cité était belle, sous ses habits de lumière, et plus encore pour celui qui avait la chance de la découvrir depuis ses hauteurs. De sa position sur le toit de l'Illusion Art Museum, Štěpán Freund avait sous les yeux ce qu'il considérait comme la vue la plus impressionnante de la capitale tchèque. Élancées vers un ciel tout en nuances de bleu marine et de gris anthracite, les flèches gothiques de l'église de

Notre-Dame du Týn dominaient la place de la Vieille-Ville et ses environs. Plus à l'ouest, il apercevait le dôme de sa rivale baroque, l'église Saint-Nicolas de Prague, et au-delà, le lit en courbe de la Vltava endormie. La foule en contrebas lui paraissait soudain si lointaine, et la frénésie des ruelles de la Vieille Ville tellement anecdotique.

Ne se fiant qu'à lui-même, il avait gravi un à un les étages du Grand Hotel Praha jusqu'au point d'extraction, un local technique pour l'ouverture duquel il n'avait pas eu besoin d'avoir recours à son pass universel. Il y avait vu l'assistance de son contact dans l'hôtel, bien qu'il n'ait pas pu la rencontrer directement. Il avait ensuite atteint le toit de l'établissement en escaladant une échelle de sécurité dont les barreaux recouverts de poussière l'avaient amené à se demander à combien de temps remontait sa dernière utilisation. Puis il s'était déplacé de toit en toit avec toute la prudence que cela requerrait, jusqu'à poser le pied sur celui du musée le plus original de la Vieille Ville.

Il n'aurait pu trouver meilleure place pour contempler ce joyau unique au monde qu'était l'horloge astronomique de Prague.

* * *

Prague la nuit.

Comme l'obscurité était profonde, à cette heure où la nuit commençait pourtant à peine. De là où il était, Yoran disposait d'une vue panoramique sur la place de la Vieille-Ville, certainement la plus célèbre de Prague, et indéniablement celle qui attirait le plus de monde, pour son plus grand désarroi. Il avait à nouveau songé à rentrer prématurément, mais une force insaisissable l'avait incité à poursuivre encore sa balade. Et puis, rapidement, ses yeux s'étaient habitués à la nuit. Alors, il avait marché, et traversé cette place au charme fou, presque trop belle pour demeurer pleinement authentique. Il avait fendu les grappes de fêtards, et s'était faufilé entre les groupes de touristes, calant son rythme sur celui qu'il aurait eu en territoire connu.

Ne se fiant qu'à lui-même, il s'était orienté en faisant fi de ce qui guidait les gens, avait à peine jeté un regard aux vitrines illuminées des bijoutiers et des horlogers, et avait refusé à plusieurs reprises les verres de vin chaud qu'on lui avait tendus. Il s'était attardé un moment devant la sculpture de Jan Hus, le légendaire héros national, condamné au bûcher pour avoir osé s'opposer à l'Église catholique et à l'emprise allemande sur le pays, aux tournants des XIVe et XVe siècles. Puis, comme s'il avait senti qu'il allait se passer quelque chose de spécial, un événement du genre de ceux auxquels il ne pourrait assister qu'une seule fois dans sa vie, il s'était arrêté et avait levé les yeux.

Il n'aurait pu espérer meilleure place pour admirer ce monument emblématique qu'était l'horloge astronomique de Prague.

* * *

Štěpán Freund s'était agenouillé derrière la rambarde en pierre qui le séparait du vide et des promeneurs attablés sous les barnums, trois étages plus bas, et avait ouvert sa mallette.

Il avait pu constater que les lumières du musée étaient toutes éteintes, ce qui n'avait rien d'étonnant, celui-ci fermant ses portes à 19 heures. À présent, il était sûr que personne ne viendrait le troubler dans sa besogne, et c'était très bien ainsi. Il dézippa sa veste Bombers, la retira et l'étala sur le sol. Puis il déploya précautionneusement le contenu de sa mallette dessus, pièce après pièce, et nettoya celles-ci une à une. Il jeta alors un bref regard vers le ciel sombre. Loin, très loin, les étoiles brillaient plus intensément que jamais.

Il était 22 h 59.

* * *

Yoran s'était positionné légèrement en retrait de la foule, et patientait debout sous le barnum de l'un des rares restaurants que le public ne paraissait pas pressé d'investir ce soir-là.

Il avait pu constater que les gens s'étaient rassemblés dans la zone de l'horloge, et qu'une forme d'exaltation avait pris possession de l'attroupement. Deux jeunes femmes s'installèrent à une table située juste derrière lui, et commandèrent deux verres de vin blanc de Moravie. À quelques mètres de là, un enfant dansait en rythme avec la poupée d'un marionnettiste à l'effigie d'un squelette encapuchonné. Yoran sursauta en faisant le lien avec la première victime du Japon, et la mise en scène sordide dont elle avait fait l'objet.

Il était 22 h 59.

* * *

Štěpán Freund venait d'achever de monter sa lance de pulvérisation. Le réservoir, d'une capacité de neuf cents millilitres, avait été rempli d'eau et d'un produit qui portait le nom de fluorescéine. Il régla le cadran sur la position 1, et avant d'enclencher son appareil, embrassa une dernière fois la vue qu'il avait à ses pieds.

Si la place de la Vieille-Ville était assurément la plus belle de Prague à ses yeux, il devait bien admettre qu'elle lui donnait beaucoup de travail. Car les bâtiments les plus anciens qui la constituaient dataient du XIVe siècle, et faisaient à ce titre office de vitrine pour la capitale tchèque, nécessitant un entretien régulier de leurs façades et de leurs toits. Et Štěpán Freund, bien qu'ayant suivi une voie professionnelle différente de celle que ses parents avaient voulue pour lui, était de longue date un adepte de l'excellence, raison pour laquelle son entreprise avait été choisie par les services du maire de Prague pour remédier d'urgence aux fuites d'eau qui touchaient le toit du musée depuis plusieurs jours, et ce, même si cela devait impliquer du travail de nuit.

La fluorescéine était en fait un colorant alimentaire qui permettait, après que celle-ci a été aspergée, de délimiter et détecter les fuites sur tous types de surfaces, et en particulier les terrasses. Certains travaillaient avec des fumigènes ou du gaz traceur, et d'autres par impulsions électriques, mais lui avait toujours eu une nette préférence pour cette méthode, assurément plus rapide à mettre en œuvre, et aussi moins contraignante.

Mais d'abord, il allait pouvoir s'offrir un enchantement inégalable, car il serait 23 heures d'un instant à l'autre, et l'horloge astronomique allait dérouler pour l'ultime fois de la journée son mécanisme, ce dont, selon Štěpán Freund, aucun humain sur Terre ne saurait se lasser. Et surtout pas en étant aussi idéalement placé.

Malgré l'obscurité, il devinait les ouvertures rectangulaires des fenêtres par lesquelles s'apprêtaient à défiler les apôtres, ainsi que les quatre automates installés près du cadran astrolabique : l'avare et sa bourse, l'homme vaniteux et son miroir, le Turc et son luth, synonyme des plaisirs de la vie, et l'inquiétant squelette représentant la Mort. Plus bas, l'archange Michel aux ailes dorées tenait bien haut un glaive démesuré, et était entouré de trois savants : un écrivain public, un astronome et un orateur. Et lorsque les apôtres auraient regagné leur demeure, un coq chantant recouvert d'or surgirait pour clore le défilé, et annoncer l'entrée dans l'heure suivante.

Le moment tant attendu arriva quand le squelette brandit un sablier devant lui et tira sur la corde réputée actionner le mécanisme de l'horloge. Une cloche tinta à plusieurs reprises. Les deux fenêtres s'ouvrirent alors, laissant le champ libre aux apôtres. Štěpán Freund connaissait leur ordre de passage par cœur. Jacques le Juste, Pierre, André, Matthias, Jude, Philippe, Thomas, Paul, Jean l'Évangéliste, Simon le Cananéen, Barnabé et enfin Barthélemy.

Cela lui faisait toujours quelque chose de se dire que ces douze-là défilaient ainsi chaque jour du matin au soir depuis plus de six siècles. Le coq chanta, puis la cloche tinta encore, avant que les onze coups de 23 heures ne commencent à retentir. Mais si Štěpán Freund avait attentivement observé le défilé des apôtres, il était certain qu'il y avait quelque chose de différent, cette fois.

Il en avait compté treize.

* * *

Yoran avait compté jusqu'à treize avant que le mécanisme ne se déclenche enfin, alors que l'écran de son smartphone affichait déjà 23 heures.

Il avait lu dans le guide de l'hôtel que le calendrier de l'horloge astronomique de Prague représentait les signes du zodiaque sur son cercle intérieur, tandis que le cercle supérieur détaillait les mois de l'année par des illustrations de scènes de la vie paysanne, les jours de l'année étant inscrits à l'extérieur. Juste au-dessus, sur le cadran astronomique, figuraient la Terre et le ciel, la première étant placée au centre de l'univers. Des modèles réduits du soleil et de la lune indiquaient par ailleurs leurs positions respectives dans l'espace.

Au son de la cloche, Yoran avait compris que le spectacle allait débuter. Et si ses souvenirs des origines de la chrétienté avaient bien mérité quelques rappels, il reconnut – sans toutefois pouvoir les nommer – les apôtres qui se succédaient les uns après les autres sous le regard émerveillé des badauds. Des flashs crépitèrent, entrecoupés d'applaudissements et de cris de joie. Il réalisa qu'il quitterait la capitale tchèque et l'Europe sur une note résolument positive et enthousiasmante, et décida de ne plus penser à rien d'autre qu'à cette vision que d'autres avaient eu avant lui durant plus de six siècles.

Le défilé semblait devoir s'achever quand un haut-le-cœur parcourut la foule en une même seconde, suivi d'exclamations horrifiées. Plusieurs personnes détournèrent même les yeux de l'horloge, mais pas Yoran.

Là, à quelques mètres d'eux, attaché au dernier des douze apôtres, le corps d'un homme nu recouvert de sang avait été exhibé au public au rythme du carillon de la cloche agitée par le squelette de l'horloge, qui n'aurait pu mieux incarner la Mort qu'en cet instant.

Un silence assourdissant suivit. Des regards terrifiés se croisèrent. L'enfant qui dansait avec le marionnettiste un peu plus tôt pleurait, immobile au milieu des gens. Et Yoran était sans voix. Il allait chercher une chaise pour s'asseoir et encaisser le choc lorsqu'il distingua un ronronnement quelque part dans les airs. Il leva alors les yeux bien hauts. Et il vit.

Un drone.

Il y avait un putain de drone au-dessus de l'horloge astronomique de Prague.

Chapitre 42

Oiseaux de nuit

Yoran n'avait pas attendu.

Sans se soucier davantage de la foule tétanisée, il s'était élancé comme un chien fou dans un jeu de quilles, n'ayant d'yeux que pour le petit aéronef qui s'éloignait déjà. Il avait tourné le dos à la place de la Vieille-Ville, encore sous la stupeur, et courait vers l'ouest de Prague, guidé par le ronronnement caractéristique du drone.

Quelques passants arpentaient les ruelles environnantes, mais peu firent attention à lui. Instinctivement, il pressentait qu'il allait devoir franchir la Vltava, et ne s'y trompa pas. Après avoir longé la Bibliothèque nationale de Prague et la tour astronomique du Clementinum, il devint clair pour Yoran que le drone se dirigeait vers la rivière. La vitesse de l'engin le contraignait à accélérer sans cesse pour ne pas le perdre de vue, et à ne pas faire attention aux personnes qui croisaient sa route.

L'espace d'un instant, il ne discerna plus sa cible, qu'il confondait avec les étoiles les plus brillantes de la toile noire qui avait recouvert la cité quelques heures plus tôt, puis il la repéra finalement, légèrement au sud du pont Charles. Ni une ni deux, Yoran se précipita sur le plus célèbre des ponts de la ville en évitant de justesse un joueur de violoncelle et son public éphémère, et manqua de heurter de plein fouet une statue vivante à l'effigie d'un golem. Un couple d'amoureux s'écarta pour le laisser passer alors que l'aéronef avait déjà atteint Malá Strana, le quartier des palais, et s'élevait toujours plus haut dans les airs.

Yoran comprit que l'engin s'apprêtait à survoler la colline de Petřín, et qu'il ne réapparaîtrait probablement pas. Car la zone était idéale pour celui qui désirait demeurer discret, de par sa végétation dense et ses jardins. Et il ne doutait pas que c'était bien là l'intention de l'individu qui était aux commandes du drone. Il avala difficilement sa salive en réalisant l'ampleur de l'ascension qui l'attendait, avant de constater qu'un funiculaire était sur le point de quitter sa rampe de départ, avec en ligne de mire le sommet de la colline.

Au culot, il grimpa à bord au moment où les portes coulissantes se refermaient, suscitant l'effroi parmi les passagers. Il n'avait ni billet ni destination précise, hormis monter le plus haut et le plus vite possible. Se tortillant pour garder un œil sur le drone, il se colla immédiatement à l'une des vitres, conscient que le vieux funiculaire progressait à une vitesse inférieure à celle de l'engin, mais néanmoins supérieure à celle qu'il aurait eu à pied.

Des nappes de brume envahissaient la végétation alentour à mesure que le funiculaire approchait de son terminus. Malheureusement pour Yoran, le véhicule marqua un arrêt à mi-parcours, alors qu'un autre descendait en sens inverse. Ils n'étaient plus qu'une petite dizaine à bord lorsque le funiculaire reprit sa route vers son arrêt final. Mais Yoran ne voyait plus le drone. Il ouvrit l'une des vitres à l'arraché, dans l'espoir d'entendre à nouveau le ronronnement, mais la vieille mécanique du véhicule l'en empêcha. Le désespoir s'empara de lui. Il prit son mal en patience jusqu'à l'arrêt final, cherchant encore et encore le drone au-dessus du funiculaire, sans succès.

Il fut le premier à descendre au terminus. Il faisait considérablement plus frais, là-haut, et un épais brouillard enrobait tout ce qu'il avait sous les yeux. Mais la partie n'était pas encore jouée.

Une grande place arrondie déserte lui faisait face. Au-delà, il apercevait ce qui semblait être un observatoire. Et partout, des arbres, relativement bien feuillus pour la saison. Il tourna sur lui-même. De l'autre côté, un signal lumineux perforait la brume à intervalles réguliers. Yoran eut alors une vision. C'était par là qu'il devait aller.

Il reprit aussitôt sa course effrénée, doublant une mère et son fils qui avaient été à bord du même funiculaire que lui. Le chant d'un oiseau de nuit qu'il ne parvint pas à identifier retentit quelque part entre les arbres sur sa droite. Il ne ralentit pas.

Tout en se rapprochant de la source du signal lumineux, il devina que celle-ci surmontait un édifice dont l'ossature émergeait partiellement du brouillard, et qui lui rappela une version miniature de la tour Eiffel. Ou de la tour de Tokyo. Mais toujours aucun signe du drone. Il n'était plus qu'à une quarantaine de mètres de la tour d'acier quand il s'arrêta net. Le ronronnement. Le drone était là, tout près. Il leva les yeux.

Quelqu'un. Il y avait quelqu'un au sommet de la tour.

La suite se déroula presque comme il s'y était attendu. L'aéronef surgit brutalement d'entre deux nappes de brume et monta à une vitesse plus modérée vers le sommet de la tour. Vers celui qui le commandait dans l'ombre, et qui était désormais à sa portée.

Tout en avançant vers son objectif et une destinée qui paraissait ne plus pouvoir lui échapper, il détailla l'individu qui se tenait là-haut. De type masculin, il était entièrement vêtu de noir, y compris son visage. Pour ce qui était de l'accès à la tour, il n'avait pu qu'emprunter les escaliers qui menaient au sommet.

Bien qu'essoufflé, Yoran sentit la confiance revenir. Il allait le coincer.

Quelques arbres lui masquaient la vue sur la base de la tour, aussi s'empressa-t-il de courir dans leur direction pour les franchir et se poster dans la pénombre. Alors, il n'aurait plus qu'à se tenir prêt à prendre l'homme en chasse.

Il eut tout le loisir de le contempler à l'œuvre. Celui-ci agrippa le drone à travers une fenêtre ouverte, et le glissa dans la foulée dans un sac bandoulière. Puis il disparut dans les méandres de la tour.

Yoran évalua la distance qui le séparait à présent de l'édifice à une quinzaine de mètres. Il compta les secondes, comme lorsqu'il avait attendu que le mécanisme de l'horloge astronomique se déclenche, moins d'une heure plus tôt. Sauf que cette fois, il aurait un assassin potentiel en face de lui.

Il ne fallut pas plus de deux minutes au pilote du drone pour apparaître au pied de la tour, et se mettre à courir à vive allure dans la direction opposée à la zone de verdure dans laquelle se dissimulait Yoran. Il allait sûrement quitter la colline de Petřín sans prendre le risque de monter à bord du funiculaire, si toutefois celui-ci circulait encore à cette heure.

Pris de court et pas totalement remis de sa course nocturne, Yoran se lança à sa poursuite en s'efforçant de ne pas le perdre de vue dans la brume, mais alors qu'il rattrapait honorablement son retard sur le mystérieux individu cagoulé, il heurta de plein fouet un obstacle mouvant, et s'effondra sur le sol humide.

Allongé sur le dos, il perdit connaissance, ne rouvrant les yeux que de longues minutes plus tard, sur une nuit désespérément noire et froide. Un visage se superposa alors lentement au sien. Un visage qu'il avait déjà vu, bien loin de là, à une époque révolue de sa vie.

Un visage qu'il n'aurait jamais dû croiser en cet endroit.

Chapitre 43

Le signal

La vitre teintée qu'il avait devant lui reflétait une version étrangement monochrome de son visage.

Donato Aquila bâilla en s'étirant. Il était 23 heures passées, et la nuit était tombée depuis un bon moment déjà. Pourtant, il n'avait toujours pas quitté le dernier étage de la Banca Monte dei Valle di Siena, où avait été aménagé son vaste bureau à sa demande.

À une heure aussi avancée, il ne devait plus y avoir que lui et les deux gardiens, et peut-être Faustina, qui ne comptait pas ses heures depuis son recrutement par la nouvelle directrice des ressources humaines, deux mois plus tôt. Il avait cru comprendre que son petit ami l'avait délaissée pour une autre peu après son arrivée dans l'entreprise, et s'était dit que si lui avait encore son épouse à ses côtés, ses interminables journées au bureau étaient loin de faire l'unanimité à la maison, auprès de sa femme comme de ses deux filles. Mais sa situation professionnelle avantageuse n'était selon toute vraisemblance pas étrangère à la solidité de leur couple, il fallait bien l'admettre.

« *No pain no gain* », comme disait la chanson de Scorpion. Mais tout de même, sa femme lui manquait, parfois. Et ses filles souvent.

Il retourna vers son bureau en bois de noyer canaletto, qu'il avait apporté avec lui lorsqu'il avait pris son siège de directeur de la plus ancienne banque du monde, plus de trois ans auparavant. Son prédécesseur avait fait preuve d'un goût démesuré pour l'art contemporain tout au long de son mandat, au point d'avoir fait installer des répliques d'une œuvre de Takashi Murakami dans le hall d'accueil de la banque, Kaikai & Kiki. Un véritable sacrilège à ses yeux. Pour lui, rien ne valait les maîtres de la Renaissance italienne, qu'on ne citait certes plus, mais quels artistes auraient pu mieux convenir à une cité toscane digne de ce nom ?

Il s'assit face à son ordinateur et le sortit de sa veille prolongée. Puis il entra son mot de passe.

Vipera1648

Comme le nom de sa *contrada* préférée, aujourd'hui disparue, et l'année de sa victoire au Palio.

L'heure était venue de lire ses messages une dernière fois, avant qu'il ne regagne le domicile familial pour son immuable dîner en tête-à-tête avec lui-même. Du moins, si Madame n'avait pas choisi de veiller plus tard qu'à l'accoutumée, comme l'envie lui prenait parfois. Il égrena les messages les uns après les autres, les parcourant davantage qu'il ne les lisait, hormis pour une poignée d'entre eux. Il en compta une petite dizaine, tous arrivés en moins d'une heure.

Il était de coutume de dire que des villes comme New York ou Tokyo ne dormaient jamais vraiment, mais s'il était un monde qui était en ébullition permanente, c'était bien celui de la finance. Et quand il faisait nuit sur l'Europe, la journée était encore loin de s'achever dans les Amériques, tandis que l'Asie ne faisait que s'éveiller.

L'Asie, justement. Son représentant à Singapour lui apprenait que le directeur des relations clients d'une de ses banques affiliées à Kuala Lumpur avait été arrêté pour avoir acheté des lingots d'or avec les fonds du compte de dépôt fixe d'un client chinois. Sans le consentement de celui-ci, bien sûr. Il encourrait quatorze années de prison. Un recadrage rapide de la RH locale allait devoir s'imposer si Donato Aquila ne voulait pas que sa réputation et, au-delà, celle de sa banque, soient mises en cause sur le continent le plus concurrentiel au monde en termes de tissage de réseau financier. Un autre message l'avertissait de rumeurs sur une possible tentative d'acquisition par un ancien actionnaire de sa banque. Il ragea. Cela n'était assurément pas la première fois que ce genre de situation se produisait, ni même que l'information filtrait, mais venant d'un allié historique, la pilule avait du mal à passer. Il allait éteindre son ordinateur lorsqu'un dernier message apparut dans sa messagerie, en provenance d'une adresse qu'il ne connaissait pas.

chemical_lemon@vmail.com

Rédigé en anglais, le message en lui-même était d'une sobriété étonnante.

« Tenez-vous prêt. C'est pour bientôt.

CL »

CL… Il ne pouvait pas s'y tromper. Les initiales correspondaient à l'adresse e-mail utilisée, mais aussi à celles du nom d'emprunt du « Messager ».

Cold Lennon.

Le type avait la réputation d'être un fantôme, mais les rares personnes qui l'avaient approché disaient de lui qu'il était le sosie vivant de John Lennon, à ceci près qu'il était d'une froideur extrême, dénué de toute sensibilité, et qu'il aimait tout contrôler à l'excès.

Donato Aquila se redressa imperceptiblement dans son fauteuil de bureau ergonomique Romolo, qu'il avait fait commander en remplacement du modèle américain de son prédécesseur, et bascula sa tête en arrière.

Puis il repensa à la chanson de Scorpion.

Another day it's in your hand
You can be the winner in the end
The weak will fall the strong remain

Il n'était plus sûr que d'une chose.

No pain no gain
No pain no gain

Ceux qui croyaient le connaître n'avaient encore rien vu.

Yeah !

Chapitre 44

Orient express

– La Vierge noire… Il paraît que cette maison a provoqué la stupeur dans le quartier lors de son inauguration au début du XXe siècle. Vous y croyez, vous ?

L'homme assis en face de Yoran ne s'était pour ainsi dire plus tu depuis qu'ils étaient entrés dans le Grand Café Orient, au premier étage de la Maison à la Vierge noire, sise dans la Vieille Ville de Prague. Il en était à son troisième expresso, tandis que Yoran en était à peine à la moitié de son Irish coffee.

– Je veux bien croire que le bâtiment ait pu paraître relativement novateur à l'époque, mais tout de même, ce n'est pas non plus le Centre Pompidou ou le Guggenheim !

Ils avaient choisi une table légèrement à l'écart de l'animation qui régnait autour d'eux, et s'étaient installés dans deux fauteuils qui semblaient presque aussi anciens que l'établissement, à ceci près que leur confort irréprochable les rendait particulièrement agréables à essayer, et difficiles à quitter. Et si la nuit était bien tombée sur la capitale tchèque, la lumière qui émanait des magnifiques lustres qui jalonnaient le plafond avait contraint Yoran à garder ses lunettes. Son invité avait quant à lui posé sur la table un vieux briquet noir qui portait un blason reconnaissable entre tous. Celui de la Marine nationale française.

– Bon sang, Monsieur Rosko, ça m'a fait un choc de vous voir là !

Près de vingt-quatre heures plus tôt, quand Yoran avait été confronté au visage de celui qui était responsable de sa perte de connaissance, il avait véritablement cru voir un fantôme. Et à dire vrai, il n'en était pas très loin.

– Pas autant qu'à moi, Monsieur Le Bris. Pas autant qu'à moi…

Gilbert Le Bris sourit, et termina son expresso. Pour la première fois depuis le début de leur échange, il n'eut rien à ajouter. Après leur rencontre fortuite dans les hauteurs de Petřín, l'ancien policier brestois avait raccompagné Yoran, passablement sonné, au Botel Albatros, puis ils s'étaient séparés après s'être convenu de se revoir le lendemain dans le centre-ville de Prague.

À présent, Yoran mourait d'impatience de savoir comment cet homme avait pu se trouver dans la même ville et au même endroit que lui à ce moment précis, et surtout, pourquoi. Par le passé, du temps où il vivait encore à Brest, il avait déjà été en relation avec Gilbert Le Bris, alors lieutenant de police chargé de l'enquête sur les meurtres commis par le « Tailleur de sel ». Après avoir douté de la sincérité du jeune photographe et même envisagé qu'il puisse être l'assassin, le policier avait fait amende honorable, et lui avait proposé une alliance. Une alliance qui leur avait permis de mettre un terme à cette terrible affaire, qui avait défrayé la chronique sur Brest et sa région, et jusqu'à la France entière, durant l'hiver 2019-2020. Gilbert Le Bris lui avait ensuite annoncé sa décision de quitter la police. Les deux hommes ne s'étaient plus revus depuis, et Yoran n'avait cherché à aucun moment à renouer avec Le Bris.

– Qu'est-ce qui a bien pu vous conduire ici, alors, Monsieur Rosko ? Au demeurant, vous n'aviez pas quitté Brest de manière irrémédiable pour faire soigner vos yeux ? Enfin, j'étais certain que vous ne tiendriez pas deux ans, de toute façon…

– C'est une longue histoire. Je vis désormais au Japon. Et si j'ai voyagé jusqu'ici, à Prague, c'est parce que je suis sur les traces de tueurs qui se servent des réseaux sociaux pour médiatiser leurs meurtres. Ça a commencé à Tokyo, dans le cadre d'un *photo game* en ligne auquel je participais moi-même. Deux meurtres. Puis un troisième est survenu dans un cirque, tout près de là où nous sommes, alors que j'enquêtais en Italie sur le passé de l'une des victimes du Japon. Et puis hier soir, il y a eu cette vision effroyable, au sommet de l'horloge astronomique. Un homme mort ligoté à l'un des apôtres. J'ignore encore s'il existe un lien entre cet événement et les autres meurtres, mais mon instinct me dit que oui. Lorsque nous nous sommes… percutés hier, j'étais d'ailleurs à la poursuite d'un drone, que j'avais aperçu juste au-dessus de l'horloge pendant que le corps de la victime défilait aux yeux de tous. Son propriétaire n'était qu'à quelques mètres devant moi quand vous avez…

– Vous m'en voyez vraiment navré… J'ai atterri hier soir à Prague… C'était ma première sortie… Je marchais vers la tour de Petřín quand vous m'êtes rentré dedans… J'ai à peine eu le temps de réagir…

Yoran se rappela de l'homme masqué tout de noir vêtu qu'il avait vu s'emparer du petit aéronef dans la partie supérieure de la tour, puis surgir au pied de la structure peu après, et disparaître dans la nuit. Il s'en était fallu d'un rien pour qu'il ne l'intercepte, avec en ligne de mire la possibilité de mettre un terme à la sinistre série de meurtres en cours, ou à tout le moins, d'en apprendre davantage sur leur origine.

– À vous de me dire ce que vous faisiez aussi loin de Brest à une telle heure. Je crois suffisamment vous connaître pour savoir que vous n'êtes pas du genre à prendre des vacances…

– Touché, Monsieur Rosko… enfin Yoran, si vous me permettez de vous appeler ainsi, maintenant que nous ne sommes plus des inconnus l'un pour l'autre.

Yoran approuva d'un simple geste de la main, incitant l'ancien policier à aller plus avant dans ses explications.

– Figurez-vous que, après avoir délaissé mes fonctions de lieutenant de police et quitté mon poste au commissariat de Brest, je me suis reconverti comme chauffeur de taxi. Je connais Brest comme ma poche, alors j'imaginais que j'y trouverai un équilibre, au moins jusqu'à la retraite. Mais rapidement, j'ai eu la sensation de tourner en rond, et que ma vie manquait un tantinet de piquant. Brest n'est peut-être pas Chicago – encore que, cela reste à démontrer, sur ces dernières années… –, mais j'étais loin de m'ennuyer quand je travaillais du côté de la rue Colbert. J'ai pensé à revenir dans le circuit en créant un cabinet de détective privé, avant de me rendre compte que c'était un marché déjà très concurrentiel dans la cité du Ponant… Après y avoir longuement réfléchi, et compte tenu de mon expérience en tant que flic, j'ai donc décidé de me spécialiser dans les recherches de personnes disparues sur Brest et sa région. Et croyez-moi, il y a malheureusement beaucoup à faire en la matière…

Il s'interrompit pour commander un quatrième expresso auprès d'une serveuse qui ressemblait furieusement à Paulette Goddard dans *Les Temps modernes*. Yoran prit le temps de détailler le bonhomme, qui lui donnait l'impression d'avoir rajeuni depuis leur dernière entrevue, trois ans et demi plus tôt. Ses cheveux, même s'ils avaient sensiblement blanchi, étaient coupés plus court qu'autrefois, et il arborait une barbe de trois jours du plus bel effet. Puis il y avait ce regard de vieux faucon, que rien ne paraissait pouvoir tromper.

– Et pour ce qui est de ma dernière affaire, j'ai été engagé par un certain Miroslav Ryba, ancien ambassadeur de la Tchécoslovaquie en France ; un vieil homme en fin de vie installé à Brest et dont le petit-fils a été retrouvé mort… dans un cirque… et vous devinez lequel.

– Cirkoměsto…

– Bingo… Pour le coup, ce n'est pas à proprement parler une personne ayant « disparu », vous en conviendrez, mais Monsieur Ryba n'a aucune confiance en la police tchèque… C'est en tombant sur mon nom dans les pages de pub du mensuel de la métropole brestoise qu'il s'est dit qu'il tenait peut-être là quelqu'un de « sérieux », et surtout, en dehors du système. Je dois admettre qu'il n'avait pas tort.

Il avala son expresso d'une traite.

– La victime, Marek Ryba, a fait ses études à Brest, et vivait à Prague depuis neuf ans.

– Et que savons-nous de l'autre victime, celle de l'horloge astronomique ?

– Je vois que vous ne perdez pas le nord… Je ne vous cache cependant pas que j'ai profité de votre… « repos forcé » pour creuser sur ce point. Et nous avons donc là un certain Josef Kalas, horloger de son état, soixante-quatorze ans. Il exerçait depuis 1968. Il avait subitement disparu au petit matin hier. Les autorités parlent d'un probable enlèvement.

Yoran enregistra toutes ces informations, cherchant les connexions avec les précédents meurtres.

– Quelle est la cause de la mort ?

– D'après ce que je sais, il a fait un arrêt cardiaque. Et il y a autre chose… On lui a crevé les deux yeux. Mais l'histoire ne dit pas si c'était avant ou après son arrêt cardiaque…

Yoran respira longuement, s'efforçant de ne pas imaginer le traumatisme qu'avait dû subir l'homme. Il tenait déjà une explication pour les filets de sang qu'il avait vu s'écouler sur le corps de celui-ci, alors qu'il était solidement attaché au dernier des douze apôtres.

– Il n'avait ni famille ni…

– J'ai une proposition à vous faire.

Suspendu aux lèvres de Yoran, Gilbert Le Bris avait cessé de parler. Il avait beau être loin de Brest, il sentait que quelque chose était en train de se passer. Quelque chose de terriblement grisant pour l'ancien policier qu'il était, et ce malgré la gravité du moment. Et il adorait ça.

– Coinçons ceux qui ont fait ça.

– Eh bien… dit comme ça… c'est particulièrement tentant ! Et puis, cela nous rappellerait la grande époque, si vous voyez où je veux en venir…

Le sérieux de Yoran était tel qu'il était parvenu à insuffler une tension dans la discussion. En jetant un rapide regard dans son dos, Gilbert Le Bris constata que le café s'était vidé, l'heure de la fermeture approchant. Yoran renchérit.

– Nous sommes ici pour les mêmes raisons, Monsieur Le Bris. Trouver ceux qui ont fait ça, déterminer pourquoi, et les mettre hors d'état de nuire. Et nous savons chacun ce que nous valons. Je vous propose donc de remettre sur pied notre alliance, le temps de venir à bout de ces agissements. Puis vous rentrerez à Brest, et moi à Tokyo. Vous en êtes ?

Sans attendre la réponse de Le Bris, Yoran termina son Irish coffee, à présent un tout petit peu trop froid à son goût.

– Il faut croire que nous partageons un même karma, cher Yoran… Bon sang mais bien sûr, que j'en suis !

Comme pour souligner le pacte qu'ils scellaient ensemble et leur engagement pour une cause commune pour la seconde fois de leur vie, la luminosité des lustres baissa d'un cran au-dessus d'eux. Yoran retira alors ses lunettes et les posa devant lui, tout près du briquet de l'ancien policier, sans se départir de son air sérieux.

– Bienvenue dans la partie, cher Gilbert.

Chapitre 45

Légendes urbaines

Quatre meurtres.

Deux pays.

Un même mode opératoire.

Car comme pour les trois précédentes victimes, celle de l'horloge astronomique de Prague – le malheureux Josef Kalas – avait fait l'objet d'une mise en ligne sur le Net, sur Polkamatic, le site du *photo game* tchèque. Celui-ci avait cette fois été désactivé immédiatement, mais Gilbert Le Bris avait anticipé cette possibilité en téléchargeant la photo qui ne pouvait qu'avoir été prise par le drone aperçu par Yoran, et l'avait transmise à son allié. Le vieil homme y apparaissait avec une expression muette qui ne laissait aucun doute quant au fait qu'il avait été terrifié au moment de quitter ce monde. Le Bris avait précisé que l'apôtre auquel il avait été attaché se trouvait être Barthélemy, sans toutefois pouvoir dire si cela revêtait un sens ou non.

Il avait dit à Yoran qu'il consacrerait sa journée à entrer en relation avec les deux funambules qui avaient trouvé le corps de Marek Ryba à Cirkoměsto, puis qu'il tenterait de s'entretenir avec son épouse, dont le vieux Miroslav Ryba lui avait communiqué les coordonnées. Pendant ce temps, encouragé par la lumière vive du jour naissant, Yoran s'était enfermé dans sa chambre du Botel Albatros, où il avait décidé de se concentrer *via* son smartphone sur la place du cirque en général – et du clown en particulier – dans la culture tchèque, aiguillé par la tenue qu'avait portée la victime lors de sa mort.

Il apprit sur un site d'information local que la République tchèque comptait une trentaine de cirques, tous saisonniers, la majorité d'entre eux achevant leur tournée annuelle à Prague. Lorsque l'hiver arrivait, les animaux employés étaient généralement envoyés dans des fermes de la campagne tchèque tandis que la plupart des artistes partaient aux quatre coins du monde présenter leurs numéros, préalablement à la nouvelle saison. Quelques associations se soulevaient parfois contre les conditions de vie des bêtes, mais cet élan peinait à susciter un réel enthousiasme chez les Tchèques. Dans un article de presse daté de l'année précédente, un journaliste se lamentait du trop grand nombre de cirques par rapport à la population du pays, avec pour conséquences un désintérêt général et une fréquentation en chute libre. Visiblement, le cirque le plus célèbre de République tchèque avait été fondé en 1920, par la famille Berousek. À ce jour, le « Cirkus Berousek », nationalisé depuis 1951, regroupait pas moins d'une quarantaine d'artistes. D'autres noms ressortaient, parmi lesquels le cirque Humberto, Jo-Joo et Cirkoměsto.

Cirkoměsto terminait sa saison autour de la mi-octobre, et avait pour tradition de planter son chapiteau dans le Parc Letná durant ses dernières semaines d'activité. À première vue, plusieurs de ses membres étaient réputés pour leurs talents d'acrobates, et faisaient ponctuellement l'objet de mises en lumière dans les médias tchèques spécialisés dans l'événementiel, mais *a priori*, jamais dans la rubrique faits divers.

Concernant les clowns, un nom revenait plus souvent que les autres, celui de Boleslav Polívka dit Bolek. L'homme s'était fait connaître comme mime au cours des années soixante, et était devenu depuis une icône nationale et une star du cinéma tchèque. Mais on était loin de l'Auguste, ce clown reconnaissable entre tous de par son accoutrement, son maquillage et sa jovialité.

En élargissant son champ d'investigation, Yoran découvrit que des individus déguisés en clowns terrorisaient régulièrement les gens de nuit dans des parcs ou dans des parkings souterrains du pays, et filmaient leurs « exploits » avant de les mettre en ligne sur le Net. Ce dernier résultat se rapprochait déjà davantage de ce qu'il cherchait, même si ces clowns, aussi inquiétants étaient-ils, ne semblaient pas être des meurtriers à proprement parler.

Il reposa un instant son smartphone et s'allongea, espérant que Le Bris aurait la partie moins corsée de son côté. Il demeura ainsi de longues minutes, les yeux rivés sur le plafond de la minuscule pièce. Il fallait qu'il change d'angle d'attaque.

Il attrapa son smartphone et se connecta machinalement à Polkamatic. Sans surprise, le site était toujours indisponible. Il décida alors de se renseigner sur l'horloge astronomique de Prague, cadre du dernier meurtre en date.

Après avoir lu et relu des informations qu'il connaissait déjà à propos du monument, il se plongea plus en profondeur dans l'histoire de la célèbre horloge. Selon des sources concordantes, son concepteur initial était un horloger du nom de Mikuláš, et la création de son chef-d'œuvre remontait à 1410. Ce ne fut que plusieurs décennies plus tard qu'un autre grand maître horloger dénommé Jan Růže modernisa l'édifice, laissant pour toujours gravée dans l'Histoire la traduction de son patronyme tchèque, Hanus de la Rose. Yoran s'apprêtait à faire défiler les noms des orfèvres qui s'étaient succédé sur l'horloge au fil des siècles suivants lorsqu'un article archivé d'une revue historique allemande retint son attention.

Après avoir achevé son travail – qui, il fallait bien l'admettre, avait été bien plus proche de la prouesse architecturale et artistique que d'une simple activité professionnelle –, la légende voulait que maître Hanus ait eu les yeux crevés par les fonctionnaires de la ville, afin de s'assurer qu'il ne reproduise jamais d'horloge astronomique aussi grandiose que celle de Prague ailleurs dans le monde.

Les yeux crevés ! Comme le pauvre Josef Kalas…

Yoran avala sa salive. Ceux qui avaient fait subir ce sort à l'horloger de Staré Město s'étaient directement inspirés de spécificités tchèques qu'ils avaient détournées pour accomplir leur méfait. L'univers du cirque, l'histoire de l'horloge astronomique… Yoran pressentait que les auteurs des deux meurtres étaient originaires de République tchèque. Mais alors, comment expliquer le lien avec les exécutions survenues au Japon ?

Sans être en mesure de répondre à sa propre question, il finit par reposer son smartphone et s'allonger. Il se lamenta un instant du fait qu'il n'y ait pas de réfrigérateur dans la chambre, tant il mourait d'envie de déguster un tonic au gingembre et à la cardamome.

Si seulement…

Il avait besoin de prendre l'air, mais la nuit n'était pas près de tomber sur la capitale tchèque. Mû par le désir d'aller toujours plus loin dans ses recherches, il reprit son smartphone en main et, sans aucune anticipation, se mit à faire défiler les derniers faits divers recensés à Prague et dans sa région.

Bien sûr, le meurtre de l'horloger faisait la une de bien des médias, mais quelques autres événements sinistres étaient répertoriés ici et là, à commencer par une chasse à l'homme qui se déroulait depuis la veille dans les tourbières de la forêt de Bohême suite à une fusillade dans le bureau d'une agence pour l'emploi. L'issue était annoncée imminente. Trois jours auparavant, deux diplomates russes avaient été expulsés pour leur implication présumée dans un projet d'assassinat contre le maire de la ville. L'ambassadeur russe à Prague avait aussitôt été convoqué par le ministère des Affaires étrangères. En remontant aux semaines précédentes, Yoran apprit également que les œuvres d'un peintre juif assassiné durant l'Holocauste avaient été découvertes dans une maison de la banlieue de Prague sur le point d'être démolie. S'en était suivi un branle-bas de combat parmi ses héritiers déclarés.

Il allait céder aux sirènes du sommeil quand une nouvelle étrange le fit se redresser sur le lit. Une cavalière et son cheval avaient disparu du haras national tchèque, dans la ville de Kladruby nad Labem, à une soixantaine de kilomètres de Prague, peu avant qu'il ne pose ses bagages dans le pays. Aucune information fiable ne semblait avoir filtré depuis, hormis qu'il s'agissait selon toute vraisemblance d'un enlèvement.

Comme celui de Josef Kalas.

Cette fois, Yoran laissa définitivement le smartphone sur le chevet à côté de lui, s'étendit de tout son long, et ferma les yeux.

Mais curieusement, il n'avait plus du tout envie de dormir.

Chapitre 46

Tannhäuser

Il n'y avait rien de plus beau que la rédemption par l'amour.

Gilbert Le Bris en était certain. Et nul autre que Richard Wagner n'avait su trouver les mots pour le démontrer en musique, *Tannhäuser* en constituant l'un des meilleurs exemples au sein de son œuvre colossale.

Mêlant habilement les dimensions spirituelle et charnelle, l'opéra en trois actes avait été écrit en 1845, et mettait en scène une confrontation entre l'amour sacré et l'amour profane près d'une petite ville du centre de l'Allemagne au début du XIIIe siècle, et c'était un véritable joyau à ses yeux, assurément le plus abouti des opéras créés par Wagner.

Pourtant, *Tannhäuser* avait été un fiasco lorsqu'il avait été présenté au public parisien, au point de devoir limiter les représentations dans la Ville Lumière à trois seulement, ce qui, paradoxalement, avait contribué à forger la renommée internationale de Wagner.

D'une incroyable pureté vocale, le dernier chant de l'ouverture de l'œuvre interprétée par l'Orchestre philharmonique de Vienne résonnait dans l'habitacle de la Skoda Citigo de location que Gilbert Le Bris avait réservée pour la journée, alors qu'il s'éloignait de la capitale tchèque.

Il réfléchit aux éléments d'information qu'il venait de recueillir auprès des deux funambules qui avaient découvert le corps de Marek Ryba. L'enceinte de Cirkoměsto avait fait office de dernière demeure au financier Tchèque, et Le Bris avait fortement espéré que ces deux-là allaient pouvoir le renseigner sur les circonstances exactes de sa mort. Le matin même, il s'était donc présenté au culot dans les loges des artistes du cirque comme un policier français détaché sur l'affaire à la demande de l'ancien ambassadeur tchèque en France, et la simple évocation du nom de la capitale française avait provoqué un effet immédiat. Il avait sorti son ancienne carte de police pour achever de convaincre le directeur du cirque, qui s'était avéré être le seul de toute la troupe à comprendre le français.

L'homme, un septuagénaire bien en chair qui répondait au prénom d'Ottokar, avait servi d'intermédiaire avec les funambules, un jeune trapéziste et sa sœur qui avaient reçu Le Bris dans leur caravane en se fiant exclusivement aux propos du directeur. La discussion avait été longue à mener, mais après une bonne demi-heure, elle avait permis à l'ancien policier d'apprendre que le costume de clown que portait Marek Ryba au moment de sa mort n'appartenait pas au cirque, et que personne ne gardait le grand chapiteau la nuit du drame, le seul homme de l'équipe chargé de la surveillance étant mobilisé dans le pavillon des animaux, à l'opposé du site. Il avait été estimé que la mort était survenue entre 2 et 3 heures du matin, un médecin légiste ayant confirmé que la victime était décédée du fait du choc subi à la suite de sa chute depuis le plus haut des trapèzes.

Le Bris ne doutait pas qu'on l'avait forcément aidé, ni de la détermination à toute épreuve de celui qui se cachait derrière cet acte ignoble pour pénétrer dans les installations du cirque, les utiliser, et quitter les lieux en toute impunité. Bien entendu, le directeur avait indiqué qu'il n'était pas dans les habitudes des artistes d'avoir recours à des caméras de vidéosurveillance, mais que, étrangement, l'excitation des fauves avait été à son comble peu avant 2 heures du matin, cette nuit-là.

Cela avait été beaucoup moins évident avec Marika Ryba, l'épouse de la victime. Le Bris avait atterri en République tchèque avec l'adresse de celle-ci en poche, mais lorsqu'il s'était présenté à son domicile, une charmante maison rouge et blanche du quartier historique de Nový Svět, en périphérie du château de Prague, elle avait refusé de le laisser entrer, tout comme de répondre à ses questions. La jeune femme avait rapidement fondu en larmes, et malgré sa maîtrise évidente de la langue française, elle n'avait apporté aucune information supplémentaire à l'ancien policier. Tout en culpabilisant lourdement, il avait insisté en lui expliquant être venu jusqu'à elle sur les conseils de Miroslav Ryba, son beau-père, mais elle avait fini par refermer sa porte en lui disant que la police tchèque savait déjà tout ce dont elle-même était au courant, et qu'elle ne souhaitait plus être sollicitée durant son travail de deuil.

Mais s'il s'agissait bien là d'une déconvenue, la motivation de Gilbert Le Bris était demeurée intacte. Aussi se dirigeait-il empli d'espoir vers Kladruby nad Labem, à l'est de Prague, après avoir reçu un appel téléphonique de Yoran lui suggérant de réorienter ses recherches dans cette commune. L'endroit était avant tout connu pour héberger depuis le XVIe siècle le haras national tchèque, l'un des plus anciens d'Europe.

Yoran lui avait dit qu'une cavalière et son cheval avaient disparu depuis plusieurs jours, et après des recherches complémentaires, il lui avait envoyé un message précisant que celle-ci n'était autre que la fille du directeur du haras. Cela avait suffi à éveiller la curiosité naturelle de Le Bris, qui avait en outre toute confiance en l'instinct de son allié, qui avait largement fait ses preuves par le passé.

En jetant un bref regard au GPS de la Skoda, il constata qu'il n'était plus qu'à une petite dizaine de kilomètres de Kladruby nad Labem. Il monta le son de l'autoradio, comme pour mieux apprécier la fin du trajet en compagnie du compositeur allemand. Il serait bientôt 15 heures. Et le ciel virait doucement au gris pastel.

La journée ne faisait que commencer.

Chapitre 47

Cheval blanc

La surface lisse de la Vltava reflétait les lourds nuages qui défilaient au ralenti depuis le milieu de l'après-midi.

Pas assez sombre…

Yoran ferma le rideau de son hublot et retira ses lunettes. Il n'avait plus reçu de nouvelles de Le Bris depuis qu'il lui avait envoyé un message en complément de son appel, pour lui annoncer que la cavalière portée disparue n'était autre que la fille du directeur du haras de Kladruby nad Labem. L'ancien policier lui avait répondu qu'il partait immédiatement en direction du haras, et qu'il le recontacterait dès qu'il serait parvenu à rencontrer quelqu'un sur place.

Il était déjà près de 18 heures.

Un peu plus tôt, Yoran avait finalement dormi une petite heure, mais il savait qu'il ne trouverait plus le sommeil avant d'avoir progressé sérieusement dans les recherches qu'il menait conjointement avec Le Bris. Et s'il était dans les *starting-blocks* pour aller humer l'air frais de la capitale tchèque en quête de nouveaux éléments, il ne pouvait que patienter jusqu'à ce que la nuit tombe pour de bon sur Prague.

Il s'était cependant habillé, reléguant son pyjama dans l'étroit placard de la chambre, et s'était remis à son travail d'investigation à distance. Poursuivant sur la piste de la cavalière disparue, il avait appris que la jeune femme se nommait Kristina Stoklasa, et qu'elle connaissait par cœur la forêt particulièrement bien préservée qui avait été le cadre de son enlèvement présumé. Aucune déclaration d'éventuels témoins n'avait filtré. Et son père – un dénommé Karel – était officiellement cloîtré à son domicile, situé dans l'enceinte du haras. Pourtant, Yoran imaginait très bien celui-ci à la manœuvre en coulisses pour mobiliser son réseau, et peut-être même avoir la mainmise sur la police locale, en tant qu'homme fort – et riche – de la région.

Constatant qu'il tournait en rond en revenant encore et toujours aux mêmes pages sur le Net, il tenta d'en apprendre davantage sur le cheval de la jeune femme. Le site d'un Suédois passionné des équidés lui indiqua que les chevaux Kladruber représentaient la plus ancienne race de chevaux indigènes tchèques, et la seule au monde dressée spécifiquement pour tirer les carrosses des empereurs et des rois. Ils avaient été historiquement répartis en deux catégories, les noirs étant l'apanage des responsables de l'église, tandis que les gris avaient le privilège d'être utilisés à des fins cérémonielles. D'après l'une des dernières publications du blog d'un journaliste local, le cheval de la jeune femme était un mâle portant le nom de Solitaire, et revêtait une robe anormalement claire pour son espèce, ce qui en avait fait le cheval favori du haras, pour les visiteurs comme pour le personnel.

Yoran réfléchit. Et si la véritable cible de cet enlèvement n'avait pas été la cavalière mais le cheval ?

L'hypothèse valait la peine d'être soulevée. Mais comment en être sûr ? Il regretta un instant de ne pas avoir pu accompagner

Le Bris jusqu'au haras, avant de se rappeler que ce fut grâce à leur complémentarité qu'ils avaient réussi à mettre un terme aux agissements du « Tailleur de sel », plus de trois ans auparavant.

Il décida alors d'élargir ses recherches à la place qu'occupait le cheval dans la mythologie tchèque. Rapidement, il découvrit la légende de Šemík, un cheval blanc d'une grande intelligence réputé être doté de la parole, et qui était mort d'épuisement après avoir été monté une dernière fois par son cavalier, le prince Horymír. Il était depuis supposé reposer sous le rocher de Vyšehrad, et il se disait qu'il se matérialiserait à nouveau lorsque la Bohême aurait besoin de lui.

Vyšehrad…

Yoran se souvenait que le nom était celui d'un quartier du sud de Prague. Un quartier qu'il n'avait pas encore eu l'occasion de visiter par lui-même.

Et il comptait bien y remédier.

* * *

Vyšehrad était l'antique siège des ducs de Bohême, mais aussi le cadre de nombre de mythes à l'origine de l'histoire tchèque.

C'était un éperon rocheux qui dominait la Vltava, souvent oublié des visiteurs, et parfois des locaux eux-mêmes. Ce qui subsistait du deuxième château de Prague se tenait là, à l'abri derrière ses remparts médiévaux. De nuit, l'ensemble revêtait un aspect aussi intrigant qu'inquiétant, mais Yoran n'avait pas pu s'empêcher de se déplacer sur les lieux de la légende de Šemík, se fiant uniquement à son intuition.

Il était près de 21 heures et Le Bris ne l'avait toujours pas rappelé. Il avait fini par se convaincre que l'ancien policier avait repris la route sans avoir recueilli suffisamment d'éléments pour leur offrir une vision nouvelle sur cette affaire. Tout en s'assurant de rester disponible en cas d'appel, il avait marché vers le sud en longeant la rivière, franchissant un à un les ponts de la ville. Il n'avait pas croisé grand monde sur les quais hormis quelques coureurs, mais le trafic sur les eaux calmes et sombres de la Vltava avait de quoi impressionner. Il avait compté une bonne vingtaine de bateaux, la cité praguoise étant connue pour disposer de sa propre marine depuis le XIXe siècle, bien que n'étant aucunement reliée à la mer.

Cette fois, Yoran avait apporté son Hasselblad avec lui. Il explora d'abord la partie basse du quartier, et fut frappé par l'architecture typiquement cubiste des maisons qu'il avait sous les yeux, tout en se disant que la vue panoramique depuis les hauteurs devait être à couper le souffle. Sans surprise, il ne trouva nulle location susceptible d'abriter la sépulture du légendaire Šemík. L'endroit était pourtant référencé dans certains guides pour son cimetière, établi sur le terrain du château depuis plus de cent cinquante ans, et dans lequel reposaient nombre de personnalités historiques du pays, essentiellement des artistes.

Sans s'appesantir en bordure des quais, il grimpa vers le sommet de la colline, et en profita pour saisir quelques clichés à la volée à travers la végétation dense, exactement comme il aimait. Il pensa furtivement à MoTo, son étrange *alter ego* japonais, rencontré dans le quartier de Kanda, à Tokyo, et qu'il avait quitté dans une station fantôme du métro de la capitale japonaise. Se pouvait-il que le jeune homme ait un lien, aussi infime soit-il, avec les deux meurtres survenus à Prague ? Cela paraissait peu probable…

Lorsqu'il arriva au pied de la basilique Saint-Pierre-et-Saint-Paul, il se retourna vers la Vltava, et se fit la réflexion que le spectacle du coucher du soleil depuis ce point de vue devait valoir le détour, mais qu'il lui faudrait se contenter d'un panoramique de nuit. Il rengaina son appareil après plusieurs prises et se dirigea vers le cimetière. Le portail fermé le contraignit à s'abstenir d'en arpenter les allées, bien qu'il en ait vu d'autres lors de ses sessions de *shooting* nocturne sur le port de commerce de Brest ou dans celui de Rotterdam.

Il prolongea sa promenade le long des remparts alors qu'un froid mordant s'abattait doucement sur la cité, et qu'un lit de brume se posait progressivement sur la Vltava. Sans insister outre mesure dans ses investigations, il redescendit par l'escalier qui l'avait mené là-haut, et jeta un coup d'œil à son smartphone.

Toujours pas de nouvelles de Le Bris.

Il était bon pour rentrer bredouille sur tous les tableaux. Comme pour détendre l'atmosphère, un bateau de croisière passa sur la rivière, projetant ses faisceaux de lumières sur la surface de l'eau et les rivages alentour tandis que des mélodies de jazz résonnaient dans son sillage. Yoran vit un couple s'enlacer à l'intérieur, coupes de champagne à la main, un homme seul jouant du piano sur le pont.

Surréaliste…

Il marcha encore un temps, jusqu'à atteindre un arrêt de tramway qui lui avait échappé à l'aller. Tenté par une virée sur rails dans la capitale tchèque, il salua une femme âgée au visage orné de piercings qui attendait, assise dans un fauteuil roulant, et s'assit sur le banc.

Le tram se faisant désirer, il finit par se lever après avoir fait défiler un nombre incalculable de fois ses prises de vue de la soirée. La femme en fauteuil n'avait pas bougé. Il se décala de quelques pas et observa la bâtisse qu'il avait devant lui.

On aurait dit une maison hantée.

Le bâtiment témoignait d'une splendeur passée qui rappelait l'Art nouveau, mais son état de délabrement avancé avait de quoi préoccuper quant à la durée de vie de la structure à moyen terme. Munies de barreaux, les fenêtres avaient été scellées de l'intérieur, et il semblait en être de même de ce qui fut autrefois la principale porte d'entrée de l'édifice. Une large verrière surplombait la rue entre le rez-de-chaussée et le premier étage. Sans le moindre signe d'un hypothétique tramway, Yoran traversa la rue, marcha jusqu'à l'extrémité la plus à droite du bâtiment, et s'agrippa au culot à une paroi en tôle qui empêchait l'accès aux curieux.

Pas aussi souple qu'il l'aurait voulu, il retomba néanmoins de l'autre côté en esquivant de justesse une branche encore bien feuillue pour la saison. Il entendit à cet instant le crissement des freins du tram, et sourit.

Le destin est toujours pour moitié dans ce que l'on fait…

Il contourna l'ensemble et aboutit face à des voies ferrées désaffectées à demi recouvertes de gazon et baignant dans la brume. Il aperçut des trous plus ou moins profonds dans le sol et de larges flaques d'eau de l'autre côté des voies. Des lignes électriques probablement hors d'usage achevaient de donner une touche sinistre au site.

Les murs du bâtiment – qu'il devina avoir été un jour une gare – étaient marqués de graffitis et d'inscriptions en tout genre. En reculant, Yoran constata que des pans entiers du toit avaient été arrachés ou s'étaient effondrés. Il remarqua aussi un panneau, fermement ancré dans le sol près du principal accès de la gare aux voies ferrées. Il s'en approcha lentement.

Et lut.

C'était du tchèque. Un chantier de rénovation du site semblait avoir été lancé, mais son état d'avancement laissait pour le moins à désirer. L'année indiquée pour le début des travaux était 2020. Une case blanche suivait. Yoran s'immobilisa net en découvrant le nom de l'entreprise chargée des travaux.

« White Horse, a.s. »

– *White Horse… Cheval Blanc…*

Il avait murmuré tout haut. Sans qu'il ne puisse les contrôler, ses sens se mirent tous en alerte. Il avait peut-être trouvé quelque chose. Cette fois, il n'était plus question d'attendre l'appel de Le Bris. Il fallait prendre les devants.

Il eut à peine le temps de sortir son smartphone de la poche de son jean que celui-ci se mit à vibrer entre ses doigts.

Le Bris.

Il porta aussitôt l'appareil à son oreille, et écouta son interlocuteur.

– Yoran ! Bon sang… Pardonnez-moi pour cette attente, je me suis égaré dans la forêt de Bohême, et suis resté sans réseau pendant plus de deux heures alors que la nuit tombait…

Soulagé, Yoran retint son souffle en attendant la suite.

– Personne ne parle français, ici, et mon anglais n'est plus ce qu'il était à l'époque… Mais entre ça, mes notions d'allemand et quelques mots de russe, j'ai pu interroger un éleveur et l'adjoint du responsable de la sécurité, ce qui n'a pas été simple… Il y avait un groupe de policiers tchèques au même moment que moi dans le haras, et c'est en voulant les éviter que je me suis perdu dans la forêt… J'ai vraiment cru que j'allais y passer la nuit…

– Et qu'avez-vous appris ?

Yoran s'impatientait, grisé par le nom qu'il venait de lire sur le panneau qu'il avait sous les yeux.

– J'y viens, cher ami, j'y viens… Tout le monde est sous le choc. Kristina Stoklasa était très appréciée, et n'était pas menacée, selon son entourage. Et elle était… enfin, elle est une cavalière hors pair depuis son plus jeune âge, donc il est peu vraisemblable qu'il lui soit arrivé quelque chose sans une intervention extérieure, même s'il serait présomptueux d'exclure totalement la thèse de l'accident. Mais la police passe en ce moment même le domaine au peigne fin, alors si elle est ici, ce ne sera qu'une question d'heures avant qu'elle soit retrouvée. Mais… je suis à peu près certain qu'elle n'est plus dans le coin depuis un bout de temps…

– Et qu'est-ce qui vous rend aussi catégorique ?

À l'autre bout de la ligne, Le Bris toussa. Il semblait exténué. Yoran se demanda combien de kilomètres il avait pu parcourir dans la forêt pour en être à ce point affecté.

– Ce qui me rend si sûr de moi, c'est que plusieurs cavaliers ont aperçu un engin volant au-dessus du domaine, les jours précédant sa disparition…

– Vous voulez dire…

– Oui… Un drone.

Un lourd silence suivit son affirmation. Yoran avala sa salive, avant de relancer enfin leur échange.

– Et concernant le cheval ?

– Le cheval ?

– Avez-vous appris quelque chose à son sujet ? Selon moi, il n'est pas impossible que l'animal ait été la véritable cible de cet enlèvement. Et pour tout vous dire, je suis en ce moment même dans le quartier de Vyšehrad, au sud de Prague, à l'entrée d'une gare ferroviaire abandonnée. Ce quartier est lié à la légende d'un cheval blanc, réputé reposer quelque part ici. Et le cheval de Kristina Stoklasa se distinguait justement par sa pureté, d'après ce que j'ai pu lire avant de quitter mon hôtel.

Gilbert Le Bris était dubitatif, mais sa confiance envers Yoran était sincère. Aussi le laissa-t-il terminer sans l'interrompre.

– Il y a un chantier en cours, dans cette gare, et devinez le nom de l'entreprise qui en a la charge ?

– Comment voulez-vous que je le sache ? Blanc de Bohême ? Cheval de Bohême ? Cheval Blanc ?

– Bingo ! « White Horse, a.s. » !

– Vous êtes meilleur que moi en anglais…

Yoran s'apprêtait à répondre à l'ancien policier quand il entendit un son métallique retentir quelque part à l'intérieur de ce qu'il avait d'abord pris pour un site à l'abandon. Comme un outil qui serait tombé par terre.

– Je crois qu'il y a quelqu'un dans la gare…

Il avait chuchoté, la possibilité de ne pas être aussi seul qu'il l'avait cru l'incitant à faire tout à coup preuve de la plus grande prudence.

– Que dites-vous ?

– Je ne suis peut-être finalement pas si seul, ici. Est-ce que vous pouvez me rejoindre aussi vite que possible ? Cherchez une gare abandonnée à Vyšehrad sur votre smartphone, et retrouvez-moi à l'entrée côté voies. Il vous faudra franchir les parois du chantier, alors attendez-vous à un peu de sport.

– Vyšehrad, vous dites ? Écoutez, je suis sur la route, donc il va me falloir un moment avant d'arriver. Mais je fais tout mon possible pour que vous n'ayez pas à entrer seul là-dedans… Et, euh… Yoran… C'est vraiment parce que c'est vous…

La communication cessa soudain, sans que Yoran ne sache si cela était dû à une manipulation volontaire de Le Bris ou s'il traversait à nouveau une zone non couverte. À vrai dire, à cet instant, peu lui importait. Il ne voulait pas rester seul dans cet endroit une minute de plus. Pourtant, il était convaincu qu'il était tout proche de découvrir une vérité qui le dépassait encore complètement.

Comme pour souligner ses pensées, un rire éclata au-dessus de lui dans la vaste bâtisse, suivi d'un lent martèlement rappelant le choc brutal du métal contre le métal. Yoran frissonna.

Il y avait vraiment quelqu'un derrière ces murs.

Chapitre 48

Policie

Il était près de 23 heures, et le téléphone n'arrêtait pas de sonner. Et pour couronner le tout, la brume était si dense dehors qu'il ne voyait pas à plus de quelques mètres au-delà des fenêtres du bureau mal éclairé.

Luděk Brož se retourna et se laissa lourdement tomber sur sa chaise. Il n'avait plus dormi depuis bientôt quarante-huit heures, et une bonne moitié de ses équipes avait été mobilisée sur les recherches de la cavalière disparue, à Kladruby nad Labem. Pourtant, la zone ne relevait pas exactement de la compétence du commissariat de police d'Úvaly, petite commune tranquille du district de Prague-Est, mais depuis que retrouver la gamine avait été érigé grande cause nationale, toutes les cartes avaient été redistribuées.

Et puis, il fallait bien admettre qu'elle n'était pas la fille de n'importe qui. Les Stoklasa s'étaient établis dans la région près de cent vingt ans auparavant, et ne l'avaient plus jamais quittée. Karel Stoklasa était ainsi le cinquième représentant de la famille, et le moins que l'on pouvait dire, c'était qu'il avait su se forger de solides réseaux avec le temps, quand il n'avait pas tout simplement hérité de ceux de ses aïeuls. Le siège qu'il avait longtemps occupé au Sénat lui avait en outre permis de devenir un homme de poids à l'échelle du pays, et il savait certains de ses plus précieux alliés redevables envers lui encore aujourd'hui, bien qu'il ait définitivement quitté le monde de la politique pour se consacrer à plein temps au haras dont la direction lui avait été confiée par le ministre de l'Agriculture en personne.

Cela expliquait pourquoi les effectifs des postes de police de la capitale tchèque étaient aussi sollicités depuis la veille, alors que les journées ayant suivi la disparition de la jeune femme s'étaient résumées à une désorganisation totale des forces de l'ordre locales pour la mise en œuvre des premières recherches.

Et pour ne rien arranger, les têtes pensantes de la sécurité du bâtiment où il travaillait avaient eu la brillante idée de déclencher un exercice incendie quelques minutes auparavant, ce qui avait littéralement vidé les bureaux du peu de personnel encore présent dans les lieux.

Mais lui était toujours là, probablement seul à son étage, avec la ferme intention de ne surtout pas rejoindre ses collègues dehors, que ce soit pour prêter main-forte à la battue en cours en forêt de Bohême ou pour s'agglutiner avec eux au bas de l'immeuble. Il soupira et se détendit légèrement sur sa chaise, puis il sortit sa cigarette électronique du tiroir le plus proche de son sous-main.

« Rocky red reverse »

Il avait choisi ce parfum pour son nom qui claquait, mais à l'usage, il s'était mis à apprécier particulièrement le mélange harmonieux entre les fruits rouges et la menthe, et ce qui en faisait toute la subtilité, l'anis. Il aspira un long moment, les yeux fermés, et bascula la tête en arrière en expirant la vape.

Finalement, cette improbable situation n'aurait pas été si désagréable que ça, si toutefois il n'y avait pas ces téléphones qui sonnaient à tout-va. Un peu plus tôt, il s'était amusé à les compter. Il avait dénombré au moins sept sonneries différentes, rien que dans l'étroite pièce qui faisait office de plateau derrière la porte vitrée de son bureau. Et ça semblait ne jamais devoir s'arrêter.

Exaspéré, il se leva brutalement.

– *Do háje !*

Cette fois, il allait répondre. Il sortit de son bureau sans retenir la porte et se posta au milieu du plateau. L'espace d'une seconde, il se remémora cette scène de cinéma au cours de laquelle Harrison Ford, après avoir franchi avec succès les épreuves menant au Graal, devait choisir parmi des dizaines de coupes celle qui avait appartenu au Christ. Le choix s'avérait plus resserré dans son cas. Quatre téléphones sonnaient en même temps. Il scruta la pièce des yeux comme s'il s'apprêtait à dégainer, puis se rappela qu'il avait laissé son arme de service dans son bureau. Il avança de deux pas, effectua un demi-tour sur lui-même et s'empara du combiné dont la mélodie de la sonnerie ressemblait au début de la chanson *Oh When The Saints*, la même que son fils jouait en boucle sur son synthétiseur depuis qu'il l'avait apprise à l'école.

Il décrocha.

C'était une voix d'homme. Il ne reconnut tout d'abord pas la langue qu'il entendait à l'autre bout de la ligne, avant de réaliser qu'il y en avait en fait plusieurs. De l'anglais, de l'allemand, et peut-être même un peu de russe.

Était-ce une plaisanterie ?

Le type répétait sans cesse le nom d'une gare du sud de Prague.

Vyšehrad.

Bordel, cette gare était à l'abandon depuis près d'un demi-siècle, et n'était même plus référencée sur la plupart des cartes de la ville !

Luděk Brož demanda à l'homme de se calmer, et réfléchit aussi posément que possible à ce qu'il comprenait de ses propos, avant de se poser la question la plus raisonnable qui lui venait à l'esprit à cet instant.

Et si ce n'était pas une plaisanterie ?

Chapitre 49

Viande morte

Finalement, sa curiosité l'emporta sur la raison.

Yoran avait attendu l'arrivée de Le Bris pendant près d'une heure, mais cette fois, il n'y tenait plus. Il avait longé la vieille gare à plusieurs reprises, et avait rapidement repéré une fenêtre dont les barreaux avaient été étirés et la plaque de protection forcée. Et visiblement, cela n'était pas récent.

Le sol en béton de l'autre côté était orné d'une grande flaque sombre et des boîtes en carton dépliées semblaient avoir servi de lits de fortune à des squatteurs. Il temporisa une seconde, puis enjamba aisément le rebord de la fenêtre, et fut immédiatement saisi par des effluves d'urine à la limite du supportable.

L'obscurité était presque totale.

Pendant un moment, il distingua l'écho diffus de la cité en provenance de l'extérieur, lui rappelant que la vie perdurait bel et bien, au-delà de ces murs. Cela le rassura un temps, puis il n'entendit plus rien.

Il retira ses lunettes, sortit son smartphone et en activa la lampe.

Il y avait aussi des boîtes de conserve, par terre, ainsi que d'autres graffitis sur les façades. Et au milieu de ce qui avait probablement constitué le hall d'accueil de la gare, il y avait une bâche. Yoran marcha dans cette direction. Juste derrière, des escaliers menaient au premier étage de la gare. Immédiatement, il devina que c'était par là qu'il devait aller.

Il avança puis se retourna une dernière fois vers la fenêtre par laquelle il était entré, mais ne vit rien d'autre qu'un rectangle noir superposé à un horizon tout aussi noir, un sentiment de désespoir s'emparant inexplicablement de lui. Pourtant, il écarta la bâche et commença à monter.

Il y avait des débris de chantier sur les marches, et une échelle rouillée était apposée contre un mur décrépi qui laissait apparaître les briques de la structure. Une seconde bâche séparait les escaliers de la partie supérieure du bâtiment. Yoran la souleva lorsque le vrombissement de ce qui ressemblait à une perceuse retentit quelque part au-dessus de lui.

Il s'immobilisa aussitôt. Éteignit la lampe de son smartphone. Et réfléchit très vite.

Il pouvait encore faire marche arrière, regagner l'extérieur de la gare et patienter jusqu'à l'arrivée de Le Bris. Après tout, Kladruby nad Labem ne se situait qu'à une soixantaine de kilomètres de Prague. L'ancien policier ne devait plus être loin, à présent.

Mais le désir de savoir, et peut-être, d'agir pour une bonne cause, quelle qu'elle puisse être, l'incita à poursuivre son exploration. Il ralluma sa lampe et repoussa le rideau opaque, puis émergea dans la pièce principale du premier étage.

Devant lui étaient alignés les vestiges de ce qui fut sans doute autrefois un ensemble de bureaux. Des planches de bois avaient été placardées à la va-vite sur les fenêtres de cet étage, et une lampe hors d'état était fixée à un plafond rongé par l'humidité.

Il n'eut pas à chercher longtemps pour se retrouver face à un autre escalier, beaucoup plus étroit, et sans rampe de protection. Un courant d'air dont il ignorait l'origine lui caressa le visage alors qu'une faible luminosité émanait des hauteurs de la bâtisse. Il faisait beaucoup plus froid, ici.

Il s'engagea.

La première pièce qu'il visita au niveau suivant était une ancienne salle de bains, dont les murs portaient encore leur carrelage d'origine. Juste à côté, il y avait un cabinet de toilette sans tuyauterie. Les autres pièces étaient toutes vides, hormis un lavabo et du matériel de chantier disséminé ici et là sur le sol. Dans certaines d'entre elles, des supports en bois maintenaient l'ossature de l'édifice. De vieilles toiles d'araignées pendaient du plafond par endroits.

Yoran retourna vers les escaliers et continua à monter.

Il avait compris qu'il se dirigeait droit vers l'armature du toit, et que c'était de là que provenait le bruit. Une autre bâche en masquait l'accès.

Un rire sardonique éclata dans la pièce, le pétrifiant sur place.

Il n'était plus qu'à quelques mètres. L'air glacé s'engouffrait dans la cage d'escalier. Il sentait dans sa sacoche le poids de son reflex, qui lui donnait l'impression de peser subitement deux cents kilos. Il regarda tout en bas et, pris de vertige, envisagea un instant de redescendre. Le silence était assourdissant. Il recula d'une marche, puis de deux.

Un sanglot.

Quelqu'un venait de verser une larme dans la pièce qui se trouvait au sommet des escaliers. Une femme.

Poussé par une force invisible, Yoran cessa toute réflexion et gravit les dernières marches. À travers le film translucide, il distingua alors trois silhouettes qui se découpaient à la lueur de projecteurs posés au sol dans le fond de la pièce sombre. Deux étaient en mouvement, mais la troisième ne bougeait pas. Il y avait aussi une autre forme, qu'il ne parvenait pas à identifier. Une forme massive et claire, qui paraissait flotter dans l'air. Il chaussa ses lunettes et repoussa la bâche.

La scène qu'il découvrit était littéralement surréaliste.

Accroupi sous les combles, un homme dont le visage était dissimulé par la pénombre avait les mains plongées dans un sac de voyage dans lequel étaient fourrés tout un tas d'outils, quelques-uns jonchant le sol ayant visiblement déjà été utilisés. Un peu à l'écart, un autre de dos s'entraînait à faire voler un drone dans l'espace étriqué qu'ils occupaient, tâchant tant bien que mal de ne pas faire entrer l'engin en contact avec les poteaux de bois. Une femme était attachée à l'un de ceux-ci, un bâillon détrempé à demi abaissé recouvrant sa bouche. C'était elle qui venait de pleurer. Elle ne portait qu'une culotte et un soutien-gorge déchiré. Un amas de vêtements que Yoran supposa avoir été les siens avait été retiré et sommairement posé par terre. Il était certain qu'il s'agissait de Kristina Stoklasa.

Mais il y avait pire.

Accroché à une poutre en fer encastrée entre deux des principaux poteaux de l'armature, un cheval égorgé était suspendu tête et queue vers le bas au-dessus d'une toile cirée constellée de taches brunes, ses quatre pattes solidement attachées avec des cordes nouées au niveau de ses sabots. Une épaisse langue blanchâtre pendait de sa mâchoire.

Solitaire…

Tout en se demandant comment les deux hommes avaient procédé pour faire monter l'imposant animal, Yoran se remémora brièvement le Kůň de David Černý, la sculpture de ce cheval mort renversé qu'il avait vue la nuit du meurtre de l'horloger. Il eut un haut-le-cœur. Tout près de vomir, il remarqua alors un escabeau positionné de l'autre côté du corps de l'animal, comme s'il avait été mis là afin d'apposer l'ultime touche à cette scénographie aussi macabre qu'effrayante.

Soudain, l'homme qui fouillait dans le grand sac en sortit une lame incurvée qui étincela un instant sous la lumière du projecteur le moins éloigné, et s'approcha de la jeune femme avec. Sans la moindre hésitation, il la leva face au visage épuisé de sa victime qu'il attrapa par les cheveux, maintenant son bras en l'air plusieurs secondes en ricanant. L'autre homme rit à son tour, mais ne prit pas la peine de se retourner quand la lame égorgea Kristina Stoklasa en un geste brutal et impitoyable.

Elle hoqueta à trois reprises, cherchant vainement son oxygène en produisant un son rauque et guttural dont Yoran se souviendrait tout le restant de sa vie, puis leurs regards se croisèrent durant une fraction de seconde.

Ce regard…

La panique absolue mêlée à une envie folle de vivre y cédèrent la place à une supplication muette, avant que les deux yeux ne s'éteignent à tout jamais. Puis la tête de la jeune femme s'affaissa sur sa poitrine ensanglantée, son corps presque nu se figeant aussitôt.

Tétanisé, Yoran n'entreprit même pas de reculer lorsque l'homme qui maniait le drone l'aperçut à quelques mètres de la scène, proférant des mots en tchèque à l'intention du bourreau, qui tenait toujours sa lame à la main. Il eut tout juste le temps de réaliser qu'ils avaient tous deux le même visage.

Celui du diable en personne.

Chapitre 50

Balade entre les tombes

Les deux hommes fondirent sur Yoran à une vitesse folle.

Plus que jamais sous le choc, il manqua chanceler mais se rattrapa *in extremis*. Sa tête lui tournait et ses jambes avaient toutes les peines du monde à le maintenir debout. Pourtant, il avait commencé à dévaler les marches de l'étroit escalier, conscient que la moindre erreur de sa part serait susceptible de le précipiter dans le vide froid et sombre.

Le parcours vers la sortie lui parut plus long bien qu'il connaisse déjà les lieux. Ses lunettes à la main, il n'avait pas pris le temps d'activer sa lampe, et ne s'orientait que grâce à sa mémoire. Lorsqu'il arriva tant bien que mal au rez-de-chaussée de la gare, il perçut à nouveau la rumeur, celle qui provenait de dehors, là où, quoi qu'il puisse se produire à ce stade, il se sentirait moins en danger, et surtout, plus à même de sauver sa peau.

Car il était bien question de cela, à présent. Il venait d'assister à la mise à mort d'une femme qui ne méritait assurément pas de terminer sa vie ainsi, attachée quasiment nue à un poteau et égorgée dans la pénombre glaciale des combles d'une gare désaffectée. Cette effroyable exécution, commise de sang-froid et avec un pragmatisme terrifiant, justifiait à elle seule qu'il survive à ce qui allait suivre, l'incitant à se démener coûte que coûte alors qu'il franchissait les derniers mètres le séparant de la fenêtre par laquelle il avait accédé au bâtiment. Derrière lui, le faisceau d'une lampe Maglite balayait les escaliers à toute allure tandis que les voix puissantes et acérées de ses poursuivants se rapprochaient progressivement.

Ça allait se jouer à rien.

Il plaqua sa sacoche contre sa hanche et se prépara à enjamber le rebord de la fenêtre, en prenant garde à ne pas s'accrocher aux barreaux. L'un des deux hommes hurla dans son dos.

Une main effleura sa capuche quand Yoran remit enfin un premier pied dehors, une intense sensation de liberté déferlant tout à coup en lui. Il effectua un demi-tour sur lui-même tout en reculant, précipitant la chute de son poursuivant sur le mur en béton. L'autre était à moins de deux mètres.

Un vrombissement retentit subitement, alors que Yoran s'extrayait définitivement de la gare abandonnée. Il lui fallut une seconde supplémentaire pour comprendre que le deuxième homme n'était pas descendu les mains vides. Il avait une perceuse avec lui.

Yoran ne chercha pas à en savoir davantage, et se rua vers la paroi en tôle qu'il avait escaladée une première fois un peu plus tôt dans la nuit, alors qu'il était sur le point de s'engager sans s'en douter dans ce cauchemar sans nom. Il se réceptionna du côté rue avec une aisance toute relative, en espérant sans trop y croire que les deux hommes qui le suivaient n'iraient pas plus loin. Il se précipita vers l'arrêt de tramway, où il ne vit ni tram ni passagers. La femme en fauteuil n'était plus là elle non plus. Quant aux bateaux de croisière qui parcouraient la Vltava, ils semblaient tous avoir regagné leurs ports d'attache, offrant à son regard une surface noire et plane à demi dissimulée par le manteau de brume. Ne voyant pas le moindre véhicule en approche, et bien décidé à ne pas se laisser refroidir sur place, il se mit à courir dans la direction qu'il avait empruntée à son arrivée à Vyšehrad.

Vers les hauteurs.

De là-haut, il se dit qu'il disposerait de la meilleure vue possible sur la ville, et sur la Skoda Citigo de Le Bris, si toutefois celui-ci parvenait enfin à le rejoindre. Mais le temps lui était compté. En pleine course sur la rive, il prit le risque de ralentir pour envoyer un texto à l'ancien policier. Un mot, un seul.

Puis il effectua l'ascension vers le sommet de la colline, ne sachant pas si celle-ci lui serait fatale ou salvatrice. Les voix entremêlées des deux assassins qui l'avaient pris en chasse résonnèrent dans la rue. Cette fois, le ton était beaucoup plus directif. Yoran ne saisissait pas le sens des paroles prononcées, mais il devina qu'ils étaient en train de s'organiser. Et qu'ils ne reculeraient devant rien.

Il faisait froid, et la lune voilée ne lui serait d'aucune aide dans sa fuite en avant. Il sursauta en entendant l'écho désormais continu de la perceuse dans son dos, seul signe de vie qu'il pouvait percevoir à cet instant. Aussi massive qu'austère, la basilique Saint-Pierre-et-Saint-Paul s'éleva finalement face à lui, témoin silencieux de son échappée vers l'inconnu. Le cimetière était tout proche.

Comme il l'avait fait pour accéder au chantier de la gare, il se jeta sur les grilles qui protégeaient le site sacré des intrusions malveillantes, mais sentit cette fois son blouson se déchirer au passage. Les feuilles des arbres bruissaient dans l'obscurité quand il se retourna vers la voie pavée qui l'avait mené jusque-là. L'un des deux hommes poussa un cri, mais leurs silhouettes n'étaient plus en vue.

En se faufilant entre les vieilles tombes, Yoran se dit que l'endroit devait attirer les foules en journée, au moins durant la belle saison. Mais à cette heure et sous ce froid mordant, le cimetière était désert, et l'ambiance des plus oppressantes. Il s'adossa à une pierre tombale ornée d'un ange aux petites ailes déployées. Une tombe d'enfant. Il souffla. Des nappes de brume blanchâtres circulaient au-dessus des sépultures, dont certaines étaient recouvertes d'une mince pellicule de givre.

Un chuchotement.

Ils étaient tout près. Le mécanisme de la perceuse s'activa soudain avant de s'interrompre aussitôt. Yoran se résolut à quitter sa cachette et à s'éloigner en se fiant au son du foret, mais il n'était pas dupe. Car ils étaient deux, et il était tout à fait envisageable qu'ils aient opté pour une stratégie le contraignant à dévoiler sa position tout seul.

Les enfoirés…

Il mourait d'envie de consulter son smartphone, ne serait-ce que pour vérifier si Le Bris avait bien reçu son message, et s'il y avait encore un espoir pour que celui-ci renverse son destin. Mais cela aurait été tout aussi intelligent que d'allumer un feu de camp au beau milieu du cimetière, et d'attendre bien sagement que ses deux poursuivants le rejoignent.

Réduit à ramper pour minimiser le risque de se faire repérer, Yoran s'enfonçait progressivement dans les méandres du cimetière, lisant à la volée quelques-uns des noms gravés sur les pierres tombales. Des noms qui ne lui parlaient pas, mais il était prêt à parier qu'aucune de ces personnes n'était morte sur place, à l'inverse du sort qui risquait d'être le sien s'il n'imaginait pas très rapidement un plan de replis.

Le foret de la perceuse tourna à nouveau dans le vide. Trois petits coups secs et rapprochés, puis plus rien.

Ces types étaient non seulement des assassins, mais aussi des sadiques en puissance. Il devait impérativement leur fausser compagnie, en misant sur le fait qu'ils continueraient à le chercher dans le cimetière. Il estima la distance qui le séparait de l'entrée du site, et se résolut à éviter les principales allées en restant baissé. Il pouvait l'atteindre.

Il avança ainsi sur près d'une vingtaine de mètres, avant que la langue de l'un des deux hommes ne claque dans la nuit, inspirant à Yoran celle d'un chasseur voulant attirer à lui un animal sauvage pris au piège. Il était à l'autre extrémité du cimetière. Mais nul écho de la perceuse.

Se pourrait-il que…

Il n'alla pas au bout de sa pensée. Debout devant lui, l'homme à la perceuse le dominait de son impressionnant gabarit, soit deux bons mètres de haut, un sourire carnassier sur les lèvres. Comme pour manifester son plaisir d'être enfin sur le point de mettre un terme à leur traque, il ne cessa d'activer et de désactiver le foret de son outil de mort, jouissant déjà de la fin qui serait imminemment celle de sa proie terrifiée.

Allongé sur le sol froid et humide, Yoran était incapable de se mouvoir. Il pria intérieurement pour que la sentence soit rapide et indolore, mais ne se berça pas d'illusions. L'homme héla son partenaire, qui répondit depuis sa position, avant de rire à son tour.

Les yeux de Yoran ne se détachaient plus du foret de la perceuse, qui allait s'activer d'un instant à l'autre, et lui porter le coup de grâce. Le crissement des pas du deuxième individu sur la pierre se rapprochait d'eux, mais le premier n'attendit pas pour appuyer une nouvelle fois sur la gâchette de son engin, sans la relâcher, cette fois. Yoran posa ses mains contre sa tête, davantage par réflexe de survie que pour empêcher l'intrusion de la mèche dans son corps sans défense, puis ferma les yeux.

Mais l'impact mortel ne vint pas aussi vite qu'il l'avait anticipé. Il rouvrit alors les yeux. Le faisceau d'une lampe était braqué vers eux, sans qu'il ne puisse en identifier l'origine. Sauf que cette lumière était fixe, et qu'il y avait en fait deux faisceaux.

Des phares de voiture.

Yoran n'eut pas l'opportunité de chercher à en savoir plus. Un morceau de musique s'était subitement mis à jouer, libérant dans la nuit ses notes grandiloquentes, et tellement détachées de la situation désespérée dans laquelle il se trouvait. C'était du classique. Les deux hommes étaient tout aussi sciés que lui, celui qui tenait la perceuse s'agitant en tous sens tandis que l'autre tentait de mettre à jour la source de la nuisance avec sa Maglite.

Sans se faire prier, Yoran roula sur le côté et se fondit dans l'obscurité d'une allée parallèle. Un son aigu fendit les airs un peu plus loin sur sa gauche, suivi d'un cri de douleur. L'un des deux hommes était à terre.

– Yoran ! J'en ai eu un ! La police sera là d'un instant à l'autre ! Restez où vous êtes, je vais m'occuper de l'autre gars !

Le Bris !

Yoran exulta.

– Faites gaffe, il a une perceuse !

– Et moi ma matraque télescopique ! J'espère que vous appréciez la musique ! C'est du Wagner… L'ouverture du *Vaisseau Fantôme*…

Yoran éclata de rire. Ce type était impayable. Il possédait un don inné pour se trouver au bon endroit au bon moment.

Comme si elles avaient laissé parler l'ancien policier avant de s'inviter à leur virée nocturne, les sirènes des voitures de la police de Prague retentirent depuis les rives de la Vltava, se mêlant aux envolées dramatiques de Wagner. Des flashs lumineux de plus en plus réguliers illuminèrent le ciel sombre au-dessus du cimetière, créant une atmosphère de folie pure dans ce qui était encore quelques minutes plus tôt un havre de paix en terre tchèque.

Le déluge visuel et sonore empêcha Yoran de suivre à distance l'homme à la perceuse, mais il était quasiment certain que celui-ci allait chercher à fuir, exactement comme lui lorsqu'il avait été confronté aux deux tueurs dans la gare. Il entendit alors une voix qu'il ne connaissait pas.

– *Policie ! Policie !*

N'en pouvant plus, il se redressa lentement et observa la scène. L'entrée du cimetière avait été prise d'assaut par un petit groupe de policiers tchèques auxquels faisait face Gilbert Le Bris, dont les mains étaient levées, brandissant bien haut sa fameuse matraque télescopique. Quelques mètres devant lui, celui des deux hommes qu'il avait maîtrisé était allongé à terre dans le faisceau des phares de sa voiture, se tenant le bas-ventre de ses avant-bras. Visiblement, il souffrait beaucoup. Un hurlement le fit alors se retourner.

Un visage constellé de sueur avait surgi de la brume, plantant son regard de dément dans le sien. Le fou furieux à la perceuse était là, prêt à lui bondir dessus avec son sinistre outil.

Plusieurs rafales traversèrent soudain la nuit, crépitant tout autour de lui comme autant de minuscules étoiles filantes mortelles. Il trébucha, puis perdit brièvement le contact avec la réalité, avant de revenir à lui. Son épaule lui faisait un mal de chien – elle était peut-être déboîtée –, et une balle avait perforé le tissu de sa sacoche avant de percuter la stèle la plus proche. Mais *a priori*, il était indemne.

Il souffla avant de se rendre compte qu'une masse humaine était étendue dans le sens opposé au sien, un trou fumant surmontant son œil gauche. L'homme à la perceuse était mort.

Épuisé, Yoran était tout près de sombrer dans l'inconscience quand il perçut d'autres voix, nombreuses, sans qu'il ne sache vraiment si celles-ci étaient le fruit de son imagination ou non. Puis la lumière se fit, comme si cette violente confrontation parmi les morts n'avait été qu'une simple pièce de théâtre dont l'acte final venait de se dérouler sous ses yeux. Mais il n'en était rien. Car il avait failli mourir par deux fois durant la nuit.

Et il n'oublierait jamais cette funeste balade entre les tombes.

Chapitre 51

Peur sur la ville

– On se serait presque crus dans un *remake* tchèque de *Peur Sur La Ville*, vous ne trouvez pas ?

L'écho de la voix de Gilbert Le Bris s'était élevé au-dessus d'eux, avant de se perdre quelque part dans les hauteurs du Parc Letná.

De là où ils étaient, Yoran et lui étaient conscients d'avoir probablement sous les yeux la plus impressionnante des vues que l'ancienne capitale du royaume de Bohême avait à offrir. À leur gauche, les façades de style Renaissance des immeubles bordant la Vltava rappelaient que Nové Mesto n'avait rien à envier à la Vieille Ville et à son centre historique. Plus loin sur leur droite, Stromovka, autrefois réserve de chasse royale, s'étendait majestueusement dans le creux de la rivière. Droit devant eux, les ponts chevauchant celle-ci se succédaient jusqu'au pont Charles, le plus fameux d'entre tous, et au-delà.

– La touche *L'Homme Qui Murmurait À L'Oreille Des Chevaux* en plus, alors ?

– On s'en passerait, de murmures comme ceux-là... Et puis, ils étaient deux, pour le coup. Deux véritables détraqués, si vous voulez mon avis. Le père Stoklasa ne s'en remettra sans doute jamais...

Il s'était écoulé moins de soixante-douze heures depuis la tragédie de Vyšehrad, et les deux hommes avaient reçu la consigne formelle de la police de se tenir à disposition pour une durée indéterminée afin de pouvoir être auditionnés en tant que témoins assistés.

– « c i m e t i è r e »... L'air de rien, si vous ne m'aviez pas envoyé ce texto, je filai droit vers la gare, la police aussi, et là... vous étiez foutu ! Enfin, même si, depuis le temps, je sais bien que le téméraire Yoran Rosko a de la ressource, surtout dans les situations les plus extrêmes... n'est-ce pas ?

Yoran ne répliqua pas. Il était encore sous le choc du spectacle effroyable auquel il avait assisté trois nuit plus tôt. Rarement il avait été confronté à une mise à mort aussi subite et violente, et encore moins à un cheval sacrifié, renversé face au sol, pour l'occasion.

Celui des deux tueurs qui avait survécu avait expliqué aux policiers chargés de l'interroger que le duo s'était inspiré des « tableaux » mis en scène par les « Tueurs aux estampes » japonais avant de passer à l'acte. Aucun lien n'avait pu être établi entre eux, ce qui avait poussé Yoran à penser que les racines du mal étaient à chercher dans les réseaux sociaux, et la médiatisation à outrance des exécutions survenues au Japon. Une compétition de l'horreur était née entre Tokyo et Prague, avec pour seule limite l'imagination des assassins.

Ils s'appelaient Radim et Neklan Čížek, et étaient jumeaux. L'été précédent, ils avaient été embauchés par le directeur de Cirkoměsto, avant d'être licenciés moins de deux mois plus tard pour maltraitance sur les animaux. Dès lors, ils avaient fomenté une vengeance à l'encontre de celui qu'ils jugeaient responsable de leur destinée, mais ne parvenant pas à l'atteindre, ils avaient élargi leur néfaste projet à la société dans son ensemble. Le malheureux Marek Ryba avait été le premier à croiser leur route.

Puis ils y avaient pris goût.

La suite, Yoran la connaissait. Les deux frères avaient peaufiné chacune de leurs mises en scène en puisant toujours plus profondément dans l'histoire et les légendes tchèques, se servant de leur drone pour en tirer les perspectives les plus impressionnantes, avant de les partager sur les réseaux sociaux dans la foulée.

Mais pas cette nuit-là.

Yoran et Gilbert Le Bris avaient mis un terme à la croisade meurtrière de ces monstres, et espéraient à présent qu'une quiétude durable allait succéder à ces journées troubles qui avaient vu la peur et le chaos prendre possession de Prague et de ses habitants.

– Cher ami, je vous propose de nous retrouver à mon hôtel sitôt que les tracasseries administratives seront passées.

Tout en écoutant la proposition de Le Bris, Yoran avait laissé son regard survoler la rivière apaisée, où deux navettes illuminées se croisaient en silence. Il patienta jusqu'à ce que les bateaux soient hors de sa vue pour répondre à l'ancien policier.

– Et c'est quoi, le nom de votre hôtel ?

– International.

Le Bris fixait un point devant eux, loin, très loin vers l'horizon. Il paraissait préoccupé.

– Au fait, vous connaissez Instagram ?

– Il m'arrive même de l'utiliser. Pourquoi ?

Une corne de brume résonna quelque part derrière eux, comme pour leur signaler que le temps de la palabre était terminé.

– D'après les échos que j'ai, un meurtre atroce vient d'être commis au Japon.

Le dos de Yoran se raidit à la simple évocation du nom du pays dans lequel tout avait commencé. Un pays dont il avait effleuré les arcanes d'un mal plus que jamais ancré dans son époque pour se plonger dans un enfer tout aussi noir, au cœur de l'Europe.

– Et devinez quoi ?

Yoran avait déjà la main sur son smartphone.

– La photo de la victime a été mise en ligne… sur Instagram.

Chapitre 52

International

La victime s'appelait Jin Zaiki.

L'homme avait été retrouvé dans une loge du théâtre Kabuki-za, à Tokyo, par une costumière. Il occupait la fonction de technicien plateau pour diverses sociétés de production exerçant dans l'univers du cinéma. Son identification n'avait pas été des plus aisées, car son visage avait été littéralement arraché.

La photographie de la victime baignant dans son sang avait été mise en ligne le soir même de sa mort. Pourtant, le site de FuguShots avait été fermé jusqu'à nouvel ordre, au même titre que la plupart de ceux des *photo games* organisés par des entreprises concurrentes, par pur « devoir de prévention et déontologie », selon les autorités. Mais les auteurs de ce meurtre, qu'il s'agisse des « Tueurs aux estampes » ou d'imitateurs – comme ceux ayant sévi à Prague –, avaient trouvé la parade, en créant un compte sur l'application Instagram juste après leur méfait. Une démarche qu'ils auraient le loisir de répéter à l'infini.

Sauf si quelqu'un parvenait à les arrêter.

Yoran avait définitivement quitté le Botel Albatros et sa chambre minuscule pour rejoindre Gilbert Le Bris dans le bar de l'Hotel International Prague en début de soirée. Treize jours s'étaient écoulés depuis le meurtre de la cavalière et l'exécution brutale de son cheval, et les deux Brestois avaient été interrogés à de multiples reprises par la police dans l'intervalle, au vu de leur rôle privilégié dans la résolution de l'affaire des frères Čížek.

– Vous n'avez pas choisi l'hôtel le plus miteux de Prague, pour ce… voyage d'affaires…

Le Bris s'esclaffa, tout en posant sur la table en verre dépoli qui les séparait son Frozen Cosmopolitan, où la vodka et le triple sec le disputaient au citron vert et au jus de *cranberry*. Yoran était quant à lui resté sur une *domácí limonáda*, une limonade maison sans alcool qui présentait la particularité de ne pas pétiller, et dans laquelle se mêlaient harmonieusement des herbes et des fruits. Car il estimait qu'il n'y avait rien à fêter.

– Comme on dit, les affaires sont les affaires, cher Yoran, et puis, je n'ai pas souvent eu l'occasion de voyager, dans ma vie, alors, maintenant que je peux joindre l'utile à l'agréable, autant en profiter pour me faire plaisir… Et je ne vous ai pas encore parlé des sessions de massage accessibles à toute heure du jour et de la nuit…

– Ne m'en dites pas davantage… Le temps du repos viendra plus tard, en ce qui me concerne.

Gilbert Le Bris hésita un instant à se saisir de son verre, mais opta finalement pour son briquet, posé juste à côté.

– Vous êtes un acharné… mais cela, je le savais déjà…

Il s'était mis à faire glisser le petit objet rectangulaire entre ses phalanges, sans cesser de fixer Yoran droit dans les yeux.

– Ce briquet, c'est un peu votre « totem », on dirait.

– Vous m'ôtez les mots de la bouche…

– Mais vous ne fumez plus, n'est-ce pas ?

– Bien vu… et ce briquet est là pour me le rappeler. Sa recharge est archipleine. Un peu comme le chargeur d'une arme à feu, que tout bon policier en service se fera un devoir de ne jamais utiliser, sauf dans les cas les plus extrêmes. Mais j'ai aussi un autre truc…

Le Bris avala plusieurs gorgées de son Cosmopolitan tout en maintenant en équilibre son briquet sur le dos de sa main gauche. Autour d'eux, la salle aux colonnes de marbre peinait à se remplir.

– Wagner…

– Comme Richard Wagner, le compositeur ?

– Exact… À chaque fois que j'ai une fringale de nicotine, j'écoute du Wagner… et c'est diablement efficace, croyez-moi !

Yoran sourit, avant de réaliser que, pour une fois, il avait terminé son verre avant son ami.

– Donc l'autre soir, j'ai cru que vous veniez me sauver, mais en fait, vous aviez juste envie d'en griller une, c'est ça ?

– Ha, ha, comme vous y allez ! Disons que c'est presque ça… Mais restons-en là sur cet épisode tchèque, si vous le voulez bien, car j'ai eu une sorte… d'« illumination », cette nuit…

– Ça devient sérieux, on dirait…

Comme pour confirmer les propos de Yoran, Le Bris posa sur la table son verre ainsi que son briquet.

– Vous repartez quand, pour le Japon ?

– Et bien, dans un peu moins de vingt-quatre heures, je serai dans l'avion. J'ai horreur de ça, mais la situation est…

– La situation est telle que nous devrions continuer à faire équipe, si vous voulez savoir ce que je pense.

Le silence de Yoran fut d'abord la seule réponse que l'ancien policier reçut de son allié. Le Bris jugea alors bon de préciser ses pensées, mais son regard ne laissait aucun doute sur sa détermination, ni sur le fait qu'il avait déjà longuement pesé le pour et le contre avant de faire son choix.

– Certes, j'ai le compte-rendu de mon enquête à effectuer auprès du vieux Ryba, mais pas plus tard que la nuit dernière, je lui ai transmis un premier rapport écrit qui devrait lui apporter les principales réponses à ses questions relatives au meurtre de son petit-fils.

– Si nous faisons cela – je veux dire, maintenir notre alliance à l'autre bout du monde –, vous disposerez donc de délais très contraints, je me trompe ?

– Absolument pas. Je suis convaincu que c'est ce qui fera notre force. Et sans vouloir me vanter, je ne suis jamais aussi efficace que lorsque je suis sous pression… Bien sûr, je vous demanderai de me briefer en détail sur ce qui s'est passé au Japon depuis les prémices de cette affaire des « Tueurs aux estampes », mais nous devrions avoir largement le temps pour ça dans l'avion. Combien de temps faut-il pour atteindre le Japon depuis l'Europe centrale, d'ailleurs ?

Le serveur choisit cet instant pour leur proposer un autre verre, mais Le Bris déclina d'un vif geste de la main.

– Le vol dure un peu moins de quinze heures, avec une escale, mais j'ai bien peur que nous ne puissions prendre le même, malheureusement. Du moins, si vous m'accordez une faveur, avant ce grand voyage qui vous attend…

– Une faveur, vous dites ?

Yoran avait réussi à susciter toute l'attention de Le Bris, et ce n'était pas pour lui déplaire. Un infime sourire aux lèvres, il enfonça lentement ses lunettes sur son visage et rapprocha ses mains l'une de l'autre, comme s'il s'apprêtait à faire un vœu.

– Vous êtes déjà allé aux Pays-Bas ?

Chapitre 53

Decollo

Cela lui crevait littéralement le cœur à chaque fois qu'il devait quitter sa Toscane natale. Mais en cette journée d'automne pluvieuse, Donato Aquila n'avait pas hésité un seul instant lorsqu'il avait enfin reçu la requête du « Messager » lui demandant de prendre l'avion pour rejoindre Tokyo.

Tokyo.

De par ses fonctions de directeur de l'une des banques les plus prestigieuses au monde, il avait déjà visité une bonne partie de l'Europe, le nord de l'Afrique et plusieurs pays des deux Amériques, mais pas l'Asie, et encore moins le Japon.

On lui avait parlé du sanctuaire d'Asakusa et de la mythique Kaminarimon, la « Porte du tonnerre », du Palais impérial et de son inoubliable jardin extérieur, de Yanaka-*dori*, cette rue presque intégralement préservée depuis l'époque Edo, renommée pour ses innombrables chats, ou encore de la cuisine locale, érigée en véritable religion à l'échelle du pays et classée au patrimoine mondial de l'UNESCO.

Mais les enjeux de ce qu'il s'apprêtait à concrétiser dans la capitale nippone dépassaient largement le simple voyage d'agrément, et nécessiteraient une totale liberté d'action. Et s'il n'avait pas vraiment à se plaindre de la vie qui était la sienne, il était sur le point d'assurer à son couple, et surtout à ses filles adorées, sérénité et opulence pour les prochaines décennies, si tant était que Dieu leur prête vie, bien entendu.

Il jeta un regard sur sa droite, par-delà le hublot, et observa le ballet des employés de l'aéroport de Florence-Peterola sur le tarmac. Les derniers bagages avaient déjà été chargés, mais à ce qu'il devinait, il y avait un problème avec l'allumage de l'un des feux de navigation de l'aile de l'avion. Il fallait bien avouer que la purée de pois qui régnait dehors incitait à prendre toutes les précautions d'usage en vue du décollage, et ce, même si cela impliquait un léger retard pour l'ensemble des voyageurs ayant pris place à bord de l'engin.

Le départ, initialement prévu à 9 h 50, mènerait l'avion jusqu'à Paris, où une escale de moins de deux heures précéderait l'embarquement des passagers dans le vol à destination de l'aéroport international de Narita, pour un atterrissage peu après 8 heures, heure locale, le jour suivant. De là, il gagnerait le centre de Tokyo avec le Skyliner, et se tiendrait à disposition au sein de l'hôtel dans lequel une chambre avait été expressément réservée à son nom, dans le quartier de Nihonbashi, conformément aux consignes données par le « Messager ».

Car si Donato Aquila était certain d'une chose, c'était qu'il était attendu, et qu'on n'abusait pas impunément du temps de celui avec qui il avait rendez-vous.

Quatrième partie

With us until you're dead

Chapitre 54

Noir d'automne

Le ballet des grues illuminées n'en finissait plus d'animer le golfe de la baie de Tokyo, porte d'entrée naturelle vers l'océan Pacifique, et au-delà, vers des contrées du monde dont aucune ne ressemblait vraiment à ce pays hors-norme.

Le Japon.

Yoran avait atterri la veille dans une cité tokyoïte plongée dans un automne des plus sombres, et qui lui paraissait bien différente de celle qu'il avait quittée près d'un mois auparavant. Il n'avait désormais plus qu'une seule idée en tête : retrouver une fois pour toutes les individus qui se cachaient derrière les « Tueurs aux estampes », et mettre un terme à leur série noire, comme il avait su le faire, avec l'aide de Gilbert Le Bris, pour les frères Čížek à Prague.

Contrairement aux précédents meurtres, il n'avait pas été en mesure de voir par lui-même la dernière photographie qui avait été diffusée sur Instagram, le compte en question ayant été clôturé par les modérateurs de l'application avant même que les autorités ne le réclament. Mais selon les médias japonais, qui s'étaient définitivement emparés de l'affaire, le corps avait été enduit de peinture blanche, et trois croix noires avaient été dessinées sur le sol, à défaut de l'être sur le visage arraché.

Et le porte-parole de la police de Tokyo avait confirmé que les dessins avaient été réalisés avec du noir de carbone, comme Yoriko l'avait appris à Yoran pour les deux premières victimes.

Le *carbon black*.

Pour Yoran, on ne pouvait qu'y voir la marque des assassins. Leur message. À la fois sobre, épuré, et irrémédiable. Un message qu'il ne parvenait pas à saisir, et sur lequel il allait devoir se concentrer, coûte que coûte.

Au loin, un gigantesque porte containers entrait lentement dans la baie, escorté par deux petits hors-bords anthracite. Comme dans le cœur de la capitale japonaise, la vie ne s'interrompait jamais ici non plus, et Yoran était bien placé pour savoir que c'était là le propre des ports, et pas uniquement de ceux dédiés au trafic de marchandises. Plus haut, la lune voilée renvoyait de faibles reflets sur la surface de la mer. À l'ouest, la blancheur immaculée des cimes du mont Fuji défiait fièrement la noirceur de la nuit, inspirant à Yoran un gardien éternel dont la bienveillance n'avait d'égal que le respect qu'il suscitait auprès du peuple qui vivait sur ces îles.

Une vague d'air glacial lui fouetta le visage. La baie avait beau se situer entre deux péninsules, elle n'en demeurait pas moins exposée à la rigueur des éléments une fois la saison froide venue. Les mains enfoncées dans les poches de son blouson, il ferma les yeux et leva la tête vers le ciel obscur. Puis il respira longuement l'air iodé, plus que jamais conscient qu'il s'apprêtait à se replonger de tout son être dans ce que la société japonaise contemporaine était capable de produire de pire, un mal exécrable et sans visage qui avait déjà commencé à s'étendre par-delà le monde, et dont il allait devoir remonter aux origines s'il comptait en identifier les responsables.

Au risque d'y laisser une part de son âme.

Chapitre 55

Copycats

La circulation était encore dense, à cette heure avancée de la soirée.

Une effervescence inhabituelle s'était emparée de la cité qui ne dormait jamais, et MoTo n'aimait pas cela outre mesure. Il avait donné rendez-vous à Mayu au Disk Union d'Ochanomizu, où il avait auparavant jeté son dévolu sur l'album *0* des Islandais de Low Roar.

La jeune femme l'y avait retrouvé juste après la tombée de la nuit, vêtue d'un sobre caban noir et d'un béret *vintage* en *tweed*. En temps normal, ils évitaient au maximum d'être aperçus ensemble, mais ce soir-là, ils allaient rencontrer l'homme qui les avait tous unis, afin de préparer leur prochain accomplissement, en amorce du grand final qui s'ensuivrait.

Un simple trajet en métro leur avait permis de se rendre à Sumida, que des hordes de touristes étrangers avaient pris d'assaut, comme bien trop souvent à son goût. Le lieu – le dernier étage de la Tokyo Skytree – était toujours le même car, comme le disait celui qui leur avait demandé de l'y rejoindre, les endroits publics fréquentés valaient toutes les cachettes du monde. Il avait certainement raison.

La montre de MoTo indiquait 19 h 57 lorsqu'ils emprun-tèrent l'un des ascenseurs pour atteindre le dernier des trente-cinq étages de la tour. Tout en observant les portes argentées se refermer lentement sur le monde extérieur, il réalisa qu'il transpirait légèrement.

Et cela n'avait rien d'habituel.

* * *

En écoutant les portes de l'ascenseur coulisser, Mayu Asakura se rappela de la promesse qu'ils s'étaient tous faite, alors que leur projet n'en était encore qu'au stade d'esquisse.

Dresser la liste de ceux qui avaient poussé tant de femmes à préférer mourir ou se laisser dépérir plutôt que de continuer à mener une vie qui ne revêtait plus aucun sens, les débusquer, et mettre un terme à leur existence sinistre. Pour cela, elle n'avait pas hésité une seule seconde à se mettre en danger pour attirer vers eux celui qui fut leur premier trophée. Ryo Tomita.

Après des débuts fébriles, elle se sentait désormais complètement en confiance. Elle n'ignorait rien des enjeux majeurs de ce qui allait se décider dans les minutes suivantes, mais elle devinait que les choses étaient loin d'être aussi évidentes pour MoTo. Le jeune homme, qui avait jusqu'alors fait preuve d'un sang-froid et d'une motivation sans faille, était perturbé, et ce, au moins depuis qu'elle était allée à sa rencontre dans son antre d'Ochanomizu.

L'imminence de l'aboutissement de leur œuvre n'y était probablement pas étrangère, mais il savait tout comme elle que les journées à venir allaient s'avérer critiques, et que leur marge d'erreur était inexistante.

Elle réajusta son béret face au miroir de l'ascenseur et desserra légèrement son caban.

Les portes s'ouvrirent alors sur le hall circulaire du dernier étage de la Tokyo Skytree.

* * *

Il était comme hypnotisé par la vue plongeante sur Tokyo et ses centaines de milliers de signaux lumineux, qui scintillaient à l'infini au gré des battements du cœur de la cité.

Ils disposaient d'une heure avant la fermeture de la tour, soit bien suffisamment pour affiner les préparatifs de la scénographie d'Aokigahara. Leur quatrième membre s'était proposé de s'occuper personnellement de ce qui allait constituer à ce titre leur outil de mort, dans une démonstration totalement inédite qui ne pourrait que marquer durablement les esprits.

Un vent de terreur soufflerait bientôt sur leurs ultimes cibles, et en particulier sur celle qui justifiait à elle seule l'instauration de ce projet sans précédent.

« Kingu ».

Il fut interrompu dans ses pensées par l'apparition dans la vitre de deux silhouettes qui parurent survoler la *skyline* tokyoïte tels des fantômes sans visage l'espace d'un instant, avant de s'immobiliser derrière la sienne.

– Bonsoir, Primo-*san*.

– Bonsoir. Merci de vous joindre à moi dans la contemplation de ce que notre capitale a à nous offrir de plus exceptionnel. Sa ligne d'horizon une fois la nuit tombée.

Dans leur dos, la fréquentation des visiteurs nocturnes était encore dense, mais comme toujours, l'immense majorité se composait de non-Japonais.

– Êtes-vous déjà allés à Prague ?

Ni MoTo ni Mayu ne donnèrent suite à la question.

– Je présume que je dois interpréter votre silence comme une réponse négative. J'ai pour ma part eu cette chance, une fois. C'était il y a sept ans. Déjà… La Bohême est une région magnifique nichée au cœur de l'Europe, et je vous invite vraiment à vous y rendre si un jour vous en avez l'occasion. Ceci étant dit, lorsque j'ai commencé à réfléchir à notre projet, j'étais à des années-lumière d'imaginer que des imitateurs, des *copycats* – pour ne pas les qualifier de « faussaires » –, allaient interférer avec nous, alors même que plus de neuf mille kilomètres séparent la capitale tchèque de Tokyo.

– Des minables…

MoTo n'avait pu garder pour lui ce qu'il pensait des deux frères qui s'étaient inspirés de leurs actes pour s'assurer un retentissement similaire dans les médias, en s'appuyant pareillement sur le potentiel sans équivalent des réseaux sociaux.

– Des minables éclairés, s'il en est, mais pas à la hauteur de notre œuvre, j'en conviens absolument. Cela explique cependant pourquoi j'ai choisi de ne plus nous réunir tant que ceux-ci n'avaient pas été mis hors d'état de nuire. Mais cette mise en sommeil forcée est enfin terminée, et ce n'est pas la désactivation de FuguShots qui freinera notre élan, je vous en donne ma parole. Je vous ai volontairement laissés à l'écart de la dernière réalisation, mais vous aurez votre rôle à jouer dans la prochaine, car celle-ci sera mise en ligne simultanément sur Instagram, Facebook et Twitter, les comptes dédiés ayant déjà été créés à cet effet. Et elle sera diffusée en direct.

– Nous montons en gamme avant notre plus grand moment…

Mayu avait pris la parole pour la première fois. Sa fascination pour leur projet commun ne faisait aucun doute.

– Ce grand moment, comme tu le dis si bien, devrait survenir le dernier jour de ce mois, mais je vous en dévoilerai davantage sur ce point prochainement. En attendant, toute notre attention se doit d'être focalisée sur l'accomplissement à venir, et exclusivement sur celui-ci.

– Oui !

MoTo et Mayu avaient répondu de concert.

– Dans dix jours exactement, chacun de vous devra se rendre juste avant la nuit et par ses propres moyens dans le district de Minamitsuru, à Yamanashi, et longer le lac en direction de la forêt. Je vous y attendrai, en compagnie de notre dernier membre, qui est déjà pleinement engagé sur ce quatrième acte. Comme précédemment, je vous informerai *via* l'application LINE du matériel à transporter avec vous. Ce sera notre unique lien durant ces dix jours.

– Ces instructions conviennent amplement, Primo-*san*, réagit MoTo.

– Rien à ajouter, renchérit Mayu.

Il réajusta alors ses lunettes puis, avant de les observer s'éloigner et disparaître dans le flot des visiteurs, compléta.

– Et rappelez-vous… Insaisissables comme l'ombre et frappant comme la foudre…

– … Nous sommes la nuit.

Tous avaient prononcé cette ultime phrase dans une parfaite synchronicité.

Ils se saluèrent et, une fois seul, il se remobilisa. Car il le savait mieux que quiconque : si la prochaine action achevait de mettre en lumière leur collectif aux yeux du Japon, la toute dernière aurait une résonance à l'échelle mondiale, et reviendrait pour chacun d'entre eux à pousser à son paroxysme son dévouement pour la cause qu'ils défendaient corps et âme.

Jusqu'à l'ultime sacrifice.

Chapitre 56

Antiporno

Ryo Tomita.

Daisuke Miyazato.

Jin Zaiki.

Quel lien unissait ces trois citoyens du Japon, exécutés chacun de manière effroyable, le tout dans le cadre de scénographies inspirées des estampes japonaises ?

Yoran était installé sur le canapé en futon de son modeste appartement, son ultraportable posé sur les genoux, alors que la chanson *Savage Love* de Death In Vegas montait lentement en puissance dans la pièce.

La nuit était tombée depuis deux bonnes heures déjà, et la température extérieure s'était encore un peu plus refroidie depuis son retour d'Europe. Mais la vie continuait à Tokyo, et il était certain que, maintenant que les imitateurs de Prague avaient été mis hors d'état de nuire et qu'un troisième meurtre avait été commis au Japon, le pire était à craindre. Aussi jugeait-il qu'il n'avait jamais été à ce point urgent de mettre à jour les identités des « Tueurs aux estampes », sous peine de voir la société japonaise sombrer un peu plus dans un chaos dont personne n'aurait l'assurance de sortir indemne. Il craignait par ailleurs que d'autres

« artistes » autoproclamés ne se mettent à marcher dans les traces des meurtriers japonais et tchèques, aucune autorité – nationale ou internationale – ne s'avérant suffisamment solide pour enrayer l'influence et l'effet d'entraînement générés par les réseaux sociaux.

Il se concentra d'abord sur Ryo Tomita, qui avait fait l'objet de la toute première mise en scène, dans le *love hotel* d'Akihabara. Comme il l'avait déjà mis au jour, l'homme exerçait avant sa mort dans une agence de publicité tokyoïte, White Lab, où il occupait le poste de *senior manager.* Il vivait dans le quartier résidentiel de Jiyugaoka, que d'aucuns décrivaient comme le plus européen de Tokyo. Dans l'historique des partenariats de sa société figuraient les noms des entreprises pour lesquelles elle avait officié, dont plusieurs prestigieuses, comme Honda, Seiko ou la Toei Animation Company. Mais Yoran ne releva pas d'informations susceptibles de démarquer davantage l'homme.

Il poursuivit ses recherches approfondies avec Daisuke Miyazato, dont il connaissait déjà le passé de professeur de mathématiques à l'université de Tokyo, ainsi que ses six années *off the radars* comme responsable de l'innovation des procédés à la Banca Monte dei Valle di Siena. Mais surtout, selon les membres de la Police Parallèle, il avait la réputation d'être l'homme qui se cachait derrière le nom d'emprunt Satoshi Nakamoto, rien moins que le créateur du Bitcoin. Cela expliquerait pourquoi il avait activement œuvré au rapprochement de FuguShots avec un ensemble d'entreprises japonaises impliquées dans le développement du yen numérique.

Jin Zaiki avait quant à lui exercé comme technicien plateau pour des sociétés de production diverses et variées, celui-ci paraissant avoir enchaîné les contrats tel un mercenaire tout au long de sa carrière. Et au vu des noms de certaines des sociétés référencées sur son CV, il n'avait pas rechigné à collaborer avec des studios de films pornographiques. Vision X, UniseX, Beauty & the Bitch, United States of Sex, Aurora Anal Project… Celles-ci étaient légion dans la liste que Yoran avait sous les yeux, et certaines de leurs appellations auraient prêté à sourire, si le pauvre homme n'avait pas succombé de façon aussi terrible quelques jours plus tôt.

Pour autant, et hormis leur sexe masculin, une éventuelle connexion entre les trois victimes n'allait pas de soi, si ce ne fut le fait que Ryo Tomita avait trouvé la mort dans un *love hotel*. Mais quid de Daisuke Miyazato ? Yoran ne se souvenait pas avoir découvert un lien entre le quinquagénaire japonais et cet univers très particulier dans ses précédentes recherches.

Insuffisamment convaincu par ces derniers résultats, il décida de réorienter ses investigations en suivant l'axe de la cryptomonnaie. En supposant que Miyazato soit bien l'identité réelle de Satoshi Nakamoto, il était plus que probable que cela ait joué un rôle dans son exécution, ce qui restreignait le champ des possibles pour démasquer ses bourreaux.

Après avoir lu et relu pendant une bonne demi-heure des articles ne lui apportant guère plus que des éléments d'information dont il avait déjà connaissance, il ralentit cependant à la lecture d'une publication d'un journaliste *underground* datée de l'année 2020. Celui-ci, un certain Roberto W. Douglas – vraisemblablement un nom d'emprunt – évoquait dans un développement relativement bien documenté PornVisory, une cryptomonnaie conçue pour rémunérer les consommateurs de contenus pornographiques sur le Net.

Cela assurait une confidentialité totale aux internautes amateurs de sites pornographiques payants, en dissociant les deniers stockés sur leurs comptes bancaires traditionnels de ceux issus de la cryptomonnaie.

Comme des jetons échangés contre de l'argent dans une fête foraine, songea Yoran, mais une fête foraine mondiale au potentiel illimité dans ce qu'elle avait à offrir à ses visiteurs, ou l'avènement d'une tour de Babel universelle du X où le porno régnerait en maître sur des masses d'individus aux situations et aux statuts sociaux aussi diversifiés que leurs pays et langues d'origine.

L'égalité ultime garantie à tous face aux fantasmes et à la perversité de chacun, des plus communs aux plus inavouables.

Et le dénommé Roberto W. Douglas ne s'arrêtait pas là dans sa présentation. Les dirigeants de PornVisory envisageaient de permettre à leurs utilisateurs d'échanger dans un avenir proche leurs jetons contre des produits et des services, ou comment briser le quatrième mur, cet écran symbolique qui jusqu'alors séparait immanquablement ce public anonyme des « spectacles » virtuels qu'il consommait sans concession et de leurs acteurs.

Il eut alors un sursaut en parcourant à nouveau la liste des entreprises ayant eu recours aux services de White Lab, l'agence de publicité de Ryo Tomita. L'une d'entre elles faisait partie de celles pour lesquelles avait travaillé Jin Zaiki.

Karma Pole X.

En se renseignant sur celle-ci, il apprit qu'elle avait été fondée en 1982 à Tokyo sous le nom Karma, comme simple constructeur de jouets au départ, pour s'élargir au développement, à l'édition et à la distribution de jeux vidéo cinq ans plus tard, changeant son nom en Karma Pole, avant de se spécialiser dès 1989 dans la production et la commercialisation de films pornographiques, la lettre X venant se greffer sur le nom préexistant. Depuis lors, l'entité n'avait eu de cesse de se renforcer en agrégeant la plupart de ses concurrents, y compris en dehors du Japon, jusqu'à devenir le plus important producteur du genre en Asie, regroupant pas moins de cent cinquante-sept studios, et engendrant un chiffre d'affaires qui dépassait l'entendement.

Mais il fut plus effaré encore en visualisant le logo de l'entreprise. Il s'agissait d'un cube en trois dimensions, qui lui rappelait le logo d'une ancienne console de Nintendo, mais dans lequel trois caractères s'enchevêtraient autour d'un autre cube de taille plus réduite.

Trois fois la lettre X.

Yoran frissonna en se remémorant les trois croix peintes sur chaque scène de crime, puis il repoussa l'ultraportable sur le canapé et se redressa.

Et si sous sa façade historique respectable et indissociable du paysage monétaire d'une économie plus que jamais globalisée, la Banca Monte dei Valle di Siena était en fait sur le point de monter avec cette société une plateforme occulte dédiée au financement des sites pornographiques pour à terme retrouver sa place sur l'échiquier international, après les multiples scandales qui l'avaient frappée ?

Une idée s'imposa alors en lui, comme une évidence.

Les « Tueurs aux estampes » semblaient se livrer à une croisade contre des personnes ayant été, d'une manière ou d'une autre, activement associées à l'industrie du cinéma pornographique japonais, et peut-être bien davantage.

À une croisade antiporno.

Chapitre 57

Glamour Boy

La rame de métro de la ligne Yamanote en provenance de la gare d'Ueno était encore bien remplie quand Yoran en descendit à la station Kanda.

Il était près de 23 heures, et il avait rendez-vous avec un fantôme. En l'espace de quelques jours, il s'était rendu à plusieurs reprises dans la boutique Disk Union d'Ochanomizu, où il avait espéré retrouver MoTo. Sans succès.

Après maintes hésitations, et malgré une réticence tenace, il s'était finalement résolu à retourner dans la station de métro où il avait quitté son *alter ego* photographe après leur toute première rencontre, à la fin de l'été. Manseibashi. Un pari comme un autre, mais les jours passaient, et avec eux la probabilité grandissante qu'un autre meurtre soit commis par les « Tueurs aux estampes ».

Et Yoran aurait parié qu'il existait un lien entre MoTo et ceux-ci. Lorsqu'il avait découvert que le jeune homme avait réalisé un reportage photo sur Sébastien Reicher et la pratique du kendo, il avait décidé d'aller revoir le Français au sommet de l'Ark Hills South Tower, à Roppongi, afin d'en apprendre davantage, mais il y avait frôlé la mort. Quelqu'un avait cherché à le dissuader d'aller plus loin dans ses investigations, alors que Sailor-*chan* lui avait présenté MoTo comme un candidat idéal aux photos mises en ligne après chacun des meurtres.

Il savait qu'il détesterait ce qu'il s'apprêtait à faire, mais il estimait ne pas avoir le choix. Il était convaincu que MoTo était impliqué, d'une manière ou d'une autre, dans les agissements du collectif d'assassins, et il détenait à présent un nombre d'éléments potentiellement suffisants pour le confondre, yeux dans les yeux. Ou à tout le moins, se rapprocher considérablement de la vérité.

Mais auparavant, il y avait ce test. Cette épreuve de force.

Car sauter par-dessus les voies du métro avait été tout sauf une partie de plaisir pour lui lorsque le moment avait été venu de suivre MoTo dans son antre souterrain, au terme de leur session de *shooting* nocturne estivale. Et il n'avait d'autre choix que de réitérer son exploit s'il voulait tenir sa chance de parler à nouveau au jeune homme, le tout sans la moindre garantie qu'il y aurait quelqu'un au bout du chemin. Ni de ne pas y laisser sa peau.

Aussi attendit-il de longues minutes à l'extrémité du quai, priant intérieurement pour que la station se vide tout en s'imprégnant du rythme d'horloger auquel les rames de métro arrivaient les unes après les autres. Il avait une crampe à l'estomac et ses jambes tremblaient, mais renoncer lui était purement et simplement interdit.

Il n'avait pas d'appareil photo ni de sac, ce soir-là, ce qui s'avérerait moins contraignant pour le grand saut. Sans le vouloir, il avait commencé à compter dans sa tête. Les secondes, d'abord, puis les minutes, et enfin les rames successives.

Son corps demeurait immobile, mais son cerveau lui dictait qu'il était prêt. Il se retourna deux fois, puis une troisième, et constata qu'il était seul. Il en était à cinquante-sept secondes depuis le dernier passage d'une rame dans le tunnel à peine éclairé dans lequel il allait s'engager.

58, 59, 60…

Un autre métro arriva à quai. Personne n'en descendit. Yoran avait reculé instinctivement. Il cligna des yeux et parcourut d'un ultime regard la station sur toute sa longueur. Calme plat.

Le métro s'enfonça dans l'obscurité à une vitesse ahurissante.

Il inspira. Souffla. Deux fois.

Puis il prit son élan et sauta de toutes ses forces vers sa destinée.

* * *

Le choc brutal de ses pieds contre le sol de l'autre côté des rails faillit lui briser les chevilles, mais après une demi-seconde, il trouva son équilibre *in extremis*.

Immédiatement, il se mit à longer le mur, pleinement conscient que chaque rame qui passerait signifierait une nouvelle prise de risque pour lui. La fresque du drapeau du soleil levant était toujours là où il l'avait vue la première fois. Il accéléra.

Après une trentaine de mètres, une lame d'air chaud lui indiqua l'imminence de la rame suivante, lui laissant tout juste le temps de se plaquer contre le mur de tout son long. Les yeux fermement clos, il sentit le souffle provoqué par le déplacement de l'air autour du métro lui frapper le visage, qu'il regretta amèrement de ne pas avoir pensé à protéger.

Il repartit en direction de la station désaffectée aussitôt après, courant à une allure folle dans le boyau obscur. La peur au ventre, il pressa encore le rythme lorsqu'il entendit un crissement aigu s'élever quelque part derrière lui, mais il fut incapable d'atteindre le quai à temps.

Recroquevillé sur lui-même, il pressa ses mains contre ses oreilles et patienta dans la douleur, le regard rivé vers sa destination. Puis, alors que la rame était encore à portée de vue, il s'élança dans ce qu'il espérait être son ultime course.

Cela se joua à la seconde près. Yoran s'agrippa au rebord du quai au moment où la rame suivante pénétrait dans la station, aidé par le souffle qui l'accompagnait. Il demeura ensuite allongé à même le sol, avant de réaliser qu'il avait visé juste.

Là-bas, à l'autre bout du quai, assis dans la pénombre la tête légèrement inclinée en arrière et les deux mains posées derrière lui, MoTo semblait observer un point qu'il était seul à voir, les volutes de fumée d'une cigarette allumée s'élevant lentement au-dessus de lui.

– Ça alors… Un autre photographe… Tu t'es perdu ?

Essoufflé, Yoran finit par trouver les mots pour répliquer à son « hôte », qui tenait à présent sa cigarette dans la main.

– Perdu, non… Je pourchasse des démons…

– Ah… Les tiens, alors ?

– Pas exactement, à vrai dire.

Tout en parlant, Yoran s'était rapproché de MoTo, qui souriait franchement à la vue de ce visiteur inattendu.

– Je crois que tu sais pourquoi je suis ici… ou plus précisément, pourquoi je viens de risquer ma vie pour te parler.

– J'imagine que ce n'est pas pour une session de *shooting*, cette fois.

Il huma longuement sur sa cigarette, contemplant le mur de béton armé devant lui, comme s'il avait été face à la mer.

– Non, pas cette fois. Ni pour revoir nos classiques de *hard SF* ensemble. Mais restons dans le domaine artistique, si tu veux bien. Les estampes, tu apprécies ?

D'abord silencieux, MoTo finit par répondre comme si de rien n'était à la question de Yoran.

– Je ne serai pas le meilleur pour t'en parler, malheureusement. La photo, en revanche…

– Hum, laisse-moi deviner… Tu veux dire, la photo du genre de celles que vous balancez sur les sites de *photo games*, toi et tes amis, et depuis peu sur Instagram ? Avec les mises en scène qui vont bien, mais qui, crois-moi sur parole, n'amusent que vous ?

MoTo se leva en douceur et resserra sa ceinture. Ses yeux étaient toujours plongés dans la contemplation du mur devant lui.

– Tu ne sais rien, de nous. Car nous sommes la nuit, et personne n'interférera entre nous et nos créations. Et surtout pas un *gaijin*. Mais je t'aime bien, Yoran. Tu me parais foutrement plus doué que tous les flics de ce putain de pays, et non content de ça, tu fais de sacrées bonnes photos. Je suis allé voir ton compte sur Insta, tu sais.

– Comme ça, on est à égalité. Sauf que mes « créations » à moi se passent de sang, et que je travaille en solo. Qui est derrière tout ça ? Que t'a-t-on promis, pour que tu t'égares à ce point ? Dis-moi au moins que tu n'as tué personne !

Un souffle brûlant émergea du tunnel par lequel Yoran était arrivé, devançant de peu un nouveau crissement à la limite du supportable pour des oreilles humaines.

– Aucune promesse ne saurait me faire agir dans un sens ou dans un autre. Seule la cause compte… à condition qu'elle soit noble. Et puis, quoi que tu tentes, tout sera terminé le dernier jour de ce mois, au su et au vu du plus grand nombre sans que personne ne puisse rien y changer.

– Quelle cause ? Une croisade contre l'industrie du X ? Karma Pole X, tu connais ?

MoTo jeta sa cigarette à demi entamée sur les voies, des ellipses luminescentes éclairant brièvement les ténèbres devant eux. Il ne souriait plus. L'écho de la rame entrant dans la station éclipsa tous les autres sons. Yoran hurla.

– QUI EST DERRIÈRE TOUT ÇA ? QUI ???

Le jeune homme inclina alors la tête vers lui, affichant un sourire resplendissant, presque naïf, et chuchota quelque chose. Deux mots, que Yoran eut tout juste le temps de lire sur ses lèvres, avant que MoTo ne saute vers les rails, comme il l'aurait fait depuis un plongeoir dans une piscine.

Il disparut immédiatement sous le métro lancé à vive allure, accompagné d'un bruit sourd à peine audible, qui ne ralentit en rien la vitesse du monstre de fer et de verre.

Sous le choc, Yoran bascula en arrière en protégeant instinctivement son visage, et se recroquevilla en position fœtale au sol en criant de toutes ses forces. Mais il ne reçut aucune réponse, et la rame se fondit dans le tunnel obscur aussi vite qu'elle y était apparue.

Il y avait juste ces deux mots, que Yoran avait mémorisés sur le fil. Deux mots qu'il n'oublierait jamais. Deux mots qui avaient coûté la vie à un gamin.

– *Glamour Boy.*

Chapitre 58

Retour divin

Du monde. Énormément de monde. Beaucoup trop de monde.

Gilbert Le Bris avait atterri à l'aéroport international de Narita en début de soirée. En l'absence d'autres billets disponibles, il avait dû se rabattre sur un vol de la compagnie aérienne nationale polonaise dont l'escale à Varsovie avait duré plus de vingt-quatre heures, qu'il avait occupées en déroulant à cinq reprises dans son casque MP3 l'intégrale du *Tristan et Isolde* de Wagner. Un comble, pour un pays dont le principal aéroport portait le nom d'un compositeur non moins illustre, le romantique Frédéric Chopin.

Son séjour avait été plus long que prévu, lui permettant de profiter davantage qu'il ne l'aurait pensé des délicieux plaisirs qu'avaient à offrir les Pays-Bas et de la philosophie de vie propre à leurs habitants. Et hormis une pluie quasi continue qui aurait décontenancé les plus téméraires des Brestois, ce passage en terre batave avait fait office pour l'ancien policier d'agréable transition entre la Bohême et le pays du Soleil levant.

Mais alors qu'il sortait du terminal 1 bondé du principal aéroport du Japon, il se demanda s'il n'avait pas mis les pieds sur une autre planète. Il avait cru à une plaisanterie lorsqu'un robot humanoïde arborant une casquette de l'une des compagnies de transports de Tokyo lui avait proposé de lui présenter le meilleur trajet pour rejoindre la capitale japonaise à bord de l'un des trains de la ligne. Aussi – ayant lui-même pratiqué le métier par le passé – avait-il finalement préféré avoir recours à un bon vieux taxi pour parcourir les soixante-cinq kilomètres qui séparaient l'aéroport international de Narita du centre de Tokyo.

Durant le vol, il avait lu dans son guide que la lumière rouge signifiait que le taxi était libre, et que celle-ci était verte dans le cas inverse. Sans doute un mystère de la logique nippone. Celui dans lequel il monta après avoir laissé le chauffeur impeccablement apprêté ranger sa valise dans le coffre était d'un vert flamboyant zébré de deux bandes jaunes sur chaque côté. Gilbert Le Bris avait insisté pour garder avec lui son autre bagage, sous le regard attendri du chauffeur. Tout en posant ses mains gainées d'un blanc immaculé sur le volant, ce dernier lui parla brièvement dans un anglais minimaliste au fort accent japonais, mais il réussit à saisir le mot « hotel » dans ses propos. Il lui tendit alors un petit carton qu'il avait préparé à l'avance et sur lequel il avait indiqué l'adresse de celui où il avait réservé une chambre.

Le Rex Pinku Resort, à Akihabara.

Non pas que Gilbert Le Bris soit particulièrement à l'affût de sensations fortes pendant la durée qu'il resterait au Japon, mais il avait délibérément choisi sa chambre dans le *love hotel* qui avait été le théâtre du tout premier meurtre. Ce serait sa manière à lui de s'approprier l'affaire, en visualisant les lieux et, idéalement, en se rapprochant des membres du personnel, dans l'espoir que certains seraient à même de lui communiquer de nouveaux éléments.

Mais avant cela, n'ayant pas dormi plus de quelques minutes dans l'avion, il allait être en mesure de s'octroyer un petit somme sur la banquette arrière du véhicule qui le conduirait vers le défi qu'il s'était fixé à Prague : résoudre sa première affaire sur un autre continent, ou tout du moins, y contribuer fortement.

Sans oublier qu'il allait enfin pouvoir restituer à Yoran celui qui avait justifié à lui tout seul son détour forcé par Rotterdam. Un vieux matou esquinté de partout, et dont le photographe lui avait dit qu'il tenait son nom d'une divinité égyptienne.

Il glissa quelques doigts à travers la grille de la caisse installée près de lui, ne parvenant qu'à provoquer un infime miaulement au demeurant peu rassuré.

– *On est bientôt arrivés, Horus. On est bientôt arrivés.*

Chapitre 59

Une mer d'arbres

Dense et sombre, la forêt millénaire s'étendait sous ses yeux, implacable.

La route lui avait paru longue, depuis Tokyo. Pourtant, il avait été inconscient durant une bonne partie du trajet. La faute aux deux êtres à têtes de cochon qui lui étaient tombés dessus à la sortie de son cabinet. Ils l'avaient entraîné sans sommation dans un van stationné à proximité de sa voiture, non sans lui avoir asséné un violent coup derrière la nuque.

Ikurō Asakawa exerçait comme avocat à Minato depuis bientôt vingt-sept ans, et s'il avait dû établir la liste des ennemis qu'il s'était faits pendant sa carrière, il aurait eu l'embarras du choix. Éminents membres de clans yakuzas, politiques corrompus, dirigeants d'entreprises véreux, ils avaient été nombreux à achever leur néfaste carrière par un séjour à plus ou moins long terme dans l'un des établissements du redoutable système carcéral japonais, du fait de ses indéniables talents en tant que ténor du barreau. Et presque autant à désirer rendre un jour la pareille à celui qu'ils estimaient responsable de leur sort.

Aussi n'avait-il pas la moindre idée de l'identité de ceux qui l'avaient conduit jusqu'à la forêt d'Aokigahara, connue dans tout le pays comme la « forêt des suicidés ». Ils marchaient à présent à un rythme soutenu depuis presque une heure, et le trio ne semblait pas devoir s'arrêter de sitôt. Le premier de ses ravisseurs le devançait sur le tapis de mousse qui faisait office de sentier, assurant le rôle d'éclaireur, tandis que le second le serrait de près, lui ôtant tout espoir de fuite. Les mains entravées derrière le dos, il avait contemplé à plusieurs reprises les hêtres et les chênes s'élevant vers le ciel noir tout autour d'eux, croyant discerner çà et là ce qu'il restait des corps de ceux qui les avaient précédés dans ces lieux, et qui y avaient mis un terme à leur existence, la plupart du temps par pendaison.

On disait d'Aokigahara qu'elle était hantée, et pour ce qu'il avait pu en apercevoir depuis leur entrée sur le site, Ikurō Asakawa n'aurait eu aucun mal à le croire, le fait d'y errer au crépuscule et au cœur de la saison automnale y ajoutant une dimension véritablement inquiétante.

Il estima à plus de deux heures la durée totale de leur randonnée nocturne lorsque le premier membre de la cohorte éteignit sa lampe avant de la rallumer aussitôt, agissant ainsi par quatre fois. Dans la minute qui suivit, un signal lumineux similaire trouvant sa source au-delà d'un bosquet noyé dans l'obscurité lui répondit.

Ils n'étaient plus seuls.

Ils reprirent leur marche à une allure plus modérée. Il faisait soudain plus froid. Ikurō Asakawa crut entendre un chant lointain, comme une complainte, avant de réaliser au bout de quelques pas que l'origine du son était beaucoup plus proche. Et que ce n'était pas le vent.

Le chef de file éclaira alors les ténèbres devant eux, et ce qu'il vit le cloua sur place.

Là, à quelques mètres de leur position, trois hommes avaient été fermement ligotés chacun à une souche d'arbre, leurs yeux affolés balayant désespérément la pénombre.

– Qu'est-ce que…

Ikurō Asakawa ne termina pas sa phrase. Luisant brièvement dans la lueur de la lampe de ses ravisseurs mêlée aux reflets de la lune, il avait entrevu les malheureux. Dépourvus de tout vêtement, ceux-ci avaient été enduits de peinture blanche et de sang, puis recouverts de ce qui ressemblait à des morceaux de viande crue.

Et surtout, il y avait une quatrième souche.

Il déglutit au moment où une main le poussa en avant, et comprit immédiatement qu'ils avaient accompli tout ce chemin pour cet instant précis. Ils allaient le laisser là, en compagnie de ces trois hommes, à la merci de la nature sauvage, et sans aucune chance d'être secouru.

Il ne réagit même pas quand les deux êtres à têtes de cochons le déshabillèrent et l'attachèrent à la quatrième souche, utilisant pour ce faire des cordes en chanvre qu'ils avaient apportées avec eux. Ils serrèrent les liens si forts que, très vite, il ne sentit plus les extrémités de ses membres. Le visage braqué vers la gauche, son dos écrasé contre le tronc mort, il eut cependant tout le loisir d'observer ses trois voisins.

Il eut un haut-le-cœur en les reconnaissant l'un après l'autre.

Osamu Fujiwara… Kazushi Sugiuchi… Norio Handa…

Il les avait tous déjà croisés au cours de sa vie. Et pour cause. Tous trois exerçaient aussi dans des cabinets d'avocats tokyoïtes.

Il n'eut pas l'occasion d'y songer davantage. L'un de ses deux ravisseurs s'activa à installer une caméra sur pied à une dizaine de mètres de là tandis que l'autre s'était éloigné vers la forêt, avant d'en revenir avec une glacière et un pot de peinture blanche. Il ouvrit celui-ci et prit le temps d'enduire son corps à l'aide d'un gros pinceau. Il attrapa ensuite d'épais morceaux de viande saignante crue reliés entre eux dans la glacière, et les accrocha patiemment sur son buste avec l'aide de son complice. Ils achevèrent leur sinistre labeur en déversant sur lui des poches de sang, qui lui donnèrent rapidement un aspect similaire à celui de ses voisins, puis ils se fondirent dans la nuit.

Mais le pire était encore à venir.

La situation était si irréelle qu'il en avait oublié la lumière, celle qui avait répondu à la lampe du premier de ses ravisseurs. Car ils n'étaient pas deux, mais au moins trois. À l'instant où il tentait de comprendre ce qu'il en était de ce troisième membre, celui-ci surgit lentement d'entre deux rangées de hêtres, sa lampe directement orientée vers lui. Mais une autre urgence s'imposa subitement, éclipsant totalement la multitude de signaux de panique qui tentaient de se frayer un chemin dans son cerveau.

Le troisième être à tête de cochon tenait entre ses mains une bonne quinzaine de laisses, au bout desquelles autant de molosses se débattaient comme des fous furieux pour retrouver leur liberté.

Et manger.

Très vite, Ikurō Asakawa n'entendit plus que les grognements des chiens, affamés comme jamais et qui tiraient toujours plus fort sur leurs laisses. Il ne voyait plus que ces monstres effrayants, et se désintéressa instantanément des êtres à têtes de cochons qui l'avaient arraché à sa routine pour le traîner jusqu'à Aokigahara, au milieu de nulle part, là où personne ne viendrait le délivrer.

Il sentit une larme s'écouler sur sa joue gauche et se mêler à la peinture encore dégoulinante lorsque la meute funeste fut libérée dans un grondement sourd, avalant à une vitesse ahurissante la trentaine de mètres qui la séparait de son ragoûtant festin. Une poignée de secondes suffit à transformer la scène dont il était l'un des acteurs anonymes en une effroyable boucherie.

Les chiens s'attaquèrent d'abord à son voisin le plus éloigné, lui dévorant les cuisses en remontant inexorablement vers ses parties intimes, puis la meute se jeta sur les deux hommes les plus proches de lui dans un déferlement de hurlements hystériques et de vaines supplications.

Son tour vint presque immédiatement après. Il ferma les yeux aussi longtemps qu'il le put, avant de les rouvrir sur un corps qu'il ne reconnaissait plus comme étant le sien. Il poussa un cri tonitruant qui ne ralentit pas le moins du monde l'insatiable appétit des chiens enragés. Leurs crocs acérés lui déchiquetèrent littéralement les tendons puis les muscles des mollets, générant une douleur insoutenable qui le parcourut de ses pieds disloqués jusqu'au sommet de sa colonne vertébrale. Ses jambes n'étaient plus que lambeaux de chair et de sang quand ses yeux horrifiés se posèrent sur ses propres restes.

Juste avant qu'il ne sombre dans l'inconscience, Ikurō Asakawa eut un dernier regard pour la forêt immense qui l'entourait, oppressante et éternelle. Puis il inspira profondément, et cessa de respirer. Comme s'il s'apprêtait à se noyer dans une mer déchaînée.

Une mer d'arbres.

Chapitre 60

Kingu

Le Mandarin Oriental Tokyo occupait les neuf derniers niveaux de la tour Nihonbashi Mitsui, dans le quartier d'affaires du même nom. Il avait la réputation d'être l'un des hôtels les plus luxueux de la capitale japonaise, et offrait depuis ses suites une vue quasi inégalable sur la cité tentaculaire, et pour certaines d'entre elles, sur le spectaculaire mont Fuji.

C'était l'une des suites d'angle Mandarin que le « Messager » avait eu le bon goût de faire réserver pour Donato Aquila, dans l'attente de sa rencontre avec le dénommé « Kingu ». Une rencontre qui impliquait pour le directeur de la Banca Monte dei Valle di Siena une patience à toute épreuve. Car depuis son installation dans les lieux, il n'avait plus reçu la moindre nouvelle de ses hôtes, et en venait à se demander si son voyage avait eu un sens, ou si l'on s'était tout bonnement moqué de lui, ou à tout le moins, si le signal que le « Messager » lui avait fait parvenir quelques semaines plus tôt n'avait pas été un tantinet prématuré.

Simplement vêtu d'un peignoir blanc, il se servit un verre *highball* de Suntory Toki, l'une des variétés de whisky local gracieusement mises à disposition de ses clients par l'hôtel.

Il avait lu dans son guide de conversation italien-japonais que « toki » signifiait « temps », et s'était dit que cela n'aurait pu mieux convenir aux circonstances.

Un peu plus tôt dans la soirée, il avait passé près de deux heures dans le spa de l'hôtel, un espace de bien-être primé qui portait le sobre nom de The Spa, et où il avait pris l'habitude de retrouver chaque soir Kimi, une autochtone dédiée aux soins du corps sous toutes leurs formes.

À vrai dire, il avait cessé de compter les jours, et savait que le rendez-vous avec « Kingu » pouvait être fixé à tout moment. Ou peut-être jamais.

Sans s'en rendre compte, il s'était déjà servi un deuxième verre, laissant son esprit s'évader du trente-deuxième étage de la tour Nihonbashi Mitsui pour vagabonder entre les gratte-ciel illuminés d'Ōtemachi et plus loin vers l'ouest, là où la silhouette majestueuse du mont Fuji se dressait fièrement dans la nuit tokyoïte. Il sortit finalement de ses rêveries immobiles et se dirigea vers son smartphone, posé sur la table basse du salon.

Personne n'avait cherché à le contacter, même pas sa femme.

Chagriné, il connecta le mobile avec l'enceinte Bluetooth de la chambre et fit défiler les chansons en mémoire, avant de s'arrêter sur sa favorite de Moby, *Last Night*. Puis il gagna sa chambre et s'allongea sur le lit, somnolant quelques secondes, avant de revenir à lui.

If this be my last night on earth
Let me remember this for all that its worth
If this be my last night on earth
Let me remember this for all that its worth

Alors qu'il pensait à ses filles et qu'il réfléchissait aux souvenirs qu'il allait leur rapporter du Japon, le téléphone qui trônait sur le chevet de l'autre côté du lit sonna, le faisant soudainement sursauter.

Il se tendit aussitôt de tout son long vers l'appareil, chercha en vain à identifier le numéro de l'appelant, et décrocha le combiné.

– Bonjour, Donato-*san*.

– Bonjour…

Ce ne pouvait être que le « Messager ». Cold Lennon. Il s'apprêta à lui poser mille et une questions quand la voix enchaîna sans transition.

– Dernier jour du mois. L'endroit vous sera précisé vingt-quatre heures avant. « Kingu » sera là.

– Je…

– Venez déguisé.

Puis la communication s'interrompit.

Le cadran du téléphone indiquait douze secondes. Douze malheureuses secondes, après des semaines d'attente depuis leur précédent échange, puis plus rien.

Donato Aquila se demanda brièvement ce qui pouvait justifier de devoir attendre encore avant de rencontrer enfin celui pour qui il avait traversé le monde, mais ne trouva pas de réponse, et se dit que, quel que puisse être son avis, rien ne saurait être refusé à « Kingu ».

« Le Roi », en japonais.

Chapitre 61

Jet-lag

– Trois jours…

Gilbert Le Bris regardait droit devant lui, là où se dressait la tour de Tokyo, iconique symbole de la capitale japonaise, qui n'était pas sans lui rappeler la tour de Petřín de Prague, où il s'était fortuitement trouvé sur le chemin de son interlocuteur.

– Il m'aura fallu trois jours pour me remettre de ce foutu décalage horaire ! Vous m'excuserez donc de vous avoir fait attendre autant avant de vous restituer ceci…

Il tendit précautionneusement la caisse qu'il tenait en main à son voisin.

– Il n'a pas fait l'unanimité à mon hôtel, mais au vu du prix de la nuit, il ne valait mieux pas pour eux qu'ils fassent d'histoires…

Mais si lui distinguait la couleur orange des centaines de projecteurs qui rendaient la tour de Tokyo reconnaissable entre toutes, il savait que ce n'était pas le cas de celui qui était debout à ses côtés, pour qui elle n'était qu'un amas de métal luminescent particulièrement nocif pour ses yeux.

– Merci.

– Avec grand plaisir, cher Yoran ! Mais la prochaine fois que vous me faites aller aux Pays-Bas, prévenez-moi un petit peu avant, ça me laissera le temps de profiter un minimum. J'ai adoré Rotterdam, surtout le port, et j'ai dû prendre sur moi pour ne pas prolonger mon séjour d'une ou deux nuits à Amsterdam…

– J'en prends bonne note. J'espère que vous avez salué « Tonton » pour moi.

Le Bris ne saisit pas de qui Yoran voulait parler.

– « Tonton » est le surnom de l'homme qui avait la garde de Horus depuis mon départ du Rotterdam Eye Hospital. Je lui dois beaucoup.

– Ah, oui ! L'homme qui voit tout en bleu… J'y ai pensé, rassurez-vous ! Il avait l'air soulagé de vous savoir en bonne santé…

Yoran ouvrit la grille de la caisse et rendit sa liberté à Horus. Il avait expliqué à Le Bris que le félin, né vingt ans auparavant dans une ville de Brest alors en pleine canicule, l'avait suivi lorsqu'il avait quitté la pointe de l'Armorique, avant de devoir se séparer – momentanément – de son propriétaire. Le vieux chat grimpa aussitôt sur lui et s'installa sur ses épaules, d'où il observa avec une curiosité non dissimulée l'animation de la cité qui ne dormait jamais, tout autour d'eux.

– Il y a eu un nouveau meurtre. Quatre, en fait.

La voix de Yoran s'était tout à coup faite plus grave.

– Et bien, pour cette fois, c'est vous qui avez le *scoop*… J'ai vraiment décroché de tout ceci, ces derniers temps, mais ce n'est que pour mieux me relancer. Je ne suis pas venu jusqu'au bout du monde pour me tourner les pouces, faites-moi confiance !

– Je n'ai aucun doute là-dessus. Mais je dois vous dire que j'ai progressé dans mes recherches.

En quelques phrases, Yoran relata le suicide de MoTo sous ses yeux dans le métro de Tokyo, le fait que trois croix avaient été peintes au noir de carbone au pied des souches d'arbres où avaient été dévorées les victimes d'Aokigahara, et informa son allié de la connexion qu'il avait établie entre ces meurtres et l'industrie du cinéma pornographique japonais.

– Du porno, vous dites ? Bon sang, mais qui pourrait vouloir s'en prendre à des gens de ce milieu ?

– C'est toute la question. J'ai l'intention de me pencher sur le *background* des victimes d'Aokigahara, la forêt dans laquelle le quadruple meurtre vient d'avoir lieu. Pour celui-ci aussi des comptes ont été créés, non seulement sur Instagram, mais également sur Facebook et même Twitter. La scène y a été diffusée en direct, avant que les comptes ne soient mis hors-ligne sous la pression des autorités. Je soupçonne par ailleurs la Banca Monte dei Valle di Siena d'être impliquée d'une manière ou d'une autre dans ces événements, et peut-être dans le financement de sites pornographiques pour le compte de Karma Pole X, la société qui semble visée par les « Tueurs aux estampes ». J'aimerais que vous enquêtiez sur cette banque et ses dirigeants, et cherchiez à savoir si des événements récents la relient au Japon.

Gilbert Le Bris avait dégainé un calepin et son stylo de son blouson, et consignait à la va-vite les propos de Yoran sur le papier.

– Avant de se jeter sous le métro, MoTo – le photographe dont je suis pratiquement certain qu'il a participé aux meurtres – a dit que tout serait terminé le dernier jour de ce mois. Quelque chose va se produire. J'ignore quoi… mais nous devons nous préparer.

Avant de partir et de s'enfoncer dans la nuit, Yoran tendit un plan de Tokyo à l'ancien policier, sur lequel il avait entouré l'emplacement de son appartement, ainsi que la station de métro la plus proche.

– Vous savez où me trouver.

Tout en regardant le photographe s'éloigner, Gilbert Le Bris prit conscience que la tâche s'annonçait rude, mais qu'il avait toute la confiance de son ami. Et il n'avait pas l'intention de le décevoir.

Comme pour le saluer, Horus, toujours positionné sur les épaules de Yoran, tourna la tête dans sa direction et miaula.

Il lui manquait déjà.

Chapitre 62

Satori

Le musée d'Art métropolitain de Tokyo se situait au cœur du parc d'Ueno, l'un des *spots* incontournables de la capitale japonaise quand venait la saison de la floraison des *sakura*, les cerisiers japonais.

Mais à ce moment de l'année, alors que le mois de novembre n'avait jamais été aussi proche, sa fréquentation était bien moindre. Après des heures et des heures de recherches guère encourageantes au cours desquelles il avait simplement découvert que les quatre victimes de la forêt d'Aokigahara avaient eu en commun d'exercer la profession d'avocats au service de la société Karma Pole X à divers moments de leurs carrières respectives, Yoran avait décidé de changer d'air.

Il avait porté son choix sur ce musée car celui-ci proposait à ses visiteurs une exposition temporaire dédiée à l'*ukiyo-e*, regroupant près de cinq cents œuvres organisées sous la forme d'un voyage à travers l'histoire du Japon et celle de l'art de l'estampe, avec pas moins d'une soixantaine d'artistes présentés.

Pour l'occasion, il avait quitté son appartement un peu plus tôt qu'à l'accoutumée, profitant d'une journée sans lumière pour rejoindre sa destination sans faire souffrir ses yeux outre mesure. Le soir approchant, les visiteurs n'étaient guère nombreux, dans les allées du musée.

Les plus grands maîtres de la discipline étaient exposés là. Yoran enchaîna les vastes salles les unes après les autres sans véritablement parvenir à s'y intéresser pleinement, son esprit étant encore pleinement mobilisé par la série de meurtres en cours, et cette date dont lui avait parlé MoTo.

Le dernier jour du mois.

Pourquoi ce jour-là, et que fallait-il comprendre des dernières paroles du jeune photographe, « Glamour Boy » ? Yoran l'ignorait. Tout en faisant signe à l'un des gardiens du musée qu'il avait compris que l'heure de la fermeture était imminente, il se dit qu'il contacterait Sailor-*chan* aussitôt dehors, afin de lui demander si ce surnom lui rappelait quelqu'un, ou à défaut, de solliciter ses relations dans le milieu de la nuit tokyoïte pour tenter d'en apprendre davantage sur ce mystérieux individu.

Il allait quitter les lieux lorsqu'il se retrouva face à l'entrée d'une aile du musée qui lui avait jusqu'alors échappé. Une bannière monochrome surplombant son accès annonçait simplement « Hells & Ghosts » en *kanji* et en caractères romains. Il regarda l'heure sur son smartphone.

17 h 23.

Il disposait de sept minutes pour faire connaissance avec les enfers et les fantômes du Japon, un sujet qui était loin de le laisser insensible. Il écarta le *noren* – un rideau à l'effigie d'un *oni* en habit de pèlerin – qui en marquait l'entrée et pénétra dans un espace moins éclairé que les autres salles. Il croisa un couple de Japonais qui regagnait précipitamment la sortie, puis fut rapidement seul.

Là, les vues de la vie au Japon à l'époque d'Edo et ses paysages naturels iconiques laissèrent place à des fantômes, des monstres, des esprits démoniaques et autres *yōkai*, tous plus inquiétants les uns que les autres. Les noms des maîtres exposés différaient également, et Yoran n'en connaissait aucun.

Autant d'œuvres qui avaient probablement servi de source d'inspiration aux « Tueurs aux estampes ». Sans réellement savoir pourquoi, Yoran se sentait plus proche d'eux que jamais. Il touchait des yeux la matière première qui constituait l'autre connexion entre tous les meurtres survenus au Japon.

Un frisson le parcourut.

Étaient-ils là eux aussi, blottis quelque part dans la pénombre, à surveiller le moindre de ses faits et gestes ? Non, assurément, il était bel et bien l'unique visiteur dans cette aile du musée. Pourtant, il avait failli mourir assassiné sur le toit d'une tour à Roppongi, alors qu'il commençait tout juste à se lancer dans son enquête personnelle.

S'apprêtant à partir, il fut tout à coup saisi par le mur d'estampes qui se dressait devant lui. La collection présentée ici, gracieusement prêtée par une dénommée Ryōka Obata, ne comptait que des œuvres de Tsukioka Yoshitoshi, qu'une plaquette explicative décrivait comme le dernier grand maître de l'*ukiyo-e*. Ayant vécu entre 1839 et 1892, il avait traversé des pans entiers de l'Histoire de son pays, des dernières heures du Japon féodal aux prémices du Japon moderne, après son ouverture sur le monde. Pour autant, il n'avait jamais cessé de travailler sur la base de méthodes ancestrales, en opposition à celles importées de l'Occident, jusqu'à devenir le dernier à procéder de la sorte, non sans avoir contribué à faire franchir des sommets à sa discipline.

Après la mort de son père en 1863, qui fit suite à celle de son maître en 1861, ses créations s'imprégnèrent d'une violence récurrente, la mort et le sang faisant alors partie intégrante de ses peintures, dans un Japon plongé en pleine guerre civile.

À la fin de sa vie, après avoir connu plusieurs phases dépressives et une ultime période d'activité particulièrement prolifique, il fut frappé de troubles mentaux, et fut finalement emporté alors qu'il avait à peine dépassé la cinquantaine.

Ce qui impressionna Yoran, cependant, ne fut pas la biographie détaillée de l'artiste, mais certaines de ses estampes, qui le clouèrent littéralement sur place malgré l'heure tardive. Il y vit une représentation du suicide du samouraï Reizei Hangan Takatoyo par le rituel du *seppuku*, comme Ryo Tomita dans le *love hotel*, une autre d'Oniwakamaru – l'enfant devenu moine-guerrier dont lui avait parlé Yoriko – tuant une carpe géante, à l'image de la mise en scène du corps de Daisuke Miyazato dans le temple Toyokawa Inari, mais aussi celle d'un homme dont le visage avait été arraché par son domestique, Naosuke Gombei, comme Jin Zaiki, retrouvé dans un état identique dans une loge du théâtre Kabuki-za. Et enfin, il y avait cette représentation d'un couple livré en pâture à des chiens errants, exactement comme les quatre victimes d'Aokigahara.

Abasourdi, Yoran recula d'un pas.

Tsukioka Yoshitoshi avait représenté chacun des meurtres commis au Japon et diffusé ensuite sur les réseaux sociaux. Ou plutôt, les « Tueurs aux estampes » avaient puisé dans ses œuvres leur influence avant de donner la mort à leurs victimes et de fidèlement scénariser leurs exécutions aux yeux de tous.

Il prit plusieurs photos du mur d'estampes avec son smartphone – un sacrilège pour le photographe qu'il était – et n'entendit même pas le gardien lorsque celui-ci se dirigea vers lui en murmurant quelques mots en japonais à son intention. Avant même d'être sorti du musée, il composa le numéro de Sailor-*chan* et laissa sonner son mobile, une impatience folle s'emparant subitement de lui tandis qu'une seule et même question revenait encore et toujours dans son esprit.

Qui était Ryōka Obata ?

Chapitre 63

Mort au Roi

La Villa Rouge était une bâtisse perdue au cœur d'une forêt de bambous, dans la préfecture d'Ibaraki.

Construite en 1922 dans un style occidental, elle avait été occupée jusqu'au début des années quatre-vingt, et semblait figée dans le temps depuis. Elle tenait son nom de son toit en tuiles rouges, mais aussi de la couleur de la robe d'une poupée peu rassurante qui accueillait les téméraires visiteurs qui s'engouffraient entre ses murs.

À l'intérieur, l'atmosphère typique des années trente était encore bien visible, d'un réfrigérateur hors d'état à des pots de peinture d'époque, et jusqu'à un téléphone poussiéreux toujours fixé au mur. Mais son trésor, la pièce qui justifiait à elle seule le déplacement depuis Tokyo comme de beaucoup plus loin, c'était sa chambre noire d'un siècle d'âge. Pratiquement inchangée depuis sa création, on pouvait y trouver, derrière ses rideaux déchirés, des bouteilles de carbonate de sodium, des plaques sèches, quelques vieilles photographies et même des négatifs en attente de développement.

L'endroit faisait le bonheur des amateurs d'*urbex*, mais constituait également un lieu idéal pour celui qui souhaitait s'isoler temporairement de l'agitation et du bouillonnement de la métropole tokyoïte. Et c'était bel et bien ce qui avait réuni là l'homme et les deux femmes assis dans la pénombre de l'antique salon au sol jonché d'objets dont chacun avait une histoire à raconter, et que seule une minuscule bougie éclairait.

– Je vous suis infiniment reconnaissant d'avoir pris la peine de me rejoindre ici.

Les deux autres inclinèrent la tête simultanément, avant de laisser l'homme aux lunettes rondes poursuivre.

– Si j'ai tenu à ce point à nous éloigner de Tokyo à une semaine de l'acte ultime de notre croisade, c'est avant tout pour rendre un dernier hommage à celui d'entre nous qui n'a pas hésité à sacrifier sa vie afin de protéger la cause. MoTo. Car il n'était pas seulement notre photographe attitré, mais aussi un enfant de la nuit, comme vous. Comme moi. Et il aimait particulièrement se rendre dans cette Villa Rouge pour honorer sa passion. Nous aurions tous préféré qu'il soit à nos côtés à Aokigahara, mais le nombre de visionnages que cette quadruple exécution a engrangé sur les réseaux sociaux ne fait que souligner notre détermination.

Dehors, le crépuscule naissant accentuait le caractère inquiétant de la forêt.

– Mais cet hommage ne saurait être complet sans ce que nous nous apprêtons à accomplir. Aussi, au vu des circonstances exceptionnelles, je vous invite à peindre vos masques de la couleur de cette villa. Ils nous rappelleront à tous le jour venu que rien ne parviendra à nous désunir, même dans la mort.

Après avoir prononcé ces mots, l'homme s'empara d'un sac de sport posé devant lui et en sortit un baril translucide remplit d'un liquide qui aurait très bien pu être du sang humain. Puis, dans une synchronicité parfaite, les deux autres se saisirent de masques à l'effigie d'effrayantes têtes de cochons qu'elles avaient transportés dans leurs sacs à dos.

Mayu Asakura fut la première à tremper son pinceau dans le liquide rouge, suivie de peu par l'autre femme, dont elle ignorait le nom, mais dont elle savait qu'elle avait tué chacune de leurs victimes de ses propres mains. À la lueur de la flamme de la bougie, Mayu devina un regard plus déterminé que jamais dans ses yeux noirs, jurant ostensiblement avec sa beauté naturelle et la douceur angélique de son visage.

Depuis le début de leur croisade, elle était persuadée qu'elle n'agissait pas seulement par idéal, comme MoTo et elle, ou même Primo, mais qu'elle était mue par des motivations bien plus personnelles. Mais à la différence des précédentes exécutions, ils seraient tous en mesure de porter le coup de grâce à leur ennemi lors de la confrontation à venir, et ils n'auraient pas à s'embarrasser de prendre la scène en photo.

Car d'autres le feraient à leur place.

Moins d'une vingtaine de minutes plus tard, leurs masques avaient été intégralement peints, et séchaient sur une table en bois qui trônait au milieu de la pièce. Primo fut le premier à se lever. Il jeta un bref regard par la fenêtre la plus proche. La lune était presque pleine, au-dessus de la villa, projetant sa luminosité sur l'immensité de bambous qui les cernait.

Puis il se tourna vers les deux femmes, qui se redressèrent à leur tour, et murmura.

– Insaisissables comme l'ombre et frappant comme la foudre... nous sommes la nuit.

Et tous unirent leurs voix en une seule et même phrase, qui sonnait comme un cri de guerre.

– Mort au Roi !!!

Chapitre 64

Pink is the new black

Horus se fraya un chemin entre les jambes de Yoran, passa nonchalamment sous la table basse et sauta sans prévenir sur les genoux de Gilbert Le Bris.

La veille, Yoran leur avait demandé, à lui et à Sailor-*chan*, de le rejoindre dans son appartement le lendemain soir, alors que sept jours les séparaient de la date fatidique, celle indiquée par MoTo juste avant sa mort. Il avait gardé pour lui et son chat le canapé en futon, Sailor-*chan* ayant apporté deux chaises sur sa suggestion. Trois tasses fumantes de thé vert au gingembre trônaient au milieu de la table.

En fond sonore, l'album *Further* des Chemical Brothers défilait à faible volume.

– Ce n'est pas très grand, chez vous, mais je dois dire que c'est particulièrement bien aménagé…

– Bienvenue au Japon, cher Gilbert. J'imagine que votre chambre d'hôtel est légèrement plus spacieuse.

Le Bris parut soudain gêné.

– Et bien… pour ne rien vous cacher… j'ai réservé ma chambre dans un *love hotel*…

L'attention de Sailor-*chan* fut immédiatement rehaussée d'un cran.

– … mais pas n'importe lequel ! Je loge au Rex Pinku Resort, celui où le corps de la première victime des « Tueurs aux estampes » a été retrouvé. J'ai même pu visiter la chambre en question, en insistant un peu auprès des femmes de l'équipe de ménage. Par contre, elles viennent toutes des Philippines, donc pour ce qui est d'apprendre d'éventuelles informations au sujet de la scène de crime, c'est une autre affaire…

Sailor-*chan*, qui s'était présenté dans l'appartement de Yoran dans une tenue qui rappelait furieusement celle de Freddie Mercury dans le clip *I Want To Break Free* de Queen, perruque comprise, posa sa main sur la cuisse de Le Bris, éveillant brièvement un Horus somnolant.

– Si je peux offrir mes services comme traducteur, ce sera un immense plaisir…

Il avait pris la peine de s'exprimer en français, ce qui tendait à crédibiliser ses compétences linguistiques, au grand regret de Le Bris.

– Je crois que ça ira sur ce point, je vous remercie.

Horus se réveilla finalement complètement et descendit, puis sauta aussitôt sur le canapé près de Yoran et miaula la fin de la récréation, avant de fermer son œil unique.

– Chers amis, j'ai souhaité vous réunir chez moi ce soir car je pense que nous sommes sur le point d'assister à l'ultime accomplissement de cette sinistre série de meurtres. Et je crois savoir que celui-ci surviendra dans une semaine, jour pour jour.

– Le 31 octobre, alors ?

Gilbert Le Bris avait parlé sans réfléchir.

– Exact. D'après ce que m'a dit MoTo, cela se déroulera dans un endroit public, et potentiellement fréquenté. J'ai quelques idées en tête quant à l'endroit en question, mais je…

– Halloween !

Un silence inattendu suivit l'exclamation de Sailor-*chan*, que Yoran brisa finalement face à l'incrédulité de Le Bris.

– Et qui dit Halloween dit Shibuya, c'est bien à ça que tu pensais ?

– Absolument ! Shibuya et son inégalable parade d'Halloween, ou *the place to be* à Tokyo la dernière nuit d'octobre…

Tout en caressant lentement Horus, Yoran observa Le Bris, qui semblait convaincu par les propos de Sailor-*chan*.

Puis il reprit.

– Et bien, je dois avouer que cette possibilité est assez tentante, et que cela expliquerait pourquoi la date choisie par les « Tueurs aux estampes » pour agir correspond précisément au 31 octobre. Et si leur intention est de marquer les esprits, j'imagine qu'ils trouveront difficilement plus original et fantasque comme événement. Maintenant, Halloween draine jusqu'à un million de personnes à Tokyo chaque année, ce qui vous donne une idée de l'ampleur de la tâche qui nous incombera, si nous cherchons à les stopper à cette occasion.

– Bon sang, un million de personnes, vous dites ?

Affalé sur sa chaise, Gilbert Le Bris était scié.

– N'oubliez pas que nous sommes dans la ville la plus peuplée au monde. Sailor-*chan*, si tu as beaucoup d'amis, c'est le moment ou jamais de les convier à notre petite fête.

– Je sens que nous allons passer une nuit d'anthologie, tous ensemble, vous ne croyez pas ?

– Si tu le dis… J'insiste cependant : fais venir un maximum de monde, des habitués de la nuit, hommes, femmes, jeunes ou vieux, peu importe, avec le regard aussi acéré que possible, et assure-toi d'être en contact permanent avec eux.

Tout sourire, Sailor-*chan* avait manifestement une idée derrière la tête.

– Je m'occupe de ça… Après tout, je te dois bien un petit geste, depuis le temps… Mais, que cherche-t-on, au fait ?

Yoran soupira. Son auditoire était tout ouïe.

– Cet aspect sera indéniablement le plus difficile à appréhender. Idéalement, à sauver une ou plusieurs vies. Mais je suis conscient que c'est insuffisant comme point de départ. Et c'est aussi pour cette raison que je voulais vous voir tous deux ce soir. Gilbert, avez-vous pu obtenir de nouveaux éléments concernant la Banca Monte dei Valle di Siena ?

– Ah ! J'ai cru que vous m'aviez oublié, avec votre histoire de parade d'Halloween… Figurez-vous que j'ai contacté la banque en me faisant passer pour un inspecteur du fisc italien… et avec l'accent !

– Décidément, vous parlez l'italien aussi ?

Gilbert Le Bris se redressa sur sa chaise en se frottant les mains.

– Tout juste ! J'ai fait italien deuxième langue, même si je n'avais plus pratiqué depuis mon voyage à Trieste au lycée… Ceci étant dit, on m'a fait comprendre que le directeur de la banque était en déplacement à l'étranger pour une durée indéterminée… et devinez où ?

– Au Japon… Putain…

– Ils ont bien sûr refusé de me dire pourquoi, mais ça tend à corroborer les liens que vous supposiez avec la société de porno japonais… Comment s'appelle-t-elle, déjà ?

– Karma Pole X…

Sailor-*chan* tressaillit sur sa chaise.

– Tu en fréquentes, du beau monde, dis-moi, *Ringo-chan* !

– Je n'ai pas dit que je connaissais du monde dans ce milieu, et encore moins dans cette société. En revanche, j'aimerais savoir si tu as découvert quelque chose à propos de « Glamour Boy » ?

– Là, tu touches un point sensible… Ce « Glamour Boy » est un fantôme qui gravite dans le milieu artistique de la nuit sous toutes ses formes… et les rares qui ont déjà entendu parler de lui ne l'ont jamais vu de leurs yeux… Même moi, j'ignorais jusqu'à son existence avant notre dernier échange, c'est pour te dire…

– Merde…

Désabusé, Yoran inclina la tête vers la baie vitrée et la nuit totale qui s'était abattue sur Tokyo au-delà. Tout autour d'eux, la chanson *Horse Power* redonna alors un coup de fouet à l'ambiance feutrée qui régnait dans la pièce.

– Je me suis rendu à une exposition sur les estampes japonaises au musée d'Art métropolitain de Tokyo, où une section était consacrée aux enfers et aux fantômes du Japon. Vous me croirez ou pas, mais j'y ai vu une représentation de l'ensemble des meurtres commis par ces « Tueurs aux estampes », qui n'ont jamais aussi bien porté leur nom.

– Mais encore ?

L'impatience de Le Bris était latente.

– Il y avait là-bas une sélection d'estampes de Tsukioka Yoshitoshi, l'un des derniers maîtres de sa discipline au XIXe siècle. Que ce soit le simulacre de *seppuku* du premier meurtre, la mise en scène avec la carpe géante dans le temple Toyokawa Inari, le visage arraché dans la loge du théâtre Kabuki-za ou les quatre hommes livrés en pâture à des chiens errants à Aokigahara, toutes ces exécutions sont inspirées d'œuvres de Yoshitoshi. Et la collection présentée a été prêtée au musée par une certaine Ryōka Obata.

Entretemps, Yoran avait appris qu'il s'agissait d'une femme, au demeurant très âgée, qui avait d'après le site du musée pris contact avec les officiels en charge de l'exposition peu avant l'inauguration de celle-ci. Autrefois enseignante de l'art de la calligraphie japonaise et par ailleurs collectionneuse d'armes anciennes, elle s'était retirée depuis de nombreuses années dans la région des monts Okutama, à l'extrême ouest de la métropole tokyoïte. Une photo avait été mise en ligne pour accompagner son portrait. Son maigre visage y apparaissait légèrement flou, arborant une expression stricte et deux yeux minuscules dont l'un était complètement blanc.

– Au vu de ce que j'ai pu découvrir la concernant et de son âge avancé, je l'imagine difficilement avoir commis ces meurtres. Pourtant, le personnage m'intrigue. Mais malheureusement, le temps nous est compté, et je crains de ne pouvoir en apprendre davantage à son sujet. Et je conviens que cela n'est guère satisfaisant au vu de ce qui nous attend dans sept jours…

– J'en conviens tout autant que vous, cher Yoran, mais si vous me laissiez aller au bout de ma démonstration, peut-être y verrions-nous plus clair…

Yoran savait Le Bris un brin bougon parfois, et ne prit pas ombrage de sa réflexion. Comme lui, Sailor-*chan* était pendu aux lèvres de l'ancien policier.

– Et bien, comme je vous disais, il n'est pas aisé de communiquer avec les femmes de ménage du *love hotel* dans lequel je loge, mais le directeur comprend l'allemand, et s'avère étonnamment amène avec les Français. Et vous ne devinerez jamais ce qu'il m'a dit quand il a su que je n'étais pas de la police…

Les oreilles de Horus frétillèrent tandis qu'il ouvrait son œil. Il ne dormait plus.

– Il l'a effacée depuis, mais sur la bande de vidéosurveillance de l'étage où le meurtre est survenu, il a vu trois individus arpenter le couloir avec des masques à l'effigie de têtes de cochons… Il est convaincu que ce sont eux qui ont tué le gonze.

– Attendez, mais… pourquoi ne pas avoir averti la police, dans ce cas ?

– C'est-à-dire que ce n'est pas le grand amour entre les gérants de *love hotels* et les autorités, si j'ai bien compris…

Tout en écoutant Le Bris lui répondre, Yoran réalisa l'absurdité de sa question. Les *love hotels* étaient dans le collimateur des autorités depuis plusieurs années déjà, et beaucoup avaient été transformés en hôtels « classiques » au fil des ans, au point de menacer sérieusement la profession de leurs propriétaires.

– On sait donc *quoi* chercher… à défaut de qui…

La remarque de Sailor-*chan* avait sonné comme une évidence. Tous savaient à présent ce qui leur incombait. Et aucun n'aurait parié qu'ils y parviendraient le jour venu. Même pas Yoran.

Dans la pièce faiblement éclairée, la chanson *Don't Think* clôtura en beauté l'album des Chemical Brothers, et n'aurait pu mieux convenir aux circonstances. Car bientôt, il ne serait plus temps de penser, mais d'agir. Et Yoran ne doutait pas que, sans une intervention minutieusement préparée, cette effroyable campagne de meurtres allait s'achever de la pire des manières.

Le Bris reprit alors la parole.

– Et, euh… cher Yoran, je me permets d'insister : si, d'ici le jour J, il y a encore quelque chose que je puisse faire, surtout, dites-le-moi. Je me ferai une joie d'apporter une autre pierre à l'édifice de ce merveilleux travail d'équipe !

Yoran regarda Le Bris droit dans les yeux durant un long moment, avant de porter son regard sur Sailor-*chan*, qui ne sembla pas comprendre ce qu'il devait en déduire.

Puis il regarda de nouveau Le Bris.

– Trouvez-nous des masques.

Chapitre 65

Danse avec les loups

Telle une vague irrépressible, la foule en liesse déferlait dans les rues de Shibuya, littéralement habitée par la frénésie des tambours battants.

Cette année, la municipalité avait vu les choses en grand, en conviant un collectif de joueurs de *taiko* – le tambour japonais – à accompagner la parade d'Halloween tout au long de la nuit. Et alors que les participants n'en finissaient plus de se joindre à la masse humaine qui avait envahi le quartier le plus animé de Tokyo, celle-ci s'annonçait particulièrement folle.

Le jeune Neito n'aurait pu espérer meilleures circonstances pour sa sortie nocturne. Au même titre que la trentaine d'enfants qui partageaient cette chance avec lui, il avait été invité par le directeur de l'orphelinat dans lequel il vivait à profiter pleinement de la parade d'Halloween, pour la toute première fois de sa courte existence. Et s'il comptait bien savourer ce moment incroyable à sa juste mesure, il était conscient qu'il le devait – comme tous les autres enfants de l'orphelinat – à la suggestion expresse de l'un des principaux donateurs et parrains de l'établissement, que tous parmi eux connaissaient sous son énigmatique surnom.

Sailor-*chan*.

L'homme, qui se travestissait étrangement toujours en *magical girl*, leur avait en effet proposé de négocier avec le directeur une autorisation de sortie exceptionnelle pour lui et l'ensemble des enfants de l'orphelinat, pour la simple et bonne raison que la nuit d'Halloween était selon lui un événement unique, tout spécialement pour celles et ceux qui résidaient dans la métropole tokyoïte et ses environs.

Et il avait certainement raison.

Son invitation, qui avait séduit le directeur tout autant que les enfants, s'était cependant doublée d'une drôle de demande. Juste avant le début des festivités, il leur avait confié à chacun une oreillette avec micro, en insistant fortement sur l'obligation de bien veiller à le contacter par ce biais pour lui signaler tout individu ressemblant de près ou de loin à un cochon dans les rangs des fêtards.

Bien sûr, tous avaient accepté sans faire d'histoires, et cela n'avait entamé en rien leur enthousiasme quand ils s'étaient élancés ensemble dans la parade, d'autant que Sailor-*chan* leur avait promis en contrepartie à chacun un billet pour le prochain match des Tokyo Yakult Swallows, l'équipe-phare de baseball de la capitale nippone. Après tout, il leur fallait simplement observer autour d'eux et se tenir sur leurs gardes au cas où.

Un moyen comme un autre d'apprécier le fantastique spectacle qu'ils avaient sous les yeux.

* * *

Sailor-*chan* était ravi de l'idée grandiose qu'il avait eue durant la réunion chez son ami Yoran, et qui leur apporterait un avantage non négligeable.

Faire venir avec lui à la parade d'Halloween tous les enfants de l'orphelinat pour jeunes surdoués dont il était l'un des parrains et les lâcher dans la foule équipés des mêmes oreillettes que celles qu'il avait données à Yoran et à l'enquêteur français.

Mais en attendant que son plan porte ses fruits, Sailor-*chan* désirait ne penser à rien d'autre qu'à s'amuser, et souhaitait profiter du spectacle jusqu'au bout de la nuit.

Et pour ne rien gâcher, il adorait les masques que le dénommé Gilbert Le Bris avait choisis pour eux.

* * *

Gilbert Le Bris peinait à se frayer un chemin à travers la foule colorée, et l'écho du martèlement des tambours lui faisait mal aux oreilles.

Il transpirait comme un bœuf sous le masque en silicone qu'il avait acheté un peu plus tôt dans la journée, et ne maîtrisait plus du tout sa progression.

Et pour ne rien arranger, il y voyait aussi plutôt mal, son unique point de repère dans cette marée humaine étant un Japonais à lunettes revêtu de la tenue bariolée rouge et blanche et du bonnet associé du Charlie de *Où est Charlie*, une batte de baseball recouverte de fil barbelé entre les mains.

Décidément, le Japon était un bien curieux pays.

* * *

La concentration de Yoran était totale.

Son cœur s'était mis à battre au rythme des tambours, et il faisait plus que jamais corps avec la foule.

Il était le plus avancé parmi les trois alliés, suivi d'environ cinq cents mètres par Gilbert Le Bris, Sailor-*chan* clôturant la marche.

Ses yeux scrutaient chaque recoin de la scène complètement surréaliste qui se déroulait à trois cent soixante degrés autour de lui. Un groupe de quatre étudiants aux tenues des célèbres chasseurs de fantômes de *Ghostbusters* venait de croiser sa route lorsqu'un géant revêtu d'une peau de lézard plus vraie que nature lui sauta dessus en hurlant, manquant de le plaquer au sol dans la foulée. Yoran eut à peine le temps de l'esquiver quand une jeune femme en uniforme d'écolière fendit la foule devant lui en effectuant des rotations avec son *meteor hammer*, composé d'un poids en métal relié à une interminable chaîne, exactement comme la Gogo Yubari de *Kill Bill*.

Pourtant, après bientôt une heure à déambuler dans la parade, il n'avait toujours pas vu un seul individu arborant un déguisement de cochon. Le défi qu'il s'était fixé avec ses alliés confinait à l'impossible, comme il l'avait craint, mais il n'était pas décidé à renoncer.

Un peu plus tôt dans la soirée, Gilbert Le Bris avait débarqué chez lui avec un sac arborant le logo d'une célèbre enseigne de farces et attrapes de Tokyo, et l'avait vidé sans sommation sur sa table basse. Trois masques de grandes tailles à l'effigie de loups en étaient sortis. Le design de celui choisi par l'ancien policier pour Yoran l'avait immédiatement frappé, celui-ci présentant la particularité de se composer d'une mâchoire blanche aux crocs disproportionnés sans partie supérieure, lui permettant de continuer à porter ses lunettes de soleil avec. Celui sur lequel Sailor-*chan* avait porté son dévolu était inspiré du maquillage propre au théâtre kabuki, à ceci près que sa couleur prédominante était le noir. Le Bris avait gardé pour lui le dernier, gris intégral avec un col en fourrure assorti.

Avant de s'engouffrer dans la foule, Sailor-*chan* leur avait glissé qu'il avait plus d'un tour dans sa manche, et que, si les dieux étaient de leur côté, ils auraient leur chance de ferrer leur gibier avant la fin de la nuit.

Alors que le battement des tambours reprenait de plus belle, Yoran remonta sa capuche en espérant fortement que Sailor-*chan* ait vu juste.

* * *

Donato Aquila avait longuement hésité quant au choix du déguisement qu'il porterait lorsque viendrait le moment de rencontrer enfin « Kingu », avant de se décider au final pour le masque de Guy Fawkes, plus connu comme étant celui adopté par les *Anonymous*.

Une telle appellation n'aurait d'ailleurs pu mieux convenir aux circonstances, tant le mystérieux Cold Lennon avait insisté en lui demandant, vingt-quatre heures plus tôt, d'opter pour quelque chose d'aussi discret que possible. Donato Aquila s'était alors dit que le fait de se rencontrer entre personnes masquées dans une foule de gens qui l'étaient eux aussi offrait déjà une fiabilité certaine pour ce qui était de la préservation de leur identité, avant de prendre conscience du caractère historique du partenariat qu'ils s'apprêtaient à sceller ensemble.

Définitivement prêt à faire face au Roi, il réajusta son masque et laissa la foule l'engloutir en souriant.

* * *

Neito avala un carré de sa tablette de chocolat en rigolant.

La nuit était déjà complètement tombée sur Tokyo, et il n'était aucunement pressé que les festivités s'achèvent. De mémoire de jeune garçon, il vivait tout simplement parmi les plus belles heures de son enfance, et il y avait fort à parier qu'il en irait de même pour ses camarades de l'orphelinat.

Il imaginait les discussions enflammées qu'ils auraient ensemble par la suite à propos des déguisements toujours plus délirants des participants, mais aussi sur l'atmosphère électrique qui s'était mise à régner dans leurs rangs au fil du déroulement de la parade.

Lui avait choisi de se déguiser comme le clown d'un roman de Stephen King dont il avait lu les trois tomes trois fois, sa tenue et le maquillage assorti le faisant plutôt rire que peur, bien que les autres enfants de l'orphelinat eussent pensé le contraire au moment où il s'était montré ainsi devant eux, même s'ils avaient aussi opté pour des déguisements de clowns.

Il en aurait presque oublié l'oreillette enfoncée dans son oreille droite, si toutefois l'un des enfants n'avait pas indiqué avoir vu deux cochons humanoïdes pénétrer dans le cortège depuis la fin de la file désespérément longue, et alors que l'excitation tout autour de lui venait tout juste de monter d'un cran.

* * *

Gilbert Le Bris jura intérieurement.

L'instant précédent, il avait trébuché sur un type à la tête recouverte d'une énorme citrouille allongé sur le bitume, et dont la tenue fluorescente rappelait vaguement un squelette. Avec la sueur et les percussions des tambours aux quatre coins de la parade, il se repérait de plus en plus mal, et s'impatientait sérieusement de pouvoir quitter enfin cette cohue.

Pourtant, il avait fait une promesse à Yoran, et ne se voyait pas y renoncer au simple motif de l'inconfort qui était le sien. Quant à l'homme qui avait posé sa main sur sa cuisse chez leur ami commun et qui leur avait confié leurs oreillettes, il ne leur avait pas transmis la moindre nouvelle depuis le début du défilé.

Il jura à nouveau, tout haut, cette fois. Son expérience d'ancien policier parla alors d'elle-même.

Il fallait changer de méthode.

* * *

Yoran s'inclina pour éviter les jets de matière blanchâtre qu'un sosie de Spider-Man orienta vers la foule avant de disparaître dans celle-ci, hurlant un « Geronimo ! » des plus efficaces pour se frayer son chemin.

Un homme au torse nu recouvert de tatouages maoris cracha du feu juste sous ses yeux, l'incitant à reculer brutalement. Il sentit alors une emprise autour de son bras droit, et fut surpris de constater qu'une jeune femme habillée dans la tenue de la Catwoman de Michelle Pfeiffer dans le *Batman Returns* de 1992 s'était agrippée à lui, lui réservant un sourire des plus aguichants, avant de donner de son autre main un coup de fouet à un homme âgé d'une bonne cinquantaine d'années simplement vêtu d'un slip de bain et d'un masque à l'effigie du Premier ministre japonais qui courait devant eux.

La jeune femme lui adressa un clin d'œil complice en tirant la langue, qu'un diamant noir ornait, resserrant d'autant son emprise, lorsqu'une voix prononça quelque chose dans son oreillette.

Une voix d'enfant.

* * *

Cold Lennon avait dit à Donato Aquila que ce serait le Roi qui le trouverait, mais comment avait-il pu être aussi catégorique, au vu de la véritable marée humaine qui se pressait dans les rues de Shibuya cette nuit-là ?

Il ne disposait même pas de la moindre indication quant au déguisement du fameux Roi… Devait-il en déduire qu'il viendrait vêtu d'une chape et d'une couronne de souverain ? Selon lui, ce serait le meilleur moyen de se faire remarquer, tant cela dénoterait des déguisements qu'il avait pu voir jusqu'à présent.

Il s'efforça de ne pas désespérer et ralentit son allure quand une vibration parcourut sa cuisse.

Son smartphone.

Sa main tâtonna un instant, avant qu'il sorte tant bien que mal le mobile de la poche de son pantalon, et lise le message qu'il avait reçu.

« Trente mètres derrière vous. Ne vous retournez pas. Nous arrivons. »

Il souffla.

Le moment était enfin venu.

* * *

Sailor-*chan* retira la main de son oreille après s'être assuré qu'il avait bien entendu.

Un de ses petits gars avait vu deux individus aux masques de cochons fendre la foule et se séparer peu après. Curieusement, et malgré son innocence naturelle, le ton avec lequel le garçon avait décrit la scène lui avait furieusement fait penser au spectacle de prédateurs en chasse.

Ou à deux squales fonçant irrémédiablement vers leur proie.

* * *

Gilbert Le Bris suffoquait.

Il mourait d'envie de retirer son masque, mais il ne pouvait en aucun cas se le permettre, tant celui-ci ferait office de signe distinctif entre lui, Yoran et son ami tout au long de la nuit, ou du moins, jusqu'à la fin de cette foutue parade. Et puis il y avait ce martèlement de tambours, encore et toujours, à en devenir dingo.

Mais il était bel et bien résolu à ne pas faillir dans sa tâche, pas maintenant, et surtout pas ici. Aussi prit-il sa voix la plus puissante pour couvrir les innombrables nuisances sonores qui l'entouraient, avant de tenter d'entrer enfin en contact avec son plus précieux allié.

– Yoran ! Yoran, est-ce que vous m'entendez ?

Un grésillement particulièrement désagréable fut la seule réponse qu'il reçut.

– Merde ! Yoran ! Vous êtes là ? Est-ce que quelqu'un m'entend ?

– Gilbert ! Il semble que l'un d'entre nous ait vu quelque chose ! Où en êtes-vous, de votre côté ?

Un pétard éclata quelque part sous ses pieds, faisant sursauter l'ancien policier comme si l'un des participants avait réellement tiré à travers la foule. Il se reprit presque aussitôt, sur le qui-vive comme si sa vie était en jeu.

– Yoran, de quoi est-ce que vous parlez ? En l'état actuel, et avec tout le respect que j'ai pour vous, c'est mission impossible, votre truc !

Un nouveau pétard rendit inaudible la réplique de Yoran. Le Bris renchérit.

– On n'y arrivera jamais comme ça ! C'est un hélicoptère, qu'il nous faudrait…

Si seulement… compléta-t-il pour lui-même.

À peine Gilbert Le Bris eut-il achevé sa phrase qu'un fêtard le doubla sur sa gauche en le frôlant, se faufilant rapidement entre les participants à la parade qui le devançaient. Comme s'il se sentait épié, l'individu se retourna furtivement, lui dévoilant durant un bref instant la partie de son masque que sa capuche ne recouvrait pas.

Celui d'un cochon rouge comme le sang.

* * *

Donato Aquila avait ralenti son allure, c'était plus fort que lui.

Car s'il réussissait à résister à la tentation de se retourner, il était si impatient de rencontrer le Roi en personne qu'il avait quasiment cessé de marcher, contemplant le flux des participants tout autour de lui, au point que cela en devenait presque enivrant.

Une imposante silhouette émergea soudainement de la foule, tendant un fléau dans une main et un sceptre à l'extrémité fourchue dans l'autre, comme pour mieux libérer le passage. Un pharaon.

Impressionné, Donato Aquila recula instinctivement.

L'écho des tambours lui parvint plus distinctement. Tous ses sens étaient en alerte. Il recula encore d'un pas.

Une main glacée se posa alors sur son bras. Le pharaon avait disparu.

– Bonsoir, Monsieur Aquila. J'espère que vous appréciez les plaisirs de Tokyo à leur juste mesure.

Cette fois, Donato Aquila ne se contenta pas de s'immobiliser. Il avait cessé de respirer.

* * *

La voix de Le Bris résonnait encore dans l'oreillette de Yoran.

L'ancien policier commençait à paniquer, et ils n'avaient vraiment pas besoin de ça en ce moment, le désavantage du nombre étant un handicap largement suffisant à assumer. En écoutant l'enfant parler dans son oreillette, Yoran avait compris qu'il avait vu deux individus portant des masques de cochons pénétrer la foule, et que leurs intentions étaient selon toute vraisemblance hostiles. Gilbert Le Bris ne l'avait ensuite pas laissé poursuivre, et leur communication avait été coupée.

Yoran progressait à présent dans le sens inverse de la parade en se fiant aux informations qu'avait transmises le garçon quant à sa position, ne s'embarrassant plus d'éviter les fêtards qui se dressaient sur sa route. En jetant un bref regard au-dessus de lui, et alors qu'il s'engouffrait irrémédiablement dans la marée humaine, il constata qu'une pluie fine s'était mise à tomber.

Quelqu'un cria soudain dans son oreillette. Le Bris.

– J'en ai vu un ! J'en ai vu un ! Et il se dirige droit sur vous, Yoran !

* * *

Sailor-*chan* passa sa main sur sa nuque pour essuyer l'eau qui s'y écoulait.

Il avait l'intention de demander à ses petits protégés de se rapprocher de la zone où le dénommé Le Bris avait aperçu l'un des individus aux masques de cochons, tandis que lui préférait maintenir ses distances. Car ceux qu'ils recherchaient dans cette foule immense étaient au moins deux, et qu'il le veuille ou non, le cortège continuait à avancer.

Il doubla une armada de jeunes filles en tenues de domestiques constellées de taches de sang puis un groupe dont les accoutrements s'inspiraient du monde maritime, leur inquiétant leader ressemblant à s'y méprendre au sinistre Davy Jones de la saga *Pirates Des Caraïbes*, de longs tentacules visqueux pendouillant de son visage jaunâtre. Une voix pleine d'assurance le sortit soudain de sa contemplation.

Neito.

Ce que le gamin lui apprit le cloua sur place.

* * *

Neito avala un autre carré de chocolat en attendant la réaction de leur parrain.

En fonction de ses instructions, il était prêt à se redéployer dans la foule aux côtés des autres enfants. Car ce qu'il avait vu quelques instants plus tôt avait mis tous ses sens en alerte, et son intuition avait fait le reste.

Là, à une poignée de mètres de lui, une femme visiblement très âgée avait sorti de son chapeau un objet fin et long. Un *kaiken*, le petit sabre japonais traditionnellement porté par les femmes de samouraïs. Il avait aussi constaté qu'elle avançait lentement.

La réponse qu'il reçut fut cinglante et sans détour.

– Neito-*chan*, ne la perds pas de vue ! Les autres, allez vers l'avant de la parade : c'est là que ça va se passer !

* * *

Donato Aquila aurait juré que la pression autour de lui était soudain devenue écrasante, à la limite du supportable.

La main sur son bras s'était pourtant retirée, l'incitant à se retourner pour savoir enfin à qui il avait l'honneur, alors que la pluie redoublait d'intensité.

Celui qu'il supposa être Cold Lennon le fixait droit dans les yeux. Lunettes aux verres arrondis sur le nez et cheveux bruns et raides mi-longs, il était vêtu d'une toge blanche à bande pourpre, à la manière des consuls romains. À moins d'un mètre derrière lui se dressait un autre individu, portant une armure de légionnaire assortie à un casque impérial à visage intégral. Une cape rouge dissimulait le reste de son corps.

– B… Bonsoir…

Sa propre voix avait paru bien atone à Donato Aquila, mais il soutint le regard de son interlocuteur.

– Comme vous l'avez déjà deviné, nous allons négocier ici et maintenant. Et notre offre, que nous ne présenterons qu'une fois, sera à prendre ou à laisser.

Celui qui n'avait pas encore parlé esquissa un infime mouvement sur le côté, la visière de son casque empêchant de discerner toute expression sur son visage.

– Continuons à avancer, vous voulez bien ?

Ils reprirent leur marche de concert, en veillant à garder le même rythme que celui des participants à la parade.

– J'accepte vos conditions sans aucune restriction, mais j'avais cru comprendre que le Roi serait parmi nous…

– Cette personne ici présente *est* le Roi.

Donato Aquila sursauta. Il avait d'abord cru que l'individu au masque à visière intégrale était chargé d'assurer la protection de Cold Lennon, mais il venait de comprendre que la situation était en fait inversée.

– Mais le Roi vous demande de l'excuser : il ne s'exprime qu'en japonais, sa langue natale, et c'est bien sûr avec son assentiment que je mènerai notre négociation.

– Je saisis complètement…

Tout en parlant, Donato Aquila tenta un regard vers le Roi, mais seul le reflet de son masque des Anonymous s'afficha sur le laiton parfaitement poli de la visière du masque de celui qui justifiait à lui seul son voyage. Il sentit néanmoins deux yeux noirs se poser sur lui à travers les deux fentes du masque du Roi, ce qui provoqua en lui un irrépressible frisson.

Leur palabre pouvait enfin commencer.

* * *

Tout en ralentissant son allure, Yoran avait suivi à distance les instructions de Sailor-*chan* alors que Le Bris avait annoncé avoir pris en chasse celui des individus aux masques de cochons qui était passé tout près de lui.

Il aurait été incapable de dire combien de personnes se tenaient là, dans cette interminable parade, possédées par le martèlement des tambours, qui avaient pris le dessus sur toute rationalité. Mais la pluie glacée qui s'abattait désormais sur eux depuis le ciel noir au-dessus de leurs têtes provoquait une dispersion progressive dans les rangs des fêtards, qui jouerait peut-être en leur faveur.

Toujours à contresens, Yoran observa attentivement autour de lui, à l'affût du détail susceptible de jurer dans cette cohorte d'hommes et de femmes aux accoutrements aussi fantasques que délurés.

L'espace d'un instant, il entrevit deux femmes policières, et entreprit de les solliciter pour obtenir leur aide, avant de les voir s'embrasser langoureusement sur la bouche, et de réaliser qu'elles aussi faisaient partie de la fête.

La voix de Le Bris, précédée d'un improbable cri de victoire, brisa alors sa concentration.

– Je l'ai !!!

* * *

– Je l'ai avec moi dans le coffre-fort de mon hôtel, comme convenu, ma seule exigence étant que la MVS soit votre banquier exclusif sur l'ensemble de vos filiales, et pas uniquement pour Karma Pole X.

Confiant, Donato Aquila n'en demeurait pas moins prudent, et s'il avait fait le déplacement jusqu'au Japon avec l'accord signé de l'intégralité des membres du conseil d'administration de la Banca Monte dei Valle di Siena quant à la cession de 51 % des parts du capital de la banque italienne pluricentenaire à leur potentiel futur partenaire japonais, il comptait bien assurer ses arrières comme ceux de son entreprise avant de finaliser leur accord.

– Cette assurance, vous l'avez, et un engagement écrit en ce sens signé du Roi lui-même a été adressé sur votre messagerie personnelle pas plus tard qu'à l'instant.

Cold Lennon sortit une tablette d'une sacoche qu'il portait sous sa toge, et la tendit à Donato Aquila, qui lut avec avidité ce qui y était écrit.

Tandis que la pluie qui tombait sur Tokyo se faisait plus vive encore, divisant la foule compacte en plusieurs groupes de taille aléatoire, aucun d'entre eux ne remarqua l'individu qui traversait lentement la parade en traînant la jambe, et qui avançait droit dans leur direction, insensible aux trombes d'eau qui s'abattaient sur les rues de Shibuya comme à l'obsédant martèlement des tambours.

* * *

Gilbert Le Bris exultait.

Il était enfin parvenu à rattraper l'individu au masque de cochon qui l'avait doublé un peu plus tôt, et s'il voyait juste, lui et Yoran allaient pouvoir l'intercepter en tenaille d'un instant à l'autre.

Il souffla et désactiva son oreillette sous son masque.

– Yoran !

Son ami était juste là, à moins d'une dizaine de mètres de lui, et leur cible progressait entre eux, face à Yoran.

L'heure du *mano a mano* était venue.

* * *

Yoran ne quittait plus l'individu au masque de cochon des yeux.

Dans son dos, les battements tonitruants des tambours japonais rendaient inaudibles pour lui les paroles prononcées par Gilbert Le Bris, qui courait droit vers leur cible.

Sans attendre, Yoran se lança à son tour vers celle-ci, évitant d'un rien le coup de tronçonneuse qu'un Leatherface déchaîné maniait en direction de la foule alors qu'un groupe de *salarymen* à têtes de mort se faisaient prendre en photo par une sirène devant la vitrine d'une enseigne de prêt-à-porter féminin.

Le Bris fut le premier à entraver l'individu, dont le masque repoussant émergea tout à coup de la capuche noire qui le recouvrait partiellement jusqu'alors. Surpris, il entama un geste pour se débattre, mais l'ancien policier enserrait déjà son cou dans le creux de son coude alors que Yoran bloquait l'un de ses bras.

Paniqué, l'être à tête de cochon se saisit de sa main libre d'un objet fixé à sa ceinture, que Yoran reconnut être un *kaiken*. Il interrompit sa course dans les airs juste avant que la lame finement aiguisée n'atteigne le visage de Le Bris, qui arracha sans attendre le masque de celui qu'ils avaient maîtrisé.

La stupeur les figea tous deux sur place lorsqu'ils découvrirent qu'il s'agissait en fait d'une femme.

* * *

Gilbert Le Bris avait beau ne pas y voir grand-chose sous son masque détrempé, il éprouvait une certaine fierté d'avoir stoppé net celui des individus qu'ils pourchassaient avec l'aide de Yoran Rosko.

Mais à aucun moment il ne se serait attendu à avoir affaire à une femme, qui plus était aussi jeune. Vraisemblablement Japonaise, il lui donnait à peine la vingtaine, et lui aurait sans hésitation offert le bon Dieu sans confession. Mais à présent, il la tenait bien fermement contre lui, et ne la laisserait plus partir.

Il leva les yeux vers la parade et constata que celle-ci se vidait peu à peu de ses participants. Les joueurs de tambours poursuivaient quant à eux leur martèlement tout autour d'eux, comme si rien ne pouvait les troubler, même pas ce qui venait de se dérouler.

Alors, pour être absolument certain de se faire comprendre de son ami pourtant tout proche, il hurla à son intention.

– Yoran ! Il y en a au moins un autre ! Trouvez-le ! Je reste avec celle-ci !

* * *

La concentration de Donato Aquila était absolue.

Légèrement à l'écart de Cold Lennon et du Roi, il était en ligne avec son avocat et ne faisait même plus attention à la pluie drue qui tombait sur eux. Il avait transmis à celui-ci l'intégralité du projet de transfert d'une partie des parts du capital social de la Banca Monte dei Valle di Siena à la société Karma Pole X *via* une société écran, et patientait dans l'attente de l'avis du juriste.

Il n'avait pour sa part relevé aucune incohérence à la lecture de l'acte, mais il ne concevait pas de donner son accord final sans avoir préalablement soumis le document à un spécialiste du droit des contrats internationaux, au demeurant un homme qui exerçait à ses côtés depuis près de quinze années maintenant.

En échange, le groupe MVS deviendrait le banquier exclusif de Karma Pole X et de toutes ses filiales en Asie, avec en ligne de mire de réelles perspectives de développement dans le monde entier, et particulièrement en Europe, où l'explosion des moyens de paiement en cryptomonnaie dans le domaine du X lui garantirait des rentes colossales pour le restant de ses jours, mais aussi et surtout pour l'avenir de ses filles.

Pendu aux lèvres de son avocat, il jeta un regard qui se voulait confiant à Cold Lennon, impassible.

– Tout est OK, vous pouvez signer.

La voix pleine d'assurance de son avocat lui fit l'effet d'une libération. Il soupira et se tourna vers le Roi en personne, son smartphone toujours à la main.

– C'est un plaisir de faire des affaires avec vous, mon ami !

* * *

Yoran courait à travers le flux des fêtards encore présents dans la parade.

Son cœur s'était comme synchronisé avec le martèlement des tambours, et il ne sentait plus la pluie qui ruisselait le long de ses vêtements et sous son masque. L'espoir le disputait en lui au désespoir, car il devinait que le temps leur était compté, et que malgré la diminution constante du nombre de participants, lui et ses alliés étaient encore loin d'avoir gagné la partie.

Il parcourut ainsi près d'une trentaine de mètres, avant de se trouver face à une version plus vraie que nature du Bibendum Chamallow de la saga *Ghostbusters*, et de se faire la réflexion qu'il s'agissait sans doute là de l'être recherché par les chasseurs de fantômes qu'il avait croisés un peu plus tôt. Il esquiva le gros bonhomme sans difficulté, mais réalisa aussitôt qu'il était cerné par un groupe de clowns.

Il hésita entre sourire et s'inquiéter sérieusement lorsqu'ils se rapprochèrent de lui.

Mais après tout, ce n'était que des enfants.

* * *

Sailor-*chan* venait de passer en courant devant l'ami de Yoran, qui tenait fermement contre lui une jeune femme visiblement à bout de souffle.

Un peu comme lui, au demeurant, car il n'était plus de première jeunesse, et leur acte de bravoure collectif n'était pas encore tout à fait achevé. Heureusement, il pouvait compter sur l'aide inconditionnelle des enfants pour les soutenir dans leur tâche, et il les connaissait suffisamment bien pour savoir qu'eux non plus ne lâcheraient rien.

Ne facilitant pas vraiment la situation, la pluie qui tombait sur la parade avait au moins le mérite de réduire la foule à vue d'œil, et bientôt, Sailor-*chan* n'eut plus devant lui qu'une immense avenue détrempée, peuplée de quelques grappes de fêtards, dont un en particulier captait toute son attention.

Le deuxième être à tête de cochon.

* * *

Yoran s'immobilisa net quand il vit Sailor-*chan* sortir un parapluie et l'ouvrir subitement sur le trottoir opposé.

Puis il comprit immédiatement que son ami était parvenu à repérer le deuxième des individus qu'ils recherchaient dans la foule. L'être en question se tenait debout sur un passage piéton, tentant de se faufiler dans un groupe de prisonniers hilares aux combinaisons bariolées assorties de camisoles de force.

– Sailor-*chan* !

Sailor-*chan* n'attendit même pas que Yoran parvienne à son niveau. Il s'était déjà jeté sur leur cible comme un beau diable, son parapluie ouvert dressé droit devant lui, à la manière de Colin Firth dans *Kingsman*. Déconcerté, l'individu au masque de cochon effectua un pas de côté avant de se retourner complètement. Tout près de disparaître entre deux groupes de fêtards, il se retrouva face à plusieurs petits clowns qui ne lui laissèrent pas la possibilité d'aller plus loin.

Yoran arrivait enfin quand Sailor-*chan* adressa quelques mots en japonais à l'intention des enfants, sans doute pour les féliciter. De sa canne de parapluie, il déséquilibra alors leur ennemi d'un coup dans le bassin, le frappa au menton, puis attrapa sa cheville et le fit chuter au milieu de l'avenue.

– Ça alors…

En tombant, l'individu avait perdu un *kaiken* ainsi que son masque, dévoilant son visage à tous.

Celui d'une femme.

Et il ne fallut qu'un bref instant à Yoran pour la reconnaître.

* * *

– Le transfert de parts sera effectif à compter de ce soir, minuit, soit dans moins de deux heures. D'ici là, je m'engage bien évidemment à ce qu'il ne soit nullement fait état de notre accord aux médias ni à mes autres partenaires.

Donato Aquila avait dû s'égosiller pour être certain de se faire entendre sous la pluie battante.

– Le moment me paraît idéalement choisi pour être marqué dignement, ne trouvez-vous pas ? Je suis certain que le Roi sera de mon avis.

Soudainement plus détendu, il n'avait qu'une envie : célébrer la signature de l'acte qui allait réinstaller durablement la Banca Monte dei Valle di Siena comme acteur majeur du très concurrentiel marché bancaire international et consolider par là même sa propre carrière, tout en lui conférant un avenir définitivement serein sur le plan personnel, au même titre qu'à sa descendance.

Mais Cold Lennon, excessivement prudent, avait d'autres plans en tête.

– Notre petite réunion s'arrête ici, j'en ai peur. Mais le Roi et moi-même vous remercions pour votre patience, et au-delà, pour la confiance que vous avez accordée à notre projet. Votre vol de retour pour l'aéroport de Florence-Peterola a été réservé pour demain en fin de matinée. D'ici là, sachez que l'Oriental Lounge du Mandarin Oriental Tokyo a été privatisé pour vous expressément, et que sept hôtesses vous y attendent, avec pour seule consigne de vous tenir compagnie et vous guider jusqu'au lever du soleil.

Réjoui par les paroles de Cold Lennon, Donato Aquila s'apprêtait à remercier ses hôtes lorsqu'il aperçut un étrange individu au chapeau de paille surgir d'un petit groupe de *cow-boys* zombies, et se diriger droit vers eux en traînant l'une de ses jambes.

Un moine mendiant.

* * *

Le moine mendiant bouscula Yoran sans même se retourner.

Le visage dissimulé par un chapeau de paille, il avait émergé de l'un des derniers groupes participant encore à la parade, et ne s'était nullement soucié de la scène qui venait de survenir dans la rue. À première vue, l'une de ses jambes était paralysée, et sa démarche paraissait le faire considérablement souffrir, sans pour autant qu'il s'arrête.

Au contraire, il avait renforcé son allure à la vue d'un groupe de trois hommes en pleine palabre au beau milieu du carrefour de Shibuya, dont le seul qui n'était pas masqué ressemblait furieusement à une version nippone de John Lennon, la toge romaine en plus.

La femme allongée à ses pieds, et maintenue au sol par Sailor-*chan*, rugit alors en japonais, avant de doubler ses paroles en français, comme si elle avait voulu être certaine que Yoran la comprenne. Car elle aussi l'avait reconnu.

– Elle va mourir ce soir !

Un petit clown attrapa alors Yoran par la manche de son blouson détrempé, et le tira prestement vers lui.

* * *

Neito avait suivi à la lettre les consignes de leur parrain, et n'avait pas lâché des yeux la vieille femme.

Aussi, quand il identifia l'homme aux lunettes de soleil dans la parade, que leur parrain leur avait présenté comme l'un de ses grands amis, il n'hésita pas à entrer en contact avec lui, conscient que leur parrain était déjà plus que sollicité par la jeune femme enragée étendue sur le sol.

– Monsieur, c'est elle ! Là ! La vieille femme au *kaiken* ! Il faut l'arrêter !

* * *

Ne saisissant pas où le garçon voulait en venir, Yoran comprit que ce qu'ils avaient tous redouté allait se produire imminemment, et qu'à présent plus que jamais, il allait devoir se fier à son seul instinct.

Sailor-*chan* était déjà loin derrière lui lorsqu'il se lança à la poursuite du moine, sans savoir exactement ce qu'il ferait ensuite. Les lumières de Shibuya Crossing l'écrasaient littéralement, les halos aveuglants des enseignes associés à la fureur des joueurs de *taiko* agissant comme un organisme vivant autonome déployé tout autour de lui. Ses cheveux étaient trempés sous son masque, et les gouttes d'eau sur les verres de ses lunettes lui faisaient l'effet d'un bokeh en noir et blanc qui l'empêchait de distinguer clairement les expressions sur les rares visages qu'il entrapercevait.

Une rafale de vent frappa soudainement le carrefour, pétrifiant momentanément la scène qu'il avait sous les yeux.

Le moine mendiant s'était enfin arrêté, et faisait face aux trois individus regroupés là. Il sembla à Yoran qu'il prononçait quelques mots tout en maintenant fermement contre lui son *kesa* – la robe traditionnelle des moines bouddhistes –, avant que l'une de ses mains ne s'en dégage, tenant tout aussi fermement un objet fin et luisant.

* * *

S'il n'avait pas saisi le sens des paroles du moine mendiant, Donato Aquila comprit trop tard que l'objet que tenait celui-ci dans sa main était un petit sabre japonais, tels que ceux qu'il avait vus dans la brochure du musée national de Tokyo à son hôtel quelques jours plus tôt.

Il devina qu'il avait été victime d'une mise en scène, et que les deux hommes avec lesquels il venait de traiter s'étaient joués de lui, leur accord désormais signé le précipitant vers une fin inéluctable s'il ne réagissait pas. Focalisé sur la lame argentée qui se rapprochait inexorablement, il ne vit même pas les enfants déguisés en clowns qui investissaient progressivement Shibuya Crossing, ni l'effroi sur les visages des fêtards qui gravitaient encore autour du carrefour.

Ni le loup solitaire surgi de nulle part qui se jeta de tout son poids sur le petit groupe.

* * *

Le masque de Yoran se brisa en deux lorsqu'il tomba au sol, celui-ci entraînant dans sa chute le moine mendiant, dont le chapeau de paille roula pendant plusieurs secondes sur le bitume.

Quelque part derrière eux, une femme cria.

Yoran s'était réceptionné tant bien que mal sur son côté gauche. Une douleur fulgurante lui parcourut le bras et le thorax. Passablement sonné, il ne lâchait pas le moine pour autant, et dut rapidement se rendre à l'évidence.

Comme les deux individus aux masques de cochons, le moine mendiant était une femme, au demeurant très âgée. Celle-ci ne cessait de marmonner une seule et même phrase en japonais, sans que Yoran ne parvienne à en saisir la signification. Et l'un de ses yeux était complètement blanc. Comme celui de Ryōka Obata sur la photo qu'il avait vue de la collectionneuse.

Toujours allongé sur le sol, il se retourna et observa la scène complètement folle qui se présentait à lui.

Le public avait déserté l'avenue, lui offrant une vue optimale sur celle-ci. Sailor-*chan* n'avait pas bougé depuis qu'il avait intercepté la deuxième femme, et criait quelque chose dans son oreillette. Plus loin, il en était visiblement de même pour Le Bris, qui regardait droit vers lui. Des badauds mêlés aux fêtards commencèrent alors à se rassembler autour des deux hommes et de leurs prises de guerre. Au-delà, derrière les groupes de fêtards, des reflets de lumière éclairaient les rues à intervalles réguliers, informant Yoran que la police était sur le point de se joindre aux festivités. Les enfants déguisés en clowns s'étaient quant à eux rapprochés de lui et du groupe ciblé par la femme en tenue de moine. Yoran reconnut celui qui lui avait parlé, une version miniature du clown de *Ça*, qui mangeait un carré de chocolat tout en ne le lâchant pas des yeux. Un pétard éclata. Ou peut-être un feu d'artifice.

Bloqué au sol, Yoran réajusta ses lunettes à la volée puis se concentra à nouveau sur le groupe. Le plus inquiétant des trois individus arborait une armure de légionnaire et une longue cape. Son visage était dissimulé par un casque impérial à visage intégral, dans lequel seules deux fentes noires laissaient deviner ses yeux. Tout près, un homme portant un masque des Anonymous paraissait aux abois, alors que le dernier – le sosie de John Lennon – ne bougeait pas d'un iota.

Yoran souffla, prenant progressivement conscience que le pire avait probablement été évité.

C'est alors que l'impossible se produisit.

* * *

Donato Aquila ne comprenait plus rien.

Debout sous la pluie battante, il avait assisté à la scène surréaliste de la capture du moine mendiant par un homme déguisé en loup. Un moine qui s'avérait en fait être une vieille femme, qui avait tenté de tuer l'un d'entre eux, mais finalement pas lui. Elle avait été à deux doigts de porter un coup fatal au Roi avec son *kaiken*, avant d'être stoppée net dans son élan.

À présent, Donato Aquila n'avait qu'une envie : quitter les lieux au plus vite.

Il allait demander à Cold Lennon s'il avait un plan de repli lorsque celui-ci se tourna brusquement vers le Roi.

* * *

La main du sosie de John Lennon s'était dégagée de sa toge, qu'une nouvelle rafale fit violemment voleter tout autour de lui.

Yoran le perdit de vue.

Fermement plaquée au sol, la vieille femme continuait à haranguer le petit groupe de sa voix rauque tandis que l'écho des sirènes de la police se mêlait à celui des tambours des joueurs de *taiko*, plongeant la cité tokyoïte dans un chaos sans précédent.

* * *

Donato Aquila s'apprêtait à s'enfuir quand deux binômes de policier émergèrent de rues adjacentes.

Cold Lennon saisit alors le Roi par son masque, l'enlaçant subitement. L'espace d'un instant, Donato Aquila pensa que c'était pour le protéger de toute attaque éventuelle, quand il aperçut l'objet dans la main de Cold Lennon.

Un *kaiken*.

* * *

Tout se passa très vite.

Dos à Yoran, l'homme qui ressemblait à s'y méprendre à John Lennon attrapa celui qui portait une armure de légionnaire et fit voltiger son masque, qui tomba au sol dans un cliquetis métallique assourdissant.

Yoran discerna alors son visage détrempé par la pluie ruisselante. Un visage défait autant que stupéfait. Il y lut la peur, la sidération, mais aussi la déception.

Il ne put rien faire quand la lame du sosie de John Lennon lui trancha la gorge, un nuage de gouttelettes de sang encore chaud éclaboussant allègrement celui-ci, qui planta ses yeux sombres et déterminés dans ceux de sa victime, et ce jusqu'à son dernier souffle.

Puis le légionnaire s'écroula lentement dans un halo de vapeur blanchâtre, le regard figé à tout jamais, dévoilant pour la première fois son visage à tous.

Celui d'une femme.

Chapitre 66

Over the rainbow

Gilbert Le Bris cligna des yeux sous son masque trop serré.

L'avenue détrempée était pratiquement déserte, et les tambours de Tokyo avaient cessé de jouer. Il soupira, soulagé pour ses oreilles. Un hélicoptère passa dans le ciel sombre, quelque part au-dessus d'eux.

Trop tard, pensa-t-il. *On a fait le job…*

Il retira enfin son masque et le jeta sur la chaussée. Le dénommé Sailor-*chan* se tenait debout à plusieurs dizaines de mètres de là, le deuxième être à tête de cochon contre lui. Et il lui semblait bien qu'il s'agissait également d'une femme. Yoran était beaucoup plus loin, allongé par terre sur une personne que Le Bris ne parvenait pas à identifier.

Il se saisit de son oreillette dans la poche de son pantalon et la réinséra dans son oreille.

– Yoran ! Yoran ! On les a eus ?

Un grésillement continu fut la seule réponse qu'il obtint. Il allait répéter sa question quand quelque chose d'inattendu se produisit. Sailor-*chan* était assis sur le sol, et un petit groupe d'enfants déguisés en clowns se précipitait vers lui.

La femme qu'il maîtrisait encore l'instant d'avant s'était libérée et courait dans sa direction en compagnie d'un homme.

– Bon sang, à quoi ils jouent, là-bas ?

Le duo allait le croiser d'un instant à l'autre. Son oreillette grésilla.

– Gilbert ! C'est Yoran ! Il y avait un invité imprévu parmi les assassins ! C'est le sosie parfait de John Lennon, vous ne pouvez pas le rater, et il vient vers vous avec l'une de nos cibles ! Faites tout votre possible pour les intercepter, la police arrive !

Le Bris enregistra ces nouvelles informations alors que les deux individus se rapprochaient dangereusement de lui. Sailor-*chan* était juste derrière, son masque relevé, suivi d'une bonne dizaine de ses enfants-clowns. L'ancien policier resserra son emprise sur la jeune femme qu'il avait capturée avec l'aide de Yoran.

Tout se déroula très vite. Les deux fuyards se séparèrent à sa vue et l'esquivèrent sans qu'il ne puisse rien entreprendre contre eux.

– Merde !

Sailor-*chan* fut presque aussitôt à son niveau.

– Venez avec moi ! Nous allons rattraper cet homme ! Et laissez cette jeune femme ici, les enfants vont lui tenir compagnie jusqu'à ce que la police soit là !

Déjà, Sailor-*chan* courait dans le sillon du sosie de John Lennon alors que les enfants-clowns encerclaient Le Bris et la jeune femme. L'ancien policier lâcha prudemment celle-ci et effectua un pas de côté, puis se lança à la suite de Sailor-*chan*.

La femme qui s'était enfuie avec le sosie de John Lennon avait disparu dans un groupe de badauds, mais il était trop tard pour se concentrer sur elle. Ils traversèrent le carrefour sans se faire prier alors que les feux étaient au rouge, puis longèrent les devantures outrageusement lumineuses et tape à l'œil de Shibuya Crossing dans le brouhaha assourdissant de la signalétique sonore réservée aux piétons et les sirènes de police, toutes proches. Leur homme hésita un instant à l'entrée d'une station de métro, avant de se raviser et de revenir sur ses pas pour s'engouffrer dans une rue où attendait un taxi.

Lumière rouge, songea Le Bris. *Il est libre !*

Il s'arrêta, essoufflé, alors que l'écho d'un train lancé à pleine vitesse avait envahi l'espace tout autour d'eux.

– Sailor-*chan* !

Son allié ralentit à son tour et se retourna, à bout de souffle lui aussi.

– Il va s'enfuir en taxi ! Il nous faut une voiture !

– OK… Suivez-moi !

Sailor-*chan* s'engagea dans une rue adjacente, l'ancien policier peinant à garder le rythme derrière lui.

– Qu'est-ce que vous foutez ? On va le perdre !

– Faites-moi confiance !

Ils continuèrent ainsi jusqu'à une tour grise arrondie ornée du numéro 109, et décorée d'un personnage de la saga Pokémon. Quelques véhicules étaient stationnés là, parmi lesquels un imposant Range Rover noir.

– C'est votre voiture ?

– Pas celle-là…

Sailor-*chan* dépassa l'impressionnant véhicule pour s'immobiliser près d'un autre, très différent.

– Attendez, c'est *ça*, votre voiture ?

L'ancien policier avait sous les yeux une Austin Mini d'un rose *flashy* comme il n'en avait jamais vu, et qui lui paraissait terriblement ridicule à côté du 4 × 4.

– Montez, c'est notre seule chance !

Gilbert Le Bris fut alors saisi d'une sorte d'illumination. Il devina que la vie lui offrait une opportunité de vivre une expérience qui resterait gravée dans sa mémoire, et que cela ne se représenterait pas de sitôt.

Et réalisa qu'il ne s'était jamais senti aussi vivant.

– OK, Sailor-*chan*, on va y aller, on va le faire, et choper ce type. Vous ouvrez ? C'est moi qui conduis.

Sans se préoccuper de savoir ce qu'en pensait le propriétaire de la Mini, il se précipita du côté droit, où se trouvait le volant, contraignant Sailor-*chan* à effectuer le tour de la voiture pour aller occuper le siège passager. Entièrement décoré d'un revêtement rose à paillettes, l'intérieur était tout aussi fantasque que l'extérieur. Un panda saluant les occupants à la manière d'un *maneki-neko* surmontait le tableau de bord tandis qu'une série de *stickers* Hello Kitty étaient collés sur le volant.

Sailor-*chan* enfonça la clé dans le contact, fit démarrer la voiture et activa les essuie-glaces, avant de passer définitivement le relais à l'ancien policier. L'autoradio s'alluma au même moment.

– Attendez...

Gilbert Le Bris s'empara de son lecteur MP3 dans sa veste et le brancha dans l'autoradio.

– Mais qu'est-ce que vous faites ? On va vraiment le perdre !

– Attendez...

Le taxi occupé par le sosie de John Lennon passa juste à côté d'eux, dans le sens inverse de celui dans lequel la Mini était garée. L'homme assis à l'arrière du véhicule ne les aperçut même pas.

– Mais démarrez ! *Baka !*

– Attendez !

Le Bris fit défiler à toute allure les morceaux de musique préenregistrés sur son lecteur avant de sélectionner enfin celui qu'il cherchait. Pleinement satisfait, il attacha sa ceinture de sécurité, ouvrit les fenêtres au maximum et desserra l'embrayage, puis il enfonça l'accélérateur de tout son poids.

L'Austin Mini démarra en trombe et fit un demi-tour sur le trottoir alors qu'une musique tonitruante surgissait des enceintes du véhicule.

La Chevauchée Des Walkyries. Wagner.

Le Bris jubila.

– On va le moucher, ce type !

* * *

– Qu'est-ce qu'il fout, selon vous ?

L'Austin Mini de Sailor-*chan* avait pris le taxi en chasse depuis trois bonnes minutes quand Gilbert Le Bris avait enfin posé la question qui le démangeait. Dans l'habitacle, l'opéra épique de Wagner montait sans cesse en puissance, ajoutant à la gravité de la situation.

– Je l'ignore. Soit il se rend dans un endroit précis connu de lui seul, soit il cherche à quitter Tokyo au plus vite afin d'être certain d'échapper à ce qui l'attend s'il se fait prendre.

Sailor-*chan* n'eut pas l'occasion d'en suggérer davantage. Le taxi venait de s'arrêter devant eux au beau milieu d'une avenue. Le spectacle auquel ils assistèrent alors fut surréaliste.

Furieux, le chauffeur du taxi fut forcé de descendre de son propre véhicule, et jura par tous les diables en japonais, avant de trébucher et de finir assis par terre. Le sosie de John Lennon descendit alors de la voiture et prit sa place, puis claqua violemment la portière. Le véhicule démarra aussitôt et se réengagea dans la circulation.

– Il repart ! Allez-y ! *Kusojiji !*

Pour la première fois, Sailor-*chan* avait hurlé. Le Bris prit le temps d'augmenter le volume de la musique et relança la Mini. Il n'avait pas l'intention de laisser leur adversaire s'en tirer à si bon compte.

Le taxi allait considérablement plus vite que précédemment, et doublait les autres véhicules les uns après les autres, contraignant Le Bris à en faire autant bien que celui-ci n'eût jamais roulé à gauche de sa vie. D'emblée, il ne fit aucun doute aux deux hommes qu'ils avaient été repérés par celui qu'ils poursuivaient, mais peu leur importait, à ce stade. Le seul objectif de Le Bris était de rattraper l'importun, et au-delà, d'honorer jusqu'à son terme la promesse qu'il avait faite à Yoran de donner tout ce qu'il avait pour l'assister dans sa quête de la vérité et la capture des « Tueurs aux estampes ». Et Gilbert Le Bris était convaincu que ce sosie nippon de John Lennon incarnait à sa manière l'une des clés de la succession de mises en scène qui avait abouti à cette nuit d'horreur.

Le taxi roulait inexorablement vers l'est de Tokyo, traversant un quartier de Roppongi Hills encore bien animé, avant de bifurquer vers le sud puis à nouveau l'est, offrant à l'ancien policier et son passager un bel aperçu de la tour de Tokyo illuminée *by night*.

– On dirait qu'il se dirige vers la mer.

La voix de Sailor-*chan* avait peiné à s'imposer dans l'habitacle alors que *La Chevauchée Des Walkyries* reprenait de plus belle.

– Et qu'est-ce que ça signifie, d'après vous ?

Celle de Le Bris avait monté un ton au-dessus.

– Et bien, par là, il y a le front de mer, Odaiba, l'aéroport de Haneda, mais aussi Disneyland… Les possibilités sont multiples !

– Disneyland… Ce serait tout de même un comble qu'il s'y rende alors que nous venons de quitter la parade d'Halloween ! C'est quoi, Odaiba ?

– Odaiba, c'est la partie artificielle de Tokyo, construite dans la baie. À y réfléchir, ce n'est pas si différent de Disneyland… Les locaux disent de cette île que c'est le paradis du divertissement…

Le Bris soupira.

– Mouais… Ça m'étonnerait qu'il soit là pour s'amuser. Sauf s'il se fout ouvertement de nous.

Peu après, le taxi accéléra soudainement, et quitta Minato et ses tours d'affaires pour s'engager dans un étroit tunnel. Le Bris roulait pied au plancher, deux voitures derrière lui.

– Foncez ! Il nous échappe !

La recommandation de Sailor-*chan* resta comme suspendue dans l'habitacle. Devant eux, le taxi avait dépassé un autre véhicule avant de se rabattre à la dernière seconde dans un virage, tout en continuant à accélérer. Dans les enceintes, *La Chevauchée Des Walkyries* était sur le point de délivrer son apothéose.

– Il se dirige vers le Rainbow Bridge ! S'il ne ralentit pas, ce sera une folie pure de le suivre !

– Pourtant, c'est exactement ce que nous faisons…

Le Bris était crispé. Bientôt, l'Austin Mini de son acolyte ne fut plus qu'à un véhicule de distance du taxi fou. Ils roulaient à présent dans une rampe en spirale qui les mènerait imminemment sur le pont et sa travée de plus d'un demi-kilomètre, et au-delà Odaiba.

Après avoir brièvement hésité, l'ancien policier doubla le véhicule qui les séparait du taxi au moment où celui-ci émergeait sur la plate-forme supérieure du pont. Un manteau de brume dissimulait partiellement l'autre extrémité de la structure, plongée dans une nuit totale. Plus bas, les eaux de la baie étaient immobiles, comme figées dans une peinture. L'écho d'une rame de métro passant sur la plate-forme inférieure éclipsa provisoirement la composition de Wagner.

Les tours de soutien du pont étaient illuminées en bleu. Un hélicoptère traversa le ciel à leur droite. Le Bris se demanda s'il s'agissait de celui qu'il avait vu après la parade. Il se dit que oui, tout en réalisant que deux voitures de police s'étaient insérées dans la circulation derrière eux. Curieusement, il lui sembla qu'aucune sirène ne retentissait.

– On ne lâche rien !

Galvanisé, il sentait que la fin de leur traque était toute proche.

Pendant un temps, les feux arrière du taxi et les lumières des poteaux d'éclairage du pont furent leurs uniques points de repère dans la nuit, avant qu'un camion transportant un bulldozer ne les dépasse en klaxonnant.

– Mais qu'est-ce qu'il fout ?

Gilbert Le Bris songea à accélérer, avant de se résoudre à ralentir. N'y voyant pas à plus de quelques mètres, il se demanda comment le chauffeur du camion parvenait à faire mieux, et lorsque celui-ci entreprit de dépasser également le taxi, il comprit que le pire était à craindre.

Dans leur dos, les deux voitures de police avaient activé leurs gyrophares, mais n'émettaient toujours aucun son. Ils approchaient déjà de la seconde tour de soutien du pont. Le taxi accéléra alors que le camion avait entamé sa manœuvre de dépassement.

Le cœur de Le Bris s'emballa. Pour la première fois depuis qu'ils avaient quitté l'agitation et les rues bouillonnantes de Shibuya, il n'entendait plus la composition symphonique de Wagner. Il n'entendit pas non plus Sailor-*chan* quand le Japonais lui cria de ralentir et de se rabattre au plus vite.

En jetant un rapide regard par sa fenêtre ouverte, il constata que l'hélicoptère de la police – car c'en était bien un – volait plus bas, et qu'il était juste au-dessus de la Mini. Par-dessus la musique, quelqu'un parla dans un haut-parleur, répétant à plusieurs reprises une seule et même phrase en japonais.

Devant eux, le taxi venait de franchir la seconde tour de soutien, précédé de très peu par le camion, qui l'avait doublé *in extremis* sur la travée. Les deux véhicules s'apprêtaient à quitter le Rainbow Bridge par la portion de route dont les côtés étaient protégés par des portiques de sécurité quand le camion freina brutalement pour éviter un autre véhicule ayant soudainement émergé du brouillard. Une demi-seconde plus tard, le taxi freina à son tour, et fut entraîné dans un violent tête-à-queue, la voiture effectuant plusieurs rotations sur elle-même. Le Bris croisa le regard glacial du sosie de John Lennon à chacune d'entre elles, l'homme lui donnant l'impression de demeurer totalement détaché malgré ce qui allait se produire.

Car le taxi continua à tourner ainsi jusqu'à culbuter par l'arrière un poteau situé entre la rampe du pont descendant de la seconde tour de soutien et les portiques de sécurité de la route qui suivait. Il fit alors un dernier demi-tour sur lui-même, puis Le Bris perdit le contact visuel avec le conducteur. L'instant d'après, porté par la force centrifuge, le taxi bascula par l'avant par-dessus l'étroite barrière de protection, qui ne lui fut d'aucun secours.

Gilbert Le Bris appuya alors de tout son poids sur la pédale de frein, le crissement ainsi provoqué se confondant avec le cri terrifié de Sailor-*chan* tandis que les voitures de police avaient enfin activé leurs sirènes, et que l'homme qui parlait dans le haut-parleur depuis l'hélicoptère n'en finissait plus de hurler lui aussi à l'intention de tous les véhicules encore en circulation sur le pont.

L'Austin Mini vint percuter le pare-chocs arrière du camion par son côté passager dans un fracas de tôle et de verre, des éclats translucides voletant à travers l'habitacle alors que les deux *airbags* se déclenchaient simultanément.

D'autres coups de frein suivirent, sans que Le Bris ni Sailor-*chan* ne soient en mesure d'en identifier la provenance. Déséquilibré par le terrible choc, le bulldozer quitta son emplacement sur le camion et vint s'encastrer dans le toit de la Mini, sa pelle désespérément dressée vers un ciel noir sans étoiles.

Lorsque Gilbert Le Bris rouvrit les yeux après un interminable silence, la seule activité qu'il distingua fut celle des essuie-glaces, qui continuaient à balayer dans le vide, le pare-brise ayant été presque intégralement détruit dans l'accident. Wagner avait quant à lui cessé de jouer. En tournant difficilement la tête vers la gauche, l'ancien policier constata que Sailor-*chan* était inconscient, mais qu'il respirait encore. Des lumières bleutées ne tardèrent pas à éclairer l'intérieur de la voiture à intervalles réguliers. La police, ou peut-être une ambulance.

Le Bris toussa, cracha un peu de sang, puis laissa sa tête basculer en arrière.

Et ferma les yeux.

– À vous de jouer, maintenant… Yoran-*san*.

Chapitre 67

Presque un ange

Yoran pressa le pas.

Il venait de laisser la vieille femme sous bonne garde, certain qu'il pouvait faire confiance aux enfants qui accompagnaient Sailor-*chan*. Juste avant, il avait vu son ami se lancer avec Gilbert Le Bris à la poursuite du sosie de John Lennon, dans un quartier de Shibuya rendu méconnaissable par les vestiges de la parade et ce qui venait de s'y dérouler.

Lui s'était concentré sur une tout autre cible.

Car s'il avait perdu de vue la femme qui s'était évanouie dans la foule un peu plus tôt, il avait reconnu son visage sous son masque, et il était pratiquement certain de savoir où elle allait se rendre.

Il ne lui fallut qu'une quinzaine de minutes pour rejoindre Roppongi depuis Shibuya avec le Toei Bus. Il n'y avait pas grand monde à bord, hormis quelques *salarymen* regagnant pour la plupart leur hôtel dans l'attente de la journée suivante. Les rues du quartier de prédilection des expatriés étaient en revanche encore bien animées, les bars et cafés branchés ne désemplissant pas malgré l'heure tardive.

Il était près de minuit lorsque Yoran arriva au pied de l'Ark Hills South Tower, dont les étages étaient plongés dans l'obscurité. Seul l'éclairage tamisé provenant de l'accueil donnait un semblant de vie à l'édifice ultramoderne.

La porte vitrée coulissa en silence quand il se présenta.

À l'intérieur, un homme seul veillait, assis sur une chaise à l'écart de l'entrée. Sans doute un agent de sécurité, qu'il salua. L'homme se leva gauchement et lui rendit la pareille. Yoran soupçonna de l'avoir réveillé. Il ne lui posa aucune question au moment où il appela l'ascenseur.

Très vite, il n'entendit plus que la cabine qui montait, franchissant les étages les uns après les autres à vitesse constante. Yoran profita de cet intermède pour abaisser sa capuche et retirer ses lunettes.

La porte s'ouvrit sur le corridor désert, qui demeura dans la pénombre quand il s'y engagea. Il marcha jusqu'au sas à double porte, d'où il discerna les contours de la cité tokyoïte se découpant face à lui. Il avança jusqu'au *rooftop* puis fut comme aspiré par la nuit.

Pour la première fois, il perçut les échos du monde extérieur, et ne put s'empêcher de fermer les yeux.

La mégalopole respirait et s'exprimait partout autour de lui. La circulation était encore dense, en contrebas. Des voitures, mais aussi des poids lourds. Quelque part, un train passa en trombe, suivi d'un autre. Des détonations retentirent. Sans doute des pétards. Ce qui ressemblait à un rire saccadé très éloigné résonna aussitôt après. Plus loin vers le sud, un hélicoptère arpentait le ciel, générant un bruit sourd et continu.

Yoran inclina la tête en arrière et inspira.

La pluie avait cessé. Et il y avait comme une odeur boisée, dans l'air. Du santal. Ou plutôt du vétiver.

Il rouvrit les yeux.

Elle se tenait là, devant lui, fixant l'immensité de la capitale nippone depuis l'extrémité de la plateforme du toit. Il se rapprocha d'un pas, puis de deux. Elle esquissa un infime mouvement de la tête sur le côté. Elle savait qu'elle n'était plus seule.

Il prit la parole le premier.

– Vous n'irez pas plus loin.

La femme se désintéressa de ce qui se déroulait dans son dos pour se concentrer à nouveau sur la cité qui ne dormait jamais et ses interminables artères luminescentes.

– Nous sommes déjà allés aussi loin que nous le voulions.

– Est-ce que votre mari a un lien avec tout ceci ?

– Mon mari n'a rien à voir avec ça ! Laissez-le en dehors !

Elle effectua un geste à peine perceptible de son bras droit, réajustant une cape noire que le vent faisait voleter de plus en plus vivement. Lorsqu'elle avait perdu son masque à l'effigie d'une tête de cochon dans la cohue de la parade d'Halloween, Yoran avait immédiatement reconnu le visage de Nodoka, l'épouse de Sébastien Reicher, l'homme auprès de qui il s'était renseigné à propos du kendo, et plus particulièrement des armes utilisées par les *kendoka*.

– C'était vous, l'autre soir, n'est-ce pas ? Vous qui avez essayé de me tuer ici même.

– Je vous ai *sauvé*, Yoran-*san*.

Sa voix s'était soudain faite plus basse. Comme si elle avait eu honte d'accepter ses propres mots.

– Nous n'avons peut-être pas la même définition du terme « sauver »…

– Primo-*san* souhaitait votre mort.

– De qui parlez-vous ? Qui est Primo-*san* ?

Elle afficha brièvement un rictus méprisant.

– Primo-*san* – c'est ainsi que nous le nommons – est l'homme que vous avez laissé fuir en choisissant de me poursuivre. Mais il se fait aussi appeler Cold Lennon. Vous devinez pourquoi.

– « Glamour Boy », c'était lui ?

– Bien sûr que non. « Glamour Boy » est le nom de code de la personne la plus sage d'entre nous, celle qui a pensé tout ceci depuis le départ. Primo-*san* était son émissaire. C'est lui qui a recruté les deux autres membres.

Yoran décida de rebondir sur la dernière phrase.

– MoTo… et l'autre femme…

– Mayu-*san*. Elle s'appelle Mayu.

– Mais alors… Ryōka Obata est…

Elle se redressa avec élégance.

– Ryōka Obata *est* « Glamour Boy ».

Yoran encaissa l'information tout en repensant à la vieille femme en tenue de moine mendiant dont il avait reconnu le visage maigre et sec et son inquiétant œil blanc durant la parade.

– Pourquoi tout ceci ?

– Tout ce que nous avons accompli, nous l'avons fait pour une seule et même cause. Celle des femmes. Et une plus que toutes. Runa Obata…

– La fille de Ryōka Obata ?

Elle se tendit de tout son être alors que l'attention de Yoran était à son paroxysme. La délivrance des événements qui avaient présidé à la sinistre affaire des « Tueurs aux estampes » n'avait jamais été aussi proche.

– Pas sa fille. Sa petite-fille. Runa avait tout pour elle. Elle était appréciée de tous, sa famille l'aimait, et surtout, sa beauté était… si touchante… En 2002, elle a signé un contrat avec une agence de mannequinat tokyoïte. L'aboutissement d'un rêve de jeune fille, à l'orée de ses vingt ans. Mais cette agence a rapidement vendu son contrat à une société affiliée, spécialisée dans un tout autre domaine.

– Karma Pole X…

Le nom de la société de production de films pornographiques avait surgi dans la bouche de Yoran sans qu'il ne s'y attende. Pourtant, il devinait au silence de l'épouse de Reicher qu'il avait vu juste.

– Vous êtes mieux renseigné que je ne le croyais.

– C'est une seconde nature, chez moi. Que s'est-il passé, ensuite ?

– Au début du mois de novembre 2003, sa mère a retrouvé le corps sans vie de Runa dans le studio dans lequel elle venait de s'installer à Tokyo. Le médecin légiste a déterminé qu'elle s'était intoxiquée par ingestion de psychotropes quelques jours plus tôt. La date de sa mort a été estimée au 31 octobre 2003. Son père avait alors déjà quitté le foyer familial. Quant à sa mère, elle est morte de chagrin l'année suivante, laissant désespérément seule sa grand-mère. Elle ne s'en est jamais remise elle non plus. Mais à la différence de sa descendance, elle a survécu à ce drame. Et cela lui a pris vingt années – soit l'âge de sa petite-fille au moment de sa mort – pour forger son projet de vengeance. Une vengeance qui avait pour finalité d'éliminer des hommes qui occupaient des places importantes dans l'organigramme de la société Karma Pole X lors du rachat du contrat de Runa par ces ordures.

La patience dont avait fait preuve la vieille femme impressionna Yoran au plus haut point. Sa vie avait beau avoir été détruite par les pertes successives de sa petite-fille puis de sa fille, Ryōka Obata n'avait renoncé sous aucun prétexte à sa vengeance.

– J'ai été la première à être approchée par Ryōka Obata, il y a quatre ans. J'exerçais alors comme aide à domicile dans la région de Tokyo, et Ryōka était l'une des personnes dont je m'occupais. Nous nous voyions toutes les semaines. À l'époque, j'avais déjà pris conscience de la triste condition des femmes dans ce pays, un sentiment qui se trouvait renforcé par l'année que j'avais passée en Europe à la fin de mon cursus universitaire. La confiance est vite devenue réciproque entre nous, et elle m'a progressivement fait part de ses projets. Avec le recul, je pense qu'elle m'aurait tuée de ses mains si je n'y avais pas adhéré, plutôt que de prendre le risque de voir sa vengeance lui échapper. Mais je partageais ses idées, et aujourd'hui, elle me considère comme sa fille adoptive. Aussi m'a-t-elle présenté à celui qui deviendrait Primo-*san*, l'un de ses anciens élèves, du temps où elle enseignait l'art de la calligraphie japonaise. À sa demande, il avait intégré Karma Pole X, et commencé à gravir les échelons dans la société. Son nom était alors cité pour succéder au conseiller personnel de celui qui se faisait appeler « Kingu », « le Roi », en japonais. C'est exactement ce qui est arrivé. Parallèlement, Primo-*san* a recruté MoTo, pour son incroyable instinct de photographe, et Mayu, pour son inimitable sens artistique. Quant au rôle qui allait m'être dévolu, il avait déjà été fixé au vu de ma capacité à manier les armes : donner la mort. J'étais aussi la seule avec Primo-*san* à connaître l'identité réelle de « Glamour Boy ».

Malgré le vent qui soufflait à présent plus fort, Yoran n'avait pas bougé depuis le début de l'exposé de Nodoka Reicher.

– Notre objectif ultime était d'éliminer « Kingu », Haruo Miyami de son véritable nom, mais alors que nous nous apprêtions à lancer notre croisade vengeresse, il est décédé d'une crise cardiaque dans son bureau. Quelle ironie, n'est-ce pas ? Le destin l'a soustrait à un sort qu'il méritait pourtant amplement. Mais le pire est venu ensuite, quand Wakana Miyami, son épouse, a pris sa suite à la tête de Karma Pole X. Nous l'avons vécu comme un déshonneur absolu pour la cause des femmes ! Cela n'a eu pour effet que de nous mobiliser davantage en faveur de notre projet, et nous avons mis en œuvre le premier meurtre…

– L'assassinat de Ryo Tomita dans le *love hotel*…

– Comme pour les suivants, nous nous sommes inspirés des estampes japonaises, et plus particulièrement des estampes horrifiantes de Tsukioka Yoshitoshi, le dernier grand maître de la discipline, adulé par Ryōka Obata, même si cet accomplissement, en tant que premier de la série, revêtait un caractère « expérimental ». Cet homme dirigeait l'agence de publicité qui a permis de faire connaître Karma Pole X dans le monde entier, essentiellement *via* Internet. Il était aussi un dangereux prédateur sexuel, dont nous avions repéré le jeu alors que nous préparions son exécution. Il avait pour habitude de droguer régulièrement des femmes à leur insu, puis de les amener ensuite dans des *love hotels* pour en faire ce qu'il voulait. Cette nuit-là, après avoir échoué à l'attirer une première fois, Mayu a endossé avec succès le rôle de la femme piégée, et s'est arrangée pour qu'il boive sa propre solution de psychotropes. Primo-*san*, MoTo et moi les avons suivis, affublés de masques à l'effigie de cochons, pour que la dernière chose que ce monstre puisse voir soit ce qu'il représentait à nos yeux : un porc ! C'est moi qui lui ai porté le coup fatal, avec un *wakizashi* emprunté à la collection personnelle de Ryōka Obata, héritée de son père. La touche finale incombait à Mayu, qui a eu l'idée de marquer chaque victime du logo revisité de Karma Pole X, trois croix peintes au noir de carbone, un pigment qu'elle affectionnait particulièrement d'utiliser dans le cadre de ses cours de peinture à l'université des arts de Tokyo, tandis que MoTo se chargeait de photographier l'œuvre une fois celle-ci finalisée, et de diffuser le résultat de notre travail sur les réseaux sociaux.

Les différentes pièces du puzzle s'assemblaient dans l'esprit de Yoran, à la fois éprouvé par ce qu'il venait d'apprendre et fasciné par la démarche au long cours mise en avant par le collectif.

– Daisuke Miyazato s'est ensuite imposé pour nous car il était à l'origine de l'instauration du paiement numérique pour les films produits par les sociétés pornographiques. Cela a engendré des gains colossaux pour Karma Pole X, en l'installant parmi les entreprises du X les plus rentables d'Asie et de la planète.

– PornVisory… Vous saviez donc aussi que Miyazato était réputé ne faire qu'un avec Satoshi Nakamoto, le créateur de la cryptomonnaie ?

– Nous laissons cela à d'autres tels que vous, Yoran-san. Là n'était pas le sens de notre quête. Miyazato devait mourir, comme les autres. Au même titre que Jin Zaiki, l'employé le plus prolifique de Karma Pole X, pour avoir travaillé comme technicien plateau sur plus de mille huit cents films, un record inégalé au Japon. Quant à Ikurō Asakawa, Osamu Fujiwara, Kazushi Sugiuchi et Norio Handa, tous quatre étaient avocats, et avaient offert leurs services à Karma

Pole X lors de poursuites lancées par d'autres parents ayant perdu leurs filles dans le sexe, la drogue ou la folie. Des poursuites qui n'ont jamais abouti. C'est moi qui ai lâché sur eux une meute de chiens que j'avais préalablement affamés.

La cape de Nodoka Reicher n'était plus qu'une fine ligne horizontale qui se confondait avec celle de l'horizon lointain. Le vent soufflait si fort au sommet de l'Ark Hills South Tower que Yoran dut amorcer un pas de recul.

– Ainsi vous savez tout de ceux que les médias ont baptisés les « Tueurs aux estampes », Yoran-*san*, et auxquels je suis heureuse d'avoir appartenu en tant que femme.

– Attendez… Pourquoi avoir diffusé vos mises en scène sur les réseaux sociaux après chacun de vos meurtres ? Cela ne concernait pas la Terre entière, mais seulement une poignée d'individus…

– Mais enfin, c'est évident, non ? Pour faire HONTE à ces PORCS ! Et pour dissuader leurs concurrents d'avoir recours aux mêmes pratiques vis-à-vis des femmes !

Elle inclina légèrement la tête vers Yoran, serra instinctivement son poing droit, et parla d'une voix très basse.

– Vous serez là pour voir si nous y sommes parvenus…

– Attendez…

– S'il vous plaît, Yoran-*san*, pensez à remercier mon mari, Sébastien-*san*, pour les magnifiques années de bonheur que nous avons passées ensemble. Je lui dois énormément, et je souhaite qu'il sache que je ne l'ai jamais oublié.

Sa cape s'envola soudain, disparaissant aussitôt dans la nuit tokyoïte.

– Aussi je me dois de vous dire adieu, Yoran-*san*. Je vous remercie pour votre écoute patiente. *Sayonara.*

– Attendez !

Elle écarta les bras et effectua un pas en avant. Juste au-dessus du vide effrayant, qui paraissait prêt à l'aspirer à la première occasion.

– Insaisissables comme l'ombre...

Luttant contre le vent glacé, Yoran se rua vers elle, le souffle coupé.

– ... Frappant comme la foudre...

Il se jeta désespérément là où elle se tenait encore l'instant précédent, les yeux piqués par le froid vif et acéré des rafales qui s'abattaient en continu sur les hauteurs de la capitale nippone.

– ... Nous sommes la nuit.

– NON !!!

Yoran fut totalement impuissant lorsque Nodoka Reicher enjamba la plateforme sans même se retourner, comme si elle avait toujours su que sa vie devait se terminer ainsi, son corps dévalant à une vitesse folle les vingt étages de la tour et ses cent huit mètres de dénivelé, pour achever son funeste saut de l'ange contre le bitume froid et humide de la rue, infiniment plus bas.

Effondré là même où il avait cru mourir à une autre époque de sa vie, des larmes à demi gelées coulaient sur ses joues tandis qu'il fixait un ciel noir sans étoiles et sans lune, cherchant vainement quelqu'un à blâmer pour l'effroyable scène à laquelle il venait d'assister, et qui mettait un point final aux agissements des « Tueurs aux estampes », et à leur impitoyable vengeance.

Une vengeance initiée par une femme qui avait voulu défendre une cause qui ne le laissait définitivement pas indifférent : le statut des femmes dans une société qui n'hésitait pas à les broyer, et dont le salut ne pouvait survenir à leurs yeux que par la disparition de ceux qu'elles considéraient comme leurs bourreaux. Même si les sacrifices nécessaires pour y parvenir avaient dépassé l'entendement, atténuant un peu plus une frontière que Yoran avait bien trop souvent côtoyée.

La frontière parfois ténue et souvent impénétrable qui séparait le bien du mal.

Chapitre 68

La femme qui n'aimait pas les hommes

– Décidément, il va falloir que nous envisagions d'éviter les ponts, vous et moi…

Gilbert Le Bris porta son Bridgetown Old-Fashioned à ses lèvres et en dégusta une gorgée, qu'il fit durer aussi longtemps que possible dans sa bouche avant de l'avaler.

À ses côtés, Sailor-*chan* avait opté pour une étrange boisson portant le nom de Lilly, et qui ressemblait à s'y méprendre à une barbe à papa servie dans un verre à cocktail. Contrairement à ses habitudes, il s'était vêtu sobrement d'un costume sur mesure noir à fines rayures grises. Il portait son bras gauche en écharpe, suite à l'accident du Rainbow Bridge. Il avait échappé à des blessures plus graves, et Gilbert Le Bris en était quant à lui miraculeusement sorti indemne.

Face à eux, assis dans un fauteuil devant un Melon Cream Soda, Yoran estima inutile de répondre à l'ancien policier. Encore sous le coup de la terrible nuit d'Halloween, survenue dix jours auparavant, il avait proposé à ses deux amis de les remercier pour leur aide précieuse en le retrouvant au Tír na nÓg, l'une des adresses les plus prestigieuses de

Tokyo en matière de cocktails haut de gamme, située au cœur de Ginza.

L'endroit s'inspirait ouvertement de la « Terre de l'éternelle jeunesse » de la mythologie celtique, et constituait à ce titre un lieu unique de la capitale japonaise, qui avait immédiatement séduit les invités de Yoran.

Quelques instants plus tôt, ils avaient trinqué ensemble pour marquer la fin de l'affaire des « Tueurs aux estampes » et de leur fructueuse coopération, mais aussi pour se dire au revoir. Gilbert Le Bris avait en effet réservé son vol de retour pour la France pour le lendemain soir, et Sailor-*chan* avait prévu de s'offrir dès le dimanche suivant une semaine de repos bien mérité en Thaïlande pour se remettre de ses émotions.

– N'empêche que si vous n'aviez pas donné ce coup de volant bien senti ce soir-là, Gilbert-*chan*, nous aurions rejoint ce fameux Cold Lennon dans les eaux profondes de la baie de Tokyo, et vous seriez en ce moment seul face à votre soda à la crème de melon, *Ringo-chan*…

Tout en parlant, Sailor-*chan* plongea une cuillère au long manche argenté dans son verre, avant de la glisser avec gourmandise dans sa bouche en fermant les yeux.

Au lendemain du drame, le taxi volé par celui qui avait été l'émissaire de « Kingu » avait été repêché à proximité du Rainbow Bridge, son seul occupant toujours enclavé à bord du véhicule. D'après les premières constatations des experts, il n'avait pas cherché à quitter la voiture, comme s'il avait été résolu à accepter sa mort. Ou comme s'il l'avait ardemment désirée. Son identité réelle demeurait inconnue.

Yoran s'empara à son tour de son verre, et le fit glisser lentement sur la table laquée en le suivant du regard.

Au-dessus d'eux, des papillons dorés plus vrais que nature fixés au plafond du bar s'agitaient doucement.

– Vous avez su ce qu'il était advenu de la vieille borgne ?

Comme à son habitude, l'ancien policier n'avait pas mâché ses mots. Yoran prit le temps d'avaler enfin une gorgée de son cocktail, puis reposa le verre, avant de répondre.

– Ryōka Obata... Elle a passé une semaine à l'hôpital, et a ensuite été incarcérée à la prison pour femmes de Tochigi dans l'attente de son procès. Ayant été la tête pensante de toute l'affaire, il est probable qu'elle ne remettra jamais les pieds dehors.

Yoran dévoila à ses deux alliés l'autre identité de la vieille femme, « Glamour Boy », et les intentions réelles qui l'avaient amenée à mettre en œuvre sa vengeance contre des hommes qui n'hésitaient pas à briser les destinées de jeunes femmes innocentes pour s'enrichir et se construire une réputation, même si cela revenait à les conduire à une mort certaine, comme ce fut le cas pour la petite-fille de Ryōka Obata. Runa Obata.

– Quant à Mayu Asakura, que vous aviez interceptée durant la parade, cher Gilbert, elle aussi devrait être jugée prochainement. Les autres membres étant décédés, le travail des enquêteurs consistera essentiellement à s'immerger dans le passé sur la base des déclarations de ces deux-là pour comprendre leurs motivations.

Les premiers jours ayant suivi la nuit d'Halloween, les trois hommes avaient été interrogés par la police de Tokyo, et avaient livré chacun les éléments dont ils avaient connaissance à propos des « Tueurs aux estampes ». Yoran avait partagé avec les policiers les ultimes révélations de Nodoka Reicher, avant son saut mortel depuis le sommet de l'Ark

Hills South Tower. Un gâchis sans nom, selon lui, tant l'épouse de Sébastien Reicher aurait encore eu sa place en ce monde, au même titre que MoTo, le jeune photographe de génie, si seulement ils n'avaient pas cédé tous deux aux sirènes de la vengeance, et à l'appel de la mort.

– Je n'aimerais pas être à la place du mari de cette Nodoka, en tout cas. Le pauvre homme doit être anéanti…

Les paroles de Le Bris replongèrent Yoran dans l'insoutenable instant qui avait précédé le suicide de celle-ci. Il ferma les yeux tout en s'agrippant fermement à son verre.

– Ni à la place de celui qui a eu à lui annoncer la triste nouvelle, si vous voulez mon avis…

Sailor-*chan* avait renchéri avant d'enfoncer à nouveau sa cuillère dans son verre. Yoran préféra changer de sujet.

– J'ai lu cette nuit que d'autres personnes s'étaient mises à copier le *modus operandi* des « Tueurs aux estampes » de par le monde après les jumeaux de Prague, à Jakarta, Mexico ou Belgrade notamment, sans toutefois aller jusqu'à tuer leurs victimes. Du moins, jusqu'à présent. J'espère juste que tout ceci n'est qu'un feu de paille, et que le résultat de nos actes n'a pas simplement consisté à déplacer le mal ailleurs.

– Foutus réseaux sociaux… Ce monde me dégoûte…

Le Bris termina son verre sur ces mots, Sailor-*chan* enchaînant presque aussitôt, tout en caressant sa moustache blanchie par sa boisson.

– Et cet autre type, là, avec le masque des Anonymous ? Qui était-ce ?

– Donato Aquila. Il était le lien entre le Japon, la cryptomonnaie et l'Italie. Il a expressément débarqué à Tokyo de Sienne pour signer un partenariat avec « Kingu », Wakana Miyami de son véritable nom, la dirigeante de Karma Pole X.

Une femme, donc. Cet accord devait permettre à la banque d'Aquila – la Banca Monte dei Valle di Siena ou groupe MVS – de devenir le banquier exclusif de Karma Pole X et de toutes ses filiales. En échange, il autorisait « Kingu » à détenir la majorité des parts du capital de sa banque par l'intermédiaire d'une société écran. Dans l'absolu, il n'a rien commis de répréhensible, mais à cette heure, je crois savoir qu'il est encore aux prises avec les autorités japonaises, et je me suis laissé dire qu'aucun traducteur italien n'était disponible pour le moment, ce qui pourrait faire durer le plaisir de manière difficilement prévisible…

Les trois hommes sourirent de concert alors que le morceau *The Beginning Is The End Is The Beginning* des Smashing Pumpkins défilait en fond sonore, paraissant synchronisé avec le doux frémissement des centaines de bougies qui décoraient l'endroit.

Sailor-*chan* termina son verre à son tour, avant de se faire interroger par Yoran.

– Peux-tu nous éclairer sur les enfants qui étaient avec toi lors de la parade, Sailor-*chan* ? J'avoue que sans eux, nous n'aurions sans doute pas été en mesure d'éviter le pire, et tout ce petit monde se serait évanoui sous nos yeux sans que nous ne puissions rien y faire.

– Avec plaisir, *Ringo-chan* ! Figure-toi que je suis, à mes heures perdues, l'un des parrains d'un orphelinat pour enfants surdoués, à qui j'avais proposé, *via* le directeur de l'établissement – un vieil ami à moi –, de se joindre à nous durant la parade, avec pour mission d'identifier tout ce qui pouvait ressembler de près ou de loin à des cochons… Ils ont tous ma pleine confiance, mais depuis la disparition tragique d'Eru il y a quelques années, Neito – le petit gars déguisé comme le clown de *Ça* pendant la parade – est devenu leur meneur naturel, et j'avoue m'être franchement attaché à lui… C'est un pur génie !

– Je vois… Je pense pouvoir dire que sans lui et les autres enfants, nous aurions fait chou blanc à Shibuya. Remerciez-les pour nous, Sailor-*chan*. Et je tiens aussi à vous remercier tous deux pour m'avoir accompagné dans cette histoire complètement folle. Je n'y serais pas arrivé tout seul. Pas cette fois.

Les yeux de Yoran s'humidifièrent brièvement, avant qu'il ne reprenne le dessus.

– Gilbert… J'espère que vous aurez une pensée pour moi, à votre retour sur la pointe armoricaine.

– Ma parole, mais… Brest ne vous manque pas ?

– Si… Tellement… Mais il y a quelqu'un qui me manque encore plus. Et cette personne est ici, au Japon.

– Ah… C'est vrai que vous êtes un homme de secrets…

Sur ces ultimes paroles, Yoran acheva son Melon Cream Soda, puis réajusta ses lunettes. L'heure des adieux était bel et bien arrivée.

– Rassurez-vous… Je compte bien vous envoyer une carte postale, de temps en temps, et peut-être même une ou deux photos… histoire de vous rappeler la vue depuis votre ancien appartement… Quant à notre petite aventure ensemble, cher Sailor-*chan*, quel pied ça a été ! Cette course effrénée dans les rues de Tokyo *by night*, je m'en souviendrai toute ma vie !

– Vous m'en voyez ravi, Gilbert-*chan* ! Même si c'est un crève-cœur pour moi d'y avoir laissé mon Austin Mini… Mais, dites-moi, vous m'enverrez des cartes postales, à moi aussi ? Et des photos ? La Bretagne m'attire depuis tout petit ! Ah, si vous saviez…

– Eh bien venez ! Je vous invite quand vous voulez… chez moi… à Brest !

Tous trois éclatèrent de rire alors qu'ils montaient les marches de l'escalier en bois qui allait les ramener dans le monde réel. Un monde duquel ils savaient déjà qu'ils ne regretteraient jamais de s'être évadés, après avoir accompli ensemble la plus périlleuse des missions.

Mettre un terme aux agissements d'un groupe d'artistes autoproclamés, qui avaient utilisé leur influence sur les réseaux sociaux pour marquer les esprits de leurs contemporains, et au-delà, pour ancrer leur vengeance – et celle d'une femme en particulier – dans une époque décidément bien trop sombre à leurs yeux.

Chapitre 69

Impermanence

– Saviez-vous qu'il existait près de quatre cent cinquante masques différents dans le théâtre nō, Yoran-*san* ?

Face à eux, quatre masques de femmes blancs et noirs étaient alignés derrière une vitrine. Leurs regards bienveillants et apaisés contrastaient avec le masque d'esprit vengeur disposé au milieu, dont les cornes pointues et les yeux brillants représentaient la colère et la haine propres à cette créature.

Le nō, que d'aucuns définissaient comme un drame lyrique, représentait ce que le théâtre japonais avait de plus traditionnel, mêlant chants en vers, musique et pantomimes dansés. Ses origines remontaient à la fin du XIIIe siècle.

Après avoir longuement contemplé la rangée d'accessoires en bois peint parfaitement entretenus, Yoran se retourna et répondit que non à celle qui l'avait invité à passer l'après-midi avec elle. Lorsqu'il s'était présenté à l'entrée de son restaurant un peu plus tôt, Yoriko lui avait proposé de l'accompagner au Musée du Nō de Kanazawa, qu'elle avait coutume de visiter au moins une fois chaque année.

– Ceux-ci se répartissent en six catégories : les masques pour *Okina* – les dieux âgés et riants –, les masques de vieil homme, les masques de démon, les masques d'homme, les masques de femme et les masques d'esprit vengeur.

Yoran écoutait poliment l'ancienne *geisha*, dont la culture et la connaissance du monde ne manquaient jamais de l'impressionner. Mais en cette journée d'hiver avant l'heure, ses pensées étaient ailleurs.

– J'imagine qu'il a été très difficile à Sébastien-*san* d'apprendre la nouvelle de la disparition de son épouse, ainsi que son implication dans cette affaire.

– Vous voyez juste, Yoran-*san*. Il est terrassé, et je crois savoir qu'il lui faudra un temps certain pour surmonter cette fin tragique. Nodoka-*san* était une femme admirable, qui lui avait apporté un équilibre indéniable depuis leur rencontre. Encore en cet instant, il me paraît totalement impensable qu'elle puisse avoir été le bras armé de ces « Tueurs aux estampes ».

– J'aurais tellement préféré que ce ne soit pas elle... Vous pourrez lui dire qu'elle l'a aimé jusqu'au bout.

Tout en prononçant ces mots, Yoran eut une vision de Nodoka Reicher, debout sur l'extrémité de la plateforme du toit de l'Ark Hills South Tower. Elle avait choisi de mettre un terme à sa vie plutôt que d'infliger à son époux l'épreuve – et au-delà, la honte – de découvrir qu'il était marié avec une meurtrière.

– Je lui ai suggéré de venir au Zeniya dès qu'il se sentira un peu mieux. D'ici là, c'est avec sa conscience qu'il va devoir trouver la paix. Je suis moi-même très affectée par cette nouvelle, Yoran-*san*. Mais je dois vous avouer que vous et vos amis avez été tout simplement éblouissants dans la résolution de cette sinistre affaire. Ceci étant dit, je n'avais pas de doute vous concernant...

Voyant que le visage de son invité demeurait crispé, elle poursuivit.

– Ne soyez pas aussi troublé, Yoran-*san*. La vie est impermanence. Au Japon, nous employons le terme *mujō*.

– Puis-je vous demander ce que cela signifie, Yoriko-*san* ?

– Bien sûr. Il s'agit d'un concept hérité du bouddhisme, selon lequel rien n'est figé, rien ne dure. Seul compte l'instant. C'est de là que découle la résilience si caractéristique du peuple japonais. C'est aussi cette conscience de la dimension éphémère et imparfaite des choses qui nous incite à apprécier la nature et ses saisons. J'y associe pour ma part un léger sentiment de mélancolie, que vous avez peut-être déjà ressenti depuis votre installation au Japon, Yoran-*san*.

Il approuva en silence, réalisant que sa philosophie de vie avait progressivement évolué vers une meilleure acceptation du changement et des contraintes liées, son départ de Bretagne en étant la démonstration la plus probante.

– Avez-vous de nouveaux projets, maintenant que tout ceci est terminé, Yoran-*san* ?

– Et bien… J'envisage de repartir en voyage… mais sans quitter le Japon.

Yoriko sourit. Yoran n'avait pas encore évoqué avec elle la véritable raison pour laquelle il avait traversé le monde jusqu'à son pays, mais il était certain qu'elle devinait ce qu'il avait voulu lui indiquer. Par pudeur autant que par respect, elle ne s'engagea pas plus avant sur le sujet, et présenta à son invité un masque *Okina* en céramique laquée noire doté d'une barbe blanche, à l'effigie d'une divinité. Elle lui expliqua qu'il incarnait l'expression de la sagesse, et qu'il avait été conçu près de cent cinquante ans auparavant.

Ils continuèrent ensemble la visite du musée, puis marchèrent ensuite jusqu'au restaurant de l'ancienne *geisha*, ou celle-ci leur servit un thé vert Matcha, initiant Yoran aux rudiments de la cérémonie dédiée, avant de le saluer, et de lui souhaiter le meilleur pour son voyage à venir.

En quittant le Zeniya, Yoran se fit la réflexion qu'il avait eu une chance inouïe de rencontrer une personne aussi fidèle et authentique peu après son arrivée au Japon, et se dit que pour rien au monde il ne regrettait son choix d'avoir renoncé un jour à sa vie passée. Et ce, même s'il repensait souvent à Brest, son port d'attache historique, où il avait vécu certaines des expériences les plus marquantes de son existence.

Et où il avait découvert l'amour pour la première fois.

Chapitre 70

Shikata ga nai

Shikata ga nai.

L'expression était utilisée par les Japonais lorsqu'une situation était irrémédiable. Littéralement, elle signifiait « il n'y a pas d'autre choix », et impliquait pour celui qui l'employait que, quels que pouvaient être les obstacles rencontrés sur son chemin, la seule attitude qui prévalait consistait à aller de l'avant.

C'était exactement l'état d'esprit de Yoran au moment où il s'était lancé dans le bouclage de son sac de voyage, alors que le jour du grand départ n'avait jamais été aussi imminent. Dans la platine CD de son minuscule appartement, il avait inséré l'un des tout premiers mixes de Massive Attack, enregistré à Bristol en 1994.

Horus était allongé sur le canapé à côté de lui, et avait le regard rivé vers les fenêtres de la baie vitrée, et au-delà, vers la capitale nippone encore animée. Dans la rue, quelques clients tardifs tentaient de négocier le prix d'une moto avec le gérant du magasin tout proche. Au-dessus d'eux, le ciel était limpide, et les étoiles brillaient ardemment.

Avant de sélectionner soigneusement dans son armoire de poche ceux de ses vêtements qu'il préférait, Yoran avait repensé à toutes les vies qu'il avait vu s'éteindre au fur et à mesure de son immersion dans le monde de la nuit tokyoïte, mais aussi dans la vieille Europe, où il avait déjà été confronté au mal par deux fois. Il avait revu les visages des victimes défiler dans son esprit, gravés à tout jamais dans sa mémoire. Puis il avait fermé les yeux, et avait souhaité de toutes ses forces que leur âme ait à présent trouvé la paix.

Sans prévenir, Horus se redressa et lui jeta un bref regard, avant de tourner sur lui-même puis de se glisser dans le sac de voyage.

– Bon, je continuerai plus tard… Mais si ça peut te rassurer, tu viens avec moi.

Horus miaula puis s'assoupit entre un sweat-shirt à capuche jusqu'alors parfaitement plié et la dernière paire d'Asics de son propriétaire. Yoran se leva alors et ouvrit en grand les deux fenêtres de la baie vitrée, puis retira ses lunettes. Les multiples échos de la cité lui parvinrent simultanément. Ça marchandait toujours activement, dans la rue. À quelques pâtés de maisons de là, une alarme discrète sonnait en continu. Et une odeur de gazon fraîchement coupé flottait dans l'air.

Il avança d'un pas.

Bientôt, il allait abandonner Tokyo et son agitation permanente, oublier ses lumières iridescentes et ses écrans géants, et s'engager dans une voie où, il l'espérait, la sérénité le partagerait au renouveau qu'il était venu chercher de lui-même en s'installant au Japon.

Mais il savait déjà qu'il ne renoncerait pas à la nuit.

Comme ces femmes et ces hommes qui en avaient fait leur raison d'être, lui aussi avait trouvé un sens à son existence à travers elle.

Comme eux, lui aussi lui appartenait.

Car comme eux, il était la nuit.

Cinquième partie

Trans-love energies

Chapitre 71

Transmission

– Des… imitateurs… vous dites ?

Le vieux Miroslav Ryba n'avait pas interrompu une seule fois Gilbert Le Bris tout au long de son exposé des faits survenus à Prague, et de l'évocation de la résolution de l'affaire des meurtres des frères Čížek, que les médias tchèques avaient rebaptisé les « Tueurs au drone ». Mais le fait qu'il se soit agi de jumeaux l'avait finalement sorti de sa concentration.

– En effet, oui. Deux frères qui se sont inspirés d'un collectif de tueurs japonais, à présent hors d'état de nuire, eux aussi. L'un est en prison, à cette heure, dans la région de Ceska Lipa, en Bohême du nord, et il est raisonnable de penser qu'il n'en sortira pas de sitôt. Quant à l'autre, il a été abattu par la police tchèque, et est décédé sur le coup… dans le cimetière de Vyšehrad, à Prague.

Ryba maintenait les yeux fermés, comme s'il cherchait à visualiser la scène. Celle de deux hommes fous à lier, dont la course avait été stoppée nette grâce aux efforts conjoints de Gilbert Le Bris, de Yoran Rosko, et de la police tchèque. Certes, cela ne lui ramènerait jamais son petit-fils, mais peut-être une paix intérieure, vraisemblablement essentielle, pour un homme dont la vie paraissait toute proche d'atteindre son terme.

Il demeura immobile durant de longues minutes, incitant Le Bris à contempler la rade et ses reflets, bien au-delà, alors qu'un ciel argenté chargé de lourds nuages avait envahi l'horizon. Elle était là, sa ville. Après ce périple incroyable en République tchèque puis au Japon, il la retrouvait enfin, apaisé, prêt à y vivre la fin de la saison qu'il préférait entre toutes, l'automne armoricain.

Mais il n'était pas dit que l'homme âgé qui lui faisait face dans son vaste bureau de la villa Crosnier aurait cette chance. Car sa respiration se faisait de plus en plus difficile, et il n'était désormais plus capable de se déplacer seul dans son fauteuil. Un intendant avait dû le conduire depuis sa chambre jusqu'à la grande pièce dans laquelle il recevait ses invités. Et son instinct d'ancien policier dictait à Gilbert Le Bris qu'il n'aurait plus l'occasion de le revoir après cet entretien.

Car tout avait été dit. Il était allé au bout de son enquête, et savait pertinemment que, au vu des circonstances, le vieux Miroslav Ryba n'aurait pu escompter de résultat plus satisfaisant.

Après plusieurs minutes supplémentaires, Gilbert Le Bris décida de se lever. Il fit lentement reculer sa chaise et se tint debout devant le vieil homme, qui ne broncha pas. Il attrapa alors son briquet, qu'il avait posé sur le bureau à son arrivée dans ce qui constituait sans doute la villa la mieux préservée de Brest, avec tous les souvenirs que cela devait impliquer pour son propriétaire.

Accroché au mur à sa gauche, il remarqua un tableau partiellement dissimulé dans la pénombre. Une silhouette blanchâtre surmontant un cheval squelettique tout aussi blanc et tenant entre les mains une inquiétante poupée à l'effigie d'un nourrisson se détachait d'un fond rougeoyant, une forêt balayée par le vent se devinant au second plan, des feuilles éparses voletant en hauteur face à un ciel couleur de feu. Gilbert Le Bris frissonna.

Alors qu'il allait ouvrir la porte insonorisée qui séparait la pièce du couloir et quitter les lieux, il discerna un léger frémissement derrière lui.

– Vous... l'embrasserez... pour moi ?

Aussitôt prononcés ces mots, Miroslav Ryba fut pris d'une violente toux, et peina à se saisir d'un mouchoir glissé dans le revers de sa robe de chambre. Le Bris s'approcha de lui pour l'aider, mais le vieil homme lui fit signe de reculer, ce qu'il fit à regret.

– Pardon ?

Ryba retrouva peu à peu ses esprits, inhala plusieurs mesures d'oxygène à sa bouteille, et s'accouda d'un bras sur son bureau, avant de poursuivre, à bout de souffle.

– La mer... Embrassez-la... des yeux... pour moi... et respirez-la...

– Bien sûr... Oui... Je n'y manquerai pas...

La toux de son hôte reprit de plus belle, mais celui-ci parvint néanmoins à formuler la suite de sa pensée.

– Et j'ai... une dernière faveur... à vous demander...

Il était épuisé.

– Dites-moi, Monsieur Ryba. Dites-moi.

– Mon petit-fils... Pourriez-vous... assister... à ses funérailles... pour moi ?

À l'écoute de la question, Gilbert Le Bris eut un pincement au cœur. Le vieil homme n'avait pratiquement plus de forces, et sachant qu'il n'en aurait plus pour très longtemps, il prenait déjà les devants malgré l'état émotionnel intense dans lequel il était plongé depuis la disparition de son petit-fils. Le Bris se contenta d'une réponse simple et directe, à l'image de l'homme qu'il estimait avoir toujours été.

– Oui. J'irai. Prenez soin de vous, Monsieur Ryba. Et… bon vent.

Puis il ouvrit la porte et sortit, saluant sobrement l'intendant surpris, qui servait deux tasses de thé Gunpowder sur un plateau d'argent dans la cuisine.

* * *

Le vent s'était levé à mesure de leur discussion, chassant une bonne partie de la masse nuageuse, et il soufflait considérablement plus fort que lorsqu'il était entré dans le grand hall de la villa.

Tout en traversant le cours Dajot, Gilbert Le Bris repensa au pauvre Marek Ryba, ainsi qu'à toutes les victimes de ces deux malheureuses affaires, dont l'unique point commun avait été pour leurs auteurs de se faire connaître sur les réseaux sociaux. De « faire des vues ».

Il déglutit.

Miroslav Ryba lui avait dit que le corps de son petit-fils avait été rapatrié en Bretagne à sa demande, et que sa dépouille reposerait dans le cimetière de Saint-Martin, que certains continuaient d'appeler le cimetière de Brest, et où il irait saluer sa mémoire au nom de tous ceux qui l'avaient aimé, et en particulier son grand-père.

Après cela, Gilbert Le Bris comptait bien s'octroyer quelques journées de repos, loin des disparitions inexpliquées et des meurtres sordides, même s'il n'était pas coutumier de la chose. Il avait toujours rêvé de visiter la Galice, probablement la plus méconnue des nations celtes. On lui avait dit que c'était d'une certaine manière la Bretagne de l'Espagne, et il avait l'intention de se forger sa propre opinion sur le sujet.

Mais d'abord, il allait retrouver le confort ô combien douillet de son nouvel appartement. Il avait réussi un coup de maître en le rachetant à son précédent propriétaire, installé dans les lieux depuis seulement quelques années. Pour ce faire, il avait utilisé, en plus de ses économies personnelles, le montant qu'il avait gagné aux paris hippiques lorsqu'il avait quitté la police de Brest, ainsi qu'une part non négligeable des revenus que lui avaient procurés ses premières résolutions d'enquêtes en tant que spécialiste des personnes disparues. La vue sur la rade depuis la baie vitrée du salon était à couper le souffle.

Se dirigeant vers le port, il descendit les marches de l'escalier le plus mythique de la ville, là où Jean Gabin avait tourné la scène la plus célèbre du film *Remorques* sous une pluie torrentielle. C'était en 1939. Déjà. Gilbert Le Bris avait un jour lu que ces quelques secondes de cinéma avaient fortement contribué à donner à Brest son image de ville pluvieuse, mais qu'en réalité, des pompiers avaient été appelés pour simuler la pluie à l'aide de canons à eau, et que l'équipe de tournage s'y était reprise maintes fois avant de boucler enfin la séquence, tant la météo s'était avérée désespérément belle, en cette journée d'été précédant de peu le bouleversement majeur qu'allait représenter pour Brest, le pays et l'Europe tout entière la Seconde Guerre mondiale.

Il passa devant le Tara Inn, le pub irlandais dans lequel il avait vécu certaines de ses plus mémorables soirées de jeunesse, et même un peu au-delà, et continua vers les quais du port de commerce. Les Quatre Vents faisaient déjà le plein, et l'animation qui y régnait jurait ostensiblement avec le granite figé dans le temps du bâtiment abritant le bureau de douane, qui avait donné son nom au quai attenant. Plus loin, les lumières extérieures de l'Oyster Bar et du Remorqueur s'allumèrent au moment où il adressait un signe de la main à un couple installé en terrasse du premier, bien qu'il ne les connaisse pas.

Gilbert Le Bris était heureux, et c'était bien tout ce qui comptait pour lui, à cette heure. Il dépassa l'entrepôt du chantier du Guip, et après un dernier regard vers l'*Abeille Bourbon*, dont il savait que l'équipage n'hésitait jamais à prendre d'assaut les flots de l'océan Atlantique lorsque ceux-ci étaient les plus déchaînés, et dont les feux illuminaient à cet instant le miroir d'eau de la rade, il s'engouffra entre deux immeubles. La plaque ancrée dans la façade au-dessus de lui indiquait le nom d'un ancien ingénieur en chef des ponts et chaussées. Aldéric Lecomte.

Il était arrivé.

Il grimpa les étages du bâtiment moderne les uns après les autres, se refusant à céder à la facilité de monter par l'ascenseur. Ça se méritait, un dernier étage. La lumière de fin de journée inondait l'appartement, lorsqu'il entra chez lui. S'il avait été photographe, il aurait pu dire que c'était l'heure bleue à la maison.

Mais contrairement à celui qui avait vécu là auparavant, Gilbert Le Bris n'était pas photographe. Ils avaient pourtant plus d'un point en commun, Yoran Rosko et lui. En particulier le fait que tous deux étaient des amoureux de Brest. La vie aidant, l'un était parti, et l'autre était toujours là. Et à ce titre, Gilbert Le Bris se voyait comme une sorte de gardien du temple, ou plutôt un témoin. Oui, voilà, il était un témoin. Celui qui faisait le lien entre la cité du Ponant et le monde extérieur. Entre ce bon vieux port de co' qu'il aimait tant, et les innombrables contrées qui s'étendaient par-delà les mers et les horizons, au-delà de la rade.

Gilbert Le Bris constata qu'il y avait un message sur son répondeur. Juste un. Il pressa la touche dédiée, davantage par réflexe que par réelle envie de l'écouter. La voix était celle d'un homme fatigué. Environ la quarantaine, à vue de nez. À ce qu'il comprit, l'homme, qui se présentait comme un ancien joueur de hockey sur glace de l'équipe des Albatros, était à la recherche de sa fille, et se rapprochait de lui pour savoir s'il pouvait l'appuyer dans sa tâche. Le Bris soupira. La Galice attendrait peut-être un peu, finalement.

Il effectua quelques pas et se laissa glisser dans son canapé, face à l'immense baie vitrée, et posa son briquet sur la table basse. La lumière déclinait doucement. Plus bas, la digue Lapérouse creusait son sillon le long de la marina du château, ultime lien entre le port et ses incontournables pied-à-terre et l'océan Atlantique, tout proche, et les aventures qui y attendaient les plus téméraires des marins.

Il tendit le bras à sa droite, et s'empara de la télécommande à demi cachée entre deux coussins. Avec, il activa la platine CD Yamaha dans laquelle il avait investi peu avant de partir pour Prague et Tokyo. Il se souvenait que le disque était déjà à l'intérieur. Cette fois, ce ne serait pas du Wagner.

Il appuya sur la touche de lecture, et se détendit complètement. Des battements de cœur éloignés se firent entendre, suivis par un cliquetis d'horloge qui se confondait avec ce qui ressemblait à une caisse enregistreuse. En toile de fond, un éclat de rire lancinant, revenant encore et toujours, avant que le rotor d'un hélicoptère n'éclipse tout le reste. Puis il y eut ce cri féminin, à la fois vif, puissant et mélodieux. Et tout explosa en une même seconde.

Speak To Me.

Oui, Gilbert Le Bris était heureux. *The Dark Side Of The Moon* avait toujours été pour lui le meilleur album de Pink Floyd, et ce disque en particulier revêtait une valeur sentimentale qui le rendait unique. Il lui avait été offert par Suzanne, son ancienne collègue de la médecine légale, le jour où il avait fait ses adieux à la police de Brest.

Il sourit.

Pour rien au monde il n'aurait regretté son choix. Son activité d'enquêteur privé lui avait offert une nouvelle vie, débarrassée des contraintes indissociables de celle qu'il avait menée jusqu'alors. Et s'il avait eu beau croire fortement en son métier de policier tout au long de sa carrière, il avait le sentiment de servir désormais une cause plus noble encore, en apportant un soupçon d'espoir à ces familles qui croyaient avoir perdu l'un des leurs à tout jamais, et qui, parfois, finissaient par retrouver leur proche, ou à tout le moins, par en apprendre suffisamment sur les circonstances qui avaient présidé à sa fin pour pouvoir entamer sereinement leur travail de deuil.

Breathe, le morceau suivant, démarra alors qu'une corne de brume retentissait quelque part sur la rade, et qu'il repensait aux dernières paroles du vieux Ryba. Oh que oui, il allait la respirer, cette mer qui venait parfois fouetter les quais et les fondations de son immeuble, dans un spectacle visuel et sonore dont il ne se lasserait jamais. Mais, déjà, il allait pouvoir l'embrasser des yeux toute la soirée, et même la nuit entière, si le cœur lui en disait.

Et se laisser aller dans un sommeil profond et revigorant, en se disant simplement que cette ville, qu'elle soit noire, grise ou blanche, définitivement, c'était là qu'il se sentait le mieux.

À Brest.

Le véritable amour de sa vie.

Chapitre 72

Azure

Azure.

La meilleure chanson, au meilleur endroit, au meilleur moment.

Même s'il était parti, et avait poursuivi sa quête, loin de la Toscane. Loin de l'Italie. Loin de l'Europe.

Face à elle, le soleil couchant rasait les champs d'oliviers sauvages et les vignes tapissées des collines Pisanes et, plus loin, la cité fortifiée de Lari, qu'elle ne se lassait jamais de visiter avec son père lorsqu'elle était enfant. Elle n'avait pas eu le temps de partager son amour pour les lieux avec cet étonnant voyageur, qui avait traversé sa vie par deux fois. Ni de l'inviter dans sa galerie de San Gimignano, où elle aurait pourtant été si heureuse de l'accueillir.

Seul l'avenir dirait si leurs chemins se croiseraient à nouveau.

Adossée à son Alfa Romeo Giulietta Sprint, elle réajusta son casque et augmenta le volume sonore, alors que le soleil était sur le point de disparaître derrière la ligne flamboyante de l'horizon. Le paysage qu'elle avait sous les yeux représentait pour elle la quintessence de la Toscane, mais aussi l'un des innombrables témoignages de son histoire exceptionnelle.

Ancienne terre des Étrusques, elle avait par la suite été mille fois façonnée par les Romains, avant de s'ériger comme le berceau de la Renaissance, sous l'égide de certains des plus grands hommes de leur temps.

Et puis il y avait Dante. « Il poeta ». Il avait toujours été son auteur favori, et il lui arrivait encore de se replonger dans la lecture des trois cantiques de la *Divine Comédie*, dans laquelle la muse Beatrice guidait le poète florentin au paradis, après que celui-ci a visité l'enfer et le purgatoire.

Où était-il, à présent ? Elle ne pouvait qu'espérer qu'il soit au plus près du paradis, et que, à sa modeste mesure, elle avait contribué à l'y mener, même si elle ne se prénommait pas Beatrice, mais Carina. Et lui Yoran.

Le final du morceau de Paul Kalkbrenner s'annonçait lorsque la terre et le ciel se confondirent devant elle en un étroit rai de lumière rouge, ultime connexion entre le jour déclinant et la nuit naissante.

Elle attendit jusqu'à ce que l'obscurité s'installe complètement, puis à la première étoile, elle ouvrit la portière de sa voiture côté conducteur, monta à bord, rangea son casque dans la boîte à gants et mit le contact.

Elle écouta ainsi la sonorité mélodieuse du moteur durant de longues secondes, avant de poser enfin une main sur le volant puis d'enclencher la première vitesse, et démarra.

À cet instant, Carina n'avait qu'une seule envie : rouler, encore et toujours, sans aucun autre but que de filer au vent, et de se rapprocher un peu plus de ce paradis tant désiré.

Sans jamais s'arrêter.

Sans jamais se retourner.

Et sans rien regretter.

Chapitre 73

Catharsis

Un mur de pluie masquait la ligne de l'horizon depuis bientôt onze jours.

Pas un des rares habitants n'osait se risquer dehors. Même la minuscule église consacrée au XIe siècle par l'un des premiers évêques catholiques du pays paraissait plongée dans un profond sommeil.

Pourtant, au-dessus de ce morceau de terre oublié des hommes et abandonné des dieux, émergeant du voile brumeux qui recouvrait cette partie du monde, une lueur blanche perçait.

L'espoir.

Au pied de ce monument de la nature ancré dans la mer, des flots déchaînés venaient s'encastrer dans les falaises déchiquetées, tandis que de violentes bourrasques sculptaient à l'infini leurs orgues de basalte.

Plus haut, à l'une des extrémités de cet amas de roche volcanique et de verdure gorgée d'humidité, se dressait un autre monument, construit des mains de l'homme, celui-là.

Un phare.

De couleur orange, il se détachait particulièrement dans le brouillard dense, tel un totem planté là pour signaler aux valeureux navigateurs qui osaient s'aventurer dans ces contrées isolées et hostiles que la vie avait su triompher des éléments pour un temps, aussi incertain fut-il.

Se déplaçant au gré des rafales tout en semblant se faufiler entre les trombes d'eau, une silhouette élancée effectuait de vastes mouvements amples et parfaitement ordonnés.

Un homme.

Sa concentration totale n'avait d'égale que l'extrême rigueur avec laquelle il réalisait ses gestes. Uniquement vêtu d'un pantalon en lin noir, il était comme connecté avec la nature. Son crâne était orné d'une crête blanche qui lui descendait jusqu'à la base de la nuque. Sur son dos nu offert aux intempéries, un corbeau aux ailes déployées avait été tatoué, et s'étendait jusqu'à ses épaules anguleuses. Des vagues similaires à celles qui se fracassaient au même moment beaucoup plus bas parcouraient ses bras depuis ses poignets. Et son torse arborait une croix celte ornée d'entrelacs sans fin de nœuds celtiques.

Alors que l'illumination en provenance des cieux se faisait soudain plus intense, l'homme s'interrompit, le regard plongé vers les limites d'un monde qu'il redécouvrait chaque jour.

Le sien.

Il médita ainsi de longues minutes, partagé entre l'irrépressible envie d'aller toujours plus loin dans sa communion avec la nature et le désir de pouvoir faire un jour définitivement corps avec elle. L'écho du vent résonnait dans ses oreilles, telle une musique dont il savait qu'il ne se lasserait jamais. Le cercle polaire arctique proposait décidément un spectacle aussi incroyable qu'authentique, et probablement inégalable.

Pas un seul instant il n'avait regretté sa retraite blanche dans cet endroit, plus d'un an et demi après avoir posé le pied sur cette île pour la première fois. Plus d'un an et demi après avoir quitté un monde qui n'était désormais plus le sien. Plus d'un an et demi après avoir renoncé à une vie qu'il ne méritait plus.

Il se retourna et se dirigea vers ce qui était devenu sa nouvelle demeure. Mais l'homme marchait difficilement. Il boitait.

Il franchit la porte du massif phare et s'engouffra à l'intérieur. Des effluves de musc flottaient dans la pièce. Il contourna le lit et l'espace de vie minimaliste attenant puis s'immobilisa sous l'escalier qui menait au sommet de l'édifice. À l'étage supérieur, il y avait une bibliothèque comportant des centaines d'ouvrages, dont quelques raretés. Face à lui, une petite porte en acier trempé dotée d'une écoutille se distinguait à peine dans l'obscurité. Il la déverrouilla précautionneusement et ouvrit.

Une chaleur intense le gagna instantanément. Une volée de marches s'enfonçait dans le noir, sobrement éclairées par les reflets de flammes de bougies vivotantes installées en contrebas. Il ferma la porte et descendit.

Une banquette en terre apparut entre les nappes de fumée blanche, tout près d'un amas de pierres brûlantes surmontant une cheminée sommaire qui faisait office de poêle.

Un sauna.

Il obtura la cheminée avec une plaque en fer et se saisit d'un seau d'eau posé sur le sol, dont il déversa lentement le contenu sur les pierres. Des vagues de vapeur sèche s'élevèrent aussitôt autour de lui.

Il se dénuda et s'assit finalement sur la banquette, puis il ferma les yeux. La température atteignait des sommets. Et il adorait ça.

Après s'être vidé l'esprit pendant une durée indéterminée, il se remémora les dernières semaines de son ancienne vie, à des milliers de kilomètres de là. Et cette rencontre totalement invraisemblable qu'il avait faite dans une prison perdue de l'immensité de la Sibérie, à Mariinsk.

Alors qu'il y purgeait une peine de seize années pour son implication dans un trafic humain sur le territoire russe, il avait un jour reçu la visite d'un homme étrange. Un homme mutique au corps couvert de tatouages et au regard de dément. C'était un dimanche matin.

Avec l'aide d'un gardien ambitieux que les prisonniers surnommaient « Petit tsar » et d'un employé d'une centrale hydroélectrique endetté jusqu'aux os dénommé Yegor avec lesquels il avait pris contact et échangé sur les réseaux sociaux plusieurs semaines durant, l'homme tatoué avait échafaudé un véritable projet d'évasion, moyennant une rémunération de tout ce petit monde sur la base de ses propres économies, qu'il avait préalablement converties en rouble numérique.

Après que Yegor se fut chargé de couper l'alimentation électrique de la zone géographique dans laquelle se situait la prison de Mariinsk, il avait quitté les lieux en compagnie du « Petit tsar » et de l'homme tatoué, puis ils avaient roulé sans coup férir à bord d'une Jeep de location jusqu'à la frontière mongole, où une connaissance de leur allié russe leur avait procuré deux billets d'avion à destination de Bangkok, en Thaïlande, avant que le « Petit tsar » ne poursuive sa route en solo, très loin de la Sibérie. De là, les deux hommes avaient loué des chevaux qui les avaient conduits à une gare routière au fin fond des steppes, où ils étaient montés à bord d'un bus d'une autre ère, en direction d'Oulan-Bator. Le vol vers la Thaïlande avait ensuite duré une quinzaine d'heures, puis une fois arrivés à Bangkok, ils avaient patienté près d'une journée avant de pouvoir enfin embarquer pour l'Europe, avec leur destination finale en ligne de mire, moyennant une ultime escale à Amsterdam : l'Islande.

S'en était suivi un mois entier au cours duquel l'homme tatoué lui avait inculqué les bienfaits de la rédemption de l'esprit, avec une spécificité non négligeable : l'homme avait fait vœu de silence jusqu'à la fin de ses jours. Après un temps de réflexion, il avait décidé de suivre cette voie lui aussi. L'homme tatoué l'avait parallèlement initié aux rudiments du taï-chi, qu'il s'était mis à pratiquer à son tour. Il avait achevé la phase initiale de sa reconstruction personnelle en acceptant de se faire tatouer sur l'intégralité du corps, et s'était rendu chez le seul homme possédant les compétences nécessaires sur l'île, un ancien pêcheur qui disait avoir appris l'art du tatouage auprès d'un ermite centenaire installé dans une forêt norvégienne.

Mais celui qui l'avait devancé et guidé dans ces lieux auparavant inconnus pour lui ne lui avait pas seulement permis d'hériter de son cadre de vie. Il lui avait également transmis son nom.

Le Viking flamboyant.

Et s'il était parti sous d'autres cieux, poursuivre son chemin de vie vers la rédemption éternelle, lui avait pris sa place sur ce rocher, balayé par les vagues et les vents incessants de la mer Baltique.

Grímsey.

Il rouvrit les yeux et estima la température qui régnait dans la pièce. Les soixante-dix degrés avaient probablement déjà été dépassés, et le taux d'humidité était à son maximum. Mais il s'y sentait bien. Son corps exhalait la sueur, et les endorphines produites par son cerveau engendraient une quasi-dépendance qui lui rendait impossible le fait de terminer ses journées sans une descente dans les profondeurs du phare, où le précédent locataire avait choisi d'établir ce sauna enterré.

Il se replongea en phase d'introspection.

Il eut alors une pensée émue emplie de tendresse pour celui grâce à qui il était encore libre. Libre de profiter chaque jour de cet environnement sauvage et implacable. Libre de respirer cet air si pur qui lui rappelait tant sa terre d'Armorique natale. Libre de se prouver sans cesse à lui-même qu'il était digne de la place qu'il occupait à présent dans ce monde.

Libre de vivre.

Car Conan Rosko n'avait pas seulement fait vœu de silence. Il s'était aussi promis de ne plus jamais trahir les siens, et en particulier celui qui lui avait offert une chance de préserver ainsi son âme.

Yoran Rosko.

Son fils.

Son sauveur.

Chapitre 74

La vérité et la passion

Il faisait particulièrement doux, en cette soirée d'automne.

Le son des feuilles bruissant dans le vent caressait ses oreilles. L'écho paisible de l'écoulement de l'eau dans le lit du canal emplissait l'air. Et l'odeur des sous-bois environnants imprégnait ses narines.

Momijigari – la saison de la chasse aux érables – était indéniablement la période de l'année qu'il préférait sur l'archipel.

Au loin, un couple de grues à cou blanc traversa furtivement le ciel, en quête d'un endroit où dormir, tandis que les premières étoiles et une lune brillante commençaient à illuminer la voûte céleste.

La route avait été longue, et les obstacles qui s'y étaient dressés nombreux. Pourtant, à cet instant, il avait la conviction d'avoir fait le bon choix.

Alors qu'il marchait sur un sol pavé remarquablement préservé, il sentit une fine brise effleurer le revers de ses mains ainsi que la peau de son visage, moins claire qu'à l'accoutumée. Malgré l'appréhension naturelle qui s'était emparée de lui et qui lui nouait l'estomac, un infime sourire se dessinait sur ses lèvres.

Pour la première fois depuis si longtemps, il avait oublié la fatigue des semaines et des mois qui avaient précédé, et avait cessé de penser aux terribles événements auxquels il avait été confronté, cette folie de femmes et d'hommes qui avait conduit une poignée d'individus aux pires extrémités, par conviction pour les uns, par désespoir pour les autres.

Tout cela était derrière lui, désormais.

Il n'avait plus ni la force ni l'envie de revenir à cette vie de justicier de l'ombre, même s'il était conscient que cette valeur, la justice, ferait toujours intimement partie de lui. Mais aller de l'avant et profiter pleinement du moment présent était devenu son unique préoccupation.

Il voulait vivre, tout simplement.

Il avait apporté le strict minimum dans son sac de voyage. Il n'avait pourtant pas l'intention de dormir à l'hôtel. Dans sa main droite, il portait une caisse blanche dans laquelle se tenait, presque aussi tendu que lui, et du haut de ses vingt ans d'âge, celui qui avait été son compagnon de voyage, et pas seulement sur ce trajet qui l'avait mené de Tokyo à la préfecture de Saga, sur l'île de Kyūshū.

Son chat Horus.

La fidélité constituait sans conteste l'autre valeur qui lui tenait le plus à cœur. Et jusqu'à ce jour, il n'avait jamais oublié les êtres auxquels il était le plus attaché. Celles et ceux qui faisaient partie de son histoire personnelle, et qu'il n'abandonnerait pas, qu'elles que puissent être les contraintes, physiques, géographiques ou humaines.

Situé tout près d'Imari, le village entouré de montagnes et de rizières portait le nom d'Okawachiyama, et était surtout réputé pour ses artisans potiers, dont les fours et les cheminées en briques étaient indissociables de la région. Il avait lu un jour qu'un festival des clochettes à vent s'y tenait chaque année pendant l'été, au cours duquel les habitants accrochaient des centaines de clochettes en céramique dans les ruelles paisibles du village. Leurs tintements distincts créaient une atmosphère tantôt grave, tantôt mélancolique, tantôt joyeuse, et avaient la réputation de rendre la chaleur estivale moins pesante.

Il ralentit l'allure. Son cœur battait vite, très vite.

Là, un peu plus loin, au bout de la rue étroite qui traversait le village avant d'aller se perdre dans la forêt, il avait vu la maison traditionnelle en bois sur deux niveaux. De la pierre avait été utilisée pour renforcer une partie des fondations afin de compenser le dénivellement. Au-delà, la nature reprenait ses droits et s'étendait jusqu'aux montagnes aux cimes embrumées.

Comme dans un rêve.

Mais Yoran ne rêvait pas. À quelques dizaines de mètres de lui, installée dans son atelier, Reiko était sur le point de découvrir ce qui l'avait porté vers cette nouvelle vie.

Il y avait plusieurs années de cela, c'était elle qui était venue le voir dans la chambre de l'hôtel où il logeait à Brest, juste avant de monter à bord du train qui allait l'emmener très loin de là. Cette fois, c'était lui qui était là. Et aucun train ne l'attendait.

Il marqua un temps d'arrêt lorsqu'il fut suffisamment près pour lire les caractères du nom qu'elle avait choisi pour son atelier de tatouage, peints en noir sur une plaque de bois surmontant une porte coulissante.

« Irezumesk ».

Comme à Brest. Il se souvint de ce petit local du port de commerce, où ils avaient passé quelques précieux moments ensemble, et où elle l'attendait parfois à la nuit tombée, alors qu'il était allé s'égarer avec son Hasselblad dans certains des recoins les plus méconnus de la cité du Ponant, quand il ne se laissait pas guider par son instinct de photographe en dehors des limites de la ville.

Il se présenta devant la porte et posa délicatement la caisse blanche au sol, puis l'ouvrit. Après une brève hésitation, Horus en sortit, et le fixa de son œil unique, plus vif que jamais. Il se frotta contre ses chevilles à plusieurs reprises, avant de partir faire le tour de la maison.

Yoran retira son sac à dos et grimpa lentement les trois marches qui le séparaient encore de la porte. Quelque part de l'autre côté, il reconnut une voix déchirante qui emplissait l'espace dans lequel il s'apprêtait à pénétrer.

Björk.

Un frisson le parcourut juste avant qu'il ne lève le bras vers la porte. Son cœur battait à tout rompre. La porte coulissa sans résistance. La musique se fit plus audible. Il identifia alors la chanson.

All Is Full Of Love.

Sans réfléchir, il ferma la porte derrière lui et retira ses chaussures, puis ses lunettes.

Sur un petit comptoir, un *maneki-neko* noir allongé sur le dos saluait les visiteurs de ses pattes levées. Juste derrière, une paroi coulissante permettait d'accéder à ce qu'il devinait être l'atelier dans lequel exerçait la jeune femme. Une faible lumière se reflétait à travers le papier. Une silhouette se mouvait de l'autre côté.

Il inspira très fort, retint l'air dans ses poumons durant plusieurs secondes, et expira. Puis il fit coulisser la paroi.

Celle-ci glissa en silence alors que les paroles de Björk s'élevaient dans la pièce.

Twist your head around
It's all around you
All is full of love
All around you

Immédiatement, il sentit l'émotion l'envahir.

Elle était là.

Dos à lui, plongée dans une semi-obscurité, Reiko nettoyait à l'aide d'une serviette humide l'un des manches en bois qu'elle utilisait pour le *Tebori*, la technique de tatouage ancestrale dont elle avait hérité de son grand-père. Concentrée sur sa tâche, elle était vêtue d'un *kimono* blanc de la plus grande sobriété. Un *obi* noir orné d'ibis en vol le maintenait fermé à l'aide de lanières nouées contre sa hanche droite. Ses cheveux noir de jais détachés, plus longs que dans ses souvenirs, retombaient harmonieusement sur ses épaules.

All is full of love
You just ain't receiving

Incapable de parler, Yoran ne parvenait pas à trouver les mots qui seraient les plus appropriés pour s'introduire.

All is full of love
Your phone is off the hook

Il laissa choir son sac au sol, conscient que ce n'était plus qu'une question de secondes avant qu'elle réalise sa présence dans la pièce.

All is full of love
Your doors are all shut

La luminosité s'intensifia brièvement. Elle se retourna. Son cœur sauta un battement.

All is full of love !

– La lune est belle… quand elle est d'argent… comme ce soir… n'est-ce pas ?

La voix de Yoran s'était presque éteinte avant qu'il termine sa phrase. Reiko ne répondit pas immédiatement. Les mains agiles de la jeune femme avaient interrompu leur va-et-vient. Et ses yeux ne se détachaient plus de ceux de son invité.

– Yoran… *san…*

Elle avait les larmes aux yeux. Lui aussi. Elle leva ses mains jointes et les plaça devant sa bouche. L'instant suivant, ils se faisaient face.

Le cœur de Yoran s'emballa définitivement. L'immense distance qui les avait séparés pendant de longues années s'était enfin estompée. Ils étaient seuls dans l'atelier. Seuls dans la cité des clochettes à vent. Seuls dans l'univers.

– Reiko…

Ses mains glissèrent instinctivement le long des hanches de la jeune femme. Elles ne tremblaient plus. Elle passa les siennes derrière sa nuque. Elle souriait. Pour tous les deux, la Terre avait cessé de tourner.

Ils étaient prêts à écrire ensemble une histoire.

All is full of love, all is full of love

Une histoire dont ils seraient les personnages principaux.

All is full of love, all is full of love

La leur.

Épilogue

Aishiteru

Tout était noir, autour d'eux.

Tout, à l'exception de la lueur de la flamme de la bougie japonaise traditionnelle que Reiko avait allumée et posée à même le sol. C'était juste après leur étreinte.

Après ce premier baiser enflammé, qui avait fait resurgir des dizaines de souvenirs dans l'esprit de Yoran, comme si le fait de toucher Reiko lui avait offert un éphémère don d'omniscience. L'espace d'une poignée de secondes, tout lui était revenu. Ce regard, intense et fragile à la fois. Ce parfum, sensuel et délicat. Et cette voix, plus douce et acidulée encore que dans sa mémoire.

Puis ils n'avaient plus dit un mot.

La musique s'était arrêtée. La seule qui avait défilé à cet instant résonnait en eux, telle une inépuisable source d'énergie qui les avait maintenus en éveil malgré les milliers de kilomètres qui les séparaient et leurs vies jusqu'alors incompatibles.

Les mains de Yoran étaient descendues le long du corps de Reiko tandis que l'emprise de celles de sa partenaire s'était affirmée. Rapidement, ils s'étaient redécouverts allongés sur le tatami de l'atelier.

Yoran avait alors eu une vision. Celle de deux comètes se rencontrant quelque part dans l'infinité de la voûte céleste et se percutant à une vitesse folle, pour ne plus former qu'une seule entité. Ils s'étaient donnés entièrement l'un à l'autre. Et le temps s'était étiré à mesure que la nuit avait avalé le monde qui les entourait.

Ils avaient atteint l'état de grâce.

L'excitation avait ensuite cédé la place à l'apaisement et aux espoirs les plus fous. Et à la sensation que plus aucune barrière ne pourrait s'interposer entre eux désormais.

Reiko fut la première à prendre la parole.

– Tu te souviens comment on dit « je t'aime », en japonais ?

– *Aishiteru*…

– Oui, c'est ça.

Ils avaient rouvert les yeux sur une réalité qui n'était plus tout à fait la même, bien qu'ils fussent toujours tous deux allongés sur le tatami de l'atelier de Reiko, face aux lattes en bois de cèdre du plafond de la pièce. Sur les murs, les centaines d'yeux des créatures de papier en noir et blanc dessinées par la jeune femme en guise d'esquisses d'*irezumi* semblaient les fixer au gré des oscillations de la flamme de la bougie.

Yoran entrevit des grues blanches, des carpes koï, un renard à neuf queues, mais aussi une représentation de Yasuke, l'énigmatique samouraï noir, et même un *daruma* bienveillant.

Par la suite, quand il lui avait dit qu'il avait quitté Brest et la pointe de l'Armorique depuis plus de trois ans, elle n'avait pas voulu le croire. Quand il lui avait raconté ses voyages à travers l'Europe et le Japon, elle lui avait dit qu'elle regrettait de ne pas l'avoir accompagné. Et quand il lui avait annoncé s'être installé à Tokyo pour avoir une chance de la revoir, un voile humide avait recouvert ses yeux.

– Je t'aime, Reiko.

Elle tourna le visage dans sa direction, et se blottit contre lui.

– Moi aussi, Yoran-*san*. Si tu savais…

Un grattement attira alors leur attention. Ils s'aperçurent qu'ils n'étaient plus tout à fait seuls. Dressée dans l'encadrement de l'unique fenêtre de l'atelier, une autre créature les observait silencieusement de son œil luisant.

Horus.

Le petit être miaula tout bas, comme si c'était sa manière à lui de leur faire comprendre qu'il ne souhaitait pas les déranger, mais qu'il comptait bien faire partie de leur histoire.

Reiko attrapa la main de Yoran.

– Tu es vraiment incroyable…

Il sourit.

– *Aishiteru.*

The writing's on the wall
There's nothing I could change or undo
But I will be there
Beside you when it rains
Beside you when it storms
Keeping you safe
So don't you ever lose your

Faith, trust that I will stay
I'll always be there
Faith, know that I have changed
I'm never leaving

It's time to face the world
To step outside the shade
To be loved
Wherever you are
I'll find your smile again
I'll lighten up your days
I'll never give in
So don't you ever lose your

Fait, trust that I will stay
I'll always be there
Faith, know that I have changed
I'm never leaving

Look into my eyes
Deep into my soul
I know I let you down
But I never let you go
Deep into the fire
The sun is yet to show
Burning through the skies
I've got to let you know
Look into my eyes
Deep into my soul
As long as I'm alive
I'll never let you go

Faith, trust that I will stay
I'll always be there
Faith, know that I have changed
I'm never leaving

Always, RÜFÜS DU SOL

Bande originale d'*Armorican Psycho*

Pink Floyd – Shine On You Crazy Diamond
The Corrs – Toss The Feathers
Bjork – Atom Dance
Miossec – Les Gueules Cassées
Queen – Killer Queen
Massive Attack – Future Proof
David Bowie – Be My Wife
The Chemical Brothers – Star Guitar
Franz Schubert – Ave Maria
Fever Ray – Keep The Streets Empty For Me
Morrissey – Southpaw
Nusrat Fateh Ali Khan – Mustt Mustt (Massive Attack Remix)
The Knife – Heartbeats
The Beatles – Yellow Submarine
Röyksopp & Susanne Sundfør – Running To The Sea
Wardruna – Helvegen
Tricky – When We Die
Riz Ortolani (Feat. Katyna Ranieri) – Oh My Love
Goblin – Profondo Rosso
David Bowie – Warszawa

Bande originale d'*Exil pour l'enfer*

David Bowie – *Sense Of Doubt*
David Bowie – *Moss Garden*
David Bowie – *Neukölln*
The Cure – *The Funeral Party*
The Doors – *Riders On The Storm*
Massive Attack – *Psyche*
Massive Attack – *Atlas Air*
Robin Foster – *Save The Cheerleader*
Ennio Morricone – *The Ecstasy Of Gold*
Superpitcher – *Happiness*
Kiasmos – *Bent*
Nikolaï Rimski-Korsakov – *Notre Père*
Beethoven – *L'Ode À La Joie*
Tom Jones – *Thunderball*
Frank Sinatra – *My Way*
Frankie Goes To Hollywood – *The Power Of Love (Extended Version)*
Hildur Guðnadóttir – *Call Me Joker*
Queen – *It's A Beautiful Day*
Nina Kraviz – *I Want You*
Fever Ray – *I'm Not Done*
UNKLE – *In A Broken Dream*
The Doors – *The End*
David Bowie – *The Secret Life Of Arabia*
The Chemical Brothers – *Catch Me I'm Falling*
Silent Poets – *Asylums For The Feeling*

Bande originale de *Nous sommes la nuit*

New Order – *Elegia (Full Version)*
UNKLE – *Iter I : Have You Looked At Yourself ?*
Cigarettes After Sex – *Each Time You Fall In Love*
Bruce Springsteen – *Missing*
Rone – *Fugu Kiss*
Queen – *I Want To Break Free*
Queen – *Don't Stop Me Now*
UNKLE – *Tired Of Sleeping*
Wardruna – *Urur*
Massive Attack – *Superpredators*
Paul Kalkbrenner – *Berlin Calling* (album complet)
Rone – *Tohu Bohu* (album complet)
Evangelist – *Spirit*
Death In Vegas – *Metal Box*
Portishead – *Machine Gun*
The Chemical Brothers – *Silver Drizzle*
Scorpion – *No Pain No Gain*
Richard Wagner – *Tannhäuser*
Richard Wagner – *Le Vaisseau Fantôme (Ouverture)*
Death In Vegas – *Savage Love*
Richard Wagner – *Tristan Et Isolde*
Moby – *Last Night*
The Chemical Brothers – *Further* (album complet)
Richard Wagner – *La Chevauchée Des Walkyries*
The Smashing Pumpkins – *The Beginning Is The End Is The Beginning*

Massive Attack – *BBC Sessions On Radio One – Live From Bristol Essential Mix*
Pink Floyd – *Speak To Me*
Pink Floyd – *Breathe*
Paul Kalkbrenner – *Azure*
Björk – *All Is Full Of Love*
RÜFÜS DU SOL – *Always*

Remerciements

Après ce beau et long voyage de dix années d'écriture, de partage et de rencontres, le temps est venu de dire au revoir à Yoran et à cette trilogie armoricaine, qui aura animé mes journées et habité mes nuits, pour me tenir en haleine jusqu'à cet ultime accomplissement.

Au revoir, mais pas adieu.

Car Yoran va poursuivre sa route grâce à vous, lectrices et lecteurs, fidèles, occasionnels, ou simplement curieux, amateurs de périples lointains ou amoureux de la Bretagne, tous, étonnants voyageurs que vous êtes, allez continuer à écrire avec lui son histoire, et c'est pour cette raison que je tiens à vous remercier en tout premier lieu.

Merci aussi aux chroniqueuses et aux chroniqueurs, qui donnent aux auteurs une visibilité tout aussi essentielle qu'indispensable.

Merci également à Annaïk, de la Librairie Dialogues, à Brest, d'avoir toujours su offrir une place de choix dans ses rayons à Yoran et ces trois romans, aussi imposants soient-ils !

Et merci aux éditions Nouveaux Auteurs et aux éditions Prisma de m'accorder leur confiance depuis maintenant 2019, en particulier Jean-Laurent, Vesna, Ambre et Emma.

Un grand merci enfin à Anjunadeep, dont l'incroyable discographie m'accompagne dans la plupart de mes sessions d'écriture depuis 2020, et il n'y a aucune raison pour que nous nous arrêtions en si bon chemin…

Voilà, je crois que Yoran a finalement trouvé sa voie, quelque part entre le noir et le blanc, loin de ses vieux démons, là où la douceur de l'automne nippon n'a d'égale que la passion qu'il éprouve pour celle qui fut la lumière de son phare tout au long de ses trois voyages au bout de la nuit.

Trugarez vras d'an holl !

Sous la direction de : Ambre Rouvière
Assistante éditoriale : Emma Guillaume
Correction : Nord Compo
Composition : Nord Compo
Conception graphique de la couverture : Nord Compo
Illustration de couverture : © Shutterstock/Francisco Errazuriz

Depuis 2009, Prisma Media met en place une politique d'achat écoresponsable. Ainsi, près de 100 % du papier de nos magazines est certifié PEFC (gestion durable des forêts). La fabrication des livres des Éditions Prisma s'inscrit également dans cette démarche.

Dépôt légal : juin 2023 – n° d'impression : 3052076
Achevé d'imprimer en France par : Brodard & Taupin